謹以此書分享給喜歡電影、愛好文學、滿懷創作理想的人。

明基友達基金會

當年事

常凱・洪茲盈・張邇瀚
呂志鵬・高國書
著

目錄

首獎

當年事

／常凱

一

秦學忠很獨，他的京胡就和別人不一樣，份大的琴師講究用上等黑紫竹或是染竹打成擔子，不僅花紋養眼，材質堅實，音色還清脆、透亮，跟在角兒身後，提上場，有裡有面兒。這種檔次的琴，須在琴行訂做很久才能拿到。秦學忠不是，他的琴居然是自己來做，選材還是次一等的鳳眼竹，這種竹子雖也耐用，但往往第一節竹身尺寸偏短，烤成擔子總不大得使。年底劇團放幕，盲考席位，角兒都不在，幾位老琴師聚在後台扯閒篇。煙氣如薄霧般氤氳在化妝間裡，正掛著笑靨緩步爬升，資歷淺的都拎著琴，擠在門外候著，每人手裡跟攥著雞脖子似的。頭把琴徐鶴文左肘支著一張橡木方桌，被圍在人堆裡，一眼就瞅見秦學忠的這把擔子，把頭一扭，笑著要借過來試，秦學忠坐朝過道，做閉氣凝神狀，沒搭理他。在身邊同行異樣的眼色中，老徐咧著嘴搖了搖頭，說「這孩子挺各色，傢伙有點兒年頭，就是琴軸偏了，還是棗木的料，意思不大。」幾乎在他語畢的同時，這老先生的臉也耷了下來，沒人再言語。很多年來，後台能如此安靜，這還是頭一回。

大多數琴師都愛拉《柳搖金》和《夜深沉》，熟，可剛到一半，團長劉榮就坐不住了。「沒一個是活著的！」他搭著腿，細密的眼睛透出刀片般縫隙，眉心朝小何使勁一擰。「還是板，暮氣重，跟放糟了的麵條似的，再來一個還這樣就算了。」

直到小何捻手捻腳地從後台傳話回來，幕後還是沒有聲音傳出，急得她直磕鞋後跟。也就那兩三秒的當兒，台上台下，靜如空寂，那一刻，甚至連幕布都比以往更加沉重，像是被一股氣壘成的牆垛，紋絲不動。她留心瞄到團長卻比之前要平靜，似乎在等什麼，她不懂。當一陣急切的快板過門驟然從幕後躥出來時，小何著實被驚了一下，她即刻又掃了一眼團長。

「這個行。」見團長張嘴就給出這話，她剛想跟著誇兩句，又聽到「再等等。」

很快小何就知道，不用等了，團長已經跟起板式敲著膝蓋，兩隻眼睛很努力地朝外瞪，但看上去依舊像一對刀片。一曲《斬馬謖》雖不複雜，快板也少，但簡裡有繁，就算看不到琴師的弓法，光是音準的嚴絲合縫，包括追求氣氛時用勁夠足，這就不像其他人那麼發乾，發澀。拉到「快將馬謖正軍法」結尾，三弓三字，不揉弦，一股肅殺之氣，滲過幕前，瀰漫到觀眾席，他禁不住哼唱起來。

「這人琴中有話，不光包得緊，還能透出諸葛亮悲鳴的心境，該陰之處，如蟲潛行，該陽之時，也有拆琴之勢。跟前面那票老油子明顯不是一茬人，這次我撿到寶了？」劉榮跟自己說到這，眼睛眯了下來，「可惜老雲不在，否則這事兒就大了。」

「劉團您看……」小何不明就裡地候在一旁，不知哪句話該接。

「就他吧，直接辦正式的編制，至於跟誰，等等再定。先讓他住進來，你安排一下。其他人，讓老徐再過一道吧，我還有個會。」

「秦學忠！拿好東西跟我走！」小何這聲尖嗓，直接砸向後台，把他和其他琴師生生劃開，所有人的目光齊刷刷全打在他身上。秦學忠面無表情，夾著琴箱忙找退路，也沒跟在座幾位老師傅打個招呼就撤了，令在場諸位臉上都有點兒掛不住，臊得慌。很快，左躲右讓間，一雙懶漢鞋在鋥亮的地面上，蹭出冷颼颼的「刺啦刺啦」聲，且漸行漸遠。

「沒大出息。」老徐撣撣褲腿上的線頭，嘟囔一句。

二

大院裡還是有些鬧心，尤其整個劇團，上上下下，都在傳一個沒評級的琴師，直接被劉團看中，但不知會給哪條出路，擾得秦學忠無所適從。傍晚，灰冷的天色把黃昏裹壓得極低，一枚一枚隱弱的微亮，被逼向道路兩旁的樹桿處，閃爍出芒刺般的光束。他穿著一件藏藍色的粗布棉褂，獨自走在黑窯廠街過道上，陣陣陰風順著兩個袖口往胳肢窩裡灌。躲在戲曲學院傳達室的大爺，死活不讓他進去，氣泡管燈在屋裡忽亮忽滅，伴著院牆裡依稀傳來單薄的胡琴聲，射放出一股綠釉色的照影。秦學忠想過街去買一塊烤紅薯，結果快走到南橫街，才記起那股從膠漆桶裡，被碳烤熏燒出的甘香滋味，以及那陣「噗滋噗滋」的跳躍聲，是從西面自新路飄過來的。時間有點緊，他還要穿過車流蕪雜的虎坊路，順著騾馬市走回劇團。顧不上食堂人多嘴雜，咬牙吃完就走便是了。

鋁製的飯盒拿在手裡，就跟捏著一塊冰坨沒有兩樣。秦學忠悶頭從食堂折回宿舍，溜著牆根，快步踏在泛著青光的灰磚路面上。一排挺拔平展的油松，裸露著肥厚的鱗盾，晦明交替間，樹影隨著晚風汩汩搖曳，抻拉出蒼勁的黑褐色葉鞘，如帶刀侍衛般交錯在他的臉頰。走到松樹林盡頭，一個扁菱形的碩大軀影，忽然擋住去路。秦學忠被迫站住，見身前有個穿軍呢大衣的高個兒，直矗矗跨到他身前，揚起眉毛，梗著個脖子，蹭過來問他，雲盛蘭先生晚上的演出，要不要去看。秦學忠點下頭，說當然要看，高個兒很滿意的一樂，又問，一起唄，託人已在前排占好座兒了，但你要先把琴借我瞅瞅。他笑了一笑，沒說話。高個兒立馬再說，那你拉個曲牌看看總行吧。他應了一聲，說成，吃完飯，去練功房切磋還是可以的。

等秦學忠真把琴拿出來，高個兒反倒不稀罕碰了，他繼續梗著個脖子，兩手插兜，靠住涇漬斑駁的牆皮，用下巴打著板，看對方拉《拾全福祿》，覺得也沒什麼勁。一副竹筒子般溜光精瘦的樣子，提起琴，就是兩根棍兒。

「我看過徐師傅的二鼓子，那都用黑老虎做琴擔，琴軸是特選紫檀的料，琴皮專挑驚蟄後的野生烏鞘蛇，那皮子蒙的，花紋真漂亮，白如線，黑入緞，板兒脆。月初剛從店裡提出來，不騙你，向毛主席保證。」烏瑪高個兒冷不丁冒出來一句話，他的聲音很寬，在空蕩的練功房裡，更顯得沉厚。

「你知道，胡琴還是老的好用，這琴是我在家做的，棗木又硬又有韌勁兒，能咬住竹子，不至於滑軸。其實用得順不順手，自己知道，不用給誰看。」秦學忠坐在一把鐵架椅上，停下手想把琴收好，盯著高個兒。「你信不信？」

潮暗的練功房內顯得渾熱，憋氣。高個兒緊閉著嘴，沒就這個問題跟他再掰扯下去，只是瀟灑地邁步走向他身前，手還埋在兜裡，又用下巴朝他一昂。

「我叫岳少坤，那天就排你後一個，誰想到你拉完琴團長抬屁股一走，把兄弟們都晾那兒了。」

秦學忠聽了一怔，繼續抬眼望著他，見這人把手從兜裡伸出，不太自然地半握著。

「你也留下來了？那不錯。我聽開頭幾位回滑的基本功都不行，上滑歪味兒，下滑像貓鬧春。」把心思從琴上移開，秦學忠這才打量清眼前的高個兒，有貌若潘安之相，不僅身形帥氣，面如白玉，五官也很有大將之風，頗顯俊偉。尤其脖子一梗，男子氣概十足，這麼好材料為何不唱武生？秦學忠心說可惜了。

「徐師傅第一個就確定給我轉正，可惜讓他聽和請團長聽，終歸不一樣。」岳少坤這次下巴沒有再動，言語中流露出略帶羨慕的口吻。

「誰來聽還不是一回事。」

「你不能真跟他們說的那麼呆吧，那天拔腿就走也不跟別人打個招呼。晚上還是徐師傅給雲盛蘭拉琴，大角兒，演完我帶你進後台，好歹誇誇他新買的那把琴，算是拜會過前輩了。」

「等你真能看見他在台上拉那把琴再說吧。」秦學忠小心收拾胡琴的動作就像個老頭一樣細碎，岳少坤在他身後一邊等著，一邊看著。

三

雲盛蘭真人有多美，不敢想，但只要她勒戴好七星額子，插翎掛尾，紮好女靠往台上一亮相，不論說白和工架，僅是剪水雙瞳，就足能震住戲院裡每一處角落。特別是那套蝴蝶穿花般的舞步，迷亂人眼，連岳少坤都忍不住跟著叫好。但秦學忠真是來看徐鶴文的，老師傅今天特意穿上一身直翻立領，繡有暗紋的中山裝，頭髮梳得紋絲不亂，透著乾淨，體面，宛如一座古式樓台，烘雲托月間隨著唱腔的開合起伏而俯仰晃動，他僅用目光與樂隊交流，協調節奏、音量，在台上導板過門一拉，觀眾就開鍋了，滿堂叫好。把一折《穆柯寨》拉得時而如穿雲破霧，時而又似浣紗小溪，而且穿插著加花雙過門也很討巧，猶如金石之聲般，動人心弦。但令秦學忠意外的是，徐鶴文今天果真用了那把新胡琴。新竹還沒長結實就被砍掉做擔子，過嫩，發音太細，師傅必須讓出水分，顯出竹筋，才能瀰補嫩擔子出音不足，通常琴師都避免急用新琴。他距離老頭並不近，按說台上也瞧不準下面，但他就是能感覺到，徐師傅是在拉給他看，頭把琴似乎就在等著這個晚輩。

「老實了吧，一會兒跟我乖乖去後台。」岳少坤又得意了，他終於能全情投入地為雲先生喝采了。秦學忠這才注意到，他的脖子一直是梗著，而且發偏，每到激動處，偏得就越發離譜，那不是故意為之的瀟灑勁兒，而是先天怪疾，這下終於明白他為什麼唱不了武生了。

當演到穆桂英跨雕鞍忙傳一令，秦學忠準備聽最見火候的西皮導板轉原板時，他卻看到了令人揪心的一幕。過場前，徐鶴文忘記換琴了，他仍拉著那把做工奪目的紫檀胡琴不放。舞台燈暈將他臉照得裡外通紅，更要命的是，下面彈月琴、拉二胡的都在等著跟他來換調門，這一下全亂套了。就連岳少坤都能看出來，雲先生快兜不住了，唱「慢說是天門陣一百單八，縱有那千萬陣我也能殺」一句時明顯不對味，臉都綠了，差點翻場，勉強撐台到最後還是冒調了。

「那把琴……」觀眾本來就是挑著看戲，愛找毛病，但這麼扎眼的刺，很多人還是頭回碰見。在場所有人的目光都鎖定在徐鶴文那把琴上，但見老先生面不改色心不動，對眼皮底下一切狀況熟視無睹，照舊拉著自己的調門，一招一式，有板有眼，只是那僵硬的肢體和荒誕的曲音，讓秦學忠看著心碎。

後來他們聽說，徐師傅鞠躬下台後，乾坐了整整一晚上，雲先生直接通知劉團，換琴師。劇團裡的人都在傳，雲先生真是個手起刀落的角兒，殺伐決斷，不含糊。劇團裡的人還傳，這兩位是從窮途末路時就搭夥演，虧是老徐亦父亦兄的幫襯，雲先生真成了角兒，這才一得劇團今日的否極泰來。劇團裡的人還傳，老徐當年靠左右手都能操琴這個絕活，招來不少看熱鬧的，真救過劇團一命。如今嫌分的好處少，排戲前總擺譜，老想拿一把。雲先生嫌他不聽話，賣弄技巧，喧賓奪主，兩人的恩怨也不是一兩天了，正愁沒機會換他。這次老徐又玩花過門，托龍尾巴，弄不好團裡要記他舞台事故。

琴師在戲台上的位置，獨一無二，坐在樂隊左前方顯眼的位置，面朝舞台縱深，側向斜視觀眾，一分一鳌，洞若觀火。在他們眼裡，京劇完全是另一種時空，另一個世界，所以他們最有資格引導甚至勸教演員。早年間，樂隊多簇居於演員身後最上方，得有「場面先生」一說，因是京胡犯忌，改用笛子伴奏，後因戲目豐富，笛音過於單薄，只適於崑曲，所以京胡又接過衣缽。但自古至今，琴師與角兒，都是君臣關係，永遠得傍著，那時琴師從來不單獨開錢，都從角兒的戲份裡分，這叫「腦門錢」。說白了，整個劇團都是靠角兒一人養活，也不為過。這些規矩徐鶴文不可能不明白，問題是他這麼做，到底圖什麼？

秦學忠不斷回想那天演出時的每一個纖細瞬間，他發現老徐居然是朝他這邊笑了一下！以秦學忠對人情世故的理解程度，他根本無法揣摩那層笑意，或許在常人看來，那根本就算不上是笑。況且那晚老徐操琴如端槍，上好的一把紫竹京胡，浮誇躁動，不安分得像一匹熬到殊死一搏的困狼。徐師傅如果分心到台下，那究竟是想暗示他什麼？秦學忠想不通，莫非老人就在等這樣一個場合，自己成全自己。

在去湖廣會館的路上，他把這個疑惑告訴岳少坤，對方凍得直跺腳，然後卻毫不上心地反問了他一個問題。

「你怎麼還在想這事？早翻篇兒了，老徐已經辦好退休準備挪窩了。」秦學忠知道，老徐在劇團的資歷比劉榮還早，除非他自己申請，沒人能動他，眼下這個局面其實就等於一齣《勘玉釧》，賜他一條三尺白綾。「跟角兒嗆嗆，她死在台上跟你有關係嗎？他也逗，不是喜歡自己拿板麼，回家愛怎麼拿怎麼拿，下次你再瞅見他，保不齊就是天壇公園或者哪個工人俱樂部裡了，能有一幫票友捧，五毛錢，聽一天。」

高個兒回頭看了一眼在身邊呼嘯而過的一〇二路電車，後悔沒上去，他皺著眉頭，從懷裡掏出一根春城菸，遞給秦學忠。

「徐師傅專攻程派，還懂唱腔，全不是你我所能及，家有一老，如有一寶，何況他不僅六場通透，而且托腔圓潤，過門、墊字，疾徐有度，自成一派。劇團就這麼踢他走，寒人心。」

「那他也得給你托才行啊，觀眾看戲，終歸還是看角兒，混在劇團，不過四個字，『托保隨帶』，咱得跟著行腔隨機應變，給演員托舒服了，這戲才好看，人家才願意帶你唱，否則你去哪兒找飯碗？」寒風吹起來跟鍘刀似的直削腳面，岳少坤歪著脖子，再使勁嘬，火柴也根本點不著菸，手指凍得像胡蘿蔔一樣腫大。路過臘竹胡同時，剛好碰到烤紅薯的，熱烘烘的香氣撲鼻而來，兩人一人買了一個，捧在手裡繼續走。高個兒問他這東西有什麼吃頭，他說小時候鬧自然災害，他就是靠吃紅薯藤活下來的。

高個兒的話，字字在理，這都是琴師安身立命的根本，走到前門飯店門口，秦學忠找個背風的牆角把菸點上，他開始後悔那天在後台沒給老徐敬上一根。

「你現在應該操心的，是雲先生換琴，要換上來的會是誰。」岳少坤把菸伸過來想借個火，話遞得又近了一步。「多少人在盯著他這個缺，作夢都想給他填坑。琴師和角兒，就是魚和水，你要想方設法和角兒的唱腔融為一體。記我這話準沒錯，早晚有一天你吃上跳蝦仁了，你得謝謝我。」

徐鶴文也是個寧折不彎的主兒，團裡本意是把他調到業務科，幹點務虛的工作，掛起來養老。但他不肯，臨走前想轍把關係放到院裡去了，陰風暗雨的弄得劉團有點狼狽。他還特意託人給秦學忠帶了句話：戲台緣角，你我之命，相猜未相伴，拉琴即拉人。

他聽後也沒給回話，只是徐師傅那晚的風雨之勢，以及若現若無的笑意，總時不常地迴盪在腦子裡。

其實那次在化妝間，秦學忠正用腦子給自己拉琴聽，四四拍、一板三眼、四二原版、四一流水，全在心裡過譜。他始終認為，琴，拉的不是聲響，而是心氣，未必要多大動靜，但整個人一定要沉，要進去。小時候看書，清代人王士禎寫過一本叫《池北偶談》的集子，有句話是「筆墨淡遠，擺脫畦逕，雖士大夫無以逾也。」所以要讓他說，做琴師的，「淡遠」二字，應為圭臬，做人做事，於情於理，都逃不出它，尤其是對琴。

雲先生把話說得很明白，這次換琴師，就是要用秦學忠。劇團裡的人全說是劉團使得勁，生怕這熱鬧馬上煙消雲散，都來探小何的態度。小何把話撂得更明白，大家最好都盼著少有差池，琴師能給雲先生拉熟了，團裡過年才有錢發，熱鬧再大，不能當飯吃。

劇團的人也並非外界想當然以為的那樣，冬練三伏夏練三九，這裡的日子活色生香得很。大院最外面那棟樓的一層，給了小何主事的行政科。二層打通中央幾間屋，闢出了那個練功房，再往上就是宿舍，兩棟被爬山虎漚出青苔浮水印的大灰樓，南北比鄰，其實都高不過五層，但街面的人望過來，都說還挺氣派的。梨園人吃飯都是吃的倒三頓，晌午前，別說練功，誰敢在樓道裡咳嗽一聲都是找挨罵。一到飯點兒，不論是角兒是龍套還是敲鑼打鐃鈸的，借蔥借煤，挨家挨戶搶廚房生火做飯，燜炒烹炸，光是煎雞蛋和剁臘肉，就能將整棟樓連成一片。酒足飯飽再睡一頓午覺後，才會有人逛蕩到練功房，沏一壺鐵觀音，溜嗓子壓腿。

雲盛蘭也一樣，晚上沒到演出絕不動筷子，登台前照例灌幾口溫開水，《奪錦標》、《戰濮陽》一口氣盯下來，扮相娟秀，台風穩，武工乾淨俐落。最挑剔的老戲迷，也不會在她身上吝嗇掌聲。尤其一齣《女殺四門》裡的劉金定，四擊頭亮相生脆俐落，鮮紅刺繡大靠、雉尾翎、狐狸尾一扮上，豔。最絕的是她點步翻身時，手眼身法，拿捏精準，趕的就一個俏勁，靠旗飛揚一剎那，英氣逼人。每到此刻，劉團都能聽到滿堂叫好，樂得他紅光盈面，雙手合十。就連雲先生自己，卸妝後也極其興奮，跟其他旦角兒能在飯桌上通宵聊戲。

但秦學忠不是這套練法，他天剛擦亮時，人就必須在法源寺東口拉琴，那有間對外文化研究所，所裡空著個半地下自行車庫，躲進去坐車後座上，腳踩著車支子，一待就是一天。被地面截掉一半的窗戶，只有上半部分能看見外面操場。在這裡，就連時間彷彿都被切割，四季隨著迴盪的琴聲在眼前更替，或是爛漫夕照，或是瀰漫空際的漫天飛雪。有時候入境了，一曲《夜深沉》，竟能令他回到己亥年臘月，遙見於羽狀烏江口自刎的楚霸王。團裡煙火氣太重，想求得淡遠，難。即便最簡單的心安理得都不好保證，更何況內心的寧靜，他只願諸事落得個順其自然，便是福分。

團裡一個打小鑼的過來傳話，說雲先生怒了。

雲盛蘭壓滿身的下腰功，就連資格最老的武生都認，平日只要她在房裡練鷂子翻身、探海射燕，別人就只有看的份兒。團裡少有武旦上台使得左右旱水，她咬牙硬要在木桌上練成精，嫩滑的雙臂先撐桌緩慢起頂，全身勻稱用力，徐徐下落，同時雙腿前搆，足尖抻到頭部，再落下從後向左旋轉，直到一臂獨撐桌面，整個身體完美地懸俯亮住，左右旋身，一個台漫，最後從桌上騰空而下。整個過程，一氣呵成，空頂時舒展挺拔，搖擺中如同展翅，那是真下血本練就的硬功夫，但這個活兒，別人連看的份兒也沒有。

所以見她正在一條軍綠色海綿墊上練雲裡翻，秦學忠剛進門扭頭就走。

「走哪兒去你，你是琴師。」

「我以為是雜技團的人來借場地，走錯門了。」

雲盛蘭忍住沒笑，仍板著個臉，抻了抻身上朱紅色的美麗綢練功服，下身一件淡紫色燈籠褲，把皮膚襯得越發白皙，還特顯帥氣勁兒。她拉了兩把凳子過來，坐近了他才發現，卸下戲妝後的雲盛蘭，對旁人完全是另一種吸引，標致的鵝蛋臉和一雙水潤的杏眼，天生就屬於戲台的美人胚子，一縷長髮黑亮稠密，垂肩時又略帶俏勁。秦學忠注意到她腳上一雙內聯升的轎夫灑鞋，黑面白邊，雙臉帶筋，透著虎勢，老舍先生筆下的祥子就穿這個。

「怎麼，沒見過？這鞋軟，吸汗，輕而生風，一師哥送的，穿著舒服。」

這話臊得他不好再看，兩人就按商量好的走。

「嘿，你這琴可夠舊的，今兒先試試散板《四郎探母》吧，你幫我搭個腔。」她用纖長的手指在他面前一晃，秦學忠心裡一提，真看不出這個心勁兒極高的女人，能大上自己三歲。先聽她打引子，他明顯感覺，雲盛蘭能在工架上出彩，全靠拿命搭進去磕下來的，行話講叫山後練鞭。至於文戲，唱腔上必須得有人托著她，時刻點她，注意隨情節和人物情緒的需要而變化。單靠她一人找調，離程派「聲情美永」的標準還差得遠，所以琴師必須多她幾個心眼。她的唱功有優點，嗓子亮堂，但瑕疵也很扎眼，到《坐宮》時他的琴一進來，她那種華美委婉，總欠感覺。唱到「說什麼夫妻情恩德不淺，我和你原本是千里姻緣。」一走西皮快板，她就有些跟不上了，竟忘了在哪裡偷氣，一下子斷在那裡，也輪不到自己搭腔了。

稍靜片刻，雲先生沒再言語，秦學忠不好多問，依舊繼續。不知誰開的窗戶，一股涼風順著縫隙吹進來，霞光折射在窗台的花崗岩石面上，從她的肩頭灑到胸前，一股股紅暈映得她臉粉撲撲的。他少有地抬起眼皮去觀賞雲盛蘭，見她微垂下頦，似有心事。忽然正被她那雙圓眼逮個正著，手裡的胡琴立刻拉走了一板，這回雲先生沒忍住，「噗嗤」一聲樂出來。

稍作磨合後，秦學忠看出她今天情緒和嗓子都不太靈，就把調定低一點，托著她。再到後面，兩人便越發默契，哪兒有氣口，小腔變化，他都心裡有數。雲盛蘭唱快板節奏也漸入佳境，一句明枝亮葉，一句深情內藏，到後面還和他使了個「魚咬尾」搶拍著唱，秦學忠的手竟然史無前例的在中途微有抖顫。

「行了，有點累，先在這兒打住，我給你放段音樂吧。」她走到玻璃鏡一角的功放音響前，隨手打開，裡面傳來一首低緩深沉的無伴奏大提琴組曲。那旋律蓋過風聲，彷彿可以為絢麗的夕陽碾成一股朱砂般的金屬色。

「你平常聽 Bach 嗎？」她在說「巴赫」時，特意念成英文原音，所以秦學忠聽到的是「巴哈」，她說的很輕，他沒反應過來。

「每天聽一點 Bach，生活就會更好一些。」她感覺有點自討沒趣，「不過我沒看錯人，你人是挺面的，但琴不撤勁，也不墜著。你摸對了我的唱腔規律，我喜歡乾淨、簡練，你能托得住，說明不僅會拉琴，還懂人。和你搭戲，挺舒服，真的。」她眼睛裡確實有股勁兒，能激起人心底最深的躁動，像被刀刃刺過一道似的，秦學忠沒說話，不好意思的回敬了一個笑臉，他覺得心臟燒得慌。

「劉團跟你說了麼，年底劇團在大戲院有個大型演出，我壓軸，咱倆這幾天抓緊排一下。」天色就快暗下來，雲盛蘭起身收拾衣服，再去關音響。「你平時一點古典音樂都不聽嗎？」

「聽，一點還是聽的。」他撒了個謊。

「我最近想把宮調，念白，尤其是尖團字砸瓷實了，這兩天一起去看幾場演出吧。」她一通忙活後，走過來，低頭直視著他。「屁股夠沉的，起來。」秦學忠趕忙鬆開踩著的腳蹬。

逆光中，雲盛蘭修長的身形被勾勒出一道柔美的剪影，他認定她就是那種戲台上的女皇，無意中發散出的魅力，不會是這個劇團所能消受。

唱腔講究有法有度，而無定譜，要靠演員自運神妙。但餘後幾日，秦學忠發現她雖清楚自己的短處在哪兒，就是使不上勁兒。等摸透她的唱功特點和用嗓習慣，再見她吃不對地方，他就暗中拽著她，托得嚴絲合縫，唱得舒服之極，幾弓子就拉通了。雲盛蘭得以揚長避短，卻有一種是由她引著唱腔走，琴師隨之而動的假象，新組合沒幾年的默契積累，在信任不多的情況下，想糊好這層窗戶紙，不易。

對於看演出的時間，雲盛蘭安排得非常緊湊，兩人順著煤市街，走訪前門一帶幾大戲院的演出。秦學忠發現自己很少留意過武旦的神韻，但這是讀懂劇情，深入角色內心的鑰匙。演《取金陵》時，雲先生目不轉睛地盯著戲台，很久，到了八面演員朝中間演張秀蓮的武旦打出手的時候，幾件兵器輪番連踢帶接，每一下，雲盛蘭就跟著皺一次眉。

「刀馬和花衫都可以兼，不必專工，但武旦是硬功，保飯碗的。」她只是說話，眼睛仍是不動。「你看這些演員，生用勁，少彈力，迎面骨和腳脖子一定都是腫的，槍落下來很容易掉塊皮，一旦受傷，很長時間就不敢再踢了，這還只是皮毛。武旦的舞台壽命短，不會別的，等著餓死吧。」秦學忠第一次見到坐觀眾席的雲盛蘭，他很奇怪，大戲院的演出在即，雲先生卻不評高下，不品好壞，只談憂心，但看她始終僵著身子，他不知該怎麼接這些話。

四

自從搭上雲先生，秦學忠發現兩個同齡人容易很快就親近起來，她對自己也遠不像別人那般高高在上，逐漸他的生活規律也就完全跟著對方轉。所以這天難得有空，岳少坤招呼他一起去買清華池對面的天津炸糕，他就答應了。晨曦穿過枝枝蔓蔓的樹丫和有軌電車線，就像給青灰色的早高峰插上一把把利劍。滿大街的白山牌自行車和閃耀在攤販手中，一桶桶黃澄澄的菊花晶，為年關添了幾分聒噪的喜慶氣氛。一到這，秦學忠就後悔了，三五百米的隊伍，一小時也排不完。

「見識了吧，吃炸糕都比看戲的人多，斜對面梨園劇場，最賣座的是錄影廳，開玩笑，那可是建了一百年的活化石。」岳少坤用胳膊戳了戳他的肋叉子，扭脖子指給他看。他倆站在一起，就像兩塊沒撕勻的布條，一個窄細，一個寬粗，碰巧大院兒裡幾個同行路過，招來對方默默斜視。

「他們幹麼那麼看咱倆？」秦學忠感到很不自在。

「不是咱倆，人家就看你，傍上雲先生的紅人。」高個兒拍了拍他的肩膀，依舊梗著個脖子。「過年在大戲院一壓軸，你就成了，當然要羨慕你。」

「那眼神不是你說的這個意思，至於麼，都是憑本事找飯碗。」

「什麼是本事，你告訴我。」高個兒突然很認真地問他。

「這你不懂？托腔圓潤，包腔緊湊，弓法純熟，所謂襯托墊兒，嚴足帥博，都是老先生傳下來的。」

「錯，我告訴你什麼叫本事，這幾百號人排隊都想吃著熱乎炸糕，你能走過去就吃上頭一份，這算你的能耐。同樣的道理，團裡大家都拉琴，人家就拿死工資，吃不飽，也餓不死，你一個月光獎金都能掙五十塊，這就叫本事。正所謂曲如其人，幹這行的，沒幾個是善茬。這個團，屁大地方，誰傍角兒，誰壓軸，憑的，就是三個字。」岳少坤四下瞅了瞅，再湊近一步，為了脖子方便，他把身子像圓規一樣挪過來，低頭朝秦學忠說出了那三個字。

「你瘋了吧？」秦學忠急了，他的聲音有點大，排在前面的情侶忍不住瞪了他們倆一眼，弄得岳少坤有點尷尬。

「我問你，團裡除了跟我，你和誰說話能超過五句？」這句話還真把他噎住了。「說你聰明，劉團一手提拔你上來，你可曾想過去謝他？你的關係、住宿和待遇問題，何主任為你跑上跑下，你請她吃過一頓飯嗎？說你傻，你卻知道整天黏著雲先生，我勸你和她在唱腔上融為一體，也沒讓你們兩人往一塊兒融啊？琴師和角兒是魚水關係，那和男女的魚水情是兩碼事啊。我特想問，這大院兒裡包括我在內，你看得上誰？」

「你琴拉得不錯，活分。」

「我幾斤幾兩自己清楚，他們都管我叫萬金油牌琴師。」高個兒把搭在他肩頭的手放下來，但還是低著頭，大有點兒顧影自憐的意思。

「你進團以前，不是有過幾年學小提琴的底子麼，素質差不了。對了，你有巴哈的磁帶嗎？」秦學忠吃不準英文發音，不中不洋說出來，高個兒聽了直納悶。

「是巴赫吧！」岳少坤敏銳的反應把秦學忠嚇了一激靈。「其實西洋樂很有意思，和京戲的樂理也相同，而且拉京胡的琴師，作用之重要遠超過交響樂隊的首席小提琴。你想搞新路子？不過人家都是西學中用，你胡琴的底子很厚實了，何必再倒過來撿提琴的瓜婁。我還有兩盤格里格和勃拉姆斯的帶子，你都拿走聽著玩兒吧。」高個兒說完就想走，不再跟著隊伍。

「你幹什麼去？」

「這個隊我排不起了。我爸匯了筆錢過來，我還要去天橋商場買五糧液和中華菸。你吃肉，我討湯，過節前得打點一下劉團，再沒新戲帶我，年也甭過了。你回去吃你的紅薯藤吧。」

五

距離在大戲院演出的日子不多了，練功房裡的雲盛蘭看上去有些焦慮，強逼自己進入狀態。秦學忠幫她新沏了一壺鐵皮石斛，加了點玉竹和麥冬泡在裡面，養嗓子。祖母綠般剔透，跟窗台擱著，很好看，整整一天，她連動都沒動。從開嗓找調門，再到對腔，她多一句廢話不說，而且整個人都發緊。對著窗邊這一枝迷人的剪影，秦學忠實實在在替她捏一把汗，看不懂這個堅韌的女人到底扛著什麼。有時竟會從心底湧出一股，想緊緊摟住她的衝動，兩個人也好都能停一停，想一想。

他拉琴有個習慣，左手不一定要和演員一樣，音符如果一樣，很難聽。拉快板只能裹著走，演員唱一個音，他就拉兩個音，托保隨帶，他覺得左手跟演員不一樣沒關係，只要右手步伐整齊，記住多少句，在最後一句找齊，正拍，往裡拉，齊活，但並非所有人都適應這種習慣，尤其是角兒。

「『聽他言嚇得我渾身是汗』這段，旦角西皮流水比老旦、花臉的流水要慢，除第二句『十五載到今日才吐真言』是過板起唱，其他各句都是板上起。這種在全段裡碰著板唱多於過板唱的流水很少見，你在這地方用點心。」兩人還在磨《坐宮》，聽她對細節這麼一囑咐，秦學忠愣了一下神，角兒這意思很清楚，不要欺負人。直到拉西皮流水板的《鎖麟囊》，托腔時，他特意熨帖她的氣口頓挫，拔倒刺似的想把癥結剃出來。

「調門起低了吧？而且跟得我很不舒服。」她停了下來，很嚴肅地問他，但架勢依舊擺著。

「妳今天唱的不太痛快，是不是受涼了，嗓子是風火衕門，我要跟著妳的狀態定弦。」見他一番關切後，雲盛蘭沒再說什麼。她的嗓子尖亮有餘而低柔不足，從刀馬旦改唱青衣會吃虧。秦學忠願意幫她趟這條路，所以隨著她漸入狀態後，他特意在小墊頭上做了些變化，用連弓、快字填補空腔。

「能不能別在我的唱腔裡加這種墊頭，容易亂，另外你跟得我太緊了。」她髮鬢下滲出的汗珠接二連三著朝下滴淌，皺起雙眉的樣子令秦學忠心疼了一下，他一時沒對答上話。「我不是讓你去聽巴赫嗎？他的音樂精髓就在於中庸之道，你不能借鑑借鑑？」

「我聽了，這麼說吧，西洋樂所謂的板式，指的是情緒，與京戲的快板慢板不是一回事，它的節拍並沒有改變⋯⋯」

「你知道我為什麼把徐師傅換掉嗎？」雲盛蘭收起架勢，手叉腰上，身子正對住他，一條長腿朝自己邁了一步，突然把秦學忠問蒙了。「他就愛在我的唱腔裡用花字過門，又不肯隨我的腔。當初看你抓腔不錯，而且也不看譜，才輪給你，你是要走他的路嗎？」她語透寒意，冷而發狠。

「徐師傅的花字我見識過。」秦學忠從容地把琴橫著放好，輕拿起墊在腿上的毛巾，擦拭著瘦脹的手，不再碰觸她追問下的眼神。「他的技巧說好聽了，像珠滾玉盤一樣，華麗、漂亮。說難聽的，就是賊，我們做晚輩的，無從指摘。妳的嗓子尖而單，他在有意豐富妳的情緒。過門是琴師的領域，他怎麼選擇，有他的道理，不見得妳就都對。如果完全隨腔，那不變三弦拉戲了？」

「你跟得我太緊了。」她無意再爭辯下去。

「嗓子就像猴皮筋，不抻即回，調門的高低，琴師自有把握，況且我們都是根據妳的狀態和自身條件來定調，所謂襯托墊兒，針芥相投，我不失職。需強需弱，不能死板隨唱。」

「我說！你跟得我太緊了！」

她的聲音如排山之勢的陣陣鼓浪般，在練功房裡反覆遊蕩。以前總聽旁人說起，這是秦學忠頭一次真見到演員翻臉，他不確定樓道外是否有人能聽到，更無法確定的是，這句「跟得太緊了」到底是什麼意思。走之前，雲盛蘭獨自收拾東西往包裡填，他就站在她身後。牛仔包與絲巾、首飾盒之間產生刺耳的摩擦力，從她執拗的動作和表情上看，那分明不是在收拾東西，而是他所見過，最孤獨、最沉默的一種抗議。秦學忠看得出，她身上有難處，但在她周圍，分明被一種強烈的牴觸力，劃出了一條界線，令他進退不得。

或許是意識到自己失禮的過激反應，雲盛蘭當天晚上就托兩個師兄來找秦學忠，意思依舊很清楚，別太往心裡去。這幫唱花臉的一向很少跟拉文場的琴師打交道，站在宿舍門外用鼻孔往裡探，秦學忠狹細的身條甚至掩不住門縫的空隙。一個國字臉師兄馱著背，瞪個大眼，先朝他點一下頭，又借個火兒就在門口抽起來，其實那不是抽，而是用食指和拇指捏著菸蒂往嘴裡嘬。大致是說，角兒再大終歸是女人嘛，不看僧面看佛面，她從沒跟男人服過軟，是爺們兒明天接茬過去拉琴。遞完話，這幫人就進對門鑼鼓師的屋裡打牌去了，把他晾在門口，氣不打一處來。

「明明是正大光明探討業務，弄的卻像娘家兄弟勸和。」他越想越窩火。

半夜，這兩師兄從對屋出來，國字臉臨走前還特意敲了一下他的門，提醒他明天一早就進練功房。

「不去了。」門沒開，裡面傳出來的話，絲絲薄薄的卻透著一股尖酸勁兒。「都聽角兒的不結了嗎？那就沒什麼好排的了。」

「眼下都什麼時候了，你他媽跟誰耍娘們兒脾氣！」國字臉推門就闖進來，一掌把門栓上的螺絲直接弄崩了。「團裡新從院上挖來一個女旦，剛過二十，工青衣，也會武旦，你能體諒一下她嗎？我這算是跟你掏心窩子的話吧。」秦學忠仔細打量著他，光用胸廓肌他就能直接把自己碾死。

他有點亂了，國字臉所謂的掏心窩子，雲盛蘭的難處，以及岳少坤所說的本事，這些風馬牛不相及的零碎，他從未仔細想過，跟他拉琴也扯不上關係。他的領口被揪得老高，國字臉右手就差攥一把銅錘，令他想起《二進宮》裡的徐延昭，還有戲裡那一句「我好比魚兒闖過了千層羅網……」

六

清早，冬至前的珠市口，磚路蜿蜒多翹，再被刷上一層綿薄的霜氣，凝結成令人疑心的鏡面，像一個女人醉臥在床榻，背上鋪著一層珍珠衫。院牆內外的槐樹枝，枯化出一條條尖細的炭黑色暗線，交織著街巷上空的灰霾，正密謀著縫製一張凌亂的篩布，罩在秦學忠的頭頂。從校尉營胡同，一直往西到粉房琉璃街，他習慣邁開雙腿隨意走進哪條岔路，任由腳腕去逐步適應那不令人信任的冰面。心裡一綳一鬆的，比跟人打交道有意思多了。為保護吃飯傢伙，琴師通常忌諱上肢運動。最要緊是這種冷寂而乾硬的短暫時光，令他清醒。回想這些天擰起勁來，一心閉門練琴，竟真捨掉了回練功房排戲的事，跟高個兒也沒再見面。雲先生畢竟是角兒，到頭來耽誤的還是劇團年終演出，不應該。

他麻著頭皮磨蹭回劇團，卻發現院裡走動的人格外少，冷硬的青磚牆外沿會支出一根熠熠耀眼的鐵皮煙囪，石灰水泥地面和墨綠的自行車棚，還有財務室北面女兒牆上的扶欄雕，以及依傍著一樓行政科，於秋日裡噤若寒蟬的梧桐葉，只要秦學忠一站進大門，都彷彿被糊上一層無趣的石蠟。平日淚汗交織的人際網格被塗抹乾淨，即便零星幾個錄音師，瞅他的眼神也很不自然。他感覺被找進一座弔詭的城門，不明就裡地進樓後，瞧見行政科樓道口黑板上，排好了年終演出的戲目表和人員配備，很多人已經看得差不多了，稀稀散散的議論著什麼，說話前還要先瞥他一眼。

本來不管寫的是什麼，總會有人議論，但總不至於全院演職人員都圍住樓道口。無數顆雛鳥待食般攢動的人頭，黑壓壓擠成一片，連回宿舍的路都堵死了。他順著方向看過去，直勾勾的在黑板白字上掃了一個遍，不僅發現自己的名字，而且整日泡在家磨好的選段，全換了。雲先生壓軸不錯，但戲份全是刀馬，而且她名字後面的琴師，跟的是岳少坤。

「角兒就要能聽話，肯賣命的，不是反客為主的榆木疙瘩。」終於有句話傳進他耳朵裡了。

他被隊伍擠出過道後，正要抬腿上樓時，剛好跟何主任走了個照面，她走路從來都是風風火火地扭動著髖骨，依稀能看出當年唱花衫的旗鞋步底子。沒來及打招呼，兩人已並肩錯開了。但這並不妨礙她的指令鈴鐺入耳，「你跟倪燕唱小軸，墊場。」倪燕是誰？秦學忠不認識，也沒興趣認識，雲先生肯找萬金油，合情合理，大家都鬆快，但總該給自己一個說法吧，可當初換徐師傅，他又得到什麼說法了嗎？秦學忠沒心思細想，他的琴不是為了捧誰才練的，回屋接茬拉自己的就是。

一進房間，積鬱多日的菸灰隨著穿堂風四處飄散，他拎了拎褲子，一屁股坐在鋼絲床上。他現在明白，雲盛蘭豈止要做戲裡的女皇，她是要掌控台上台下的一切。嵌在老榆木櫥櫃上的玻璃花稜面，將光線晃得他心煩，卻懶得再起身移一下。那扇屋門刷著薄厚不勻的藍漆，上面結有滴垂的凸起漆塊。隨手沒關嚴，風一起，門縫就嘎吱嘎吱的越敞越大。但那明明不是風，而是興奮的人群來回湧動的氣流，如果是風，那也是人來風，歡騰中，他甚至能聽出幾分狎昵的膻味。終於不再指望死工資過年了，吃不飽，也餓不死。「淡遠二字，還真是好說，不好用。」秦學忠閉上嘴，下意識地摸了摸琴箱。

門還是被完全推開了，外面是一張清秀的臉，隱在樓道，滿是怯怯的歉意，看著不像是經過。

「何老師叫我來找您，碰一下年底的演出。」女孩一頭齊整短髮，望過來的眼神發飄，可能屋內繚繞的煙霧迷糊著她了，看上去有點兒眼大無神的意思。她緊閉雙腿，一張白紙被雙手擰成卷狀，文靜而稚氣未消的臉，裡裡外外都透著一股懇切的拙樸，頗有些程門立雪的心氣。這股氣，和樓道外那股風，格格不入，但恰是如此，得以直鑽進他的心脾。

就算只找了間窄小的辦公室，秦學忠也聽得出，擁有一副清麗嬌音的倪燕，是一塊唱戲的好材料。劉團看人是把好手，這嗓子到哪兒都缺。同樣唱一折程派《三娘教子》，卻是另一番韻味，那是雲先生踮著腳也搆不到的一個地方。這丫頭只小嘴一張，全有了。只是他發現倪燕的骨架很細，而且身段的勁頭和眼神還差得遠，在板眼上缺經驗，沒學活，得細磨。

「秦老師，『將身兒來至在機房織絹』，到了『織絹』二字，這四拍您怎麼都不一樣？一拍比一拍快。」倪燕兩手扶膝，燕語輕吟般地問。

「妳到這塊兒氣就沒那麼長了，我就有意識地給妳往前拱一點。」秦學忠回答得很簡練，眼皮都沒抬，新人不該這麼多事，沒規矩。

「可我師父說……」

「是你師父拉還是我拉？叫你師父墊場去。」

倪燕不再說話，兩人剛要重來，屋外就有人敲門，「誰在裡面拉琴呢？這是辦公室，下午檢查衛生，練功房排去……」

七

秦學忠有陣子見不到岳少坤了，大戲院的演出一落幕，都說雲先生的台功是更上一層樓，他就趁勢跟進各大機構內部系統演出，和團裡其他精英一樣，都不會在過年前後出現在大院兒裡。這期間，團裡還給他調了一間朝向好的兩居室。偶爾幾場大型演出才派人把他接過去，若是重頭戲在後半場，直接一切兩開，岳師傅只坐鎮大軸。整天跟著秦學忠的，就只有倪燕一人了，三番五次找他聊戲譜，談唱腔，找神氣。她的天資真是好，就像是一棵嫩竹，通亮、乾淨，還有些小聰明。而且嗓子從不過分追求滿宮滿調，總愛欠著點。每每出了岔子，只要他臉色稍變，她就會輕咬舌尖，用手撥弄著褲線，讓人張嘴說不得。「壺冰自潔中無玷，鏡水非求下見鱗」，他覺得可能說的就是倪燕。時間久了，在秦學忠心裡，倪燕這面清水，是什麼意思，他當然能猜到。掩藏在薄弱的冰面下，那純真輕盈的青春朝氣，誰又能不被吸引。但他總會想到雲盛蘭，那是多麼嚴烈的一團火，這根弦他不敢輕易再碰。

過年的喜慶氣氛，跟枯舊院牆外，此起彼伏的炮竹聲一樣，都侵不透秦學忠的心裡。劇團大門口二踢腳崩向夜幕，像是呼應著漫天星空。女孩們對過時的玩意全無興趣，倪燕去師姊家串門吃年夜飯，說好給他帶宵夜回來，他才得空跟屋裡喘口氣。寫字台上的白瓷茶杯，被振動出細微的水波紋，靠著冰涼的床幫，電視正在播春晚，演到戲曲聯唱，他還幻想過有朝一日，能跟雲盛蘭一起走進央視演播大廳，或者也陪她上個春晚。這個念頭再次一晃而過時，秦學忠不由苦笑一下。有時他也會拿倪燕與雲盛蘭對照，一個青衣，一個武旦？這麼比還不夠貼切。應該說，一個是麥芽糖，一個是尼古丁，想戒掉這個癮，就得多吃糖。這塊糖，又黏又糊嗓子，當然比不得尼古丁的魅力，但至少他能掌握得住，他吃得起。問題在於雲盛蘭至今沒給他一個準信兒，嚴重影響了自己吃糖的決心。想得太深，有人敲門他也沒聽見。

「老秦在嗎？喝一杯吧，你出來還是我進去？」是岳少坤，秦學忠心裡被什麼東西墜了一下。

「進來吧，不過我這沒酒。」他趕緊理了理衣裳，把折疊桌支起來，錯身讓高個兒坐裡面的床沿上。

「我帶了。」岳少坤也沒客氣，拎著兩盒竹葉青落座後，張開寬闊的肩膀，兩條大胳膊往桌上一搭，床都跟著沉下去一截。腦袋依舊在梗著，這令他擠出的燦爛笑容，竟發酵出一抹瘆人的獰意，左手掌一扒拉，示意秦學忠也坐下。這種反客為主的態勢，令秦學忠後悔起自己的謙讓，當一種大度被另一種大度消解，偏小的度那邊，心裡很不是滋味。秦學忠沒掛出任何臉色，也沒按指示坐下，而是去旁邊的櫥櫃拿了兩只玻璃杯。

「老秦呀，你那丫頭呢？日子過的挺熱乎嘛。」高個兒這話立刻把秦學忠逼到門軸，他恨不能上去直接一嘴巴，就不知道該抽他，還是自己。他又從櫥櫃裡拿出一盒菸，倪燕剛從菜市口買回來的黃鶴樓，想送給劉團，從年關到現在一直沒碰上，小何也不知道，就放他這了。

「嘗嘗我這個，我這個柔。」剛被他拆封的黃鶴樓，岳少坤看都沒看，就從兜兒裡掏出一盒大熊貓，立出兩根在他面前。秦學忠把嘴唇往死了咬，終於還算體面地拿到手裡點上。

「你這陣子沒在團裡，忙什麼呢。」氣氛比掛在屋簷上的冰柱還凍手，秦學忠幾乎是掐著大腿，逼自己提了一個毫不關心的問題。

「別提了，跟劉團去了趟海南。」秦學忠感到有東西在刺自己的心口。

「哦，那一路上一定很辛苦吧。」

「還行，坐飛機去的，當天走當天到，何主任給訂的票。」岳少坤將兩隻手攏在一起，幫著自己的歪脖撐起頭，腕子上一塊大錶金光爍爍。秦學忠這才覺察出，他一身皮爾卡丹的卡其色暗紋西服和金利來領帶，與這個鄙陋的房間有多不協調，但絕非穿戴問題。

「我這兒沒菜。」

「乾喝吧，正好說說話。」酒被迅速剝開，咚咚倒滿兩杯，透明的液體掛在瓶裡，垂露出一股股緩流，沒等秦學忠反應過來，高個兒一仰脖，先一乾而盡，那脖子和別人喝酒不一樣，是朝側後方一猛子翻過去，乍一看像在練甩髮功。「咣」一聲杯底硬磕在桌面後，兩眼殺紅。

「你要是這個喝法，我可陪不了。」秦學忠心頭一軟，估計高個兒是遇到什麼難處了，想到這他的身子忽然一陣熱乎，拉凳子坐得近了些。「光喝不能解決問題，你就往外掏吧，我這兒給你兜著。」

「兄弟我這回搭進去的可有點兒大了。」

「搭什麼進去了？」秦學忠覺得有戲可看，他忽然很埋怨自己為何如此興奮。

「都搭進去了，在海南，就差嫖了，劉團見識廣，胃口大，我真蓋不住他，最後送了一尊純金的歡喜佛。媽的，他媽的！」可能是酒精的緣故，岳少坤的話，他似懂非懂。

「你圖什麼？就為了傍角兒，壓軸，值嗎？」話趕話說的這，雖然心裡還是有些間隙，但秦學忠被自己的同情心感動得暖意融融，他想等對方說完了，也倒一倒自己心裡的苦。外面的炮竹聲太吵，兩人說話的聲音都聽著不太真切，他站起來把窗戶關上，也緩一緩激動的心情。

「我瘋了我？」誰想見岳少坤脖子一抻，兩眼一瞪。「不說了，麻煩。」秦學忠見高個兒不提這茬了，他就像走夜路當頭挨了一記悶棍，還找不著人。

「開春兒團裡要有一撥人事調整，你什麼時候回來演出。」秦學忠心想從倪燕那裡聽的這個消息，應該能套點話，至少讓他知道些雲盛蘭的近況。

「演出？演不了，角兒不在。」再仰脖，又是一杯，玉盤般的臉龐已微微泛起紫光。

「那人呢？」秦學忠興致一上來，自己先緊張起來，身子一縮，跟高個兒碰了一杯。

「在海南唄，她想再多玩些日子，把婚假歇足了再回團，然後在人事變動前……」

「婚假？」秦學忠的面色，像被窗外的炮竹劈焦了一樣，「誰的？」

「哦，對了！老秦呀，這酒不能喝的沒個由頭，你也替我高興高興，我和小雲要結婚了。其實，就差沒擺席，她想先把假給歇夠了，否則開春後肯定顧不上。」

在那一刻，秦學忠終於弄明白，高個兒和這個房間不協調的根源在哪了。只要「老秦呀」這三個字一出口，高個兒就立即擺出一副十足的官腔和官架子，那是劉團一輩子都拿不出的派頭。看著對方喝酒的樣子，彷彿比吃蜜還要香。他讀懂了，岳少坤不是來倒苦水的，這是專門來跟自己炫耀。

「你這得算喜從天降了吧？幾場戲就能讓雲先生進你岳家的門，單說這效率，你比急板的拍子還叫得響。」秦學忠人已傻眼，他都不知自己說的是什麼。「雲盛蘭，看來還是喜歡你那一路的琴，可塑性強。當時你怎麼說我來著？現在還是你有本事，你這才叫不排隊，直接生吃頭一份。」

「老秦呀，懂琴你是一門靈，但對這個女人，你真不行。我和她，各自看對方，窗明几淨，你想知道她是怎麼一女人麼？你想老徐為什麼要和她弄個玉石俱焚？團裡的事你能聽到幾分？你還跟我這兒聊人事變動？這變動真讓你看見了，吃屎你都搶不著熱乎的。」岳少坤講的一半是酒話，一半是實話，秦學忠無從辯駁，他又從櫥櫃提出一袋子鹹瓜子，一邊嗑一邊看著他繼續掏。「雲盛蘭這個女人，這個女人吶，老秦呀，你是不知道，你就記住了，我這次搭進去的，可太大了。你不要怪我，將來你會明白我的。」高個兒開始帶著哭腔，就差撒酒瘋了，這可能就叫喜極而泣吧。團裡許多事確實難懂，他就像背著一個海綿包袱，總在水上浮著，別人沉在水底，他卻總也潛不下去。後來岳少坤又說了很多不像剛結婚的新人說的話，怵目驚心的，老秦心裡罵這孫子酒品太差。但這些話如果細琢磨，就像被剪輯的電影膠片，支離破碎，運氣好的人，能疊影出唯美的蒙太奇。運氣差的，卻完全排列出另一個世界。至於他倆，哪個運氣好，哪個運氣差，更難想通。

外面開始放花了，突然旋空閃耀的煙火，就像戲裡猛然吹響的海笛，在耳邊停留很久，不肯散去。岳少坤被兩個拉二胡的背走後，他關上燈，把窗戶重新打開，散掉酒氣。一個人對著冷風，站了很久，奇異而曼妙的繁花一陣閃耀後，逐漸疏離。空氣中混淆著硫磺和硝的刺鼻味，向屋裡擴散。倪燕回來時嚇了一跳，她呆立在門口，以為屋子被人偷過了。

「老秦！看我給你帶什麼來了？你出來還是我進去？」

秦學忠猛然回身，看見這個俏麗的女孩，精神抖擻，在等他回話。

「對不起，我師姊總這麼稱呼她師兄，兩人剛分的房。待一晚上，見你就順嘴學起來了……」儘管沒有燈光看不到臉，但炮竹濺起的光亮下，秦學忠沉寂的身影足以令倪燕不安。

「叫老秦挺好的，這一聲不能白叫，妳嗓子要緊，從今往後，這屋裡再不會有菸味了。」

那晚倪燕終於留下來了，儘管她還沒有能力去設想，等待自己的會是什麼日子。

八

整一個月，劇團頭一次在沒有雲先生的情況下運轉，所以文戲比重被有意增大。這為有心想唱出頭的倪燕提供了難得的契機，加上她悟性不錯，底子本來就好，大路活扎實，頗有長進，很讓團裡放心。所以秦學忠知道她被排在週末場的折子戲裡唱女二號，還是中軸子時，並不意外。團裡不少人也都有意拿她和雲先生比，說兩人交匯，好似大刀如水，剛柔並濟。何主任傳話說，劇團可以有頭牌，但台柱子如果只有一根，被動的終歸是團裡。雲先生的武場功夫錯不了，而且美得不可方物。但在唱腔上，也不是一點毛病都挑不出來，這又恰恰是倪燕的贏面，二人若同台演一齣對兒戲，連劉團都好奇是什麼效果。

雲盛蘭和劉團一起從海南飛回來時，有點發福，她對這個演出計畫沒有反對。進大院兒當天，練功房裡人聲嘈雜，她把行李箱在門口一橫，直視屋內，所有人都停下手頭的事。倪燕當時正背朝著她，一針一線地在練醉步，隔著練功鏡，兩人互相望了一眼，算是打了招呼。

何主任特意去了雲盛蘭那一趟，問她是否在練功房和樂隊班子上，有什麼需要，針頭線腦的事情，都可以吩咐。她因為正在換衣服，就沒開門讓對方進來，小何站了好一會兒，屋裡才傳出來三個字，「不必了」。何主任托了托鼻梁上的眼鏡框，決定還是下樓走開，剛走到樓梯轉角處，屋門悄然打開，由裡面遞出來一雙鎏金秀紅鶯的薄底快靴，放在地上。輕語一聲「人呢？」門隨之再被關嚴。何主任看的真切，乾站在原地，上下不是。

九

「能和雲先生同台唱戲，我想都不敢想。」回到房裡，倪燕甜潤的神情，明白無誤，秦學忠光憑來回走動帶進來的那一股股熱氣，就知道她有多亢奮。「對兒戲的安排還是沒通過，我本來也沒敢想，這我已經很知足了。」她把身體舒展在鋼絲床上，小腿親昵地搭上他的膝蓋。

「這輪演出雖不盛大，但直接影響下半年的人事安排。琴師完全是跟戲走，你們的《穆桂英掛帥》分到我頭上了，別緊張。」

「不是岳歪脖嗎？劉團沒看上他？」倪燕像一隻歡快的布穀鳥，嘰嘰喳喳個不停，將心底話脫口而出，立即被他用一個捂嘴的手勢制止。

「小點兒聲，隔壁都能聽得見。」

「這可是個好兆頭，你也該在劉團面前露回臉了。」

她的腰可真軟，上身彎過來，雙臂像竹藤一樣纏住他的脖子，那股柔媚的樣子，令他都不好意思側目。

秦學忠早已過了一味追求技巧的階段，京劇最大的魅力，是人而不是琴。重回戲台，他的心思格外簡單，就是實實在在地保一次倪燕。一陣走馬鑼鼓，九錘半後，他才感覺到自己又回來了，三道幕，小水牌子和掛琴的擋圍子，一切都那麼舒服、妥當。他對兩個女人分不了心，台上有的，只是楊家母女。雲盛蘭這場戲算是鉚上了，不僅依舊保持著難以名狀的華美光采，而且她的穆桂英，比往日更多添幾分淑美和持重。唱到「我一劍能擋百萬兵」，「兵」字因是高切落音，力度強，她便在「百萬」行腔時小心填鋪，積聚力度，然後一舉出「兵」，　吐為快。武旦唱腔難免落有定式，此次雲先生細緻、講究，令台下觀眾為之一振，莫說劉團，自認摸透了她的秦學忠也意料不到。到第五場《捧印》，她向來為人擔憂的唱詞，近乎完美，更難能可貴的是，雲盛蘭始終把梅派的人辰轍，活學活用。而且一句「大膽胡為你累娘親，手執繩索將兒捆。」悲戚中滲著孤絕，聽得秦學忠汗毛倒立。

倪燕的嫩還是顯出來了，青衣給了雲先生，她自然要鑽鍋楊金花的武旦。按說她能吃準這個看似簡單的角色。問題是看似簡單，不該真簡單，往雲盛蘭身邊一站，倪燕的機敏勁兒全沒了。念白單薄，呆滯，一度甚至吃了栗子，從上前對母親說「女兒我也射了個金錢落地」後，更是掛起失魂般的死臉子。直到第八場，穆桂英唱到「見大君氣軒昂軍前站定，全不減少年時勇冠三軍。金花女換戎裝婀娜剛勁……」秦學忠的過門鏗鏘有力，再看倪燕，還在楞場，徹底扒壑子了，他便知今日同台，高低立判，白使這麼大勁。

謝幕後倪燕沒在後台多待一分鐘，到家跟霜打了一樣，一夜不張口。直到第二天醒來，秦學忠才發現背頭淚溼了一整片，這丫頭連哭都是在夢裡。

「妳還覺得挺冤麼。」說歸說，秦學忠是真替她可惜。

「我一直姊姊前姊姊後地哄她，想不到她在戲上陰我，捋葉子！」就算她把頭埋在被子裡，聲音也過於尖銳了。

「穆桂英的青衣確實更適合妳，但不能說妳唱得好，別人就不能按妳的法走，她的肢體動作，確實跟妳不合拍，但妳要貼她，她唱『金花女換戎裝婀娜剛勁』時妳在幹什麼？」

「我唱金錢落地後，她那聲『真不愧我楊門之後』明顯把氣勢墜下去了，我就懵了。」

秦學忠隔著被子，摸了摸她的頭，不再說下去。他嘴上幫倪燕找問題，但其實各人心裡都清楚，儘管雲盛蘭沒表態，但她在台上是怎麼對倪燕的，都看出來了。尤其是劉團，這個極危險的信號前，徐師傅和秦學忠，都是再明白不過的例子。

倪燕在團裡的上升勢頭被明顯擱置了，但最讓她難以接受的是，身邊打不散的幾個師姊，都開始莫名其妙地疏遠她。秦學忠勸她，這種事在梨園行從來都是稀鬆平常，早晚誰都要經歷。

緊跟著，團裡分派全年演出任務，出國外訪這一項，除了羅馬尼亞、斯洛伐克這些去爛了的東歐窮國，居然新增了一個美國的拉斯維加斯。倪燕說，幾個角兒在會上都跟餓狼似的，聽劉團一通報，兩眼全都放綠光。

「去美國這種事，聽說除了部裡的領導、司長院長，以及外帶記者隨行，咱們院的院長、團長，都要去。要住百樂宮的，開玩笑，那可是最貴的酒店。但真落到演員頭上，這名額就得一層一層篩沙子了。琴師更少，只能去一個，你說會是你嗎？」即便是明知故問，她那股子天真勁兒也確實很暖秦學忠的心，兩人都笑了。

「演員都要挑，樂隊就更緊張了，琴師恨不得當驢使，連小鑼都能敲才行，我只能拉琴，輪不到我。」倪燕就當沒聽見，說能輪到去東歐也算賺了。

名額分下來，倪燕這回是真哭了，她每抽泣一下，秦學忠就狠攥一下拳。岳少坤去美國這很正常，萬金油牌嘛。倪燕不去東歐也就罷了，身上還背了一百場下鄉慰問演出的任務。劉團的原話是，新人嘛，總是要歷練歷練的。可如果當新人來用，當初又何必興師動眾把人從院裡挖過來？

「妳是晚輩，年輕演員都要背的，一百場，苦是苦了點，但畢竟不是妳一個人。」他咬著後槽牙，胳膊伸過去搆倪燕的肩膀。倪燕並不靠過來，身子發冷發僵，一吸一吸的，張不開嘴。「要不我幫你去跟劉團說。」他換了一種自認為更有力的安撫方式，將右手輕搭在倪燕肩頭，那一端傳來止不住的顫抖。

「算了吧你，當年你自己被雲盛蘭換掉，一點轍都沒有。人事調動說是開春後進行，其實早內定好了，岳少坤不知道有多大能耐，一下子邁過藝委會這道台階，直接競選副團長。」她在極力控制自己的喉嚨，以便能將一句話完整地表達清楚。「你以為我在意去不去美國麼，況且我們也是從慰問演出裡磨出來的。」倪燕的情緒逐漸平定下來，話留了一半沒說，好像藏著心事。

倪燕的言下之意，令秦學忠心裡陣陣發寒。其實她越對這次演出分配不甘心，他就越踏實，彷彿一切盡在掌控，但聽她突然這麼一說，他心裡立刻有點沒著沒落的。

「我們還是算了吧。」她說的小心翼翼，但卻很堅定。「我的確需要一個男人在這時候做點什麼，但你不行，你也別為難自己。我們能緣分一場，就算可以了。」

一陣很強的失重感，令他倒吸了一口涼氣，這種窩心的感覺他從未有過。秦學忠知道，自己連這顆綿軟酥甜的麥芽糖也把握不住了。

後面她又說了些什麼，他沒太仔細聽，無非就是公家安排的出國演出，只是吃好喝好，不稀罕。要命的是下半年職稱分配，這也正是她答應從院裡調到這個地方劇團的原因，這裡職稱不用論資排輩，填表考核就能上報。但如果團領導不點頭，照樣是高職低聘。再後面的話不用聽也知道，岳少坤夫婦明顯在針對倪燕，就因為背後站著一個他。岳少坤有朝一日真當上副團長，倪燕必吃大虧，而他已是國家三級職稱，在這個劇團足以高枕無憂。離開她，是這個男人此刻唯一能做的一點事。

秦學忠從沒為這種事犯過難，一桿胡琴不過兩根鋼絲弦，他便可在兩個八度間奏出萬般變化。但這與叵測的人心比起來，簡直不值一提。倪燕是個聰明姑娘，兩個人最大的區別，就在於為了自己，她能把心橫下來。也就是一個白天的功夫，她就跑到劉榮辦公室，順水推舟地應下了去慰問演出的任務。

何主任考慮今後長三角一帶會是劇團重要的演出據點，就把她先行派往寧波，可以挑大梁。

幾場演出下來，倪燕的青褶子戲傾倒一片戲迷，特別是她在演《三娘教子》裡王春娥的扮相，無需任何一件花豔的戲服襯托，只需一張淡色綢巾帶銀頭面包在頭上，面若冰山，素美動人。最可貴的是，當她唱到「想起了我的夫好不慘然，春娥女好一比失群孤雁」這句時，見倪燕周身顫抖，一雙水袖來回搓揉中，眼中似帶淚花，肩頭不斷抖泣，哀婉的哭韻，托了一個長達七八拍的長拖腔，而且由輕到重，層次分明，將積鬱已久的悲腔奔放甩出，緊扣劇情。那種孤絕淒冷的托韻，以及嬌脆細緻的唱腔，真不是一般年輕演員能扛下來的。樂隊演奏再一停下，顫泣的漣音一字一句猶如利刃剜心，令演出現場一眾老小，無不為之動容。當地的團長和劉榮是至交，從沒見過這麼好的苗子。他完全無法理解，眼前這一個不過二十出頭的小年輕，怎麼能把那種被一步步逼到絕處的冷硬身世，拿捏得如此準確。

工架好的女旦可以後期培養，如此得天獨厚的青衣底子，哪個隊伍不缺？幾場演出下來，硬是不准她走了，並且信誓旦旦許給她將來在上海劇院的編制。這是倪燕生平頭一次在舞台上化作矚目的焦點，台上台下，未必真能懂她，但那種從心底裡被托起來的喜潤，令她留戀。這是真真正正，憑自己的能耐，穩住了這個舞台。平日裡她的王春娥演練了何止百遍，只有這一次，站在舞台正中央，那才是真正的把自己融了進去。難怪誰只要當了角兒，就不願意下來，這東西，有癮。但她說身分這種事自己做不了主，得問劉團，那位團長說不用問，劉榮把妳這樣的演員送到寧波來，我不敢說他怎麼想的，但他肯定能算到我要留下妳，今天這杆旗妳算插下了，別人就算熬到十年，也沒戲唱，妳三年後回去就能和北京的角兒平起平坐。

十

在劇團，琴師的收入結構非常簡單，死工資之外，主要靠演出，而演出能分到多少錢，那要看你分到哪個角兒。熬了幾年，秦學忠還在給幾個唱小花臉的二路演員拉琴，人家去的地方好，就帶自己人，差一等的，當地琴師會出來接活，只有窮到不像話的地方，連琴師都沒有，他才有份跟一趟。至於價碼，秦學忠也不多問，都明白。

梧桐葉緊貼著行政科的玻璃窗，像一雙潛心偷聽的綠耳朵。誰若巧遇何主任推門走出來，她依舊會扭著胯，臉上凝固著公事公斷的笑容。這次她還主動放出消息，劉團不想讓演員擔任行政職務，所以今年選副團長，要從樂師裡投票。劇團裡的人都在傳，雲先生鋒芒太盛，找一個會辦事的，大家面子上都過得去。那個被冠以「萬金油」美譽的琴師，巧借訪美演出的空隙倒外匯，狠賺了一筆，幾尊金佛的錢都回來了。回國時在機場，大家買東西超重，他直接打電話給航空公司一把手，全團的行李居然不用檢查，直接放行，劉團眼睛都樂沒了。後來有人說就雲先生他們家那位吧，也別投票了。當然這些事只有跟劇團的人私下去外地演出時，才會傳進老秦的耳朵裡。

岳少坤升任那天租下兩輛大公共，去先農壇辦了場盛大的儀式。秦學忠練琴沒趕上，獨自騎自車趕過來時，永定門外護城河正凍的瓷實，護欄杆冰人手心，靠近了還能聞出一股生鐵的氣味。時間走得很快，岳少坤也一一兌現了就職時的承諾：我既要對劇團負責，也要為大家服務。他講話時總愛用手捏著下巴，好令自己的歪脖不那麼扎眼。不知什麼時候起，岳歪脖這個稱呼，也沒人再叫了。

岳少坤剛赴任就擴大了劇團的演出範圍，對以前涉及不多的商演，十分熱衷。就算雲盛蘭被忙到積勞成傷，也不敢輕下火線。一個國有機構的下屬集團，派仲介公司來請他們去演年會，本以為打點一下劉團就搞定了。岳少坤一聽說，立即從中間截下這件事，張嘴就要五萬，場地還要團裡自己挑。仲介的人說你們窮瘋了吧，帶個班子唱堂會要這個價？岳少坤不再多說一句，直接送客。沒多久又來人了，說上次那個不懂規矩，這個價錢就簽了吧。岳少坤一翻手，十萬，那人還沒等送客扭頭就走了。

半個月後，一個自稱是另一家仲介的人，說貴團都是真才實幹，我們也誠心想請，您看還有沒有的商量。岳少坤說十五萬，場地我定。你走，再回來就是二十萬，那人當即掏出合同。後來岳少坤拉一支最精銳的演出隊伍，包括秦學忠也被叫上了，全團不僅拿出壓箱底的活，還在京劇團裡史無前例的自己去找舞美公司搭台，這十五萬，裡裡外外的人都能看清是花在什麼地方了。後面排隊找上門的公司更多，人手又開始吃緊，於是他決定限制私下走穴事宜，沒有人敢說個不字。

大家都說，萬金油現在變中石油了，果然是路遙知馬力。秦學忠也沒想到，老岳上台後，自己的職稱就被調到二級了，更令他措手不及的是，小何竟然親自為他跑下一套自帶廚衛的一居室，連帶裝修的事也一起辦了，只等他年後就搬，原來那個背陰的宿舍，勻給新招進來的一個鼓師住。

十一

大年二十九，秦學忠從祥和清真拎回兩斤鮮羊肉來涮，團裡幾位角兒偷著攢了個去東北的活，錢不少給，叫上他了，得謝人家。鍋子是管隔壁現借的，裡面灌好幾碗乾乾淨淨的白開水，時間還早，不著急點火。靠著溫熱的暖氣片，他隨手吸上一口菸，在屋內四周掃了一眼，好像除了那把琴，也沒什麼值得搬的。菸灰像淋漓的小便一樣，撒了他一褲腿，秦學忠注視著折疊桌上，那個孤零零的銅鍋，怎麼也高興不起來。

有人敲門，還沒到點兒呢，他也沒問是誰就去開門。抬眼一看，胸口堵了一下。

「老秦呀，幹麼這麼看我，不認識了？」

「眼熟。」

秦學忠退回到床邊，對方乾笑了笑，輕掩好門，抽了把馬紮蹲坐在門前。

「岳團菈臨寒舍，蓬蓽生輝，可惜沒什麼好招待您的，倒杯茶吧？」他只是說，並沒動手。因為拿不準高個兒來意為何，老秦聲線有些微顫，如果是為走穴的事，就瞎了。

「你都支上鍋子了，不給我下羊肉，一套一居室，拿杯茶就打發我了，不合適吧。」岳少坤話裡有話，但聽他的口氣，善意的成分更大一些，甚至透著幾分迎合。老秦回給他一個不好意思的淺笑，沒搭話。「我知道你在等誰，他們來不了了，過年期間，你怕是也出不了這個大院兒了。」

秦學忠把菸頭往鍋裡一扔，燃葉上的火星一觸碰清水，便掙扎出「呲呲」的湮滅聲，聽上去很不友好。

「你要幹麼，還想動手？」岳少坤仰著脖子，看對方端起鍋子就朝自己走過來。

「讓開，沒人吃我就把水倒了。」老秦是真生氣了。

「你放下，先放下，我是人吧？我吃行嗎？」

見秦學忠哭喪個臉又坐了回去，高個兒訕訕地一笑，解開亞麻色西服的連排釦，把腿一伸，將裡面的白襯衫從皮帶裡使勁往外揪，給快要流出來的肚皮勻出一點空間。接著他後背往門上踏實一靠，耷拉個腦袋，這才想起還是歎一口氣吧。

「老秦呀，你心裡肯定在罵，怎麼這孫子一來，準就沒好事，對吧。」岳少坤雖然話說得客氣，但卻並不看他，直到他點了點頭後，高個兒才又滿意地笑了笑。「可是老秦呀，我這次來，你得謝謝我，否則這件事真等傳到你耳朵裡，黃花菜都涼了。」

對方的一舉一動，秦學忠盡收眼底，見岳少坤一縷油膩的頭髮垂到眼簾，怎麼看都是一副喪家犬的敗相，但他沒吭聲，只是心裡嘀咕了一句，覺得高個兒不唱戲真是可惜了。

「我要離婚了。」等了半天沒人搭話，岳少坤終於還是把實情吐出來了，秦學忠眉毛一跳，這時候再問「跟誰」，就是犯壞了，他感覺那股惻隱之心，到底還是動了。他遞過去一根希爾頓，本來是給那幾位角兒準備的，岳少坤雖然接過去夾在手間，但搖了搖頭，並立刻沒點上。「本來戒了。」

然後把手伸出來，像拍皮球似的叫他坐回去。秦學忠用尾骨下僅有的一丁點兒肉，搭在床邊。直到門外幾個剛從戲曲學院分來的女生，歡快的腳步漸行漸遠，岳少坤才舒展開一直螞僂著的寬大肩胛，把菸點上。

「她的傷其實不輕，歲數也到了，像以前那樣毀自己，不可能了。」岳少坤緩了一口氣，就像吃到髒東西，想吐吐不出來一樣，臉脹得粉撲撲，鼓起的兩頰泛出血絲。「不是我要離，她這人，你也知道，心高，我拿不住她。」

高個兒想站起來找個碟子，老秦把嘴一努，示意沒那麼多事兒，他就直接把菸灰彈在地上了。

「我說過，我不像你，我知道自己幾斤幾兩，她肯嫁給我，我就送她一程，兩人踩著對方的脊梁往上爬，都是聰明人，這婚結的，彼此心知肚明。犯病前，她演出費有多高，說出來嚇死你。就是現在，幾份空白的演出合同還擱在我辦公室，多少錢她自己填。」岳少坤抬頭看了看屋頂上的燈管，像在回憶一段驚心動魄的崢嶸歲月。「她瘋起來，真讓人上癮，她知道怎麼借用我，現在想想，我們倆也說不上是誰欠誰。但日子還得過下去，這麼說吧，她腰上的筋膜牽拉嚴重，血腫得嚇人，我都不敢碰。演出掙的錢，剛好夠下半輩子吃藥。醫生說先確保能走就算萬幸，她說我的作用基本就到這兒了，不如來個痛快的。」

「你得惜福。」秦學忠這算是勸了一句，他緊攥住床單，把屁股挪好，一口氣就卡在嗓子眼，悶得他心直咣咣跳。一股鈍刀割肉般鑽心的撕裂感，像電流一樣從他左腦太陽穴一直綿延向前額，那種伴隨著開瓢似的劇痛，僅持續兩秒就消失了。他緊閉著眼，用右手蒙住臉，等這陣勁兒過去後再睜開，岳少坤已經從馬紮上站起來了。

「結婚來我這，離婚你也來，我這又不是民政局。來就來吧，還調我職稱，分我房子，什麼意思，跟我唱官渡？」秦學忠覺得高個兒辦事不像個男人，但這些話只是暗自在心裡想，並沒真說出來。他繼續耗著，不露聲色。

岳少坤搖了搖歪著的脖頸，將襯衫別進褲腰，西服繫好，再度恢復團長的身分。臨走時他又唉聲嘆氣地撂下幾句話，說雲盛蘭這女人，一般男人，看不透她有多深。但這日子如果是淺著過，她也不會找自己。和雲盛蘭之間的這筆賬，不能細算，細算起來，「老秦，你也別覺得吃了多大虧，誰都不是瞎子，如果說欠你什麼，總有一天我會還給你，早早晚晚，你記住。」

十二

劇團頭牌跟副團長離婚這種事，在大院裡肯定算重磅炸彈，但誰也不敢亂傳，充其量找準走穴的時機跟外面聊。不過今年開始團裡自己的演出安排很緊，除了上不得檯面的，也沒幾個再往外面跑。所以能看出表面很平靜，或者說，像是被敷上一層保鮮膜，誰見誰都好像憋著點什麼，要先看對方什麼表情才敢開牙。秦學忠再傻也看得出來，岳少坤找到了建立威信最好使的一把刀。

自從走穴被停，從週一到週五，老秦都會走到法源寺西邊一個工人俱樂部裡，看票友拉琴、說戲。不過近來他更大的樂子，是陪附近小學的孩子打街機，或者蹲在佛學院後門的煤場廠區門口觀棋，支招。他屁股後面，掛著寫有「高高興興上班來，平平安安回家去」的白底牌匾，那副本該鮮紅的仿宋字，已經髒得比煤球還黑，快被熏成浮雕，油光可鑑。寒風乍起時，煤場上方的鋁合金棚架子，被吹得叮咚作響。涼氣摻雜著煤渣，不時吹打在臉上，偶爾還往眼睛裡鑽，特別招人討厭。棋局進退維谷之際，正是要出思路的時候，一股濃郁且醇美的芳香，令秦學忠的精氣神兒為之一振，他像是意識到有人要從自己屁兜抽走錢包一樣，未及站起便猛一轉身，敏捷得像一枚跳蛙。

「身手不錯，你不唱《三岔口》真是劇團的損失。」雲盛蘭外撇著八字腿，輕抱雙臂，笑吟吟地看向他。因為棋局是帶錢的，就沒人在乎他們要說什麼，秦學忠迷迷瞪瞪地仰望著她，一如最初在戲台上欣賞她一樣。

心尖長出毛刺般，千頭萬緒，分不清該讓哪一句先擠出來，他還是死死地望著她。直到雲盛蘭露出嗔怪的表情，秦學忠才決定站起來迎接這個不可思議的畫面。他看上去像是思量了很久，要把這幾年的話都說出來不容易，可還是鼓起喉嚨對她張開嘴。

「快，扶我一把，腿麻了。」

雲盛蘭沒理睬他，扭身走過馬路對面，找到一個適合說話的角落，等他走過來。就那麼直直地站著，像一桿湛金槍，彷彿車來車往的凡塵俗世，與她毫無瓜葛。

「你們平時排戲不帶護具麼，傷得那麼嚴重？」瞅見她的狀態比自己還好，秦學忠不無試探之意。她那件米黃色的開衫羊毛衣可真好看，一條淺紅色棉麻絲綢的圍巾護住嗓子，也將體型輪廓顯露得勻稱而曼妙，起伏有致。

雲盛蘭的架勢還端在那裡，但她越是這樣，那種由骨子裡往外溢的孤獨，就越加刺人。秦學忠注意到，她的臉像被點了鹵水一樣凝凍著，固執的面孔刻意避免正對向他，他心裡開始發毛，明明是她找自己，怎麼總要他主動開口。離婚前後兩人也見過幾次，彼此都還挺客氣的。

「有傷就好好養傷，離婚那麼好鬧的？他得管妳，不要讓別人太難做了。」秦學忠知道這句話問到點兒上了，雲盛蘭忽然吸了一下鼻子，往後退了兩步，輕垂著頭，用手背頂在人中，穿在腳上的森女鞋反覆碾著石子。

「岳少坤什麼德行，我最瞭解，我提離婚，就是為給自己留張臉。至於傷勢，沒那麼邪乎，但當我有一次再演《鋸大缸》，三張桌子，縱身翻下。落地的那一刻，掌聲四起，但我的腰腿告訴我，算了吧。很多武旦知道歲數到了，舞台壽命大限將至，都往刀馬戲上轉，我不想，看著台下滿座皆華髮，我夠了，沒意思。有的老票抱著重病，從天津專程過來捧，說要看我最後一眼，我心裡堵，受不起。」說到這裡，雲盛蘭反而笑了，像是想起了什麼。「我跟院裡的戲曲學校聯繫了一下，手續辦好，就到那邊授課，帶帶孩子，團裡的演出，偶爾給大家助助興就算了，不要礙著旁人才是重要的。」

她使勁抿了抿嘴脣，努力地抬起眼皮，像是失明病癒後迎接光亮般艱難。秦學忠覺得她還是老樣子，有苦衷，碾碎成淚渣，也不鬆這一口氣。

「沒事演什麼《鋸大缸》，妳不要命了。」他很不解。

「人家點了錢的。」她小聲說，他聽了就不再多話。「怎麼樣，你還跟我搭幫麼。」語氣雖然還沒那麼客氣，但這已是他所見到雲盛蘭最溫軟而柔和的極限了。觸及心弦的顫澀，原來比琴聲更鑽心。

「妳都不唱了，還搭什麼，兩人一塊兒餓死？」

「誰說是搭戲了。」她的話怎麼聽都像是在審特務，總要先狠狠地盯住他好一陣，才會冉度吐露心聲，令他想起海燕電影廠拍的那部《羊城暗哨》。

「說什麼『夫妻情恩德不淺，我和你原本是千里姻緣。』還記得嗎？咱倆第一次見面，我讓你幫我搭腔，怎麼唱的來著？」

「怎麼會忘記。妳沒跟上我的快板，連偷氣都忘了，也就沒輪上我開口。」

「現在輪上了。你開吧。」

他感覺眼窩開始不停地充血。

「只要你在，什麼西皮二黃的，哪兒散板，哪兒回龍，全跟我腦子裡自己站好了，特貼譜。團裡烏煙瘴氣成這樣，你到今天還能守住自己的東西，是個爺們兒，就衝這個，我服你。」

黃昏像一面絲滑且柔亮的綢緞，逐漸收攏回縮的同時，令原本尚有餘溫的角落更顯灰冷。殘存的幾縷夕陽，鬆鬆散散地落在雲盛蘭肩頭，反令兩人片刻間，心頭一熱。不是搭戲，而是搭幫過日子，放在從前，秦學忠就是作夢都想抓住的幻境，可現在真送到眼前，卻感覺像是誰在他心裡擰了個結。

「房子怎麼辦，給他退回去？喜事還辦麼。」

「給你的你就拿著，該辦什麼還是要辦的，不過，我們回你家裡辦吧。」

秦學忠隨手點了一根菸夾著，他想是不是主動再找岳少坤談談，但轉念分析了一下形勢，覺得還是算了。清冷的空氣含混著煤渣味，一陣陣陰風卷起路牙上的落葉，順帶著把從他口中冒出的煙氣一起吹向雲盛蘭。她捂住嘴，碩大的眼睛直視著他，秦學忠趕緊把菸掐了，留下的半根順手揣進兜。看著她拇指尖上依舊俏媚的面容，細藤般延伸開的眼紋，令得那張臉不再銳利。儘管那只手遮住了半張臉，但從她的眼神中仍可輕易看出，她笑了。

十三

趁著劇團集體南下演出的空檔，兩人去西邊南菜園的民政局領了證，出來後，因為錯過了中午的飯點兒，進了兩家館子，都被轟出來了。不知道是怕讓誰看見，他們一前一後，相互隔著很遠，跟做賊似的。站在光禿禿的街面上，身後是六十一路公車總站，餿臭的綠色果皮箱上，黃鏽斑斑，北街簡易樓的爐子裡生出來的煤煙，飄蕩過來，白生生的嗆人嗓子，不細瞅以為是在下大霧。等紅綠燈的間隔，秦學忠走上來，說到南面那家掛著紅燈籠的飯館看看？圖個喜字，雲盛蘭張望了一眼，說「以後這個家你做主，不用什麼都問我，你是男人。」

變燈前，一輛菜車剛好停在兩人身前，「吧嗒吧嗒」的馬蹄聲愈走愈近時，雲盛蘭忍不住伸手摸了摸那頭看上去饑困交集的灰馬，他怕車斗上掛著的爛菜渣和化肥水濺到身上，就想輕輕地往外拉她。但她不為所動，輕聲說「在戲台上騎了小半輩子馬，竟連真馬都沒仔細摸過一回，以後怕是也沒機會了。」

撩簾進門一問，果然營業，不過看著椅子都四仰朝大地倒在桌上，很讓人有種還沒吃就想走的念頭。牆面上的掛曆還沒來及換，木桌上也遍布熏黑的暗圈。樓上有沿街玻璃窗可以落座，儘管上面油膩膩的有些黏手，但窗外阡陌相交的枯樹枝，將整條街割裂成萬花筒般顛鸞倒鳳的影像，悠遠處，偶爾有「鈴鈴」的車鈴聲送來，俯瞰下去，這條縱觀南北的窄街竟也十分綿長，像是一條海帶魚。

「這兒下午都營業，人還這麼少，手藝好不了。」秦學忠開始為自己的選擇感到後悔，言語中略帶歉意，女服務員白了他一眼。雲盛蘭卻跟沒聽見一樣，眨眨眼睛，麻利地翻起菜譜。

「別看了，能有什麼新鮮玩意，墊墊肚子，晚上吃正經的。來個尖椒土豆絲，番茄雞蛋吧。」

「時令菜這時候一律不做，要吃回家吃去。」女孩硬給了他一句，雲盛蘭樂了。

「那你們這兒能吃什麼？」秦學忠有點急，他努力讓自己看上去更像一家之主。

「我們這招牌菜就是烤鴨，大師傅是全聚德出來的。」

「就這地方還烤鴨？」他下意識想到烤鴨超過預算了，話音有點發抖。「那，就來一隻吧。」

「這時候做不了，師傅睡覺呢。」女孩忽然想到這個關鍵的問題。

「那妳說這麼熱鬧。」秦學忠鬆了一口氣。「睡覺也得給我叫醒他，那不行，既然妳把話說到這兒，今天就……」他可捏著軟柿子了。

「今天不吃烤鴨。」雲盛蘭抬眼看了他一眼，很堅定地說。「來盤糖醋里脊就好。」她又忽然和氣下來，軟軟地笑對女孩，將菜譜合好遞了回去。

折騰一上午，兩人難得安靜地坐下來歇歇腳，秦學忠看她握住茶杯暖手，隨性望向側窗的街景，那雙明媚的眼眸暮然沉落下來，竟也流露出一絲戳心的倦意。他想到要是並排坐著就好了，肩膀或許還能借她靠一靠，面面相對，鬱氣太重，怎麼看都像要說戲，不大自在，這就是兩口子了？雲盛蘭像是看穿了他的心思，懶懶地瞅向他，進而嘴角暖融融地擠出了一個弧度，弄得他竟覺出有些熱。

等菜時，雲盛蘭稍用手輕撫著頭髮，髮鬢處竟閃出絲絲白刃，時隱時現。秦學忠真想再細細地摸一摸那個紅本子，他反覆遏制這個想法。可她卻對這回事意興闌珊，或許因為是二婚的緣故吧。其實秦學忠還有個疑惑比摸紅本更強烈，岳少坤口口聲聲說的「搭進去」，到底是什麼？為什麼要離婚？當初他喝多了，隻言片語吐出許多聳人的話，和劇團裡大家在傳的，都是不是真的？但他再傻，也能看出她不願提，也不會提。他告誡自己，紅本可以摸，這道雷池，絕不能越半步。

「糖醋里脊好，今天這個日子，吃點甜甜的東西，能記一輩子。」菜端上來後，她用這句話來寬慰他，還幫他把竹筷劈開。「來，趁熱吃。」

「這菜溜得不講究，油不夠寬，沒熱透就放里脊。掛糊也不勻，澱粉一進鍋就脫漿，吃嘴裡就麵了。一看就是廚師為省火省時，急開大火，不顧火候。」稠密而濃烈的糖色散出一股膩人的焦味，看上去發烏。他用筷子扒了扒，又搭在盤子上，不吃了。「照這麼糊弄法，真點烤鴨也好不了。妳嗓子行嗎？我弄杯熱水蘸一蘸，去去油。」

「那以後做飯你包了吧。」她夾起一塊里脊就往碗裡送，沒看他。

「我包就我包，包腔妳看不上，包做飯還是沒問題的。」

雲盛蘭故意不屑地衝他一擠眼，輕翹著嘴的樣子，比這道菜要甜多了。

十四

劇團裡能壓住檯面的，都走了，院子裡難得冷清一陣子，地上焦脆的楓葉踩在腳下咯吱作響。兩人進院後直奔團長辦公室，想趁這個節骨眼辦點正經事。但她還是讓秦學忠站在門外等，自己一人進去。雲盛蘭只想告訴劉團一人，算是正式跟團裡明確兩人的關係。她還提出住進秦學忠那間新分的一居室，岳少坤原來留給她的那套兩居，她想給自己以後在戲曲學校的學生做練習室。「但本團的人不能用。」

劉團瞇著眼睛，用手摳住太陽穴，像在精算一道複雜的函數公式。「妳的關係一起轉到院裡嗎？」他並沒對分房這個離譜的要求多問一句。

「不轉。」她立刻回答。

「兩邊職稱都想要？也就前任老團長有過這待遇。團裡現在這方面很緊張，妳知道多少人惦記這個缺呢。」劉團沒給個明確的說法。「小何跟著去南方盯演出了，等她回來妳找她吧。」

雲盛蘭僵硬著身子，拔地般釘在劉團辦公桌對面，不動，不坐。

「那秦學忠呢。」他揉了半天太陽穴，輕描淡寫著，終於吐出一句心裡話。

「你別動他。」她把聲音壓得很低，牙齒甚至有些打顫。

辦公室裡，一陣靜默。

劉團放下手，重新把眼鏡戴上，鏡架調整了好一會兒，臉上重又堆起熟悉的笑容，彷彿剛才那個人不是他。

「那我就再祝妳，百年好合。然後，多為咱們團裡，培養人才。」

十五

每當秦學忠站進橢圓形的大院鐵門裡，他總愛點上一根菸，背朝當街，看向他家在筒子樓三層的窗戶。雲盛蘭一樣聞不得菸味，房間的爐子甚至都不能太暖，會把嗓子烤乾。懷孕的時候，她總長吁短嘆的，說一定是閨女，因為她老想吃這吃那的，饞起來沒夠。還都是辣雞架子、鹹蘿蔔根、驢肉火燒、蝦仁餛飩這種京劇演員碰都不碰的。秦學忠每日煎炒烹炸，手腳並用，把琴師那點底子都用在灶台上了。而且他發現，她再也不提巴赫了，就連胎教階段，古典音樂也沒聽過一次，都用琵琶和古琴等民樂古曲代替。

「咱家以後誰做主。」有時他還會問。

「不都說是你了麼。」

「我是問對付孩子。」

「那也是你。」她想了想。

真等小孩生下來一看，原來是個兒子，抱回來兩人才知道這個一居室還是小了，騰挪不開，也不隔音。這小子生勁兒大，每到夜裡張嘴哭出來就止不住，隔壁就煩了，一開始還僅是猛開電視，再往後甚至傳來故意叫床的哼唧聲。雲盛蘭想下地找對方理論，被她男人勸住了。

「都是新冒起來的角兒，沒咱們那輩講究臉面，算了。」老秦反覆勸也沒用，她心思亂，睡不著，怔怔地盯著灑在床單上的月光，乾硬乾硬地靠在床頭。

「嚥下去吧，人活著，就是得把氣往下嚥。」他把腿伸過來，暖她的身子。

十六

當然也有等孩子過完滿月，不怎麼哭了才抱回劇團住的，比如岳少坤。老秦還在納悶，他從哪突然也蹦出一個兒子。劇團裡很多去吃滿月酒的人，私下都在傳，岳團在外演出期間，相中了當地劇團的一個好女子，說是工花衫，其實就是個底圍子。和岳少坤一樣，會的太雜，只是生得標致。岳團礙於職務，才不好過於聲張，如今名分辦得妥當，何主任還專程幫她跑下了戶口，關係也直接落進了團裡。

雲盛蘭這才想起，劉團曾特意跟她提起調職稱的事，原來是想從她這挖個缺，勻給副團長的夫人。若不是師兄弟拚命攔著，她差點拎著穆桂英的燕綾刀，朝團長辦公室窗戶砸過去。

秦學忠很久沒摸琴了，在廚房搗蒜的時候，她問給孩子取個什麼名字好。他從廚房端著黑沉的蒜臼過來一坐，鑿擊缽底的「哐哐」聲和刺鼻的蒜泥味令她燒心，但這些都比不過老秦的一句話。

「就叫秦繪吧。」他幾乎沒給老婆反對的機會，因為「說好了這個家我做主，尤其是在孩子的事上。」名字是繪畫的「繪」，明擺著不願意讓孩子學戲，他拜師練的第一首曲牌就是《風波亭》。「是秦家的種，就扛得起這幅擔子。」雲盛蘭看得出，蔫人出豹子，他掖著這個想法不是一天兩天了，就沒硬較這個勁。在派出所片兒警面前露個怯不算什麼，關鍵是怎麼跟師兄弟說這孩子。有個唱了大半輩子岳鵬舉的老生來看雲盛蘭，見著孩子搖頭晃腦的有股子愣勁兒，剛開玩笑想認過來當乾兒子養，一聽名字，臉就變了，摔門就走。

最配合的要數副團長，秦繪的名字一傳開，就像搶註商標一樣，他立刻給自己兒子取名岳非。團裡的人都說老秦自己傻也就算了，岳團這麼做就太不地道了，這不是誠心麼。雲盛蘭知道後瞞著秦學忠，找自己的師兄們幫忙，要他們抄傢伙幹姓岳的一頓再說。頭天電話裡連時間地點都說好了，有人還要幫著找面口袋，說先套起來，方便動手，他也看不見是誰。雲盛蘭不讓套，就是要然他知道她也有人，還得要往死裡打。結果第二天郊區有個部隊轄屬的渡假村要剪綵，哥兒幾個全跳上火車走穴去了。

十七

梨園行的人，還是很在意下一代能否續自己這一路香火，誰家孩子是不是這根苗子，打小就要互相盤問個遍。即便秦學忠不樂意，但秦繪還是在母親的耳提面命下，整日拿著一根白馬鞭，粗學了些最基本的手眼身法步和用嗓技巧。雲盛蘭的說法是，權當是調教性情，她男人便不好再多話。日子抻的一長，夫妻倆就發現，這小子渾身上下透著就一個字：虎，誰也震不住。尤其碰見《雁蕩山》這種整齣劇無需一句唱念，全仗武戲的演員們合練時，不論是刀槍藤牌，亦或者徒手格鬥穿插翻轉騰越的跟斗功夫，秦繪必定窩在滑溜的橫凳上，看得目眩神搖。

每到一家人湊齊吃飯的時候，老秦常端好飯碗，冷不丁斜著眼瞅他兒子，卻總反被那雙直愣愣的黑眼仁逮住，心裡發毛。吃飽了，小孩撂下筷子就走，在大院兒瞅見卸好妝捧一壺釅茶的師叔，也不多言語，再近的人，也都隔心。雲盛蘭嗔怪這孩子不講規矩，做人缺教養，做事少美感，長此以往，將來必吃大虧，言下之意就是嫌老秦不管兒子。他說這樣挺好，跟誰都留著幾手，再往下就不說了。

冬天除了大白菜，團裡還要儲煤，當然是各家屯各家的。煤車由何主任從法源寺後街的煤廠統一調度，幾輛一三零小貨，掰幾個大彎一拐到樓下。這時再看，武生、老生、花臉、花旦、淨角和青衣，像演《西遊記》一樣，全抄傢伙跟出來了。男的抱著竹筐往裡招呼，女的有幾個利索的，就端著鐵簸箕少搬幾塊。陰溼的天氣像煆造出無數鋼針一樣，扎在雲盛蘭腰窩，疼得她只能趴在硬板床上，看著家裡兩男人一起換鞋抄傢伙，臨出門那一刻，她似乎觸碰到一股，在戲台上不管怎麼使勁，也體味不到暖熱感。

「爸，快著點，趕晚了就剩碎煤渣子了。」秦繪早已端好簸箕，脫韁小馬一樣要衝出去。

剛一下樓秦學忠就傻眼了，滿車蜂窩煤，像一顆黑稠稠的馬蜂窩，上面圍滿密密麻麻的同行，生平積攢的腿腳功夫都用在這了，連整日在練功房走老旦步的幾位前輩，也都一掃戲台上的神韻與矜持，直接扒車皮，能多搬一塊是一塊。秦學忠剛要上去，就被兒子拽住了衣角。

「爸你再等等。」秦繪高不過他屁股，嘈雜中聲音更顯細小。「搬煤，咱們還是等中間的。上面的多有顛簸，少不了掛著裂縫在暗處。下面的又吃重最多，壓出碎末也不禁用，就中間的好，咱們再等等。」他一邊說一邊橫著步，把煤車四周的情形掃了一遍，那眼神頗有《空城計》裡諸葛孔明的意思。老秦將信將疑，只好生生按住焦心，爺兒倆就那麼傻站著。旁邊過來一唱花臉的師兄，一臉黑汗順脖子直流，知道雲盛蘭有傷下不來，又覺得這家男人靠不住，主動勻了一筐煤下來給秦學忠。父子都沒要，一個不想接別人的好，一個還在等著中間的煤。

「兩傻帽兒，揍性。」師兄抬起筐就走。

實際搬的時候，也不指望小孩子能幫點什麼，老秦個頭有限，也沒力氣，搬煤就知道倒騰小碎步。三層樓，說高不高，說矮也不矮，兒子就跟在後面，小簸箕一次也能盛上個三四塊。但反覆次數多了，連大人都覺得小腿肚子耍轉筋，何況孩子。慢慢地秦繪也就跟不上父親的節奏了，煤渣灑得滿頭髮都是，太陽光照下，閃著的光亮如同星鑽般耀眼。老秦的步子越邁越沉，薄滑的懶漢鞋「騰騰」地鑿在地上跟砸夯一樣。奇怪的是，搬煤任務接近尾聲時，小傢伙的效率卻不降反升，來回幾次都比他爸還快，小肩膀一晃一晃的還越搬越來勁。老秦突然發現，兒子的簸箕裡搬的不是煤。

「你先站住，你從哪兒搬來的？」秦學忠的眉頭和煤糊在一起，擰起來像是黑包公。

「樓下……」

「你再說一遍，這是煤嗎？這是碳！只有一樓樓梯口何主任家窗戶底下才有這東西……」話還未及講完，秦學忠就一巴掌貼到兒子臉上。秦繪頓時感覺兩耳發悶，臉頰疼得直冒火星子，他想硬挺到底，但耳朵嗡嗡的催著身子往樓梯台階下順。這反應大了，老秦這手一輩子除了拉琴，沒動過人，他是想把兒子拽起來，可還沒容得功夫，就被一隻手一把推開了。

孩子終歸還是沒躺在母親懷裡。雲盛蘭披著棉襖，把他全身裹住，等秦繪緩過勁後，僵硬的身體仍如同一根鐵鍬般筆桿條直。她的腰實在用不上勁，抱不動孩子，只有雙手心疼在他身上來回摸撫，好像他男人已把兒子打得遍體鱗傷。秦學忠意識到秦繪的那股虎勁兒正在往外冒，兩眼發直瞪著自己，怨怒中透著不解。眼下正是施以管教的好時機，他本想再拎住他後脖頸，扔回雲盛蘭懷裡一起數落母子二人，可看著她此刻的表情，老秦百口莫辯。

「虎毒不食子，今天起，你敢再碰他一手指頭，別怪我不念夫妻之情。」在她暗含戾氣的眼眶中，秦學忠感到整棟樓的人都在緊盯著自己，他萬料不到妻子會有此等反應。

十八

雲盛蘭帶戲校的學生看演出、示範台功，儘量也領著兒子，當然會刻意避開《白羅衫》這種描刻奸相秦檜的折子戲。更何況，有太多更好看、更痛快的戲足夠給他開眼。鐵鏡公主的旗蟒，元春的宮裝，石秀的素緞箭衣，呂洞賓的登雲履，那完全是一個奇異華麗到超然境界的人世。秦繪臥靠在母親修長的臂膀下，死死盯著戲台，三塊瓦臉，花褶子，平天冠，掛流蘇和尖翅紗帽，無數細碎的符號賦予一齣戲以生命，那藏在戲服裡的人，台上台下，古往今來，到底有幾分可信，他不懂。一齣《精忠記》，多少千古唏噓，於風波亭，致岳武穆死地的白臉淨角，每一登台，他胸口就像被誰捂住一樣。小小年紀便要學著不必把戲當真，實屬不易。

做母親的不用想都清楚，她兒子尚武，而且絕不白看。獨愛《回荊州》尤甚，台上的長靠趙雲，白夫子盔，白硬靠，彩褲厚底，硬砍實砸，俊扮素臉，乾淨。哪位表演細不細膩，唱念功夫足不足，他都門清。甚至還能說出最喜歡是尚和玉的戲，大氣，雅，他是真迷這個。背地裡誇讚她兒子身骨剛猛的師兄，大有人在，只可惜學無常師，唱腔和跑圓場這些活沒人深教，更不用提翻撲跌摔打和下高等更吃本錢的動作。逼的這小子只好走野路子，為了拔筋，整日貼住牆面，死壓腿、硬搬，單憑記憶粗練些走步踢腿。眼見秦繪越發結實的三角肌和肩胛骨，在藍白色混紡棉的運動校服下，鼓出像小山丘一樣的筋絡線條，雲盛蘭心急如焚。和自己當年一樣，這種台上台下，都想出頭的心情，只有當媽的才懂。

十九

偶爾上了飯桌，雲盛蘭習慣先察言觀色一番，感覺是個時候了，就又等到睡覺前秦學忠給她揉腰時，裝作不經意提起兒子將來的出路。

「聽說姓岳的都開始收徒了，還帶著他小孩。」她趴在床上，將印有亞紫色碎花的秋衣往上撩起來，裸露出平整柔韌的後腰。腦袋陷進淡粉的枕巾裡，嘴唇緊沾著上面的絨線，吐字不是很方便。「還真有不識貨的，削尖腦袋往他那兒貼。」

側腰已被搓成熱烘烘的一片，但彼此間依舊蔓延著沉默。

「一師妹看了，說那小傢伙，了不得，不僅也是個樣樣通，一上手還就是老生，開嗓就把《轅門斬子》學得有模有樣。聽說私下連話都講不利索，上台數板竟能聲如銅鈴，虧了是沒遺傳他爸那個歪脖。同樣屁大點年紀的小崽子，一亮相就尿褲子的大有人在。」雲盛蘭仍不見回應，就繼續說。「我的兒子，我知道，在練功房只能乾瞪眼看人家唱，那滋味我嘗過。」

「妳知道什麼？」秦學忠終於停了下來，用毛巾把一手的紅花油擦乾淨，口氣聽上去不輕不重。

「角兒都是捧出來的，這我太懂了。過去唱武旦都離不開練鞭，上扔三百六再去接，這叫掏鞭空法兒。這幫丫頭早不練了，改用雙頭短槍，什麼好接用什麼，居然還有人留長指甲。這一茬孩子都不行，打出手也不再講究把槍拍回去，都用手抓槍桿再扔。雖是穩了，可不好看，我們當年哪敢當師父的面伸手抓槍？聽說有女孩連頂功都放下了，嫌容易肩寬，不美，還說對嗓子不好。笑話，我練頂功長大的，我肩寬嗎？」

「不窄。」

她順勢把老秦的手一扒拉，把上衣拽下來，不讓他再動自己。

「我雲盛蘭的兒子，多少人私底下都在嘀咕他，怎麼也不合群，別再是個神經病吧。整天偷摸著找沒人地方開胯，我心疼。眼瞅著骨頭一天比一天硬，他的身手我看著都癢癢，這破名字已經夠噁心人的，你好歹給他一句話吧。」

「讓岳少坤領過去教吧，人家好歹是副團長，占不了你兒子便宜。」

雲盛蘭一聽是這話，趕緊將弓身一縮，鯉魚翻肚似的直坐起來，右手緊張地揪住鬆散的領口，用一隻光腳墊在老秦的肩膀上，眼睛直泛瑩亮。

「你不是不讓他動琴麼？」

「父不授子業，這是規矩。他靜不下來，自然不是動琴的料，但雖說人小，這麼癡醉於拳法的，團裡還真缺。縱是上不得檯面，本事終也是落在他自己身上。妳兒子，真能成器，總有妳親手帶他那一天，如果到頭來就是個不夠一賣的柴頭，權當磨練心性也好。」秦學忠把老婆的腿扳下來，去寫字台邊搆雪花膏，手懸到一半處，忽又怔住了。「妳剛才說，『別再是個神經病吧』，什麼意思？」

二十

其實有些話，不用細琢磨，琢磨得太透，傷人。論悟性，秦繪在團裡絕不算最好，這都不用比，你是秦學忠的兒子也沒用。但那股能把自己豁出去的狠勁兒，是真髓雲盛蘭，在她看來，只要兒子把心一橫，能咬牙撐下去，沒人攔得住，一入了戲，這身孔武矯健的身板兒就是本錢。很多師兄弟見了他越發蜷曲的鬈髮和銅褐色皮膚，都說，像是塊出類拔萃的材料，就盼這茬孩子一改團裡陰盛陽衰的局面。但再往下，這話就不能當著雲盛蘭的面講了，既然體格和一股子虎勁兒隨她，這慫脾氣隨誰呢？不僅獨，還傲，發起狠來，眼裡總透著一道寒光。不能細琢磨，琢磨太透，被聽見了，傷人。

秦學忠不傻，至少說起誰行誰不行，都別想蒙他。學戲之人，就是一塊渾然天成的田黃，通透，脂潤，即便掖藏揣懷，早晚也會乍現出珠爍瑩亮的靈氣。所以大可不必，費盡周折去劈鑿、研磨，猜看石性，過猶不及。秦繪再能折騰，終歸只是個做下串的命，這院子屁大點地方，真要有好苗子，他絕不會學雲盛蘭，見面多次，反要從師妹嘴裡探得弦外之音，虧得她還在當老師。小岳非這塊璞玉，在她嘴裡，「樣樣通」三個字，說出來輕巧，但誰能品出這孩子真精的地方在哪？

岳少坤，滑得很。想到這，老秦把嘴一撇，樂了。

秦學忠的琴，越拉越老，不過在家裡他從不當著秦繪的面使用這把京胡，頂多用棉毛巾輕拭一下松香面，或者鬆一鬆外弦。長年累月的拉奏，琴筒外的鱗紋皮塊難免開冲，乾縮的擔子也爬上了色柳和隱裂。蒙新皮，烘烤竹絲，重續千斤鉤，扣軸眼。岳非來家裡玩，秦學忠在保養胡琴時，動作上的每一處細節，都被小孩瞅個仔細，小嘴不時還發出唾液未汲乾的「嘖嘖」聲。說不好是在同行間的砍活中日漸落敗，還是出於單純的自得其樂，岳非貌似無心的興致，竟令老秦更加樂於在家休琴養性，哪怕這把琴早被打理得鋥光瓦亮，仍止不住要再三調試。

「去，別碰，找你秦繪弟弟玩去。」當岳非的手小心掠過琴弦，眉頭跟著一皺一鬆時，他會用更輕的口氣勸止他，沉積多年的琴癮被一小崽子勾起，何曾想到。「你出去瞅瞅，連你爸也算上，誰的琴有你大大這個好，一般人見都沒見過。」

「別美，全院兒都知道您好修琴，該都往您這送了。演出沒份兒，光收拾它，誰給您家發工資。再好的琴，只藏在身後，那也……」

「東西越好，越要藏。」這是在故意逗自己拉琴，他不能鑽套。見岳非坐在床沿，小手摩挲著弦碼，彷彿那百轉千回的粉墨人生，不再有旦淨末醜之分，都疊縮成一副滿是琴語的圖案，隨著他面容的舒展，映襯得越加清朗。

「光摸有什麼用，想學嗎？拉琴和做人一樣，貴在順勢而為……」

「我爸會教我，但他說，終究我還是要唱角兒的，那才叫有出息。」老秦不便再說下去，趕緊把腦子裡一閃而過的想法綳住。實在技癢難耐了，就反覆催雲盛蘭把兩孩子帶街上看耍猴的，或者去雜貨市場買個塑膠恐龍給他媽，自己好查驗多日養琴的成效。

老用這招，岳非就讓秦繪提前在那台純黑的飛利浦雙卡收錄機裡，插一盤帶子進去，照舊鋪好一塊絹布。那把老胡琴的音韻便在他父親演奏時，被渾然不覺地灌入顆粒狀磁層裡。雲盛蘭買來整整一盒的許國璋英語，賽璐珞帶基上被再三抹錄後，岳非拿回家，獨自戴上耳機，偵聽秦學忠嘴中的道理，琴聲沉澱著時間，蒸餾出一種幾乎可以觸碰到的遒勁渾沉，潤澤在琴弓竹膛上。很多次他都幻想著，或許秦學忠的手，就是他的道理，賦予戲中角色生命的不是臉譜和華服，也不是角兒，而是他那雙風平浪靜的手。他想把這些話，講給秦繪聽。

但岳非的能耐，都是天生的，除卻一臉的白淨，周身更發散著明媚的動人氣息。不止是漂亮、瀟灑，還愛上台抖精氣，顯能耐，關鍵是那種敢為天下先的貴氣，一顰一動，能服人。而且對琴對戲，小傢伙都特別靈，免不了令岳少坤三番五次，自鳴得意。仗著人多勢眾，又正經練過些拳腳，團裡團外，他的人算是耍開了。單憑岳非觀琴時的神色，老秦便能摸清這孩子的天資有多高，一言以蔽之，「絕非池中物。」可惜時逢雲盛蘭正忙著為戲校青少班布置招生簡章，沒對小岳非動太多心思。至於自己兒子，秦學忠只求一個省心，等歲數到了，該上學上學，專心讀書就好。

專心讀書，是這整條街的父母，最實際的期望，戲校裡，梨園子弟和工薪大眾，有「門裡」和「外行」之別，有潛在的競爭關係，好在劇團附近有不少共建學校，專為這批劇團的孩子預備，近水樓台嘛，能在院裡拜師學藝才是正根。岳少坤在這上面算得準，而且比誰都堅決，劇團最缺老生，真成了角兒的恰又多專攻此行當。早在三十年代，京劇空前興盛，觀眾最捧的也是老生，所謂「四大鬚生」，便源於此。兒子年幼好動，操練武戲本是正常，將來可再改學老生，馬連良就是這樣嘛。火候一到，就去院裡請個真正戴黑三老先生關門授業。但說到琴，那是絕對不讓碰，戲唱好了，有的是人伺候，幹一輩子官中場面，有意思嗎？岳非有成大角兒的潛質，誰都看得出來，所以聽說秦學忠想收他學琴，他便氣不過。讓你兒子學唱武生，卻教我兒子拉琴？想都不要想。

二十一

劉團要辦退休前，岳少坤親自找到他在菜戶營橋西的鵬潤家園高檔公寓裡，意思只有一個，「先緩一緩。」幾隻橘色的薄砂鏤花吊燈，掛在石膏走線邊的燈池上，將視線烘托得懶散而迷倦。高個子下屬正坐對面的義大利真皮沙發上，坐勢挺卓，不像別人那樣整個身子都歪斜著陷進去。脖子一梗，彷彿他是上級。話講得不軟不硬，劉團揣摩不透，手裡捧著一盞松花泥紫砂壺泡的大紅袍，半天沒放下。

岳少坤腰一用力，探身前傾，就像半蹲一樣，一隻大手伸到劉團面前，替他把壺放好。然後沉了沉嗓子，說這一年團裡打算和院裡附屬的戲校去江南巡演，光只是唱戲，收益不大。最近週日場連演《女起解》和《失空斬》，唱工繁重的雙出，上座率也到不了五成。所以想借機一次性推出個「京劇小神童」的旗號，把那些功底不錯的孩子捧到台前，既響應政策扶植新人，又是一個吸引商業合作的好噱頭。藝委會的幾個台柱子也都點頭了，小何那邊跟電視台也打好了招呼，只等劉團令旗一揮，開始雀屏中選，這肯節兒怎麼也不能放著正事不辦，辦退休。

「這不是還有你麼。」光憑他一張嘴，劉團自己也吃不準個好賴，履職三十年，這陣勢他還沒見過。刀片般的兩眼照例一瞇，削出一道光掃在岳少坤臉上。「你現在都玩出花兒來了。」

「我頂多是個幹髒活的廖化，我出來，外面都知道蜀中無大將了。再說這個活動剛要辦，您就往下退，不合適嘛，給全團老小來個起堂，這也不是您的作風。」劉團實在摸不透這個副團長的用意，這麼多年他還沒見過不在提級和奪權上動心思的副手。雜技團為選一個團長，鬧得人心向背，結果只得院長指定人選，他能舒舒服服在這個位子坐到退休，誰不羨慕。

岳少坤的身子又伸過來了些，看上去像要半跪下來似的。他斜在脖子上，偶爾閃現出一絲獰笑的誇張恭敬，令劉團感受到某種脅迫，很不舒服。

「劉團的心，我懂，但當年我搭進去的那可是……」

「我能做到的，只有不退。其他事，你自己上心吧。」岳少坤的話，如同一把刀架在他這一身肉上，堵住心口。劉團一口答應，生怕他再說下去。

「到時需要我做評委，儘管說，別的忙幫不上，看人，我還是很準的。」

臨走時，劉團重又閉上眼，半認真地給了句客套話。岳少坤收斂起滿足的笑意，打開門，不再說什麼。

團裡真能在戲上吃住那份苦的，還是少，很多外行的同齡子女裡，有的都開始練吃火、下叉、三起三落甚至就地十八滾了。但多是出於對這股氛圍的天生逆反，家裡家外又都是親戚，磨不開面。能有岳非這般資質條件的，自然貴為錙銖。選拔皮黃神童，最後送到上海天蟾逸夫舞台獻唱，那可是行家嘴裡「唱戲的大碼頭」，在劇團混的都知道這意味著什麼，很多人是掏乾了家底往副團長的那裡送。中華菸、五糧液、BP機、24K金鍊子，實在揭不開鍋的，連國庫券都敢拿出手，全說是親戚給的，留著也沒用，就圖能看看這孩子，給個機會，哪怕入圍複賽就知足了，別讓外面戲校的學生搶了缺，不值當。

岳少坤當然不差這點東西，但他說，這是師兄弟給自己臉，肯定辦妥，都是自家侄子侄女，哪有不上心的道理。慢慢地就有人發現，其實藉著孩子，能聊的事更多。小輩人，逐漸成為打通關係，說上話的一個台階。甚至那些沒來及要孩子，以及選擇不碰京戲的家長，悔得牙直疼。

在眾多後生裡，秦繪功底扎實，能把動作吃透、耐看。他練《龍鳳呈祥》後半段，趙雲化被動為主動時，擅於細鑽套路，拳腳也極為俐落，好於台上以走代跑，快速優美，英武中精光四射，聲勢懾人。一段瀟灑威風的起霸，氣韻流暢，層次鮮明，足可見子龍將軍從容沉著之風骨，故常被觀熱鬧的長輩戲謔為「活趙雲」。怎奈他戲路越走越窄，除這一路越發嫻熟外，再不會別的。長此以往，熱衷站台下看的，就只剩下岳非了。

「虎威常山將，英名非自誑。」秦繪被派到後台搬道具時，岳非主動跟過去，將雲牌、令旗和馬鞭攏在肩上。「這定場詩是趙雲的點睛之筆，你功夫不錯，怎麼對唱腔不講究一下？多可惜。」

「看這盔帽、靠旗、箭衣，還有這槍戟錘鞭和硬羅帽，離了人，散成一片，你還可惜嗎？」秦繪一把抱住疊好的戲服，再度撂下時，它們像被抽掉靈魂的孤鬼般癱軟在倉庫裡。

「你的腿功不錯嘛，爆發力強，回頭帶帶我，我幫你磨唱詞。」岳非拍了拍對方的肩膀，反而震得自己手掌發麻。「否則你的趙雲，永遠是個花瓶。」

自從拜了院裡老先生學譚派，岳非在意的已是節奏和咬字問題。他的嗓音不僅滿宮滿調，而且底氣足，噴口有力，演起《斬馬謖》中的諸葛孔明，張嘴「一見馬謖跪帳下，不由山人咬鋼牙。」把那份怨悔愴然的情緒，摹刻得細緻微妙，先頭幾段快板更顯酣暢。尤為難得的是，除了鬚生裡的唱工和靠把，就連架子花臉，岳非也能拿，梨園行管這種人叫兩門抱，全才。以他的才能，一點即通，少走許多彎路，大可不必如惡狗般跟自己苦鬥。但怪就怪在，團裡能入他眼的，只有秦繪。這個外熱內冷的人，和自己剛好相反。秦繪動中取靜，他則靜中偏浮，兩人恰好互補，焦孟不離，令外人百般不解。

但秦學忠卻也放心，尤其見他兒子每天練功，身上被太陽曬出一層棕油，壯碩的骨骼肌理，那股虎勁不斷往外翻騰，沒個歲數大點的小哥們照應，說不好將來會生出什麼事。

二十二

單論地貌，劇團處於整個城南的腹部，說實在點，這裡倒更像是一根臨近骨盆，消納殘食的低位盲腸。除了結成片的簡易樓用來收儲平民，就只剩下蕪劣的副食店和小商品市場。清早，白漆紅杠的三節車廂塞滿學生，像手風琴一樣伸縮自如。護城河邊，豆青色的水草順著西風和緩律動，椿樹、木蘭、槐柏、青磚瓦與淡墨色的低雲，於疏朗的天空下鬆散遊走，在車窗外發酵出一股沁涼的潤氣。街北的國營百貨，三層白樓掛有「一切為顧客服務」的紅字標語，因年久失修，「切」字左邊脫落也沒人管，直至轉租給私人開足療屋，始終堅持「一刀為顧客服務」。孤立在樓門口的鐵皮書報亭，老闆是個右手指全被砍掉的小鬍子，附近總有孩子圍著售賣窗，仰頭看他用被磨平的掌指骨演示各種遊戲棋的玩法。

劇團北面的二號樓，是整個大院的制高點，幾乎和東側的鍋爐房煙囪平行。岳非總愛跟秦繪一起，踩踏著鐵梯架，爬上最頂層上面的天台，向下張望。跟在秦繪身後，他發現這個兄弟由於開跨時拔筋失當，兩膝拱成一個鵝蛋般的O型，還有點撅屁股，很難看。晌午，兩人找好邊沿低矮的石台坐下，雙腿垂在樓台外，下面的行人與車流，彷彿流沙般從腳尖劃過。更膽大一點，就乾脆直立而站，眺望大院內的劇團，那是頭一次，他們感覺自己的家和大院，原來並沒有那麼大，而且看過去顯得突兀而無趣。

「往後退下來吧，小心掉下去。」秦繪站了回去，又用手輕輕拉住岳非的袖口，他的口氣聽上去似乎有些掃興。

「你怕什麼。」岳非還在強迫自己朝下看，他覺得很有意思，秦繪也有膽小的時候。「這兒比院兒裡好玩多了，多大一塊地方，全是咱倆的。」

沉默中，秦繪忽然朝另一個方向邁了幾步，再脫掉外套，看上去是想露露身手。他沉了沉氣後，只見曲臂彎膝，挺直脖頸，下頦微收，進而領起全身，接著兩手交互並起並落。落步間，秦繪注意到岳非默默地坐在地上，表情很莊重的正在凝視著自己，他便立刻收勢。

「怎麼不打了。」

「給你一外行看，這點兒就夠了。」很快秦繪就出了一身汗，他不敢馬上坐下，一邊在岳非面前走來走去，一邊借著天台的風吹吹身子。「你看《少林寺》了麼？」

「沒看過，聽說前兩年挺火，你看了？」岳非越看他那月牙般的彎腿，越想笑，費好大勁才忍住沒樂出聲。

「嗯，在梨園劇場錄影廳裡正播呢。形意拳，就是這個。」秦繪伸出胳膊，手掌朝上，不懷好意的做了一個掏檔動作，岳非低著頭樂了。

「你不學戲了？當年你爸憑一曲《斬馬謖》，把劉團都震住了，直到現在，那種以肩為軸的快弓演奏，誰也拉不出如此明亮堅實的音色。」

「要不我求他把你收了？」

「怎麼可能？不過，我爸說我要是出息，將來就讓秦大大給我操琴，托著我唱《斬馬謖》。」

一聽是這話，秦繪把臉拉了下來，他放下架勢，去拾起癱在地上的外套。

「有什麼，人就是人，戲就是戲，戲再好，也是假的，空耗半生精血，不過玄虛幻夢。千百年出一個諸葛亮，他那麼悲憤的心情和孤絕的處境，讓你給演出來了，可能嗎？那都是你自己想出來的。戲子我見多了，上台你是趙雲高寵，一桿銀槍，忠直剛正，下台就為一點筋頭巴腦的工齡、待遇和面子，多年師兄弟的手足情，說斷就斷。」這些話似乎有點嚇到岳非了，也就是跟他，秦繪才肯把心底話掏出來，晾一晾。「但功夫錯不了，練出一身好本領，跟誰也不服軟，我信這個，你說呢。」秦繪仰著頭直起身板，捏住拳頭，攥得鼓鼓囊囊，望著遠方漫無天際的如細絨棉般柔靜的白雲，像千座小島，數不清楚。

「你還真是個『活趙雲』呢，進了正賽，給我搭戲吧。」

「趙雲一生，清白如玉，凜然磊落，克制而中庸，是為福將。」秦繪似乎沒聽到岳非在說什麼，仍自顧自沉吟於他的道理之中。「我能領教到的，不過如此，其實紛紛擾擾，始於我執。否則，這千秋萬世，也就唱不出《斬馬謖》這齣戲了。」

「你講的話，我都信。」岳非站起身，喉嚨「吭吭」兩聲後，迅速把胳膊搭在秦繪肩膀上。「但你這套拳練得也有點糙，人說學拳先學步，你手去腳不去，沒根。側身調膀的姿勢也不對，形意拳講的是腹實含胸，腰活背圓，你腰不用力，一看就是沒人領你入門。」

岳非這番話把秦繪說愣了，他幾乎全是被對方拽著走下天台。

「其實劇團很多武生武旦，都練過這套拳，機理也還相通，你沒問過你媽？我以為是雲阿姨教你的，但越看又越不像，真要鑽這個，早點拜師。」

岳非再怎麼笑，他都沒心情看了，下樓前，一陣清風掠過，空中那一抹白雲再度劃入眼簾時，秦繪忽然覺得，無趣和渺小的，又何止是劇團。

二十三

隨著岳少坤牽頭的選拔賽進入正賽階段，有些微妙的苗頭，大家也都看得懂，近百名孩子，誰能入圍，是一回事。岳少坤的心思和眼光，是另外一回事。他兒子，本就是個眼睛不容沙子的小煞星，說白了就是祖師爺賞飯吃。先不論比旁人早入門，單就是站定在戲台九龍口的位置一亮相，灑脫而洗練的腔韻，儼然就是一桿英氣逼人的霸王槍。隨著老師父越教越深，岳非在唱法上越見考究，嗓子也亮起來，在對膛音、腦後音和口腔共鳴的掌控上，懂得用氣充實。天生的靈性就高出別人一等，學什麼都快，容易上道，再加上凝脂玉般透淨的肌膚，誰看了，都是愛一分，怕三分。以至於少有人能跟上他入戲後的節奏，一時竟找不出合適的小演員搭戲。

不用誰開小灶，岳非在初賽時玩性大發，小試牛刀反串《擋馬》，「腳掏翎子」的絕活一亮，神態光彩照人，別人家孩子就只有當分母的命。誰又忍心自家小孩受這般委屈，忙完了業餘組的幾輪面試後，岳少坤開始準備親自篩選，除了從票友大賽真刀真槍殺出來的外地孩子，以及想學點硬貨的戲校生，團裡只剩不到一半人還能硬挺著，秦繪就站在這裡面。

秦繪演趙雲，腰腿功夫是演到家了，身段、把子和工架，氣度夠，台風也正。他參賽的戲碼是《長阪坡》，琵琶式抱槍令人眼前一亮，大戰曹洪時以槍換刀，演到大刀站四將，一招一式，宛如鋼澆鐵鑄，見稜見角，絕不虛浮飄晃。但就是有股不該是他這個年紀演出來的凝重，而且少變化，除非一些老票和同行能看出點意思，旁人保不齊會笑話。梨園人管這號受懂行贊許的演員叫打內，因內行外行審美迥異，要受到一致認可才算你能成。關鍵是他別唱，一張嘴就能聽出缺乏調教。更可惜的是，若論演武戲比功夫，太多比他年歲大的戲校生，科班出身，從沒在身子骨上吃過虧。不要說《神亭嶺》裡太史慈的跨退耍劍穗、《蘆花蕩》中張飛的走邊，以及《四平山》裡的李元霸撚轉雙錘，就連山膀，趟馬，朝天蹬甚至雲手翻也不少見，人家按部就班，學的就是一個帥脆準，越玩越花。

團裡武戲上還能立得住的，越比越少，這裡秦繪歲數最大，岳非改演鬚生。之前雲盛蘭擔心兒子的名字會帶來麻煩，尤其是站在岳非身邊時。後來她發現這種想法純屬多餘，因為名義上岳團是他師父，可孩子太多，根本顧不上在這上面使么蛾子。而且小夥伴們聚精會神的都很緊張，除了點名時鬆鬆垮垮的笑話秦繪幾下，一入戲就沒人再記這茬了。雲盛蘭更發現，岳少坤的兒子，簡直就是水中明月一般的焦點，和秦繪少有交集。況且，從後面的幾次分組授業和複試情況看，家長們都知道，副團長有意加快節奏，遴選幾個真能年少成名的「寇里紅」。他私下不再見任何人了，何主任傳話，到了拚真功夫的時候，怕被淘汰的就趕緊撤，這裡沒大鍋飯可吃，最後推出來的孩子不會超過十個，推得太多，等於一個沒推。

秦繪眼裡，京劇團是一個過於嘈雜且荒謬的世界，他不明白為什麼唱戲要勾臉。在他看來，這裡每一個人的面孔，都遠比用油彩勾勾畫畫的元寶臉和碎臉更有意思。他獨愛趙雲，最要緊的就是不論青年時期的武生，還是年老後掛髯口的文武鬚生，趙雲從來都不畫臉，這在萬紫千紅的京戲世界裡，反倒生出一種孤高的素美。去不去得成上海單說，只要能扛到決賽圈，站在虎坊橋的工人俱樂部的舞台上，那曾經是馬譚張裘連袂稱雄的根據地，在梨園人和戲迷心中，那是一段永難再現的偉大傳奇。父親會看到，他拉了半生琴才跨入的境界，自己也能進去。

決賽前的最後排演時，秦繪才因為要演一齣《鎮潭州》，才能和岳非搭戲，這是一齣傳統的老生戲，岳非演最拿手的岳飛，秦繪則扮演楊再興。雖然只是私下搭把手，但從岳非演武戲時逐漸收放自如的狀態看，兩人很快便達成了默契。

「這戲唱的可是岳飛收將，你個秦繪，戲裡戲外都跟我過不去。」下了台，岳少坤的兒子把平常衣裳穿戴好，忍不住揶揄著對方。

「我只是給你搭把手，回頭還是各演各的吧。」秦繪這話令岳非有些掛不住臉。

「還想著你的趙雲呢？」秦繪不點頭，也不搖頭，更沒有張嘴回答他。「你行，狀態保持得不錯。」

「你長靠武生有師父了麼。」決賽前一天，秦繪被何主任領進一間昏沉灰暗的琴房裡，劉榮正襟危坐，手裡不斷揉搓著一串小念珠，面前桌子上擺著一個搪瓷缸。他的嗓音很正經，但似乎總透出抹不掉的善意。

「沒有，我爸不讓。」

劉團沒再說話，他摘下左腕上一塊上海牌全鋼手錶，然後用手勢示意秦繪把腦袋伸過來。

「閉眼。」

秦繪照做。

哢哢嚓嚓的秒針走起來真好聽，還沒聽夠，就聽到劉團叫他睜眼。

「剛才哪邊響？」

秦繪懵了，光顧著好聽了，沒記著聲音的方向，他慌慌張張間舉起左手。

劉團依舊沒有任何表情，他又用手指甲輕敲幾下釦子。

「你爸現在還練琴麼。」現在聲音裡連僅有的善意也沒了，秦繪不知該怎麼回答，按理說父親一定是還在練，但他一次也沒讓自己聽過，點了頭，就說明他在偷聽。

「我剛才彈了幾下，你重新把節奏給我敲出來。」

「嗯？什麼？」他還沒反應過來，團長又給出了新指示，不過他只是在問自己，不等團長再說第二遍，他就按吩咐又敲了一遍。

劉團低垂著眼皮，好像是要考慮什麼，不再吭聲。秦繪不知所云的掰著指頭，他感覺劉團面色玉潤，白中透紅，而且看他的眼神，也沒外人傳的如刀片一般冷颼。當劉團再度撐開眼皮，俯身輕摸了摸秦繪的頭，然後請何主任進來帶他出去。

「再看看這孩子的工架嗎？底子還是不錯的。」

「不用了，我還有個會，明天的賽制和程序，你去問小岳吧。評委的人選，我都說了，其他事情，你按他的意思辦吧。」

團裡人都偷著傳，秦家夫婦天分那麼高，孩子卻是個登台啞巴。都說副團長中看不中用，人家兒子多提氣呀。起初雲盛蘭也沒往心裡去，但越傳越邪，說那個小岳非，透著一股靈勁兒，絕對是自雲先生以來，團裡培養出天資最高的好苗子，甚至足可比肩當年被擠走的倪燕。最關鍵是不怯場，人越多越來勁，雲盛蘭實在咽不下這口氣，一是給兒子掠陣，二是倒要親眼見識這小傢伙真上台後，是不是徒有虛名。

賽制趕到這時候，岳少坤自己能把控的地方已經不多，所有孩子，全看造化了。最後評委的人選，是劉團唯一要拿的譜，這個面子不能撅，但念了遍名單他又深吸一口氣。秦學忠赫然在列，他是團裡唯一擠進最後評委席的人，旁人都是從院裡和兄弟團專程請來的名家。岳少坤張羅到最後，連個遞話的人都沒有。更令他撓心的，是比賽後從巡演到戲校集訓，都要打著雲盛蘭的名號攬生源。「有這麼大角兒做招牌不用，你想幹嗎？她在院裡一句話，得獎孩子的出路全齊了，能為團裡省多少事？你跑斷腿家長也不認識你。」這是劉團的意思，比賽辦到最後，居然讓秦家人說了算，岳少坤咬定，這個胖子又在搞平衡之術的政治伎倆。

二十四

決賽階段的安排出來了，不知道誰的主意，讓參賽小演員自行組隊搭折子戲。岳少坤樂了，所有孩子裡，只有他兒子和秦繪彼此熟悉，一個院兒長大的，首先在默契上就勝了一分，加上評委裡一個秦學忠，另一位則是岳非的授業師父，勝算就更大了。他便立即定出了參賽戲目，讓二人趕緊磨合。

晚上吃飯時，雲盛蘭一手捂著腰，坐在棉絮沙發上，一手摸捋著兒子的頭髮，望著他。

「明天媽不去教課了，親自為你站台。」

「其實也沒什麼看頭。」吃飯時，秦繪毫無胃口，光用筷子撥弄著盤子裡的香菇菜心。「我演什麼，您平時都看過了。」

「台上和台下，那看的可不一樣，回頭報幕員一喊，岳非，秦繪，你可別急。」

「不會的，團裡已經交代按組報戲碼，你別跟孩子瞎說。」老秦實在聽不下去，插了一句嘴。「記好了，真正的角兒，從來不用講究事先排練，該怎麼演每個人自己心裡有數，到台上見真章，所以別聽旁人說，你們倆是一個團，就占了多大便宜似的。」

「爸，我懂，這次如果我拿到名次，你能給我改個名字麼。」桌子在晃，老秦看過去，雲盛蘭整個人都愣住了，身子在不停地抖動，這是兒子長這麼大，第一次跟大人開這個口。

「明天妳陪孩子去吧，過年前要搬到那套兩居室去，我進評委席前，先在家收拾東西。」秦學忠沒接這個茬，朝妻子耳邊低語著。

二十五

秦繪報的是《火燒連營寨》裡的《趙雲救駕》選段，打快槍後趙雲困在眾將之下用掃頭獨挑千軍，這是最吃功夫的長靠戲。但這段的老生劉備完全是個背景搭子，岳非很吃虧。何主任提前把兩個孩子叫到跟前，說是特意徵求了院裡老先生的意見，讓改唱《戰長沙》，岳非唱黃忠，秦繪唱關羽，兩個角色勢均力敵，問兩小孩有意見麼。秦繪想了想，覺得沒什麼意思，就說聽主任安排吧，何主任很不高興，埋怨他這麼小年紀就知道拿板了。

「不唱趙雲你還不活了？」岳非戲路不僅寬，而且雜，什麼都願意唱，還都特別精，所以不管換什麼戲，都能輕裝上陣。

「先說好，如果是關羽，我只能對付著唱。」在後台聽場的時候，秦繪頭一次心裡不踏實起來，這是他生平第一次，在父親的注視中，登台獻唱。

「至於麼，這次算我欠你的，早晚還你，總可以了吧。」

正式演出前，後台吵鬧而混濁，秦繪穿著母親特意託人做的一身藍緞面小長褂，躲在休息間，是當年父親候場時的座位。先進行的兒童組業餘賽開始時，兩側出將入相的門邊幕條裡，放了幾把盛滿冰塊的大鉛盆，下場後有老師趕上去為小孩子蘸去滿頰汗水，滿盆清水到最後全被油彩蘸白了。戲台犄角的兩處位置，放有一對直徑足達兩米的巨型電扇，來回來去地吹，一直沒消停過，不時發出震耳的律動。但開鑼前，他竟能聽見自己的心跳，手腳冰涼，全不見平日耍滑頭的鬼勁兒。兩隻腳不由自主的在往前邁，透過舞台光，他能望見青灰色的幕簾下，有無數顆粒灰塵在浮游。

小演員們正忙著在化妝間上彩妝，一個老師傅叫秦繪換好衣服，走到他身前勾紅臉，他總下意識的頷首躲開。岳非始終躲在一個單人間裡，碰不到面，秦繪旁邊坐著一個唱花旦的女孩，在上好妝的一張俏臉，緊緊裹貼住一綹綹頭髮，頭髮是先用篦子刮平，再梳理好，然後被榆樹皮熬製的膠水，黏貼在腦門至鬢角做「片子」，秦繪想想都感覺頭皮發麻。但女孩看到自己一張肥嘟嘟的小肉臉，經這麼一貼，反而顯瘦許多，人也精神了，她看上去很滿意。定好妝，她開始準備畫眉眼和口紅，然後到梳頭桌勒頭、插點翠頭面，當所有環節就緒後，這個小演員簡直和先前判若兩人，她項上彷彿頂有一座高貴爍亮的皇冠，亮麗照人。秦繪被要求將頭擺正，他忍不住歎了一口氣。

劉團坐著岳少坤安排的子彈頭轎車過來坐陣，特意趕到後台給小演員打氣，看著他們紛紛忙亂中扒靴子、套布襪、換彩褲、穿福字履，就講起當年團裡拉幕盲考的事情，說其實那幾塊料的師父是誰，一上弦他就能聽出來，當初他們還都蒙在鼓裡，緊張兮兮的，大家就笑，岳少坤在旁邊聽了很不自然。

《定軍山》、《擊鼓罵曹》和《轅門斬子》，都是難度最大的硬戲，隨著前面幾對戲校的孩子唱完一下台，評委也被陸續帶進狀態。秦學忠因為被排在最後一個打分，先前登台的學員他又一個也不認識，所以就把心思全放在演出上了。他感覺這一輩孩子，都像流水線作業上的組裝零件，細枝末節，纖毫畢現，根本談不上缺點。但要說有誰能打動他，能令在座評委高看一眼的，半個也沒有。所以半場坐下來，他竟有點走神，尋思著戲校的孩子，原來全靠走量，真叫起真兒來，誰也壓不住台。這時觀眾席有人說就等著看小岳非登場了，老秦朝幕簾後的水牌子方向望過去，想起就要見識兒子演的關羽，心裡竟不由得咚咚蹦了兩下。主持人一報幕，包括雲盛蘭在內，所有人都安靜了。誰都清楚，對一個小演員，這種場面的壓力有多大。

須臾間，岳非忽然挑簾走出上場門，踱步而出，神氣充盈，一臉老成，光這一上場先邁左腿，三步後一個小墊步，不僅滿腿著地，而且跟步緊湊。最後亮相時，眉眼間既自然舒展，又凝神節氣，活脫一個久經沙場的老黃忠。開頭一句「這一封書信來得巧」後，雲盛蘭當即在台下倒吸了一口涼氣。旁座有內行的立刻摩挲著手，連聲稱奇，「掛味兒，傳神！」再見小傢伙一身香色蟒，背紮四面靠旗，唱作貫穿，演到刀下場，不僅打出身段、架勢，而且大刀花舞得收放自如，眼睛有戲。忽的節奏放緩，轉身後一直緊盯刀頭，這時樂隊給了個急急風的長調門，他竟懂得隨之應變。當聽到他唱到「威名鎮守在長沙」時，剛脆洪亮，字頭還有彈勁。在難度最大的拉弓上，岳非紮著靠，肩腰腿把勁使到一處，順著靠旗的勁走，形似一陣風，很多老演員都拿不準這個意思，致使靠旗亂抖。但台上一個小孩子，竟能做到協調幅度，維護整體，讓髯子、跨腿一氣呵成，該動的動，不該動的絕不動，韻味融在變奏中，既合戲情，又合戲理。

一陣西皮二六板過來，秦繪踩著一雙綠緞虎頭靴，評委馬上要聽緊接的那段經典唱詞「黃忠老兒聽端詳，某大哥堂堂帝王相，當今皇叔天下揚。某三弟翼德猛勇將，大吼一聲斷橋梁。某四弟子龍常山將……」慢了，沒跟上板，秦學忠用右手抹了一把臉，他看見旁邊已經有評委在紙上正記著什麼。秦繪的工架是真穩，但唱的怎麼樣，他也明白用不著過於上心，今天能親眼瞅著只會演趙雲的兒子站到現在，他早就知足了。

這時只見秦繪側身內向，半邊臉朝向舞台周邊，二人舉刀拉開架勢後，岳非便用力把刀往裡側壓，別住秦繪的刀，這一勁頭使得相當猛。老秦眉毛一挑，瞬間的此消彼長，被他看出來，這是在過去兩人的合練中所沒有過的。他把頭轉向另一端的評委席，岳非那個老師父正一臉肅然地盯著舞台，看起來他對這個動作細節非常滿意。秦繪的刀已經很低了，再往下壓到一定程度時，他輕微不規則地用了一下顫力，暗示要還擊了，接著反手把岳非的刀從台的內側反壓過來，此時兩人的刀頭同時朝外，臉也面向觀眾。岳非眼見招架不住，這時，所有人都看到他的戲就要被逼出來了，只見岳非兩腿發顫，虛晃中使了一個踉蹌，仿若力不從心，險從馬背上跌了下來。轉瞬間，岳非從臉到身上，包括靠旗、髯口和手中大刀，全身顫抖起來，表情和邊式煞是好看。台下有人看到這時，開始叫好，岳少坤在場邊朝裡面安排好的一個師弟使眼色，讓對方把氣氛帶起來。何主任站在他身邊，目不轉睛地看著坐在第一排的劉團作何反應。「岳團，你兒子成了。」她還記得，當年頭一次聽秦學忠拉琴時，劉榮和現在的狀態一模一樣。

看到這時，雲盛蘭下意識的用手緊緊捂住嘴，周身微微發顫，兩腿不由自主地打晃。旁邊不會有人注意到，她即便用眉頭極力擰死，淚水仍止不住滑出眼眶。這一瞬間，只被坐在評委席的老秦注意到。為避免掛不住臉面，沒等宣布名次，她就跑回家了。

後來團裡有人說，其實所謂「京劇小神童」，就是岳少坤給兒子一個人插的大旗，沒別人什麼份兒。全部比賽結束後，岳非被推舉為演員代表，領頭謝幕，站到台口接受戲迷的歡呼與喝采。當他鞠完躬起身後，想伸手去叫秦繪，把自己的搭檔一起拉過來時，有人湧上戲台，將岳非摟了過去，混亂與嘈雜中，整個台面甚至被大批成年人圍攏成一片。不過這些雲盛蘭沒聽見，直到秦學忠把兒子從工人俱樂部裡帶回家，她還趴在客廳沙發上沒哭完。後背伴隨著嗚咽聲響，身枝亂顫，像是喝醉了酒。因為就要搬家，周圍的家具和鍋碗瓢盆，凌亂地胡搭亂放著，將她圍裹起來。秦繪不明白只是一場演出，母親到底在哭什麼，他是頭一回在家裡見她哭，比起她在外面教戲時的哭腔，如割心一樣真切，但難聽多了。

秦學忠把衣架挪開，騰出一條窄道，關上門就把兒子往裡屋領。

「我媽怎麼了。」

他還是沒回答兒子，但能看得出，他這次至少是在想著怎麼回答。

「爸，給我改個名字吧。」

「你媽活這麼大，這算剛從戲裡分出來，不想將來像她這樣，就等你有能耐，自己給自己改吧。」

這一晚，全家誰也沒提剛剛結束的決賽，窗外寒涼的溼氣透過牆皮磚縫，嗞嗞地往屋裡冒，高大的梧桐樹褪變成一道黑漆漆的裂縫，上空是幽藍且透澈的星夜，樓裡很少還有住家開著燈火。秦學忠獨自繼續收拾屋子，盡可能的把所有琴譜、磁帶、教材，以及戲服和道具都分門別類歸置好。他沒想再開燈打擾她，剛好燈也都被收進編織袋了。月色下，他弓下腰，動作遲緩、乏力，像是一口氣被洩出來，沒地方找補，地上散亂的零碎玩意被當破爛一樣挑挑揀揀。秦繪每多看他一眼，就更不敢肯定自己是他親兒子。也不願接近母親，就站在屋裡的最深處，靠著牆，看著眼前這心涼的一幕。

「馬上就要到搬到新家了。」他輕輕地碎碎念著，努力睜著疲累的黑亮眼仁。

二十六

很早，雲盛蘭就換上了一件紫色亞麻西裝，裡面還套著織有淺色亮片花紋的羊絨衫，頭髮紮起來，一個人，梳妝俐落地站在樓道邊。陽光透過東面的玻璃，折射在她肩頭，乍看上去，像是在她身後佇豎了一枝挺拔而斑斕的花朵。往來的師兄弟見她氣色不錯，客氣地點個頭，都不再提昨天的事，甚至連去上海的名單也沒傳進她耳朵裡。但她能看出來，團裡正醞釀著喜氣騰騰的氛圍，不是因為要過年了，而是每個人臉上都掛著一股勁兒，她說不上來，也沒力氣深琢磨，總之似曾相識吧。

秦學忠還在屋裡，倒騰一晚上，幾塊修琴剩下的邊角料，被他又撿了回來，用一塊絲綿方布包好，說畢竟是好竹子，能留就留著。能扔的東西，越撿越少，甚至連調味盒都原封不動準備搬走，最後就收拾出半袋子廢報紙。出門前，他特意囑咐兒子老實看家，等收廢品的一進院，把這袋子遞過去就好。話沒說完，雲盛蘭就催他快走，當母親親昵地探頭看進來時，秦繪沉默中，下意識避開她的眼神。

「我兒子長大了，懂事，你別老絮叨他，快走吧。」

老秦給出的名次究竟都有誰，絕口不提，她也不想問，但以昨天她看到的，小岳非拿頭名是板上釘釘的事，太出彩了，甚至有些炫目。而他們的兒子則是中規中矩，甚至還在唱工上有硬傷，以昨晚其他戲校生的整體水準丈量，秦繪僅是中下等。評委不會管你演的是不是趙雲，而以老秦的脾氣，加上有意無意的需要避嫌，她料想前十名不會有他。以岳少坤的戰略眼光，他必定會瞄準這些小孩的市場價值和可帶來的現實收益，接下來各種名目的少兒演出團準少不了。而以秦家夫妻對自己孩子的瞭解，他們當然不願意秦繪被過早捲入急功近利的走穴圈子裡。同時巡演結束後會有大批孩子被分到她的班裡，以她這個年歲，不用拎著教鞭直接面對自己的兒子，未嘗不是件一好事。想到這時，雲盛蘭的心裡反倒鬆快了許多。

夫妻倆想把這間一居室留給一個剛領證的師妹，所以跟何主任約好，去她那交鑰匙。秦學忠總感覺不對勁，卻也來不及細想。妻子的心思是，眼下團裡分房緊張，像他們這樣一家占兩套的絕無僅有，空著一間沒人住，早晚被讓給別人。之所以這事擱到現在，那是因為岳非歲數還小，誰也不敢動，看這丫頭現在的勢頭，想必從上海回來後，姓何的就會找上門說房子的事。她寧肯主動把房子送給師妹，也不能白便宜岳家人，這才是她雲盛蘭辦的事。但問題是姓何的總說這個師妹資歷尚淺，不趕著談這個，可人家著急結婚，過這陣子誰還領你的好？雲盛蘭一口咬定，何主任是在跟自己磨洋工。平時暗地裡吃個啞巴虧倒也算了，今天這個板，她跟這幫人叫定了。所以她不僅要叫上秦學忠，還把師妹一家人都約好去交鑰匙。

後來老秦還是沒進門，他站在大院的空場上等，今天的陽光格外晃眼，照得眼睛竟有些恍惚。他點了一根菸，架起胳膊，看著收廢品的把車推到遠處自己家樓下。秦繪在三層伸出腦袋招呼那人上樓，然後朝他這邊望了一眼，小圓腦袋像枚硬幣般閃亮。對視那一刻，父子二人似乎都感受到一種從未有過的疏遠感，甚至令彼此感到陌生，不知道對方此時看向自己，在想什麼。指尖上冒出稀薄的煙流，很快消融進冬日的晴空中，在平靜中凝視這座大院，容他回念的工夫不多。雲盛蘭身姿綽約地朝這邊走來，直到她一把挽住他胳膊，滿滿地占據了視線。他還在努力想記起她最初的樣子，但總會越想越模糊。

「都辦妥了，我上樓叫兒子，外面吃吧。」她故作嬌嗔著伸出手韻的臀部，秦學忠拉住她的手，笑著搖了搖頭。

「一起上去吧。」

上樓梯的時候，趁中午師兄弟都出去吃飯，她始終緊緊拉著他的手走到三層，在空蕩蕩的通道裡，他勸她別跟何主任鬧得太僵，團裡對咱不薄。說到這他稍用力地攥了一下那纖滑的手面，又講，其實生活待咱不薄。

二十七

在劇團，有很多登峰造極的段子，比如一唱馬派諸葛亮的鬚生，演完《群借華》，在等《借東風》時回後台歇腳，提著茶壺，把髯口掛在玉帶上，跟人聊昨晚的牌局。正興頭上，場督開始催，這人原地轉磨找髯口，死活找不見，隨手從帽箱抄一個就上台。結果觀眾一看，這人身上掛倆髯口，嘴上一個腰口一個，串在一起跟掛麵似的，「嘩」的都樂出眼淚了。還有一跑龍套的，頭天去網吧刷夜，回來直接上台扮大鎧站殿，正迷迷瞪瞪要睡不睡時，就聽角兒「啪」一拍醒目，他「哐噹」就坐地上了。還有的老鼓師特別壞，走馬鑼鼓後不讓琴師進。不過再經典的段子，都會被新段子所替代，眼下在私下被廣為傳誦的，則是岳團長如今又找回老相好，要再唱一齣《馬前潑水》。這件事被傳進雲盛蘭的耳朵裡，那股原始而粗糙的生動和樂子，很快就被笑沒了，越傳下去，就越苦，彷彿誰都把這件事，在自己心裡走了一遍，那滋味，很難說。後來大家意識到，老秦如同他們每個人一樣，只不過把最苦的那條路給走到頭了，就沒人再提這件事。

事實是岳少坤的確單獨找過雲盛蘭，現在的她已經習慣了天一亮，睜眼就去院裡的戲校辦公，躲清靜。有一陣她還總讓老秦中午給自己送飯，但隨著教學工作的深入，已經全然顧不上其他許多事情。雲盛蘭以前教的多是成年組學生，本身已積累了一定基礎和相當豐富的舞台經驗，她的任務，更多的時候像一個領隊，在專業上無非是指點學生對道具的使用，包括在武戲中如何吸收各類門派的武術動作，從而在技術上加以創新。

劉團和岳少坤這次「捧神童」的計畫，其實是給自己出了個難題，她對如何教導這一年齡段的學生，經驗並不夠多，更何況像小岳非這種已經拜了師的，她本身能起到的作用其實非常有限。所以當前夫找上門來時，她很不樂意，劉團是什麼意思，兩人都懂，他往辦公室裡一坐，話也撂得明白，「絕沒有在劇團搞一家獨大的意思」。

雲盛蘭透過旁邊的玻璃鐵窗，發現一輛奧迪轎車正沿著戲校操場的白線停好，岳少坤恭敬的笑臉顯得生硬而刻意，就像手頭正在批改的作業一樣難看，她還沒想過如何應對這個局面。

「我把話挑明了吧，岳非現在的演出行程排得很滿，何主任為他拿到不少去機關部門表演的機會，但他總要在履歷上鍍一層金的，我們做家長的，不就是天生給孩子擦屁股嗎？雲先生妳的名號能到今天還叫得那麼響，有咱團裡的功勞，岳非能進妳的班，我臉上自然也有光。」岳少坤說完後頓了一頓，掂量著該不該再講下去。「就算不念你我往日夫妻一場，只是看在我和老秦這麼多年兄弟的薄面上，請妳關照關照這孩子吧。」

和秦學忠過這麼多年日子，雲盛蘭只學到一樣本事，耳根子軟。她儘量不去看岳少坤哪怕一眼，他的歪脖、大背頭和短駁頭四粒釦西裝，令她由心底裡生厭。但光這麼耗著也不是辦法，況且既然岳非到了上學的年齡，作為團裡的明日之星，進她的班照顧照顧，本是人之常情。今天岳少坤肯親自來託付託付，算是把心用到了，任憑大人之間怎樣瓜葛，都不該波及到孩子。可每當她轉念一想，自己兒子的學校還沒落實到地方，就要先給岳非的前途許下承諾，她憑什麼？

「我知道有些事情，妳置身其中，放不開手腳，我在團裡開展很多工作，跟妳也是一個處境。」岳少坤見她面露難色，又開始自說自話起來。「這話只是咱倆說，團裡那麼多共建學校，妳隨便挑，出錢出力，我沒有二話。但妳也清楚，那麼多師兄弟，都有孩子，我幫了這個，下一個，幫誰不幫誰？沒錯，秦繪是我徒弟，我虧待不了他。可我這副團長做這麼多年，一路下來，哪一步缺人幫襯了？誰跟我不是沾親帶故的？但就有一點我敢跟妳打包票，但凡跟我合作過的，誰也沒少拿好處。」

那輛奧迪車在操場裡按了兩聲喇叭，是在催促，更像是威脅，誰坐在車裡，有這麼大膽了，又如此不識趣，雲盛蘭不用多想，也能猜出幾分，於是露出一絲淺笑。

在他們這一輩的男人看來，雲盛蘭絕對是個獨一無二的美人，即便是這個歲數，面對面坐在一起，岳少坤也難免不會動心。他很滿意自己曾一嘗雲先生的溫柔，這是團裡多少琴師幹一輩子都不敢奢求的成就。結婚那麼多年，一臉僵硬的雲盛蘭，岳少坤見過，而且她越拉臉子，他心裡就越有譜，突然見前妻冷不丁這麼一笑，副團長心裡反而沒底了。自從分開後他們再沒有單獨打交道的機會，做夫妻的那幾年，雲盛蘭使起手腕來，那條寒徹骨髓的絕路，要遠比當年在舞台上更令人求生無門。那兩聲喇叭也把他驚了一跳，見雲盛蘭有意要開口表態，岳少坤趕緊搶先又再講下去。

「年輕時，任誰也免不了幾番胡鬧，但摸著良心說，我待你們秦家不薄。過往的事情我就不提了，這次去上海的演出很成功，我覺得很有必要接著牽頭組織『京城戲校娃娃戲』，打造京劇演出市場上的系列名牌，我甚至已經囑咐小何接受香港、台北和新加坡、馬來西亞等地的演出了。這之前還要趕在暑假的尾巴，辦一屆『雙休日少兒京劇百場演出』，多整幾齣科班戲，少不得要多勞煩妳合作。」窗外起風了，吹在岳少坤這邊一臉沙子，他有點起急。「我只求一點，讓咱兒子能跟戲校，妥妥當當讀上幾年書，拿個文憑，別拖他後腿。」

說到「咱兒子」，雲盛蘭更噁心了，這是他一貫趨炎附勢的伎倆。就連岳少坤也沒想到自己今天會把話講得這麼丟身分，直到他臉色蠟黃地跟她道一聲「雲老師，那我先走了。」一時，對方也沒扭頭多看自己一眼，應付這個女人，他沒有像往常一樣準備打點些意思，但身為副團長，肯把話遞到這個程度，誰都清楚分量有多重。

雲盛蘭一整天都沒能靜下心寫出一頁教案，前夫的來訪，令她想起那令人亢奮卻又不堪細想的幾年日子，每當這個男人出現在身邊，她都無法預想自己，會升騰出多少匪夷所思的欲念。有時雲盛蘭甚至不敢深究，當年的那些荒唐事竟然全出自她在上一段婚姻時的手筆，更令她難以判定的是，自己骨子裡陰冷的那一面，究竟是與生俱來，還是僅僅遇到岳少坤才發酵而出，雲盛蘭不得而知，她也不願深想。

二十八

其實雲盛蘭在戲校看到的情況，甚至還比不上團裡，近幾年往這送的孩子，心勁兒早不像昔年那般單純、果敢，連家長再到孩子，心思都很複雜。很多都是文化課跟不上的，來這裡找一個就業途徑，很多小孩下了課嘻嘻呵呵找網吧的，多了去。再加上都是獨生子女，罵不得，更碰不得，而且戲校生和別的學校一樣，沒有包分配一說，將來都是自謀出路，很多孩子畢業後十有八九改行轉專業，凡是走她後門的，都是希望能進專業院團，就是花個十萬八萬也不覺得冤。對此她早沒了前幾年的志氣，也是跟著當一天和尚撞一天鐘。其實不用岳少坤親自跑這一趟，她也會正眼看待小岳非。幾十年沒碰上的好苗子，說實話，誰教就是誰的福氣。

壞就壞在，岳少坤這麼一搞，招來不少湊熱鬧的家長，想出名，圖清閒，拿著招生簡章就紮進來要試試孩子有沒有當明星的命，弄得她成天跟鑒寶師一樣，衝著眾多根本不是戲料兒的孩子乾沒轍，生也生不出氣，活活能把人憋死。

二十九

岳非走到哪裡，都注定是人中龍鳳的胚子，戲校生裡能跟他在台上叫板的寥寥無幾，秦繪又一時考進不來，他自然也丟掉了幾分興致。只等著何主任一吩咐哪有演出，隨時拎包走。

她對外幫岳非角逐央視舉辦的全國京劇大賽，又安排各種訪問節目和公益活動。對內，也緊鑼密鼓地為這個角兒在長安大戲院上的專場演出，挑選樂隊班底，而岳少坤也在為擴建劇團大院的項目忙得不亦樂乎。

雲盛蘭不是沒拉下過老臉，求下海早，做穴頭的師兄，帶兒子出去演出，就算見見世面。師兄連東西都沒收，說「多一張嘴，少一份錢。」人家就差沒直說，你這孩子去了也是搗亂。更讓雲盛蘭急紅眼的是，全團唯一一個直接落實編制的指標，就勻給了岳非，而且居然是因為秦學忠在力保這個孩子。

雲盛蘭為這件事跟她男人足足打了三夜，老秦一個字也不多解釋，後來她自己也覺得越鬧越沒道理，誰讓不爭氣的是自己兒子。

秦繪除了偶爾練練拳腳，就是和幾個彈月琴的，整日在院南牆邊水泥砌起的高台上鬥地主，聽他們說今後這個院子不僅地磚重新翻修，說不定還要拆哪棟樓。還說現在團裡人心浮動，都飄得很，整天都尋思怎麼到外面紮錢，而且姓何的要搞人事改革，到他們剛要畢業留關係的這一屆，一律先是實習身分，再簽合同，像以前那種終身正式，熬年頭評職稱、分房的事，沒戲了。據說岳團發話了，演員指標還要往下砍，一個行當養活不了幾張嘴。眼下劇團比的就是誰最一專多能，那才吃香。據說有人專練趕場這一環上出彩，上《荀灌娘》，先來旦角，再是武生，後又照來女兒身，頭上片子得貼兩次，頭飾、彩褲、彩鞋隨時換，要三四個師妹伺候才行。有位老角兒演《蘇武牧羊》，由蟒袍玉帶的文臣，立即換牧羊老生，從頭到腳大，扒靴子，穿布襪，換福字履都在須臾之間。

但這些人都趕不上秦繪的記錄，一上年紀，他忽然意識到自己對戲服和道具，有一種天然的感覺，虎字紋、團花箭衣或者大靠，各種行頭都被他細針密縷的敏銳悟性，分個清楚。他是團裡唯一能做到演《長阪坡．漢津口》時，獨自由趙雲變關羽，頭盔、戲服、褲襪、厚底靴不僅全換，還要把趙雲的俊臉洗掉，再勾關公紅臉，全部時間，不出五分鐘，甚至還能在後台擠出一句西皮導板。這段子被岳非聽說了，每次演出回團裡，都要求他施展一番開開眼，他也不慍不惱，頂多甩出一句「這種本事都是給逼出來的，要不就滾蛋。」然後盤腿一坐，開始跟眾人在地上打牌。

眼見著各人的距離越拉越大，岳非不演出的時候，就進戲校上課。雲盛蘭聽說岳少坤為了能把秦繪也補進戲校，著實出了不少血，她瞞住了老秦，一門心思把岳非在戲校的學習給安排妥善。她也想不明白，人敬我一尺，我還人一丈，如此淺顯的道理，當初怎麼就想不明白？岳非每次重回大院兒裡時，就怕被兄弟們冷落，他習慣了走到哪兒，都有人前呼後擁圍在身邊，能照顧到誰，他心裡也美。所以去哪兒演出，都忘不掉帶來一堆當地特產和進口菸酒。然後就開始數落戲校裡那些外行有多不懂規矩，敗壞名聲，起初大家還新鮮一陣，能熱乎到一塊，日子隔得久了，誰都知道該為飯碗發愁，岳非再說什麼，聽聽也就聽聽，少見誰再跟著瞎激動了。

所以在這麼複雜的節骨眼上，當秦繪聽說自己有機會進戲校再混兩三年時，岳非比他還高興，令他匪夷所思的是，這種高興似乎被抹上了一層詭異的亮色。那是高興嗎？人太多，都比著在歡騰，但這跟他們有何關係？以岳非為最，他甚至要把情緒故意調高，蓋過周圍的人。有那麼一瞬間，秦繪甚至看不懂，他到底是喜是悲，那比戲裡的諸葛亮還難看透。

所以在秦繪接到面試通知書的當天下午，岳非說不如我們也去泡網吧，有人附和著說，還能再去附近的歌廳看看。岳非說難得大家又湊在一起，不如咱們就撒開花耍這一回。秦繪覺得不大合適，習武之人，從沒想過去這種地方，打小學戲的他們，更不知道該怎麼融進這類場合。

「習武？你還練拳嗎？」岳非似笑非笑地衝著秦繪問，他搖了搖頭。「還是的，你打我兩拳看看？我請客，都給我走！」

秦繪總感覺那天的岳非，有幾分陌生，甚至是那種落寞的狂放，他也說不好，因為戲裡從來沒有這號人。那間網吧距離劇團有點遠，一路上秦繪總在最後磨蹭，以至於岳非時不時回頭招呼他，才能跟得上隊伍。夕陽正打算落入前方的街口歇歇腳，他把腳抬進區總工會樓前的柵欄裡，鬆開鞋帶後，又綁起來緊一緊。於是岳非又回過身來催他，師兄弟們站在遠處，瞧了瞧，又繼續往前趕。秦繪抬了抬手，示意馬上就好，兩人重又走回路上。

越走，就越不想走，秦繪看到岳非的步伐並不快，明顯是在等他，但他又偏偏走得更慢，兩人遲遲搭不到一起。當他以為對方會不耐煩地加快速度時，但見岳非做了一個高伸腿，亮靴底的動作，然後以腰為中軸，四肢協調動作，慢抬快落，快慢有致，邁起了晚年諸葛亮的四方步。

秦繪站在原地，不想樂，但是沒管住自己。岳非兩手輕微別在身後，轉過來看他，然後也笑了。

「上一次，沒唱成《鳳鳴關》，可惜到現在。」岳非的聲音不大，秦繪往前上了幾步，才能聽得清楚。「在外地，同台搭了不少人，名氣高過我的孩子也有，但很難卯上那個勁，不過癮。能看出來麼，我在等你。終有一天，你的趙雲，我的孔明。」

秦繪聽了不知道該說些什麼，看岳非比自己還著急，就跟著點了點頭。然後被他將衣領一拽，跟著匆匆走了過去。

那間網吧是由一家飯館倉庫改建出來的，外面掛著一層塗抹不勻的集裝箱漆。屁股大點的鐵門，撅向當街。脆弱的牆皮上方探出一塊方形油煙機風扇，被沉厚的垢膩和毛絮完全堵住，站在門口便能聞到一股濃郁的油碾子味。滯留在這間矮房裡的，大多是在附近一帶混的老炮和學生。劈劈啪啪的敲打聲中，網管告訴岳非，要等上一段時間才能輪到他們。刮了一陣風後，散亂的菸灰和一股汗腳發酵出的惡臭，迎面撲鼻。秦繪本來也沒心思玩，就想不如出去等一等也好，但岳非卻站著不肯走。

「網管，拿個火機給我。」把角處，一個四方臉的高個子朝前台喊了一句，能聽出來，嗓子很壯。

「你讓他們，給我滾蛋。」岳非用指尖在網管的肩膀上戳了戳，按住對方，不讓出來。

秦繪驚了，他發現自己周圍的師兄們，開始逐漸向岳非身邊聚攏。

「戲校的住宿生，在這片兒混的挺猖，甭搭理他們。」有個歲數大點的揪住岳非，「你們不是一起演出剛回來麼，以後免不了還要同台，現在翻臉不值當。」

「沒有以後了。」岳非甩開師兄，徑直朝網吧角落裡走過去，掃了一眼旁邊坐著的幾個人，然後用腳蹬了一下四方臉的椅子腿。

「喲，這不是小老頭兒嗎？」四方臉不再對電腦裡的遊戲畫面感興趣，他站起來，一臉獰笑的故意挑逗岳非，因為嘴叉子咧得過大，秦繪看到吐沫星子明顯濺在岳非臉上，雙方的人也開始來回打量著彼此。

「怎麼著哥們兒，有什麼跟我過不去的？」那人的兩隻手握住腰間，彰顯出一副寬厚的肩膀，一看就知道有練過的底子。他是朝天鼻，鼻梁短小，說起話總令人擔心鼻涕會不自覺地流下來。「別怪兄弟們不會伺候，你自己不長眼睛，《斬顏良》、《單刀會》、《走麥城》，麒派的紅生戲你會唱，餘派的《烏盆記》你會唱，就連我們裘派花臉的《淮河營》你他媽也會唱，那你自己唱吧。你爸不是誇你腔圓字正，見稜見角，還會巧用腦後音麼，我們沒你能。既然你爸是劉邦，他拿你當成鎮淮南的厲王劉長，那你們父子倆自己拉琴自己唱吧。我們也好見識見識你那雲遮月的看家本事，唱詞裡怎麼講來著，『這也是你耍奸猾自己的報應』。」

秦繪手裡都攥出汗了，這是他頭一次看到有這麼當面羞辱同行的，他不知道對方是否真的明白，那些戲對自己究竟意味著什麼。因為岳非是背向自己，看不到他的臉，但身子明顯比最開始僵直了許多，秦繪估麼著不會就這麼算了。

「讓我滾蛋？」四方臉繼續不依不饒的。「你甭這麼看我，哥們不湛你爸那個團，照樣唱角兒，但是只要我在，你他媽就別登台，登台就出事兒，上回算輕的，下次還有舞台事故等著你，不唱就餓死你。」

「你叫人去吧，現在動手別說是我欺負你。」岳非很冷靜，他把頭緩慢低了下來，摸了摸腦門，然後轉身就走回來了。

「行，孫子，你給我五分鐘。」四方臉的人不過三五個，真幹起來他當然吃虧。「你回劇團是吧，二十分鐘後，六點二十，咱們自新路東見吧。」

岳非沒搭理他，也沒跟秦繪他們說什麼，只是獨自默默地走出了那間矮房，看上去有些灰頭土臉的。

「他們有點兒太狂了。」折回劇團的路上，岳非一個人頂在最前面，直到大門口了他才蹦出這麼一句話。這時候已經過去十五分鐘，不可能再叫道更多的人了，師兄弟幾個，現在抽身還來得及，但摸不清那個四方臉能搞多大的動靜，就這麼認慫了，丟人。

「你事先知道他們在吧，為什麼非要招惹那幫人？」秦繪問了一句大家都想知道，卻不好意思直說的話。既然他先把這層窗戶紙捅破了，眾人決定跟著秦繪走。「你要不要進去？」

岳非緊擰著額頭，顯然他斷不出個主意，任憑一幫人晾在原地，這令他看起來更顯出幾分老氣。

「真在這兒等著人家打上來？」秦繪又問。

在街南面的龍泉胡同裡，一棟灰色簡易樓的最底層，是岳少坤為他兒子將來結婚，單買的一套一居室。這幫人先趁機躲了進來，秦繪說等時間一到，探清虛實，再做打算不遲。屋子很小，縱滿了人，站不下的就躲在小土院裡。岳非總跑演出，就結實了給旅行社開大巴的一個司機，平日就貓在建國門箭樓城牆底下，盯場子看車。也算是半個黑導遊，他這時才想起打電話給對方，那邊答應能叫二十幾個東北人過來。

光線很暗，岳非把手伸進床鋪下，脖子卡在床沿上，拚命在搆著什麼。秦繪總在向街邊張望著什麼，他什麼也看不到。再次回頭間，岳非抄出了一個鋁盆裡，上面斜放著一把曲線玲瓏的鯊魚砍，他很費勁地直起身，自己也瞅了瞅手裡端著的東西，眾目睽睽下，把它遞給了秦繪，在場的人誰也沒說話。一陣沉默後，岳非又掃了一眼牆上的掛鐘，六點半了。

這時候，沒人敢往街上走，哪怕是蹓躂一圈，探探風聲，沒人敢。岳非支好一把帶著棕色條紋的折疊椅，把胳膊搭在方桌上，兩隻手指不斷掐著指甲，他開始為之前的魯莽感到不安。

「今天不出這口氣，你打算等到什麼時候。你們先守在這裡，我出去看一看，在網吧我站得最遠，應該沒人能認出我。」秦繪像看穿了他的心思，說完就把鯊魚砍別在褲腰裡，換了一身衣服，岳非不知道這句話是說給誰聽的。「你不是想唱《鳳鳴關》嗎，你是諸葛亮，我就是你的趙雲，不用學戲裡那般激我，你伐魏，我斬敵。『主公且把心放定，為臣能擋百萬兵。』」

唱完這句，他沒容岳非多說一個字，錯身繞開擠在屋裡的人，扭頭就往院外走，蹓躂到街角看看動靜。

對方果然很守信用，沒讓岳非等得太久。還沒走到東面的太平街，六輛黃麵包，後面還跟了一輛金杯，就停在北門對面的戲校路牙邊，粗略一算不下三十人，手裡還都拿著傢伙。隨著車門被一陣陣撕裂開的聲響，滿坑滿谷堆在陶然亭北門。再沒長眼睛的都能看出意思不對，這幫傢伙根本就不像是戲校裡的人。體格和身型，貨色不一，站沒站樣，但手裡拎的傢伙式，一個比一個硬氣。九節袖鞭，甩棍、片兒砍、棒球棍，最次的手裡也握著一塊板兒磚，氣勢上就先壓出一頭。打頭的是一個明顯謝頂的小眼睛，幾縷泛灰色細髮執著地別在耳後，他的步調要慢於其他人，身後那個留著一頭披肩金髮的瘦子，越走越快，很快成了新的領隊人。

天剛擦黑時，連路邊磚石坑裡的槐柏樹，都被一層陰冷的涼風籠括住。淅淅沙沙的樹葉像在嗚咽著皮肉中的痛楚，為秦繪傳遞著某種勸阻時才會流露的善意。他一個人，獨自直立在路中央，本想趕緊回去告訴岳非，趕緊往社區北門撤，但身體止不住地往下墜，腳底發沉。這時候往回走，肯定會被輕易察覺到。眼見對方來勢壓迫而至，秦繪下意識地朝身後望瞭望，空無一人。

四方臉是唱架子花臉的戲校生，他很快帶人和金髮瘦子彙集到一路，他們像細鐵砂遇見磁塊似的，貼得很緊。也許都是唱戲的，雖然嗓音唱功難成大氣，但既然是花臉，做表上自然弱不了。戲校生一掰扯起來，繪聲繪色，手腳乾淨，眼法精準，渾厚峭拔之聲，好似炸音，不愧科班出身，終歸是正規軍。正尋思著，秦繪竟看入了神，甚至忘記了心怯。

四方臉和金髮瘦子，離他越走越近，直到一行人從他身子兩側穿過時，秦繪都沒再做任何反應。最後那個謝了頂的小眼睛走到他面前時，上下打量了他一番，然後略有遲疑的也走了過去。

當對方剛接通的一剎那，岳非的臉都白了。

「那邊說在天橋碰見查酒駕的，一車人都折在裡面過不來了。」

一屋子人，都聽見話筒裡的答覆了。鐘錶的秒針每動一下，就如同注射器針頭在扎他們的心尖。

「秦繪還在外面，誰去叫他趕緊回來！」

沒人接岳非這句話。

金髮瘦子的人，很像專門幹這一行的，為避免太過惹眼，他們三五一夥，東一堆西一撮分散著開始趕向陶然亭。街上人影淒迷，令戰鬥前的景象，顯得那麼不真實。當這一夥人終於停了下來，開始等岳非現身時，秦繪才猛然發現，他們手裡的砍刀、鋼管和撅力棒。

四方臉等得有點不耐煩了，他走向秦繪身邊那座報亭的公用電話，遞給老闆兩毛錢，然後拿起話筒。

「明亮亮爛銀盔上生殺氣，風飄飄九曲簪纓繞過頂梁。」秦繪靠在冷飲冰櫃上，小聲嘀咕這麼一句，四方臉一聽，便把電話掛上。

「你哪位？怎麼著，想跟我唱《趙雲截江》？」他靠過來，似乎想要緊緊貼住秦繪。「這麼多人，截得住麼。」

秦繪看見西邊，岳非還是帶人出來了。

「截住你一個就夠了。」

「哥，就是他們！」四方臉朝謝頂喊了一嗓子，兩撥人開始成扇形輻射開來，金色瘦子第一個衝了上去，岳非則始終溜著邊走，沒有選擇正面對敵，他沒讓人在第一時間發現自己。秦繪伸掌從下往上一兜，衝著四方臉的下巴就掏了過去。那人緊捯兩步，向後一退，攢足了力氣，又用腳後跟猛蹬向他的腹股溝，秦繪立即翻到在地。

劇團的人每一個真打過群架，他們明顯感到赤手空拳的絕不是對手。眼見這混子氣勢一上來，岳非就大聲喊著周圍的人趕緊走。

「秦繪！人呢！」岳非一邊逃，一邊四顧環視，他如猴子般鑽進街北黑窯廠的一排排樓房裡。然後從兩米高的大柵欄上躥了上去，摔倒地上接著跑。

秦繪和四方臉糾纏在一起，不用套招，這是生平頭一回荷槍實彈的戰鬥，那把鯊魚砍始終別在褲腰，然後掉在地上，被兩人踩來踩去。為了能讓師兄弟們脫身，秦繪居然真的去學戲裡那樣，獨自斷後，企圖截住更多的人。最後在一個條胡同的深處，他被金色頭髮的小子逮住，對方帶了一共十六個人，追在他身後，往死了打。一陣拳打腳踢中，他護住臉都沒用，剛開始還知道叫兩聲，到最後連嘴都張不開了。腦殼、鼻腔和脊椎骨像被按了鋼印似的，承受著排山倒海般的熱浪，直到被誰扔過來的板磚糊住面門後，眼瞼似乎被誰用線封住，恍惚中，一股暖從面頰一直滴淌到手指間，完全阻礙住了視線，他就再沒有疼痛的感覺了。當他最後連對聲音的意識都失去後，秦繪把眼睛閉上了。

夜裡的風太涼，血把身上的汗衫完全漚透，當地上的沙粒被吹起捲在臉上時，那股椎心的傷疼和寒冷，才將秦繪的知覺喚醒。

為了不讓雲盛蘭發現，他在凌晨光著身子偷偷進屋上床，用馬糞做的粗糙廁紙，將傷口按住。後腦隆起的鼓包令他無法躺上枕頭，只能用髖骨側坐在床沿。恍惚間，有人摸到他的窗前，秦繪迅速站在床上，把耳朵貼上去。

「秦繪！快跑！有多遠你就跑多遠！」是岳非的聲音，他很納悶，這不是大家都逃出來了麼。

「出什麼事了！」

「你別問了，快跑！」

這種聲音根本不該是岳非發出的，秦繪懵了，那一宿他根本沒睡著，他希望天亮的時候，誰會告訴自己一聲，這只是一場荒謬的夢。

三十

清早，耀眼的晨光萬箭穿心般刺向眉眼，一股暖熱浮行在秦繪橘皮色的視網膜上。他使勁撐起頭，稍有動彈，腰膀、肘踝關節以及肌肉纖維，便因拉伸而傳來陣陣撕裂感。手指摸向肋鎖韌帶，稠糊的傷口在凝結成紫色血痂前，很不幸和被頭黏連在一起。一下床，滌綸被罩揪扯著綻開的肌理，棉絮線頭掛在肉芽上，看著像是過期長毛了一樣。雙膝腫脹到碗口般大小，他捻手捻腳磨蹭到門口，才記起父母要去琴行，早飯擺在客廳中央的茶几上，實在是不想吃，就兩手按住腿面，半坐在沙發扶把上，嵌在衣櫃門的綠玻璃映出自己的輪廓，臉好像一夜間大了半號。

太靜了，他甚至可以聽到屋裡的閘盒電路在嘶啞，北屋窗戶被風敲得鏘鏘作響。秦繪反覆攢揉手掌，這種被棄置的隔絕處境，令自己彷彿如同一縷青煙，隨時可以被吹的消散無形。一陣陣椎心的死寂，把他抽離出從前的世界，明明一如往昔，但卻全不一樣了，都變了。

他咬牙下樓取車，凹凸不平的磚塊直咯腳心，附在上面的蘚苔潤滑著鞋底。晃悠悠地再騎出胡同口，鼓膜像進水了似的，有一陣沒一陣的吸吮著氣流，恍如隔世。越騎，心越涼，周遭過節的喜慶氣哪怕就快溢了出來，他還是被裹隔在另一條道，一個熟人也沒有。

從南華東街到雙柳樹，他再偷著騎到昨晚被憋在窯台胡同的那個拐角，就像任何事情都沒發生過，連他狠狠揪下的頭髮也沒留下過。秦繪站在戲校學生公寓南面的電教樓院外，把車支好，膩在牆上坑窪不平的水泥石渣，戳在脊椎的傷口，一片生疼。喘口氣的功夫，他看見一個昨天緊跟在岳非身邊的師兄，正要邁步過去，對方抬手揮向自己，示意他不要動。

「你沒事吧，大白天來這兒幹麼？」師兄朝街外張望一番，很關切的問他。

「人都哪兒去了。」秦繪恨不能擰住他的脖子，直接把答案摳出來。

「你不知道？死人了。」

秦繪腦袋像被方棍棱角狠鑿了一下，絲絲木屑直插毛孔。師兄告訴他，死的不是劇團的人，是那撥一個大金毛，戴著一副霹靂手套，南橫街一歌廳看場子的。晚上大家撤得太快，岳非本來都跑回劇團了，但他聽說秦繪被金毛按在地上後，立刻回撲過來。當時金毛也打算撤了，被岳非迎面碰上，他從遠處看見窩在牆根的秦繪後，撿起掉在地上的那把鯊魚砍，就往金毛的腰窩連捅四刀。對方捂住肚子，踉踉蹌蹌晃到陶然亭公園對面那間副食店門口，就栽倒在地上，當時便沒了氣。

岳少坤最後託人給兒子改了戶口本的年齡，又把那套一居室的婚房賣了一百萬，賠給人家。自從那天晚上隔著窗戶的一次對話後，秦繪就再也沒聽到過岳非的聲音。疏通好所有關節後，岳非判了七年，何主任幫他安排的一切活動，甚至在劇團內的各項演出，永遠都不會再有了。謝了頂的小眼睛放出話，只要他出獄，早晚弄死他。

岳少坤有一天晚上專門給秦學忠打了個電話，就說了一句話，「這回我全還給你了吧。」

三十一

過日子就像放風箏一樣，時間撒出去，想收回來就難了。這座商住兩用的大廈令秦繪不習慣的地方有很多，比如他總忘帶門卡，被擋在一樓電梯間外是常有的事。再比如，還只是穀雨時節，離大廈僅隔一條街的鴨子橋下，從護城河裡發出的一股股腥臭就會被吹進樓裡。但這些都不算什麼，母親一直到死，都不讓他回來，怕那幫人報復，秦學忠退休後，用團裡的房子跟外面的人換了個小一點的，方便他在郵票廠上班。

把自己在四川放逐了三年，他整個人的性子都被磨平了，現在連說話都大聲不起來。回來後又見到小馬超，現在一家銀行上班，穿西裝，戴眼鏡，斯斯文文的。但坐不到十分鐘，兩人就沒話了，說不到一起去。偶爾和白夷還能坐下來聊聊，對方現在給家門口的五十六路公車賣票，前段日子換IC卡，要他下崗，他拎著兩桶油去領導家，結果保住一個飯碗。秦繪笑著問他，你怎麼不和以前似的，拿把刀去？他說我要養我爺爺，我餓著成，但爺爺得有飯吃，不能胡來。秦繪聽了當時就頹了，白夷的爺爺還活著，雲盛蘭卻走了。

岳非出獄後，他們就見過一次面，他帶著秦繪去懷柔的一個地下賭場耍錢。再次和他見面，岳非還是叫他秦繪，秦繪很激動。但不知不覺中，秦繪輸掉兩萬塊錢，他在四川的經歷告訴自己，是岳非給他攢了個局，在故意坑他，從此以後，兩人便不再走動。

又到年關時，聽說劇團大院的規劃，不配套整區的建制，沒到申報就被砍下了。新院長說京劇團的這個團長太能折騰，早點退休大家都省心。

吃年夜飯的當天，岳少坤特意把屋門口掃了又掃，新買的果籃擺了很久才滿意。結果何主任沒按規矩提前來家裡拜年，岳少坤知道她太忙，就趕緊打電話給其他人，說今年各過各的就好。晚上他打開電視看，裡面反覆播著岳非當年演出的錄影，反覆在看。

秦學忠把菸戒了，要吃年夜飯前，秦繪終於趕回家，鞋都沒來及換，他就取出一個兩把裝鋁合金的京胡盒，內裡木板構架，嵌有海棉襯布，外面還包了一層手感極好的帆布袋。打開後小心翼翼地帶出一把託人帶回來的南方特製的湘妃竹京胡，琴弓馬尾，漂亮，得眼。硬塞進秦學忠手裡時，非要他拉來聽聽，柔和的燈光打在琴身上，只是好看。他說好久不動了，不拉了。秦繪說，那我來，重又奪回來就上手了。老秦說你快別拉了，太難聽，早知道你就只有這個悟性，當年真不該藏那麼多心眼，直接讓你聽我拉琴也無妨，白糟踐那麼多卷許國璋的磁帶。

常凱

得獎感言／

「北京是我生命的源泉，生活是我創作的根。」很久以來，我寫小說的時候，始終在有意無意間，沿襲著這個方向。當然，令我感到意外的是，《當年事》這樣的作品，也可以在千里之外的台灣，引起共鳴與認可，這或許就是文字真正偉人的地方。熱愛寫作的人，大可以徒手在另一個時間與空間維度中，建造出一個屬於自己的世界。如果能被外人喜歡，那真是莫大的榮幸與快樂。至少對於我而言，那些人，那些事，都是真實，可貴，甚至令我幾番潸然的。尤其對於當今這個大城市時代而言，無論在北京還是台北，舊日時光裡，那些真摯又可愛的情感，老手藝人的行規、幫襯與精氣神，彷彿都隨著汽車輪胎與發動機的聲音，被碾壓得了無痕跡。念舊本身，則變成了一種非常奢侈的情感分泌過程。

這部小說的完成，我很想感謝那些腳踏實地，為了生活而奔忙勞作的普通人，他們的堅定與沉默，幫助我對這座城市，以及對自己有了另一種認識，也讓我對寫作這件事有了重新的反思。心浮氣躁的時候，我會走到街上，在他們身邊，去觀察，去聆聽，他們會告訴我，其實那段最美好的時光，並未走得太遠。令我欣慰的是，時至今日，他們的故事，依舊有人愛看。

最後，我要把這個獎送給我最愛的女兒，我是在她的週歲生日當天，收到獲獎郵件的。說來慚愧，作家應當是最應該具有想像力的人，可我卻無法想像她未來會是什麼樣子，我們之間會如何相處。但我只希望她知道，我會一直都站在她身邊，陪伴她成長，爭取給她做個好榜樣吧。

作者簡介／

常凱，一九八四年生於北京，現任職於《世界博覽》雜誌社執行主編、《收穫》雜誌〈一個人的電影〉專欄作者。二〇一二年出版長篇小說《奪命債局》，二〇一三年發表短篇小說《簡單任務》。

評審的話／

小野

這篇小說開門見山的第一句話是：「秦學忠很獨，他的京胡就和別人不一樣。」同樣的句子套用在這篇作品上可以是：「《當年事》很獨，它的文字、角色、美感和深度就和別篇不一樣。」因為不一樣，所以很容易在眾家好手的評比中被看中。眾評審皆認為如果結構結束在前三分之二，可能更好，不過仍然因為它的獨特，把首獎給了它。

陳玉慧

文字感極好，意境佳。作者對京劇的內涵深厚，以內行的語言將琴師的弓法及如何和旦角的合拍配合寫得絲絲入扣。以琴傳情，一句你跟的太緊了，令人揪心。寫出琴師奉淡遠為圭臬，但捉摸人心又那麼細緻。京劇拉琴不像西洋歌劇，沒有樂譜只有心譜。是一個有意蘊有情節的故事，本作品可向京劇琴師致敬。

蔡國榮

抒寫菊壇台前幕後的勾心鬥角，意趣動人，情境真切，確有身歷其境之感，而且處處流露出「此情可待成追憶，只是當時已惘然。」的悵然。遣詞用句玲瓏剔透，對文字掌控力很高，文意的深入淺出，足可令人驚豔，影像感也不弱。

鄭芬芬

當年事理應影響到今年情，上一代的恩怨卻未與下一代的命運有清楚或動人的糾結脈絡，然而細膩的文筆讓人折服，寓「情」於「琴」，書寫得極為迷人。用足夠的專業知識堆砌起故事的扎實厚度，值得現今流行動漫風格寫作、內容主題偏向商業同質性高的年輕作者借鏡。

駱以軍

可能這代已失傳之對戲班梨園這小宇宙的人情世故、琴師或戲角之技藝、不同人物斂眉低眼話中有話的琢磨、將男女經濟死生各種關係，錯織沁滲進流年的老派工筆。一種古老技藝裏脅著那樣教養、心思在更多稜角或小窟窿之暗影兜轉的整幅人物刺繡。許多段落美得讓人嘆息。

貳獎

命運之河

／洪茲盈

一、跳橋者

「我沒有什麼可以告訴你的，那時我腦子裡就只有死了。我曾想過一百種死的方法，喝農藥、上吊或是請人將我勒死，但我還是擔心我的家人，要是我死在屋子裡，那房子就賣不出去了。欠債這種事能怪誰呢？怪我自己吧！如果能再給我一筆錢，我也許還能把輸掉的贏回來。但現在不行了，我就只剩那個遮風避雨的爛鐵皮屋子，雖然賣不了幾個錢，用來讓妻小跑路應該還是夠的。」

左思右想了好幾天都沒法子。可能也是機緣吧，那日我做工累了，在路邊休息時聽見旁邊兩個人的談話，他們說在某座山上有個自殺橋，河水湍急橋又高，人們到那去只要心一橫，噗通一聲很快就了結了。那兩人還互相打趣說你要去嗎？誰要去啊你去吧？他們這樣開著玩笑，一定沒想到一旁的我在心底默默舉起了手說：我要去。

接連幾天做工都吃饅頭，省下便當錢。某日早上我覺得自己準備好了，早上仍跟老婆說我做工去了。其實我往車站去，買了最便宜的火車票，估計得花四個小時才能到達。一路上心情沉重，火車慢，慢得把我的痛苦拉得好長，好像頭伸在那，但刀一直不砍下來那樣。我的腦中一直想著我才七歲的兒子，有時候想想老婆（雖然是相親來的，但這些年相處也有了感情，她也吃了不少苦）。想起他們，覺得自己真是不負責任，但很快又安慰自己若是不負責任就不用這麼麻煩還大老遠跑下來了。

想著想著，還是忍不住後悔了起來。但後悔又能怎樣呢？火車依舊矇著頭往前開，又慢又大聲。

到站後我不知道下一步往哪兒走，一個人在車站晃了一會兒，遇見一群登山客，我問他們是不是要去爬什麼山？他們說是。我又問能否讓我搭便車我想上山找朋友。

「你朋友不來接你嗎？」其中一個說。

「本來說好的了，但打他家裡電話又沒人接，我很擔心呀。」我一邊說著一邊把眉頭都揪起來了，後來他們好心挪了個位子讓我擠上車，我一路看著窗外，全是綠油油的田，天空藍得沒有一片雲，我想，這是最後一次見到的風景了，如果可以的話，真想帶老婆孩子一起來，我的意思是，像別人那樣全家到郊外去玩呀拍拍照什麼的，不是全家一起尋死的意思，那樣會遭雷劈吧。

「大叔你要去哪呀？」

坦白說我也不知道那橋在哪，只說直直開吧，還沒到。

從登山客的言談之中我聽出了現在要去的地方其實是兩座山，一座對外銜接道路，一座在裡面，上面有個美如仙境的湖泊，而他們的目的地就是那裡。聽到美如仙境我就遲疑了，我這輩子還沒看過美如仙境的湖泊，每天看的都是黑壓壓的下水道，如果能在死前看上一眼，那也許可以死得更暢快一些。

我問他們是否能也帶我上去看看，他們笑著說：「大叔別開玩笑了，你什麼裝備都沒有怎麼上去？何況你不是很擔心你朋友嗎？」

我也只好點點頭說：「是啊是啊，我也是說說的。」

命運怎麼可能會在這種時候給我甜頭吃呢？真是蠢蛋。

山路顛簸，路又窄小，登山客們為了趕在日頭落下前登上內山，油門踩足了左轉右拐，好幾次我幾乎以為車輪就要滑出車道，而我們將連人帶車地滾下山了，手心冒汗地在褲子上擦了好幾回。說也好笑，我不正是來自殺的嗎？怎麼還怕死呢？

車子不知打了第幾個彎，終於看見一座水泥橋出現在眼前。

「要進入內山了嗎？」我問。他們說是呀，他們指著山頂說，美麗的湖泊就在那裡。我說：「不如在橋邊放我下來吧，我朋友家就在橋附近，那兒雜草多，路難走，車也開不進去，到這兒我就知道怎麼走了，可以嗎？」

我一面道謝一面下了車，向他們揮揮手目送他們開往橋的另一端，心想若有來世請讓我報答你們吧！

終於又剩下我一個人了，我走向橋。這橋不短，花了幾分鐘才走到橋中間，橋看起來很新，應該最近才整修翻新過，我自己是做土水的，一看就知道。

其實我一邊走還一邊在想要不要調頭回去，這邊偶爾也會有車經過，請他們讓我搭個便車回去車站就好了。但這樣的想法只出現了一下子，我的雙腳反而更迫不及待地往橋面上走去。

站在橋中央往下看，那河水果然如那兩個人說的一樣，又急又快，心中莫名出現一句不知道哪聽來的詩句：「黃河之水天上來」。若是這樣，這水是否要往地獄裡去？

明明一整天都沒吃東西，但我既不餓也不累，只是盯著腳下的河水看，看著看著，竟有一種漂移的感覺，人好像正被某股力量往後拉扯，眼前一黑腳下踉蹌，我慌忙用手緊抓住石橋，忽然有一種感覺，我知道時候到了。

我在心中默念老婆和兒子的名字，跟他們告別，又默念父母的名字，跟他們說我要去找他們了，然後雙手輕輕一撐，身體就跨上橋邊了，轉個角度重心放低，手攀住橋面，把另外一隻腳也挪出來，踩在橋外凸出來的一小塊水泥，這樣一來整個身體就都在橋外面了，我想用跳的應該會容易一些，手才要放開時，忽然被一股更大的力量往上拖。我的腋下被一雙手圈住，一個高壯的男人把我往橋面拉，而我的手莫名地抓緊他的身體，腳也不自覺地向橋面上攀爬。

長大以後我就沒被人這樣抱過了，後面的人像是抱小孩子一樣把我整個人往後拖，我的求生本能也配合著他，合力將我的身體拉回橋面。我的雙腳發抖個不停，整個人拚命喘著氣，一踩到地面看見那個救我的人，眼淚和嘶吼竟一起迸發出來，抱著他停不住地哭。

直到我情緒稍微平和下來，他才拍拍我的肩膀說：「走吧，我請你喝杯酒。」

我花了很長的時間才從這個事情走出來，現在想來當時想要尋死的我真是非常勇敢也非常懦弱。那之後我更珍惜自己與家人，日子雖然苦，但一想到我曾經離死亡那麼近，就有一種劫後餘生的感覺。

還好有他，那個救我的人：李孝成先生。

二、說故事的人

一個女人雙手撐著身體跨過護欄，一點猶豫也沒有便縱身往下一跳，沒有人看見，因為橋下洶湧的餓水已瞬間吞沒她，那時橋面不大，久久才有車經過。

據說那時，我們這裡頗負盛名。

也有人親眼目睹的，貨卡司機穿過橋面時正巧撞見，人已經站在護欄上，臉上沒有畏懼，張開著雙手狀似擁抱，身體朝向河面，那姿態他彷彿曾在電視上看過，跳水選手般深吸一口氣然後彈跳至空氣中，完美翻轉直直插入水面。然而那人比較像是一面被推倒的牆，在跌落的瞬間四肢偶有掙扎，然後便消失不見。事情發生前後不超過幾秒時間，連停車開門時間都不夠，他跑過去站在護欄邊往下望，河水湍急如往。那橋下的洪流彷彿是快轉播放的時間軸，早把人帶到看不見的地方去了。那貨卡司機恍恍惚惚開到派出所報案，口中喃喃複述「人就這樣不見了，如果我再快一點……」爾後好長一段時間不敢再過那座橋。

奈何橋啊。那時，我們這裡那座橋頗負盛名。

那是在我出世好幾年前的事，我的父親李孝成習慣良好，民宿櫃台下有一只他母親（我祖母）留下的五斗櫃，最下面那層放的全是他寫過的日記。

我祖母年紀尚輕時，丈夫就得了肺癌去世，留下一間雜貨店給她，她與獨子安居在雜貨店樓上。山腳下這間雜貨店是她生活開支的來源，位處上山入口不遠處。彼時那山裡物資匱乏，聽說雜貨店生意不錯，一間小店收入足以養活母子二人。父親從小就在家中幫忙祖母生意。祖母在他四十歲時患了風溼，成天只能在家無法出門。那年他買下一台二手貨車，每週兩次裝滿米、水、醬料和零食到山上賣。山上多是原住民，並不富裕，父親也總願意讓他們用以農作物或肉品交換，對此，祖母總有微詞。

但記憶以來，父親便是這般寬厚之人，從不吝於將自己所有與人分享，山上山下對父親的評價都是極好的，在我回山上那年（他失蹤時），鎮公所曾打算在橋邊為父親立下銅像，最後在我母親極力反對下作罷。

我出生在父親後來經營的民宿裡，祖母過世後他便關去山下雜貨店，和我母親一起在山上買了塊地，一邊種田，一邊經營民宿。

據我母親說，父親決定開民宿，很大原因是為了方便救人。民宿開業兩年後母親生下了我姊姊娜朵，之後過三年，又生下了我。

家中經濟狀況一直不錯，主做登山客生意，旺季時常常一房難求，在那個年代民宿並不常見，雖然政府尚未大量開發我們山裡的觀光產業，但我們家在登山客族群中是十分有名的，除了父親的英勇事蹟之外，身為山中原住民的母親時常找來姊妹親戚幫忙，例如裝飾布置或打點餐點，讓民宿更添特色。

在民宿大廳有一張桌子，擺滿了父親與陌生人的照片，我常這麼介紹：「這是我爸，這些是他救過的人。」

住客們總會仔細地看著桌上一張張相片，像是一種朝聖，儘管相片上的人他們一個也不認識。

我時常在擦拭那些相框，為了讓它們看起來一塵不染，對我來說，這些都是家族的榮光，也讓我們民宿增添了許多傳奇。

在擦拭的時候，常有一個畫面在我腦海中展開：一道長長的列車發出巨大哀鳴，切恰切恰地緩慢行駛著。

我看見父親是列車長，車上都是照片裡那些人，他們搭上了我父親開的車，列隊似地排成一節又一節車廂，而我父親一個人在前面添煤加炭地，不曉得目的地會在哪兒。然而那些人這輩了都跟定我父親了，以各種形式地，具體的像是信件、電話、錢，也有不具體的，如記憶如魂魄如每晚重複的夢魘，他們既已經上了列車，既成為了日記簿的一頁，便都揮之不去地跟著我們了。

八月十四日

那男人約莫三十幾歲，上山前他來我家買了幾瓶啤酒和一包菸，我問他上哪，他說上山看看。

我也正要上山，問要否送他一程，他搖搖頭，跨上一台噗噗作響的老摩托車，踩了好幾下，揚著煙塵便往山裡開去。

我慢慢開著車上去，沒幾公里便看見他騎車的身影，並不覺得有什麼異狀，開車繼續上山。

那日部落的人剛打獵回來，我換得一隻肥美豬腿和幾甕酒，下山經過橋邊，看見那人的摩托車停在橋邊，人還跨坐在橋上。在我家裡買的啤酒都已經被捏成滿地空罐，我把車停得離他稍遠些偷偷觀察。他手上那菸才點起不久，我估計自己還有幾分鐘時間，拔足朝他奔去，在他捻熄香菸之前，使勁將他從橋上拉扯下來。

我帶他去山下小麵館，我們聊了一會兒，他是住在南邊，距離這裡一兩百公里遠的地方，四十二歲，患了重病，雖可以醫治，但需要一大筆錢。他說家裡人一定會想辦法替他醫治，但他不願家人受苦。

這就是我第一次救人。

四十幾年前某個下午我的父親第一次在那座橋上救下了第一個人，從此，他只要載貨上山，便會把車停在一旁等，一年下來總能救上幾個。年老的、中年的、男的、女的，我父親背負著莫名的守護者使命感，在橋邊一守就是數十年。

十一月四日

那男孩才二十幾歲，我用望遠鏡看見他時他已經將兩條腿掛在橋外面，只差屁股稍一挪移就下去了。

在麵館他說他年輕的妻子和有錢人跑了，要去做少奶奶了，他一邊哭著說他拿什麼跟人家比？我們喝了幾支啤酒，等他情緒稍微恢復後，我帶他回家。媽顯然很不高興，上山沒換幾個錢還帶了人回來。

幾天之後，男孩走了，臨走前跟我說他會好好打拚來報答我。

小時候我常聽父親說，那些可憐的跳橋的人啊，常只是當下一個念頭扭不過，如果你能正好拉他一把，聽他說上幾句話，一切就會不一樣了。

「有什麼問題不能解決？死了能解決嗎？」一邊說著一邊把人拖下來，空出個房間讓那些人住個幾天，調適心情，在容許的情況內借他們一些錢，讓他們回去重新開始，這是父親認為自己所能為他們做的事。

我曾經問父親，怎麼知道那個人就是要跳橋的？父親沒有回答我。

記憶中，父親時常在夜裡給那些人打電話，問問他們過得如何，卻也有接電話的人哀傷地告知父親，那人被救下來幾天之後，沒幾日又選擇了其他方式自縊。

總有人能穿越，也有人不能，甚至還有人恨著我的父親，他們說：「李先生你為什麼要救我？現在我求生不能，求死也不能啊！」

有很長一段時間，父親陷入嚴重的自責情緒裡，雖然有些人之後過得比之前幸福快樂，但是對於那些仍在受苦的人，父親卻認為是自己拉長了對方的痛苦。

他常說：「如果那人的命運就該如此，那麼自己又有多大的命能扭轉別人呢？就算用一百條、一千條來換都不夠吧！」

三、賣故事的人

信箱裡有信。

即使已經搬了好幾個住所，娜朵仍然租用同一個郵局的信箱，很便宜，又有隱密性。信箱是為弟弟租的，家裡其他人都沒有她的聯絡方式，唯有弟弟能靠寫信與娜朵保持聯繫。阿里在信上說下個月是爸爸「那個日」，問她要不要回去。那個日就是祭日，但不能講，因為她媽說爸沒有那個。

很扯，都四年了，每年阿里都會寫同樣的信來，她每年當然沒回去過，離開山上已經二十年。她曾幻想過無數次，打開家門走進去的畫面，但記憶已經有些模糊了，只能將自己的身影，拼湊上弟弟偶爾寄來的民宿翻修照片：大門已經換成推拉式的了，進門的地方多了個櫃子，民宿外面築起了一個磚窯……看著想著，彷彿自己真已經回去過一樣。

大概也回不去了吧，她想。

娜朵走進新租屋處，箱子都還未拆完，隨手把信丟在桌上，手機忽然響起，來電顯示：小末。

「喂？」

「妳在幹嘛？」

「剛從外面回來。」

「今天可以約嗎？我想多問點素材。」

「我晚上有班，只能到七點。」

「好，等下捷運口見。」

對方掛了電話，看看時鐘快四點，把晾好的工作服放進包裡。新住所巷弄多，拐了幾個彎才到大路上，幸好離捷運近，搬來這裡的事情娜朵只告訴小末。

其實跟小末也不算熟，這幾個月來每個禮拜見一次。初次見面見到一個染頭金髮，穿細肩帶洋裝和短熱褲的年輕女孩，怎也沒想到她就是網路上那個小末。倒是對方一眼就認出娜朵：「找像男生的女人，這裡一看就只有妳了。」

小末是編劇，自稱寫過幾部偶像劇，見到面娜朵就直覺被騙了。

「妳幾歲？」

「妳猜？」

「二十三？」

小末點點頭：「差不多，二十四。」

「二十四歲就寫過幾部偶像劇？」

「好啦，那是騙妳的，不這樣講妳怎麼會讓我訪問。不過這次是真的，要拍跟女同相關的紀錄片。」

「我不入鏡的我先說。」

「為什麼？」她在咖啡廳裡尖叫：「妳長得這麼可口！」

娜朵搖搖頭，不上就是不上，沒得商量。

「好啦，沒關係，我還是得蒐集故事，到時候可以拍一下妳工作的環境，保證不會拍到臉，這樣可以吧？」

娜朵沒有回答，小末拿出錄音筆和筆記本：「來吧！費用就照網路上談的，訪問一次一千元，一週一到兩次，盡量據實以答。」

「什麼叫盡量？」

「就算妳要騙我，我也沒辦法求證，所以就是一種道義提醒而已。」

「可以說別人的故事嗎？」

「當然也可以，畢竟妳在這圈子混那麼久，一定有很多故事可以講。」

小末說她在女同志聊天室問了十幾個人，願意受訪的只有三個，而娜朵當時竟想也沒想就答應了。

小末在網路上的代號是「買故事的人（P）」（通常P或T都會特別註明，便於分辨），她說其實很多人找她聊（尤其是T），但大多分享感情創傷，真能約出來訪問的人不多。

妳想知道些什麼呢？

都可以，關於妳、妳們，或是妳知道的事。

那麼我先跟妳說W的故事好了。

四、記憶的保存期限

二十歲的年紀，早已經懂得生存條件與交換法則。

那年夏天，W和朋友騎車出遊，路上遇到臨檢，被警察逮到朋友的車是偷來的，最後兩人一起被抓去警局問話。那車本來就與W無關，她以為警察問完話就可以滾回家睡覺。等到朋友她媽拿錢來保，對方竟要W幫忙頂罪。

她記得那母親就站在自己面前哭得聲嘶力竭，一直說：「拜託妳，拜託妳好不好？她不懂事，拜託妳。」

W轉頭看那朋友，只見她站得遠遠的抽著菸一句話也不說。那兩年她們一起混過好幾個地方，像連體嬰那樣到哪都綁在一起，現在已經急急要劃清界限。W二十歲朋友才十七，還是個好學校的學生，會玩又會讀書，即使兩人常翹課一起出去玩，聽說學業成績仍保持十分優秀。

她們是在舞廳認識的，W聽過無數次朋友抱怨自己的家和她無用的老木（就是眼前這個哭得妝都糊在一起的這個女人），她們一起住過朋友的男友家，廉價旅館，也睡過廟。W知道，她們之間差異太大，家庭背景、學歷，W比較像是她經歷人生的一種交通工具，對，交通工具，就是在朋友長長的、已經被安排好的旅程中，忽然攔下一台車子說：「隨便妳帶我去哪裡都可以，我要去流浪！」然後流浪到半途就會很蹩腳地被家人拎回去（或是某天醒來發現她還是比較想念家裡溫暖的被窩，還有熱騰騰的湯，於是流浪變成屁，或是日後用來炫耀的年少輕狂）。

W是沒有後路的人，她不是在流浪，是在過人生。

雖然W心底知道，這朋友終有一天會離她越來越遠，只是沒想到會是這樣。

「她已經甄試上大學了，有很好的未來呀。」眼前的女人還在哭，哭得W都煩了。

未滿十八其實不會被判什麼案底，但她家人說不行，女孩子一定要清清白白的。

啐，W在心底冷笑。

相較之下她當然什麼顧慮也沒有，沒有家人沒有未來也沒有錢。W沒有考慮很久就答應頂罪，去牢裡蹲幾個月，換得五十萬現金。

五十萬可以過很久的好日子了。

然後呢？

出獄的W，拿著那筆錢到大城市去，給自己租了個房子，也很快交到了新朋友。朋友到處都是，網路上整把的煽男性女，聊天室塞滿寂寞的靈魂，就算不上網好了，走在路上也可以認識早餐店老闆或修車行的小伙子呀一點也不難。

W那時是個美麗的女孩。

美麗的女孩其實更容易對自己感到困惑，她的容貌深邃，眼睛像湖泊，皮膚並不白皙可是顏色均勻，身體線條完美，雖然她都用寬鬆的T恤蓋著，但是那遮不住人們眼神中對她的讚美。

因此她更加困惑，當同齡的女孩都在被愛填滿或為愛受苦，而青春正盛的美麗的女孩卻怎麼都沒有辦法與人談場戀愛。

她每天和一群人混在一起，先是一個兩個，接著朋友的朋友，有些是在路上或撞球間認識的，有男有女，一夥人夜裡飆車唱歌跳舞喝酒，其中兩個男的老搶著載她，坐他們摩托車的時候，W從不主動抱他們的腰，而是僵直著背手緊緊抓著車後扶手。但如果那些男人趁喝得茫茫的時候摟她的腰牽她的手，她也不會拒絕。

W是逃家少女，國中念完就離家出走，和朋友到處廝混，她比其他人更早擁有生活的自主權，但二十幾歲了，對於愛情她束手無策。

愛是什麼？是喜歡上一個人的樣貌然後就能算是愛？是兩個人有共同的興趣然後可以互相陪伴就是愛？是講好了交往，就可以交往的事？

都不是。從沒有人教導W愛是什麼，或為她展示過愛。那些無論短暫或是在一起廝混稍長的男人們，曾有過那麼幾次接近曖昧的界限，最後都被她從關係裡推出去。她不知道這種抗拒的力量從何而來，她的女性朋友常要她放開些，愛情沒什麼了不起的就是去愛。

去愛啊去愛，說得好像跟去上廁所一樣簡單。

她當然沒想過也許她要的是愛女人，好像如果每個人一生下來都懂得餓了要吃累了要睡，那麼她便是不被賦予「愛」的能力。

寂寞了要愛，需要人陪要愛，或者想愛就去愛。這一切對W來說聽起來都像電影台詞。

「妳想聽聽W的第一次嗎？」

「第一次？和男人嗎？」

「是的，和男人的第一次。」

那日，W將自己洗淨，刮掉腋毛，吹乾頭髮並擦上玫瑰花香乳液。站在鏡子前面忍不住挑剔起自己顯小的乳房，那個男人會討厭這個身體嗎？但已經來不及了，她確定自己要往那裡走去，她想得到一個答案。

她換上新的內衣褲和睡衣，一點點淡淡的妝，和一大杯威士忌。她將自己打點得很好，而且自然。

男人來到她家，初次見面，尷尬地避開彼此眼神，幸好對方比她更懂得偽裝自然，兩人在沙發上聊著無關緊要的事情，然後W說，很晚了該睡了，你明天還要上班吧？

關了燈，只留下一小盞散發薰香的夜燈，微光之中他們躺在床上，夜晚安靜得可以聽見屋房裡水管流動的聲音，然後男人貼近她的臉，和她的舌交纏起來。

男人伏在她身上，將她身上剛擦的玫瑰乳液一點一點舔掉，她的脖子、胸部、肚皮，W感覺自己逐漸變得潮溼，並且開始呻吟起來。

身體清楚知道，潮溼是自然反應，但是呻吟只是為了助興。

男人褪下自己的褲子，這是W第一次親眼看見男人為她挺立，那粗大的男人的手將她雙腿打開，帶點鬍渣的嘴將她的潮溼一點一點舔舐乾淨。

「我要進去了。」

W只是一直扭動身體，在男人眼中看來，似乎是一種需求的表現。

W感受到男人一點點碰觸，她便本能性地又夾緊雙腿。

「我知道妳是第一次，放輕鬆、放輕鬆，我會很溫柔的。」男人說。

男人又進來了一點，這次她感覺下半身像被刀子或某種尖銳物刺入，身體開始往後退。男人抓住她的腰，再進去一點。

「很痛！」

「很痛那就不要了。」

她感覺尖銳物即將離開，便又將身體往前迎上。

都到這裡了。

「不可以不要。」

「但妳會痛。」

「沒關係，沒關係，你不要管我。」

「我怎麼可能不要管妳？搞得好像我在強暴。」

「沒關係，真的，拜託你。」

W抓起旁邊的抱枕墊在腰下，她用雙腳勾住男人的身體，雙手死命將男人往自己的身上推。

尖銳的刀又進來了，撕裂著W，她忍住疼痛，感受自己的身體正被活生生地切開，切開，切出另外一個自己。

男人開始動了，疼痛與羞恥與身體誠實的面對陽具的潮溼反應重複撞擊著W的感官，她不知道自己流出的是快感還是血。

這就是性，這就是連結，這就是關係，這就是她一直想要卻不知道如何取得的東西。

撕裂感持續，疼痛沒有減少但她已經可以習慣，她呻吟著，是混雜著忍受疼痛與鼓勵自己勇於實驗的歡呼。但這是儀式，W在腦中對自己複誦：經過這些一切都將不一樣了。

W常想：終其一生她守護的是什麼？她拒絕與人建立關係、害怕被碰觸、習慣性將每個想靠近的男人推遠。難道是在守護著，在肋骨找回原生軀體時，自己仍是完整如新的。

當然不是。

還是因為無從判斷哪一個人才是正確答案，所以才無法向前的嗎？W不是那樣害怕失敗的人。

找不到出口的迷宮，如果改從終點走回來呢？像是把嬰孩丟入泳池裡，那麼他便能自然而然學會游泳那樣。

是否將自己的身體拋出去，就能找到愛的解答？

用性換來戀愛的感覺，用性換來自己是一個正常女人的證明，這世界上沒有什麼是不能換的。

可是，當男人離開她的身體時，她仍然察覺不到愛，只感覺到疼痛和血，以及記憶。

記憶把W拉回到十歲那年，她還是個活潑的小女孩的年紀，那時她還住在山上，有爸爸媽媽和一個弟弟，那時家裡開民宿，爸爸還是當地著名的救人英雄。

記憶或者是夢，揉合成一抹黑影覆蓋而來。她赤裸地躺在床上，但其實她的身體只有十歲女孩那麼大，躺在比她還高的草地上，她不停踢甩掙扎，身上穿的洋裝已經被翻起來，內褲也被拉下來了，有一個男人舔著她的身體，和剛剛這個男人一樣。她抓起一塊石頭往男人身上砸下去，她力氣太小，只讓男人停下原本的動作，但已足夠讓她拉起內褲奮力跑起來，瞬間跑進滿山雜草裡躲藏，而那本是她自小生長的地盤，穿出草叢她立刻爬上一棵樹，躲在樹上等待男人離去。她知道那男人離去後，還是會回到她家民宿，他本來就是當晚寄宿的客人，掰了個理由要她帶路去買啤酒，結果卻變成這樣。於是整晚她都躲在樹上直到父親打著手電筒來找她。

父親責怪她貪玩，她不敢說實話，怕被當作是狡辯，只是整路重複著：「我討厭家裡每天都有陌生人。」

事隔幾年，她再問起父親，父親只說沒印象，連弟弟也不記得她曾在哪個夜裡讓全家遍尋不著。

他們都說沒有，於是W開始懷疑那會不會只是夢。

從小就常有陌生叔叔喜歡捏她抱他，被叔叔們高高抱起的時候，她看見父母親的眼神中盡是開心與驕傲。

「我討厭家裡每天都有陌生人。」W在心底默念這句話，她同時看見躺在她身旁的陌生男子，男子彷彿也感應到她黑暗中的眼神，轉過身來，輕輕撫著她的臉問她：「喜歡嗎？舒服嗎？還會痛嗎？」她也轉過頭去看著對方。

那男人離她如此近，兩人幾乎是交換著二氧化碳在呼吸著，但她仍感覺不到愛。

高明的迷宮是，就算作弊從終點往回走，也無法找到起點。

「我小的時候……」W停頓了一下，昏暗中她看見對方挪了挪身子，讓自己變成仰躺姿態，從鼻腔裡發出「嗯」的聲音，然後她才繼續說：

「家裡是開民宿的，常常我放學回家，媽媽就在幫客人做晚餐，然後我就會去冰箱把水果拿出來削。香瓜、蘋果、梨子什麼的，我都可以削得很好，然後切成一瓣一瓣擺成一朵花。客人看到都好高興，我媽也最喜歡拿這件事來說嘴。

有一天，我回家看到桌上有一顆哈密瓜，那時我必須兩手捧著才能拿好一顆哈密瓜，但我還是把它切了，然後端去給我媽。結果你知道我媽怎樣嗎？」

「怎樣？」

「她發了好大一頓脾氣，說那是非常名貴的哈密瓜，但卻被我切得只剩下一點點肉，然後她把我拎到垃圾桶前，壓著我的頭要我把皮上的肉啃乾淨。

「真的？那是妳幾歲的事？」男人問。

「十歲，小學三年級吧。」

「小學三年級的事情現在還會記得嗎？」

「但我卻記得很清楚，垃圾桶裡面那些白白的哈密瓜籽，都已經變成蛆了，然後我媽還在逼我吃。」

「我怎麼覺得我好像也看過這樣的畫面，是不是在什麼電影裡面有。」

「有嗎？」

「類似記憶錯置或什麼的，妳可能只是曾經因為哈密瓜沒切好被罵，然後就自己接上了電影的情節。」

「哦，也許。」

「不要亂想了，睡吧。」男人摸摸W的頭髮。

她起身去廁所，白色衛生紙上擦出了紅色的血液。

橘色的哈密瓜皮上爬滿白色的蛆，蛆本來就在果子裡面了，每一顆甜美的果實都生來如此，看起來可懼其實每個人每天都這樣吃。

切開了就立刻吃掉，消失了就不會看見，人們每天這樣活著，敷衍著不去逼視傷口，不這樣保護自己要怎麼活下去？

她的下體疼痛欲裂，沖完澡男人已經在床上沉沉睡去，她也躺上床，久久無法成眠。她似乎理解了自己不能愛的理由，但那也不重要了，都只是過程而已。

「後來W和那男人有再見面嗎？」

「有過幾次。」

「那就是愛了吧！」

「不是，只是反覆測試實驗有沒有出錯，你知道那男的心裡怎麼想的嗎？他困惑W守了那麼多年的東西為什麼願意就這樣獻給自己？後來他又自我解釋，或許對象並不是重點，只是自己不經意變成了那個握著槳的人，她請他載她一程，然後彼岸已至，他送她上岸，讓她到另一個充滿陽光藍天白雲的地方徜徉奔跑。他是這樣解釋自己的，因此他曾對W說：『我已經打開了妳，妳可以開始去體驗那些妳錯過的人生了！』」

「算是這男人有良心嗎？」

「只是為自己竟可以免錢搞處女找個脫罪之詞吧。」

「妳太偏激了！所以W後來就跟女人在一起嗎？」小末接著問。

「不是因為所以這麼簡單的問題。」

「下次說說W和女人的第一次給我聽。」

「下次還是先講點開心的故事吧。」

五、螢火蟲

一年裡，民宿總要忙上三季：春天賞櫻夏天賞螢秋天賞楓，唯有冬天是淡季，偶有客人會在陰雨天特地上來看雲海，還有過年春節，平地人一股腦往山上衝，大概十月就能把隔年一、二月的房間排滿，除此之外冬季我們大多能休息得久一些。

三月到八月都是螢火蟲的季節，這幾年觀光發達，山裡已逐漸開發成為觀光景點，山上交通不便，政府結合民間團體安排了觀光巴士，將遊客接駁上山，民宿生意競爭越來越激烈，許多家選擇與旅行社談生意合作，我回來接手之後，和母親商量了以全程接駁導覽的方式吸引自助旅行的遊客。

我們買下一台九人座小巴，向來住宿的客人收取一些費用，省去客人等待觀光巴士的時間，直接從車站接送，一路導覽上山。

我們的生活，也從此不一樣了。

四年前我從城市回到山上，我還記得那日回來的情景。

我與妻開車，讓搬家公司貨車跟在後面，那日天氣炙熱，車子一路由北往南，冷氣也快擋不住窗外咬進來的太陽。妻整路無語，那時她已有孕四個多月，還在害喜，我知道如此長程車旅會令她多麼難受。車上播放著她喜愛的西洋女歌手專輯，山路崎嶇且狹窄，這幾年雖已經好過以前了，路變得寬敞且更為平整，但山路仍不免蜿蜒。記得小時每次搭父親的車一定得繫好安全帶，我擔心妻忍受不了如此顛簸，特地放慢速度，也好讓搬家公司的貨車能平穩追上。

那日如此慢行，幾經曲折路轉，終於準備進入內山，眼前出現了那座橋，橋當然已經不是當年的那座了。四年前的風災把舊橋完全沖垮，我在電視上看見水泥柏油橋面像巧克力塊般被融進咖啡色的泥水裡，新聞畫面不斷重播，周圍的熟悉景色瞬間破碎，似乎當下我也在現場親睹一切。

父親一生在此救過數十個人，後來幾年觀光的人多了，跳橋的人也少了，那橋歷經過幾次小的翻修，卻在一夕之間全毀。兩年後，嶄新拱橋順利完工，橋面寬且平整，圓拱形的橋梁連接兩座山腳，上面還有彩虹狀燈管裝飾，在夜晚會發出不同顏色彷彿彩虹的光芒。

橋上往來共四個車道，橋肩還有獨立車道供單車客經過。這雖不是第一次經過，但我仍慢下車速，想像父親站在橋邊拿著望遠鏡的模樣。這橋太寬太大了，給人充滿希望的感覺，可惜父親沒有見過。

父親是一輩子跟山生活的人呀，即便是外地人，也都不會在那樣的風雨中出門，那麼那一天，父親究竟有什麼非出門不可的原因呢？並非出去買東西，也不是到農地搶救作物，沒有人知道他去了哪裡，而我唯一能想像他的去處，就是那座橋了。

記憶中，小的時候我曾經跟他去過一次，觀察橋上的人。父親替我買了冰和一大瓶水，騎著摩托車載我到水泥橋邊。那日天氣大好，陽光暖暖地蓋下來，我們站在樹蔭底下，父親戴著墨鏡，再持小望遠鏡，一面嚼著檳榔一面關注著。我手上的冰一下就吃完了，開始不耐煩起來，但這是我向父親求了好久，他才答應帶我來的，那時才十歲的我，一直看著橋面上，心底暗暗期待今天會有跳橋的人出現，但除了偶爾有人騎摩托車經過，什麼人也沒有。

那時哭鬧不休地想看爸爸救人，是因為小猴的緣故。

我和小猴從一年級就是同班同學，也是我最好的朋友。他又瘦又黑，兩顆眼睛又圓又大，家裡開原住民料理餐廳，我們放學常一起到山上去捉蟲子，小猴很會爬樹，總能捉到躲在樹洞裡的特殊昆蟲。他說很多都可以吃的，他們家餐廳有賣。

長大後回想，才知道他們家當時開的就是所謂的山產店，小猴父母親都是在地原住民，父親尤其擅長打獵設陷阱捕捉動物，當時若有生意，便都是專門上來吃野味的饕客。

我記得小猴家餐廳生意不錯，但有一天卻聽說他家餐廳要倒閉了，他父親對家人說要騎車出去晃晃散心，後來竟被我父親從橋上救了下來。

父親說，小猴爸爸想擴大餐廳營業，找來合夥人一起籌資，結果錢都被人捲跑了才會走上絕路。但小猴跟我說，其實是那座橋有鬼，鬼一直想把橋上的人往下拉，當你站上橋的中心，曾聽到有很細微的呼喊聲，咻咻咻地鑽到耳朵裡。

「那聲音會把人逼瘋喔，好像在哭那樣。」

小猴說，他爸當時站在橋上往下看，聽見那聲音像在哭討什麼，當你很想更仔細聽的時候，那聲音會開始讓人發怒。可是那河水呀，卻像從山上滾下來的一卷綢緞一樣，柔柔綿綿地，好像跳下去就會什麼事都沒有了。「來呀來呀，我會好好地抱住你的。」小猴的爸爸說，在決定跳下去的最後一秒，他聽見了這樣的聲音。

等到我爸從後面抱住他，小猴爸爸才警醒過來，發現自己腳幾乎已經離地，重心再往前一些，便要被河水吃掉了。

那座橋有鬼，和父親所有的英勇事蹟累累總總，小時候的我曾幻想過一個跳橋隊伍，每個人面色蒼白，隨著領頭者的吹笛聲，一起走上橋，陣列成一排，面向河流，像一群訓練有素的小學生，準備當笛聲停止，齊步攀上橋緣一起往下跳的畫面。

小猴母親後來有一段時間，每天都會拿些野味來我們家（那些山羌肉山豬肉都醃得死鹹，小猴說這樣比較不容易壞），但父親跟她說，留著賣給客人吃吧！妳還要把錢賺回來呢！她母親總是頻頻道謝後又離去，那時候我更真切感覺到父親所做之事的偉大。

父親其實是從來不想帶我去的，他曾失手未將人救下，親眼看見人跳進河裡，他說很少看過有人那樣毫不猶豫，他常常想起這件事，然後就會一直喃喃地說：「就只差一點點，都是我害死他的。」

我很想跟父親說，哪是你的錯呢？這些人本來就是要來尋死的呀。

帶我上橋那日豔陽高照，是父親特意選的，他算過，晴天跳橋的人比陰雨天少七成以上，拗不過我才帶著去，想不到真讓我們遇上一對母子。

我父親救下她們才知道，她們是遠從東邊搭了好遠的車來的。那孩子生了病，母親不想孩子受苦便想一起了結。那孩子跟我年紀也差不多，在橋上嘶喊哭著：「媽媽我們不要死好不好？」

被父親救下來的那女人，一直抱著孩子哭，說著對不起對不起，那孩子也哭個不停，好像年紀也跟我差不多大而已。我把爸爸買給我的汽水送給他，後來他們在我們家住了幾天才走。

到現在我都還能想起那孩子哭著捶打他母親的樣子。

那是我第一次，也是唯一一次看父親救人。父親快步衝向那對母子，一手一人抓下他們，我在旁邊看著，身子卻不斷地發抖，那時才知道，原來人要求死是那樣的表情，原來人要面臨死亡是那樣的恐懼。

那麼父親在那個大風雨的下午，也經歷過那些了嗎？

包括母親在內，沒有人知道，颱風那日父親去了哪裡，但就是找不到人了。母親至今還深信父親仍活在這山的某個地方，但我腦中想像到的，便是父親的身影隨橋面碎裂斷垮，洪流帶著泥石滾滾而下，人再偉大在當下亦只是一隻螻蟻，一柱水便能淹沒。

「這是颱風草。」我向今天剛從車站載上來的客人解說：「古時候的人認為颱風草有預測的作用，一年裡會有幾個大颱風，就看葉面上有幾個褶子。」

客人們拿著相機隨意拍著，今年的颱風草是一個褶子，而把父親帶走的風災那年，據說颱風草上一個褶子也沒有。

我載著客人在山上繞，這裡是舊鐵道古蹟、這裡是茶園，車子經過了小猴小時候的家，那裡都已經不是我小時候的樣貌了。

小猴國小畢業那年，家裡不堪債務的負荷，他父母趁他上學時在餐廳廚房燒炭。那天傍晚警察和救護車把他家都包圍起來，不知情的小猴放學回家前還和我去了祕密基地（我們在一塊空地上發現一台廢棄的廂型車，座椅都被拆光了，我們搬了枯木和石頭布置裡面，車裡也放滿各式各樣我們撿來或換來的寶物），展示給我看他從班上偷來的機器人。

那事之後，小猴曾在我家短暫住了幾天，然後阿姨和姨丈某天來把他帶走，至今我都沒有再見過小猴，只聽大人說，他跟著阿姨下山到某個小鎮去了。

那個機器人一直還留在祕密基地，小猴那日將它放在原本是駕駛座的地方，讓機器人高舉雙手攀著方向盤，車的玻璃又破又髒，完全看不到外面。小猴一面鬼吼鬼叫，一面學機長說：「乘客抓穩了，我們已經準備飛進雲層裡了。」原本灰濛濛的車窗忽然變得真實起來，我在車子裡跳上跳下，製造出遭遇亂流的錯覺，那時我沒坐過飛機，卻覺得自己好像真的已經出發要去很遠的地方。

後來機器人一直躺在副駕駛座的抽屜裡，在小猴離開之後我用膠帶把抽屜封死，始終沒有去打開那個抽屜，儘管之後我交了新的朋友，車子裡也被我們改造成各種樣貌，唯有那個抽屜，我一直沒讓任何人去開它。

六、守著的人

拉娃到民宿後方菜園子摘了一些龍鬚菜和幾顆番茄。園子裡的植物瘋狂生長，可能是近來自製的酵素肥發揮了作用，但在山上生活了幾十年沒看過像今年這種奇觀的。

壞日子可能真的結束了，拉娃心想。

這幾日常覺得肩膀痠痛，手舉不起來，即使想多摘點回來加菜也無能為力，但客人再晚點就到了，通常阿里的導覽大概六、七點結束，會把客人都載回來吃晚餐。導覽費、餐費和交通都合併計算在住宿裡，對於沒有開車的旅客是比較方便的，當然如果自行開車的客人，就可以將不需要的交通費扣除掉，這是阿里接下民宿後想出來的經營方式，也是山上唯一一家這麼做的。這幾年吸引了不少年輕客人，也有遠從國外來的，像是馬來西亞新加坡或香港，阿里特殊的經營方式讓他們家迅速成為旅遊書上的熱門推薦住處，最近聽說還弄了個粉絲頁方便人上網查詢，學設計的阿里就是很會弄這些。

其實拉娃不想過這麼累，畢竟年紀也有些了，她只是想留著這間民宿而已。

「把民宿收了吧。」她還記得阿里當時在電話裡這樣說，是她堅決不肯才留下這裡的。怎麼能收呢？這是丈夫的心血，也是丈夫回家的路，收了不就等於放棄希望了嗎？

玫芬在後面烘被單，瑞瑞應該還在房間午睡，拉娃提著菜到廚房準備，今天有個老朋友要來，她沒有特別交代兒子與媳婦，只想裝作是普通客人接待。

某些人只是經過，就注定要一輩子牽連。丈夫以前救助過的那些人便是，時常家裡總有電話，來報平安或是慰問，也常收到信或禮物，不一定署名，印象最深刻的是，曾有人在信中寫：

「李先生，非常感謝你的救命之恩。救了我這次，讓我像獲得重生，但回到現實，問題終究還得面對，我面對不了，也不可能要你幫助。有時候寧願你沒救我，現在的我活不下去，死了卻又愧對了你。」

電視新聞播報下週會有颱風，這季節總是忙亂。以前每每颱風過境隔天，她們家男丁就會全員出動到河下游撿漂流木，要趁政府的人來噴漆前撿。現在還是，只不過這些年山上樹木漸少，村裡有些人會在颱風來前先砍幾刀，只要等風雨過去就有得撿，木頭狀況好的時候可以賣好幾十萬。

現在颱風一來，山上山下就有災，族人都說是祖靈生氣了，雖是如此，聽說颱風天來就去砍幾刀的事情還是有人在做。

這世道，大家都在等天上掉下來的好東西。

螢火蟲季加上颱風季，訂房或取消房間的電話會在整個月內響個不停，昨天到現在已經接了六通取消訂房來電，拉娃索性把電話拿起來，其實不應該這樣，但她最近神經有些衰弱，腦中時常鈴鈴叫，像有電話在響。

今晚的菜色是鹹蛋苦瓜、清炒龍鬚菜、涼拌豆腐、烤香腸、嫩筍排骨湯，還有專為那人準備的客家小炒。客家小炒像是暗號，每年招待他的都是這道菜。第一次見面時還沒有這民宿，她和丈夫婆婆住在山下雜貨店，婆婆已經久病床上多時，丈夫上山送貨時，她便在家顧店，整理家務。

阿里載客人回來了，拉娃喚來玫芬幫忙把菜端上桌。民宿大廳進門處有一張大圓桌，餐廳大桌是上面還有旋轉盤那種，素不相識的客人圍坐一圈，像一家人一樣吃飯。拉娃從廚房偷看，那人還沒來，他都自己開車上山，應該也沒這麼準時。她已經替他留了飯菜。

阿里發下鑰匙，再次叮嚀明天一早看日出的集合時間，客人們吃飽三兩各自回房，玫芬準備回房洗浴，阿里翻看櫃台上的預約本：「還有一個客人還沒到。」

「對，老客人了，沒關係我來等，你們先去休息吧。」

拉娃收拾好桌面，洗妥碗盤，坐在大廳飯桌椅子上看電視，抬頭看時間已快八點，手上遙控器從第二台一路轉到一百多台又從頭轉起，窗外一片黑，走出去便能看見草坪上一點一點黃色螢光。幾個客人坐在前院賞螢聊天，院子光線全暗，忽然有車子排氣管聲音由遠漸近，拉娃跑出去看，車子熟練地駛進停車位，那人從車上下來，從黑暗中朝拉娃走過來。

「好久不見，吃過了嗎？」

「還沒。」

「快進來吧，我幫你留了菜。」

大廳只留著一盞燈，林桑端著碗吃飯，拉娃繼續用遙控器轉電視，偌大圓桌只有他們倆併坐。

「我有打電話過來，說會晚一點，但一直沒有人接，有點擔心。」

「啊！我把電話線拔了，真是，要是被兒子知道一定要被罵。」

拉娃把電話搬起來，替它接上尾巴。

「怎麼了？」

「沒有，就神經有點衰弱，晚上也睡不好。」

拉娃彎身從桌子底下拿出高粱，問：「喝點酒嗎？」

「好。」

她拿了兩個杯子，各放了兩個冰塊，將一杯遞給他。

「這次要待幾天？」

「回來兩個禮拜，明天下山，後天就要登機了。」

「這麼快？」

「嗯，前面幾天都在北部拜訪親戚，還有探病跟上香。這幾年越來越多這種行程，竟然也到了這個年紀了，有些朋友我連最後一面都沒有見著。」

「是嗎？可能我太早嫁了，感受沒你那麼深。」拉娃轉過頭去看電視，一邊啜飲手上的高粱。

「妳還年輕。」

年輕和年老的差別是什麼？她好年輕就過著這樣的生活了，再老一點也不會改變，活著不是過日子，是讓時間從身上經過，等老等死，或等身邊的人都離開自己，把自己等成一塊石頭。

「妳的客家小炒還是一樣好吃。」林桑說。

「因為是用山豬肉的關係吧。」

「民宿生意還好嗎？」

「阿里回來接之後，變好很多，年輕人比較有想法。」

「阿成也都放給他做？」

「嗯。」拉娃轉到一台模仿比賽的綜藝節目，並且把音量調大。電視裡的人正在模仿一個老歌手，歌聲清亮彷彿本人再現，林桑的注意力也被拉過去。

「好久沒有聽到這歌，讓人想起以前住在這裡的時候。」

「你去美國幾年了？」

「快二十年了。」

「那麼久。」

「你們都結婚幾年了。」

拉娃笑了一下，轉頭看他已經吃飽，快手快腳收拾桌上碗盤，邀他到院子看螢火蟲。

夏夜山上正涼，高粱一杯接一杯，風吹來才發覺臉燙。

「那時妳和阿成下山到城裡來找我，是多久以前的事？」

「那時阿里才剛念小學，他今年都三十一歲了。」

「怎麼好像才沒多久以前的事。」

「你不覺得老了就是這樣嗎？每天做著同樣的事情，時間過得很慢，但是一抬頭一年就過了，然後一年又一年，不知不覺就老了，好像在開玩笑一樣。」

「不會呀，我看你們現在很好，經營得有聲有色。」

拉娃左手食指一直摳抓右手掌心的繭，黑暗之中林桑不會發現她的動作，她只要緊張的時候就會這樣，那些繭都是從小幹活來的，看手就知道她沒過過好日子。

娜朵逃家，丈夫失蹤，阿里雖然帶著妻小回來，總覺得有一天也會離開。

其實她心底一直自私地希望自己是先離開的那個。

「我想告訴你一個祕密。」拉娃說。

「什麼祕密？」

「反正年紀都這麼大了，我不想帶著這個祕密進棺材。」

「什麼呀？」

「等一下，我要先喝一杯再說。你還要冰塊嗎？」

拉娃替兩個杯子又裝滿高粱。

「妳還是快說吧。」

「那一次，我們下山到城裡玩那幾日借住你家，最後那幾天你說得出國出差，就把房子交給我們……」

「嗯，我好像是去了趟波士頓。」

「你託我們幫你照顧那隻大狗，我還記得牠叫……托比對嗎？」

「就你們說走丟了的那隻。」

「嗯，就是這件事，其實不是這樣。」

「那是？」
「那天阿成去蹓牠，一不小心繩子脫了手，狗忽然跑到大馬路上就被車撞死了。」
「怎麼會？」
「阿成馬上衝上去看，托比完全沒有外傷，但很明顯已經沒有呼吸了，我們人生地不熟也不知道獸醫在哪裡……」
「那總有屍體吧！」
「阿成打電話給我，當時我在你家，立刻跑出去買了一個大旅行袋，我們合力把狗裝進旅行袋，兩個人漫無目的地在街上晃著，阿成本想把狗帶回山上好好地葬了，結果……」
「結果？」
「他很小心很謹慎抱著旅行袋，到了火車站時，一個男人走過來跟我們說話，問我們要不要幫忙之類的，我們一直跟他揮手搖頭，一邊要跑進列車的時候，那個男人忽然打了阿成一拳，我在旁邊嚇得不知道該怎麼辦的時候，對方就把旅行袋搶走了。」
「怎麼會有這種事？你忽然跟我說這些，我……我一直以為牠還活著，呃當然不是說現在還活著。」
「對不起，瞞你這麼久，對不起，我們真的欠你太多了。」
「我一直以為牠還活著。」他又說了一遍，一口把高粱喝光。
拉娃忽然不知道該說什麼，直到兩人喝完了一整瓶高粱，林桑也都沒有再說話。
夜可能又更深了一點，拉娃維持著最後一份清醒，像在等一個答案。
「妳有菸嗎？」
「啊！屋子裡有，我去拿。」拉娃起身，收拾好地上酒瓶和杯子，拉開廳門，忽然又聽見林桑的聲音說：「電話裡，妳說阿成去哪了？」

「噢，他去東部幾天，參加一個朋友族裡的豐年祭。」拉娃依然背對著林桑。

「是他救過的人？」

「是啊。」

「怎麼這幾年來剛好都見不到他？」

「就是剛好而已，你別想太多，他答應你的事一定會做到。」

拉娃走進屋裡，從抽屜拿了一包沒開的菸，順手抓下牆上鑰匙，走出去交給林桑。

林桑正抬頭看著滿天星星，天空如此乾淨，一點也不像颱風將至。但颱風要來前都是這樣的。

「妳知道嗎？我們現在看到的星星，」林桑停頓了一下，繼續說：「其實是星星死亡之前的身影。」

「什麼意思？屍體嗎？」拉娃不懂。

「這些星星，在宇宙中已經爆炸毀滅了，但是爆炸的光速並不會立刻傳到地球上，而是經過了好幾萬光年才抵達。」

「喔，星星的屍體……」拉娃還是不懂。

「我後來想通了，命運都是安排好的，未來根本是不存在的，或說早就在那了，只是還沒有來。如果我們是星星，可能在另外一個時間帶裡就會有人看見我們隕落的樣子。他們會以為那些星星是與他們並存的，但是其實只是看到死亡前的影像。如果有更遠的人存在，那麼我們的死亡也已經注定好放在那了。」

「對不起，我……」

「沒關係，不懂沒關係。只是有時候……」

「嗯？」

「我說，既然瞞了就瞞了，還是別說實話比較好。」

「嗯，對不起。」

「沒事，都那麼多年了。」

隔天五點半，阿里載客人去看日出。天剛亮林桑已起床整好行李，吃完早餐就準備離開了，拉娃到門口送他，電話鈴聲乍地響起，她走過去接起又掛掉，然後把電話線拔掉。或許是宿醉的關係，她感覺自己整張臉包括眼皮都是腫的。

林桑提著輕便行李走出去，回頭說：「走了。」

「嗯，明年見。」

「也許吧！」

「為什麼也許？」

「明年也許我不在了，或是妳，誰要病了死了都說不準，到了這年紀不就是這樣？」

林桑朝她爽朗地笑了，笑聲之中，她聽見林桑說：「這次來我只是要告訴妳我的領悟。關於人會去什麼地方，會在什麼位置，都已經是寫好的。所以，我也該放你們自由了。我應該親自跟阿成說的，可惜沒見到面，妳替我轉達吧！」

有一個剎那她感覺自己的眼淚浸滿了整個眼眶，她低著頭左手指摳著右手掌的繭，小小聲地說了：「再見。」

等再抬起頭時，林桑已經坐進車子裡，恰恰恰恰地發動引擎了。

林桑也許都知道了，拉娃心想。清晨的民宿廚房，她一邊替客人準備早餐，一邊在廚房聲音洪亮地唱著歌：

mito mo savohongua ci ceonu（走在窄小的山路上）
u k'a cimo no'upu ci yatatiskova（沒有人陪伴我）

mahto etngongo ho mahto sangeau（帶著我的樂器和小米酒）
miocuc'o noachi（就只有我獨自一人）
aemou o fatusi（散落的石頭）
tapoepza o kukuzo（風中紊亂的雜草）
cuma na os'o yi'ima（我到底在尋找什麼）
yiachi mimiyo（獨自散步）
yiachi yiachi（自言自語）
mac'o co to'tohungu'u（說不出的難過啊）

七、生存的條件

小末今天挑了一家新的咖啡館，她興致勃勃地把錄音筆放在桌上。

「來吧！上次妳說要講些開心的事。」

「妳見過帥T嗎？」

「妳算嗎？」

「哈，別想調戲我。」

我來說說J的故事吧。

J從來不知道，原來她算是所謂「好看的T」。那時她走投無路，既沒文憑也沒有工作經驗，才二十幾歲的年紀，在餐廳打過工也在便利商店當過店員，都做不久，對她來說那樣錢進來得太慢。她曾經揮霍過，過不慣太簡樸的日子。

她身邊有T朋友去酒店上班，對，就是男人上的酒店。那群人白天削著短髮穿束胸套T恤，抽菸夾腳拖，到了晚上一群人擠在小套房裡面戴假髮化妝黏假睫毛，高跟鞋踩得比女人還要穩，妳不要笑，對啦她們也是女人，但沒有人會這樣覺得嘛。酒店上班賺錢容易，一個月十幾萬算少，但也是要看姿色，還有店的種類。打扮起來稱頭的還能去禮服店，小費多而且在店裡不必秀舞只要聊天就好。制服店比較辛苦，妳不要以為禮服跟制服的差別是穿著不一樣，其實是有穿跟沒穿的差別。不過制服店客人量大，勤奮一點的話可以賺不少，姿色條件也沒那麼要求。當然相對要做的事情也多啊，領檯、小姐、公關都只是稱號，其實做的事都差不多：秀舞、手工（就是打手槍啦！）願意再多做就再多賺。

妳說T怎麼願意做這些？我跟你說，還真的有！

我扯遠了，哈哈哈，不過妳倒聽得很開心的樣子。

J沒辦法做那個。她跑去酒店當少爺，據說當時還是那家店第一個女身少爺。工作很簡單，就是在包廂間端酒遞水遞毛巾，還有幫客人叫車之類的。底薪不高，大多賺小費。J其實做來輕鬆，其他少爺體恤她畢竟是女生，粗活也少讓她做。

進包廂遞毛巾是有規矩的，秀舞的時候不能進去，門口綁毛巾也不能進去，時間抓得好，小費才拿得多。

妳去過KTV吧，包廂大概就是那樣，少爺進去得要跪著遞茶遞毛巾，客人不就唱歌喝酒的，大多混酒店的也都懂得給小費，通常接過毛巾，小費就會塞到手裡，只是有時不會每個人都給，如果看見有人給了，那麼後面的客人也就會自動省下。J那時總把小費往袖管裡塞，空著手很快下一筆小費又塞進來，常常出一次包廂袖子裡就能抽出個八百一千。

當然女少爺很少見，有的客人付小費時會伸手摸兩下確認，工作沒多久J立刻發現自己的優勢，她知道等她出去之後，客人會在包廂裡大肆討論她的性別甚至開局下注，若是抓準時機再進門，客人向她確認性別後，無論誰輸誰贏她總能從中拿到一些打賞。

客人玩遊戲玩骰盅，也玩她的性別，但J並不在意，那遠不及金錢對她的意義，她毫無損失。與賺錢有關的，J都比人機警，客人喜歡看她瘦小身軀穿著男裝跪在地上服侍，頗有某種色情片角色扮演意味，而她每次進門前也總會貼耳觀察，小姐秀舞音樂播畢半小時左右進去是最佳時機，沒幾個月，她的小費已居所有少爺之冠。

有次一個外國生客與幾個朋友在包廂內賭她的性別，酒酣耳熱的音樂又夯，外國人一把抓起跪在地上的J，強壓在沙發上，大手直接往胸部襲來，確認是女生之後，又用他滿是鬍渣的嘴脣強吻了J，接著用英文對朋友說：「She is a girl! A Beautiful Girl!」

後來圍事進來將客人架開，酒店只有小姐能碰，其他不賣身的得以賠償價碼談，J因此獲得五萬元賠償。

J並不為身體承受了什麼而感覺哀傷，反而慶幸這樣賺錢多麼容易。

酒客來此就為花錢，花錢喝酒找女人，花錢要她替他們買花給喜歡的小姐或傳播妹，三千元塞進J手裡要她去辦，一千五買花一千五當小費。

但這樣J還賺不夠，她買來的花讓那些女人捧著進去說花好漂亮謝謝林董，時間到，出包廂之後大多會嫌麻煩然後把花再還給J。

當然也是因為J年輕可愛、帥氣又漂亮之類的，讓這些女人少了戒心。J把花拿回休息室，等下一個客人又塞錢請她去買花時，J又能再賺一筆。

J是這樣賺錢的，聽起來很開心吧，不是每個在酒店工作的人就一定為了悲慘的理由，當然也有，但起碼J不是。

她在店裡受酒客歡迎，也受女人歡迎。當天光漸亮，客人搖晃著身體自店裡一一散去，她也會帶著不同的女孩回家相擁入眠。她喜歡女孩的身體，柔軟且不具威脅性。她們當然發生關係，她喜歡看女孩們因為她而得到歡愉，那些與她相對的臉龐揪著喘息時，好像她自己也得到了高潮，但J並不讓人觸碰。

J是好看的，是得天獨厚的好看，而且她是女孩，更容易接近女孩。那些短短的（有的只是一夜，有的幾個月）的戀情，她不太為哪個人傷心，J非常清楚自己的位置，女孩們被男人消費完了，到她這裡討點溫暖，這些她給得起，而且樂於付出，這讓她覺得自己有存在的價值。

只是喜歡就可以。

少爺的工作只維持了幾個月，某個女孩的經紀人輾轉介紹她到女同公關工作，不需要卑微地托盤跪在地上遞毛巾，她只需要端上酒，便能同坐一起，陪女客喝酒。

J很年輕就出來混了，自以為酒量很好，但第一天就被擊垮了。才輪兩桌，不到一瓶的威士忌，酒精就足以燒掉她的意識和記憶（後面大半時間她都坐在廁所門口度過）。店長善意提供她其他職位，類似之前少爺的工作，她回：給我一個月時間，我做給你看！

大概也不到一個月吧，她已經可以順利跑完整晚的桌，下班後還去吃早餐完全不必宿醉。如果說人生來自有天賦，J大概很有做夜店的天賦。她很快摸清了什麼時候要豪飲，什麼時候只要啜飲兩口；她很會玩骰盅，而且堆骰子的平衡感簡直可以去參加電視冠軍巧手王。女人們進來店裡，和男人們上酒店尋歡一樣，要樂子要陪伴而且不怕花錢。

努力的公關用酒量讓客人買酒，有天分的公關用腦子讓客人買單。J一眼就能看出女同和一般女客的差異，那些女客大多剛從酒店下班，忍受了整晚男人撫摸身體的不快，用賺來的錢買她作陪。她們願意開大酒點台，一杯五百不用喝，是打賞用的。這桌五杯，那桌開十杯，店裡都是酒味和銅臭，整晚她像蒼蠅哪裡有腐肉往哪邊飛，她自有辦法五杯十杯全拿了還一滴酒都不用喝。

賺錢的招數還有，J常常會陪那些酒店小姐回去上班，替她們作業績，自己開間包廂，點幾個不相熟的小姐進來（妳可以想像那些小姐會多喜歡坐她的枱吧！）不用一瓶酒時間，她們從此以後下班就往J那邊跑，這是J的投資法。

作樂、賺錢，J在夜的魔幻森林裡優游了好幾年。每個晚上她都能找到人陪，傳播妹或酒店紅牌，後來她索性將房屋退租，開始輪流住進不同的女人家裡。吵架了，不愛了就換，後面一直有人遞補排隊，而她永遠張開雙手。

她一直是一個人的，但不知道何時開始，她已經不能夠一個人住。

有時候她看著鏡子自己的臉，會莫名地感到討厭，那些人吶錢吶，在她身邊流來流去，但到最後都只留下她一個人。

好像她是一個通道。

來來去去的女人什麼款都有，年輕的年老的喜愛男人的喜愛女人的，她開始發現女人就是女人，母性這種事情是無法根除的，她越是顯露出自己的寂寞，越能得到擁抱。也曾有人向她開出包養條件，一個月二十萬，可以住在豪華電梯大樓裡，有跑車開，不用去Bar裡賣臉賣酒量，只要待在屋子裡等，等對方回來，假日會帶她出去遛遛，讓她坐在敞篷的副駕駛座上，像毛色美麗的黃金獵犬。

但她也不要這樣，她其實不知道自己要什麼，只知道她不要什麼。

不要了就離開，到下一個地方去，那段日子J像陀螺，從市中心轉到邊陲，腳尖劃過每個角落，就是出不去。

每個夜晚也是這樣，一桌一桌地轉，暈了醉了或清醒著，沒人帶她回家就睡在店裡，她覺得沒什麼不好，人都是慣於安逸的，有了定所，腳就會生根，離不開了。

但她是生根了，在這種夜生活裡，喝了幾年開始感覺身體會累了，宿醉老是久久不退，連續上班太多天休假便是無止盡沉睡。她想要賺到夠開一家店就撤退了，到時候養些漂亮公關替她喝，晚上夢的都是這些，難怪每次睡著都不願醒來。

錢還遠遠不夠，她先遇上了費琳。

是啊，這就是一個夜店T從良的故事。

原因？這問題J也想過好幾遍。

或許是，費琳曾這麼問她：「如果可以選擇，妳有其他想做的事情嗎？」

或許是，費琳這個女人本身會一些金光黨之類的招數，伸手在她面前晃兩招，J就心甘情願跟著走了。

或許是，她真的累了。

費琳桌上總是厚厚一疊法律的書，白天在飲料店打工晚上苦讀，她第一次看見有人這麼踏實地生活，忽然她也好想過那樣的生活。

老了啊，J總是自嘲。

「那妳呢？」費琳問。

她手上還有些存款，終究不能過一輩子。

「我會幫妳，妳喜歡什麼？」

服裝？調酒？保險？仲介適合嗎？直銷呢？J都不要，但費琳就是有辦法替她找答案。

「妳喜歡小動物，去做寵物美容好不好？」

這可以。然後費琳不知道去了幾家寵物店，替J問到一個助理寵物美容師的工作，從洗貓洗狗負責接送開始，過白天的生活，過正常人的生活，J願意試試。

月休四日，每週上課一次，其餘時間都排班，從月入近十萬的公關變成月入兩萬五的助理，襯衫領帶西裝全裝進黑色垃圾袋被費琳丟到回收箱裡，沒有週末因為週末最忙，生活很累很辛苦，可是踏踏實實的。J覺得這樣很好，她們一起排休一起到海邊發呆，一起看鄉土劇，一起省錢過日子，兩個人住在五坪大的雅房，晚上下班費琳總窩在小茶几念書，安安靜靜地，日子如果能這樣過下去真的很好。

半年後費琳考上了法研所，日子就變了。費琳要她三個月內考上美容師執照，她沒做到，費琳就走了。

「後來呢？」

「後來J從店裡帶回一隻賣不出去的狗回家，每天照樣上班，下班就一個人在家喝酒，家裡搞得很髒，狗尿狗大便什麼的，像要把費琳的味道都蓋掉那樣，這樣過了好一陣子，最後還是把助理美容師的工作辭掉了。」

「然後呢？她又回去夜店上班了？」

「這倒沒有，只是搬家了而已。」

「妳不是說，這是個開心的故事？」

「有隻狗陪她了，這還不值得開心嗎？」

後來J在網路上認識了好多不同的女生，她有張好看的臉，需要什麼樣的女人都有，最令她印象深刻的，是她曾經遇過一個三十歲的處女。

「現在怎麼可能有這種女人？活化石嗎？」

「那女人當時說自己交過男友，但等J進入她時發現她其實沒有。」

三十歲的處女，妳大概能夠想像她有多拘謹、不善言辭、內向或是……你可以說無聊。

我們稱呼那女人叫做小遙吧。

聽起來像活化石對吧？但J後來慢慢發現小遙其實不是無聊的女人。

平時她像張摺疊方正收攏完整的軍毯，拘謹而且一絲不苟。J曾想過這樣的女人怎會讓她在淫慾橫流的網路聊天室遇上，後來她發現小遙很特殊。她的腦中住著一個糾察隊，會叫她不能這樣不能那樣，但骨子裡卻無時無刻想把自己的殼炸掉。她喜歡觸碰界線，偏偏老是在她右手伸出去時，左手就會把右手打回來。三十歲大概就是這樣守來的。

妳要打開她，就得把她的糾察隊先擊倒。例如喝醉，等她腦中獄卒沉睡，釋放她本身的妖異靈魂，就會出現與她原本性格迥然相異的另一個人。

那大概才是小遙的原形吧。

因而J總喜歡先把她灌醉再做愛，她會一反常態妖嬈地接受妳所有挑逗，無顧忌放聲呻吟，用身體最真實語言回應J的每一個撫摸，她會張開身每一個關節甚至到毛孔，非常非常渴望被進入，眼神也與清醒時不同，那時的小遙已經完全遵從內心裡屬於動物的那一面。

J不討厭她，但仍無法愛上她。

正確來說那段時間，J一直在等。

等愛上她的感覺?不，依照J的習性，她是在等待證據。

打電話來是證據，說「我很想妳」是證據，深夜打一通電話就能不遠千里跨過整個城市來找她是證據。但J還要更多。買禮物是證據，替她打掃家裡是證據，J說喜歡骰子造型家裡就出現骰子菸灰缸、骰子打火機、骰子鑰匙圈、骰子懶骨頭，還有骰子形狀的音響（天啊小遙到底去哪找來這些東西）。

證據以有形姿態日夜累積在J的生活中，她只消有空打電話給她就能得到更多，她喜歡輕易得到這種愛的感覺，那和費琳給的不同，完全不花力氣，眼睜睜看著一個人在她面前陷落成一灘泥水，然後不費吹灰之力而且連伸手拉住對方都的力氣都省了。

她．愛．我！

證據如山，但J仍然無法愛她。好幾次她們舌頭交纏時她會偷睜眼近看小遙的臉，兩人皺著眉鼻子相互磨蹭，看見小遙如此激烈近乎想要吃掉自己時，她發現她或許愛上她了，但是當小遙拿起她的拖把開始幫她拖去狗尿換掉髒報紙時，她又會覺得其實還好。

只是身邊目前沒人，就讓小遙暫佇此地無妨。J也並不在意她是否還有其他曖昧對象，如果有或許更好，就像她每天面對的動物們，各自有主，她只負責把牠們洗得乾淨修剪得宜，碰到喜歡的狗多花點心思美容，沒興趣的就做好分內的事，面對這些動物使Ｊ感覺輕鬆，牠們誠實，感覺孤單就哭，不喜歡妳剪指甲就生氣或尖叫，沒有心機或更多隱藏的東西需要她猜忌或關心，想通這點她便不再在意自己是否能夠愛上小遙，只要接受她的好就行，Ｊ根本不需要下一個費琳。

或下一個薇安。

薇安是在費琳之後的，順序和感情都是，某種移情作用讓妳把對費琳沒用完的都用在薇安身上，然後又得到相同結果：薇安和別人跑了，理由是她想要的東西Ｊ買不起。

做不到，買不起……打從一開始妳認識感情這兩個字，似乎就跟物質有關，跟交換有關。

笨蛋才相信愛情！

Ｊ知道小遙不會像其他人一樣背叛她。小遙不缺錢。她擁有一份薪水優渥的工作，手上還投資了兩家點心屋，這樣的女人為什麼還會要她？小遙最大的致命傷就在於那該死的溫柔母性。無論多忙多累工作多晚，Ｊ一通電話小遙會立刻搭上計程車帶來她想要的食物啤酒和電玩，而且對於Ｊ偶爾的漠不關心或忘記赴約這種事也從不會生氣。

像是某天小遙打電話來說家已經搬好了，一個人住新家的夜晚希望Ｊ能過去陪她，但Ｊ真的是忘記了。接電話時她正忙著洗一隻過動的拉不拉多，數次還差點把電話掉進水裡，Ｊ跟她說好下班後過去陪她，但掛掉電話看到後面還有一堆嗷嗷待洗狗群的瞬間就忘記那件事了。

那天Ｊ專心工作直到把最後一隻狗送回去，像平常一樣買些啤酒回家打電動發洩，然後倒頭就睡。小遙在隔天早上Ｊ起床時間打來，Ｊ才想起那個掉到水裡的約定，心虛地問她：「昨天還好嗎？對不起我昨天忙太晚，忘記了。」但她只說：「沒關係，我知道。」接著又是和平常一樣地噓寒問暖，要Ｊ別忘記吃飯，工作不要太累。

Ｊ其實希望小遙能對自己大吼大叫，罵她沒有良心或什麼都好，但她都沒有。

J開始試著做些更過分的事。例如在小遙生日那天與她相約吃飯，但等她真的來了卻簡訊她說正在忙走不開。J知道她就坐在店隔壁公園長椅上等，一個小時兩個小時，J一直在等她走進寵物店裡大喊：「幹你娘的，今天老娘生日耶！」但是都沒有。小遙只是默默地傳了簡訊說：「我先回去了，怕妳忙得很有壓力。」然後J完全不知道她是怎麼度過那個生日的。

又或者J參加某個與小遙朋友聚會場合，帶了個以前酒店工作的女性朋友，兩人在小遙面前親密地擁抱咬耳朵，J甚至感覺到小遙所有朋友都已經對J的舉動發怒，但她仍然微笑地溫柔地問妳餓不餓，要去買東西給妳吃。

太不合邏輯了！小遙彷彿一個巨大又柔軟的黑洞，包容吸收J所有不堪與殘破，但愛情不是應該有嫉妒爭吵或計較誰愛了多少嗎？且J更想不通，若這不是愛情，小遙究竟想在她這樣一個什麼也給不起的人身上得到什麼？

J不斷試探底限，終有一次她又帶著「前女友」一起參加小遙與朋友KTV聚會，她的好友趁小遙離開採買吃食時，嚴色告誡：「如果妳不喜歡她就放過她，不要這樣羞辱她。」

那一瞬間，J所有脆弱、恐懼和自尊瓦解一併自腦中爆發而出。是的，是羞辱，但J知道，她羞辱的不是小遙，是自己。

那晚J把所有虧欠化為憤怒，全數砸回給小遙：

「妳不喜歡我這樣，為什麼不自己告訴我？要叫別人告訴我？」

「我沒有叫她這麼做啊！」

「妳知道我為了妳，多努力準備考試？為了妳，我花了五千塊報名美容師執照考試，為了妳，我不想再只是拿一個月兩萬多塊的薪水，為了妳我把每個月休假都拿來補習，我沒有休息，背著好大好大的壓力，這都是為了妳，然後妳朋友說我在羞辱妳？」

「我從來也沒有要妳這麼做。」

是的，小遙從來沒有要J為她做什麼，正因為如此才更令人難受，J覺得小遙對她根本沒有期待，或認為她什麼也做不了。

小遙所有對J的好，在J心中變成費琳未清的遺毒。

「是J自己看不起自己。」

「是，J很賤。」

「我可以問妳一個問題嗎？」

「嗯？」

「她們都是妳吧？W和J。」

娜朵笑了笑，說：「下次妳想聽誰的故事呢？」

八、回家

我又給姊姊寫了信，隨信附上瑞瑞的圖，一張用蠟筆畫的「我的家庭」。有爸爸、媽媽和阿嬤，後面還畫了一棟小屋子，代表我們家的民宿。

我跟瑞瑞說，她還有一個姑姑，瑞瑞問我：「姑姑在哪？是不是跟爺爺一樣死掉了？」

我猜大概是玫芬不小心說溜嘴，反正爸失蹤了也好，不肯回家也罷，就是不能說他死了，被我媽聽到大概又會狠狠被念一頓。

「姑姑沒有死，她只是在很遠的地方生活，沒有回來而已。爺爺也沒有死，以後不可以亂講話，奶奶聽了會傷心。」我說。

我在信上要求姊姊給我她的電話，每次寄信幾乎都會這樣要求，只是她從來不回應這件事。

民宿不供午餐，早上的導覽結束後，便要送客人下山，我順便打電話給下一組客人，問他們幾點會到車站。可能是颱風將至，大多數人都取消了行程，只有這組客人仍然堅持上山。

撥了幾通電話都沒人接，反正還是得把客人送到車站，下坡車快路陡，常有人暈車，我的方法是載到山腰的一間廟休息尿尿兼呼吸新鮮空氣，然後接著一鼓作氣送到車站，也許是方法奏效，或大家都空著腹，倒也少有人在車上吐的。

休息過後，車上氣氛又熱絡起來，素不相識的幾組客人經過一天相處，已經能隨意聊著等下要去車站附近吃哪些美食，我順口說如果決定好地點，便可以直接載他們到餐廳。媽早上起來說身體不舒服，我也想順便買些熟食，晚上只有一組客人就不必勞煩媽再忙著煮飯。

時近正午，餐廳幾乎滿座，客人們下了車，我叮囑他們不要忘記行李，並向老闆點了幾樣菜，借坐在桌前一個男客人對面座位等待。

「請問……」

我轉過頭，發現那男客人正在跟我說話：「你是阿里嗎？」

再仔細一看竟是小猴。

「小猴？」

他對我笑了笑，舉起手跟我打招呼。

「你怎麼在這？」我問。

「最近好嗎？」他問。

我高興得忽然有好多話想問他，連忙說：「你等會，我打個電話。」

下一組客人的電話依然無人接聽，心想也罷，這裡離車站很近，對方到了打電話給我，立刻就能過去。

我向老闆點了一碗麵，幾樣小菜和一瓶啤酒。

「喝一點應該沒關係吧？」我問，小猴點點頭。

「你等下要去哪？」

「上山。」

「怎麼上去？有開車嗎？」

小猴搖頭，說：「搭接駁車。」

「我送你吧！我正好等下要載客人上山。」

「那太好了，謝謝。」隨即像又想起什麼一樣：「那你還喝酒？」

「一點點而已，我酒量沒那麼差，山上路很熟了，不怕。」

他又笑了，我這才注意到他的嘴角染了暗紅色檳榔汁，牙齒也黃得發黑，身上穿著一件背心和短褲，領口磨得都起毛邊了，生活看起來過得不是很好。

這些年小猴都去哪，做了些什麼呢？一時之間好多話想問，又問不出口，他倒是先問了：「你一直都待在山上？」

「沒有，考上大學之後就到城市去念書了，四年前才回來幫我媽接民宿的。」

「你媽？那你爸呢？」

我沒回答，轉而問他：「你回山上要待幾天？」

他聳聳肩說不曉得，就是想回來看看。

「結婚了嗎？」我問。

小猴仍是搖頭，他還是和以前一樣寡言，樣子也沒變，就是長高了臉更瘦了而已。

媽見了小猴不曉得會說什麼。我記得她是很疼他的，那時我們班上幾個男生常混在一起，要是我帶了同學回來，大多會被媽媽驅趕到民宿後面去玩以免打擾客人，但小猴不一樣，每回他來，媽都會特地到廚房準備點心，也是因為媽和小猴爸媽自小就同是山上原住民，小猴對她來說就像乾兒子一樣。

小猴父母過世後，媽難過了很長一段時間，那陣子她常會在晚上客人休息的時候，開車跑到離民宿有點距離的地方唱歌，後來我才知道，那時她對著深不見底的黑夜所唱著的歌叫做安魂曲。風災過後，剛回到山上時，茶園裡、部落裡四處迴盪的都是這首歌。

我載小猴在車站前等了快一小時，不斷撥打電話給客人，卻一直沒有回應。做民宿生意，遇到這種放鴿子的情況也是有的，只好傳訊息請他們自己想辦法搭接駁車上山，再晚些恐怕風雨就要來了。

「我今天開小車，本來只接一組客人的，不然平常都開九人小巴，你安全帶綁好，等下會人車一體。」小猴聽了很快綁好帶子，我一路飆，灰色天空壓得很低，雨有意無意地下，兩個人都沒什麼話說，我看他一直看著窗外，可能是太久沒有回來的緣故吧。

車子經過了新蓋的橋，小猴「啊！」了一聲，我用導覽客人的口吻說：「四年多前那場風災把橋沖垮了，這座是新的。」我沒有刻意放慢速度，這座橋上有太多可以聊的事，但也都不適合現在聊。

「你知道這河最後流到哪去嗎？」小猴意外先開了口。

「往西流過平原最後出海，這兩座山上有幾條這樣的河，偏就這條最急，可能剛好夾在兩座山中間吧。」

「小時候我常想，這河會不會其實是個通道。」

「通道？你是說，像風災那時橋斷路毀，人們用流籠過河，去北邊山上拿物資那樣？」

「當然不是。」小猴笑了一聲：「可以抽菸嗎？」

我拉下窗戶，車子正好過橋，轉彎準備爬上第二座山，我繼續說著運送物資的事情：「河下游那幾鄰的村民，當時因為距離太遠，每次上去物資都早被搶光，後來只好放狼煙，讓空投的東西可以更準確投遞到村子裡。」

「嗯。」小猴沒再說話。

「等下先去我家，你有地方住嗎，今天？」

「沒有，本來只打算上來看看而已。」

「急著走？」

「倒不急。」

「風雨越晚越大了，今天別走了。」

小猴點點頭，問：「家裡現在還有誰？阿姨？姊姊？」

「我媽和我老婆跟小孩，我姊國中的時候就離家了，也沒消沒息，有時候會匯錢給我，一大筆，有時候又一整年沒動靜。我猜她也生活不太穩定吧，也不敢讓我媽知道，我媽更妙，從來不問，好像她沒生過這女兒一樣。」

小猴輕笑一聲，話題結束，車內又繼續沉默，我按下廣播收聽颱風動態，但山路訊號微弱，嚓嚓叫的空白部分只能用猜的。

沉默，疑猜。小猴始終沒說他上山來做什麼，我記得當時父母過世時，他在我們家借住了幾天等親戚來接，那幾天他幾乎不與我說話，我也常敲他的門（當時我爸媽空了一間客房給他）要他出來一起去學校或祕密基地，但他只是一直把自己關著，吃飯時間會像鬼一樣飄出來吃，吃完又飄進去。我們都知道他心情不好，但是我自認我們感情不一樣，是幾乎像兄弟那樣的。

結果，在這之前最後一次對話，竟然是：「我們要飛去外太空！」的遊戲。

空白了二十年，要怎樣才能銜接得上？

我在車上打了通電話回家，向玫芬說被客人放鳥了，並且會帶一個意外的朋友回去。玫芬說，媽一聽說是小猴，就跑到後院去摘菜了。

夜晚外頭開始風強雨大，屋子裡卻開心得很。媽做了一桌子菜，讓我把買來的熟食拿去冰著明天再吃，還開了她去年釀的梅酒。小猴話不多，但看得出來開心，笑得頻頻露出暗紅色嘴角，連瑞瑞也拉著他一起玩平板電腦的遊戲，雖然家裡幾乎天天都坐滿許多人，但已經好久沒有這樣熱鬧開心的氣氛了。

連過年也是黯淡的，媽和玫芬一向沒有話聊，她覺得都市來的女孩子很膚淺，套句現代人的話說就是有公主病。種菜喊累，摘菜喊熱，整理房間就腰痠，洗床單就肩膀痛。其實玫芬也很少抱怨，只是做不慣，當初我說決定要回來幫忙她也考慮很久，雖然她早就贊成我辭掉本來的平面設計工作，錢少老闆又苛，而且一週見不到幾次面。提辭職，第一個歡呼的就是她，第一個哭的也是她，那時她已經懷孕了，我說回山上就不用擔心，生意再差我們也能自己種菜養活自己。

媽疼瑞瑞，但不是溺愛那種，是有規矩的疼。瑞瑞哭鬧，媽真可以狠下心不管，她還警告玫芬不准去哄小孩，說否則這小孩就得哄一輩子。有次我們一家難得休息，到城裡吃飯，瑞瑞在餐廳大哭大鬧，媽二話不說賞她一個耳光，別桌客人都往這看，瑞瑞立刻止住哭聲（約是被嚇傻了），但那頓飯也不吃了。而我和玫芬則是一個聲音都不敢吭。媽一直是個節儉又嚴格的女人，到現在她還是會一分一毫地跟我算民宿的帳。我們家是發薪制的，我一個月四萬，玫芬兩萬五，其他歸她。

玫芬雖不高興，但錢其實已經夠用，我也沒跟她多要。媽沒有安全感，女兒走了丈夫失蹤，她還能依靠誰。我嗎？我想她也不敢。我媽雖然嫁給平地人，但她血液裡的堅強韌性，是無法改變的。我們家大概只有姊姊遺傳到這個部分。

「可惜今天沒有螢火蟲看，這幾年山上復育得很成功，每年暑假很多人都特地上來賞螢。」我說。

「都市人真是悲哀，小時候我們不也是追著滿山遍野的螢火蟲跑，後來一堆人跑來山上亂蓋房子亂開墾，弄完再來搞復育，真是……不過我也真的好幾年沒看過螢火蟲了。」

「你現在還住在阿姨家嗎？」

「搬出來自己住很久了。」

「一直都一個人嗎？」

「嗯。」

「怎沒交個女朋友啊什麼的？」

「交不到啊，哈哈，我這個樣子誰要跟我？」

「你很好啊，一表人才。」

「少來了。」

我們有一搭沒一搭地聊著天配啤酒電視，媽說今天風大，要我去把所有窗戶貼好。小猴自願幫忙，我貼主廳，客房就交給他，瑞瑞在旁邊一直吵著要幫小猴叔叔的忙，這孩子大概悶太久了，家裡又少有人來，這下像找到玩伴似地。

小猴蹲下來哄她：「瑞瑞乖，這個太高了妳貼不到，等下叔叔去買菸，妳再帶叔叔去好不好？」

我把房間鑰匙連同車鑰匙一起給了他：「便利商店就在剛剛轉進來的路口，你開車小心點外面風大。」

「我知道。」

那夜風雨很大，半夜我被乒乓作響的雨勢驚醒，走到客廳查看，發現雨從窗戶縫隙噴進來，雪白牆上流下一道道黑色水痕，窗簾也像女人哭過一樣。我連忙拿來報紙抹布塞住窗縫，不曉得其他房間有沒有問題。

黑暗之中想打開廊道電燈，發現客房那邊竟全部停電了，跑回屋裡拿了手電筒，走廊的屋簷抵擋不住雨勢，身體一下就溼了。客房和主房建物呈L形，如果主房客廳進水，照理說客房應該沒事才對。

我還是想去看看，但風強得幾乎要把人吹走，我看見院子已經倒了兩棵小樹，那後面菜園更別說了，年初才剛搭的瓜藤架一定也被吹垮了。

一片不知來自何方的鐵皮，從我後方腳邊劃過，在腳踝劃出一道長長的血口子。血和雨水混成好幾道分流，往腳跟流瀉出去。拖鞋也踩不穩了，腳屢屢滑出鞋外，我拐跛著那隻受傷的腳，在灰色的雨水間，隱約看見小猴住的那間房門開了。

我大喊：「小猴！」但雨聲更大，俐落地切斷我的聲音，然而當我再抬頭看，那身影並不是瘦高的小猴，而是父親。

每一個人都有這樣的能力，在擁擠的車站或是學校門口，總能在人群中一眼就找到父親和母親。那必是因為每日的生活與日常，你能熟悉他們的每一個動作、他們的衣著、他們的走路姿勢。父親的臉型圓眼睛小顴骨高，笑起來整個五官都彎著。他的身型壯碩，肩背永遠挺著，走路緩慢卻踏實，那是絕不會錯認的。

我跑上前去，門又關上了。我用力敲著房門，裡面卻沒有回應。我用手機撥打電話給他，鈴聲就在不遠的地方響起，越來越近，忽然小猴就站在我面前，同樣也是全身溼透的狼狽模樣。

「怎麼了？你找我？」他把電話按掉。

「你去哪了？」我問。

「剛剛停電，我去你們家找你，想問你有沒有手電筒。」

「我剛看見……」

「沒什麼。」我看見他手臂上有一道新鮮的傷痕：「你怎麼受傷了？」

「你也是。」他指指我腳踝上的傷。

「我去拿藥給你擦。」

「不用，我自己有帶一些簡單的藥，你快回去吧，我們都別在外面待著了。」

我把手電筒交給小猴，摸黑著走回去，看見媽正在清理客廳窗邊地面的髒水。

我坐在圓桌旁，衣服和頭髮上的水滴滴答答地落在地上。

「快去拿毛巾擦一擦。」

「媽，我看見爸了。」

媽忽然停下手邊擦拭的動作，不到半秒她又恢復原本的動作，我這才發現，地面、牆上和旁邊的書櫃都噴滿了黑色一點一點的水漬。

「嗯，我也看見過。」

九、產房裡的女T

心靈感覺寂寞會掉眼淚，肉體也會。

血液一直不斷從體內流出來。

起初僅是微量，像分泌物般沾染純白色內褲。她在褲底放上一張護墊，週期還沒到，這事以前也發生過的，說是排卵性出血那類偶爾會發生的事。

後來開始一發不可收拾，排出的血液量越來越多，伴隨劇烈疼痛，平均每一小時就會吸滿一張量多型衛生棉，痛得幾乎無法站無法坐，甚至躺著的時候也都在床上不斷翻滾。

老舊公寓的窗外正在興風作浪，夜不成眠，娜朵吞下安眠藥，試圖讓自己沉睡，但痛感幾乎趕跑她所有睡意。

她乾脆爬起來打開電視看新聞，窗外風雨神經病似地拍打她的窗戶，索命一樣。

「幹你娘！」她對窗戶丟擲一個抱枕，抗議無效。

隔天風雨漸歇，娜朵騎車找了好幾條街，才找到一家看診中的婦產科診所。生平第一次踏進這地方，填好初診單，忍著一夜沒睡的疲倦和肚痛等待燈號召喚。

她的燈號亮了，走進去竟還有一張等候的椅子，垂下來的粉紅色簾子將這位置隔離起來，卻隔不了醫生與前一個病人的對話。

誰設計的，真尷尬！她心想。

一字不漏地聽完了前一個女人描述她如何下體騷癢以及性行為的頻率，隨即聽見醫生要她到更裡面的房間準備內診。

接下來輪到她了，當然後面又再送進來另一個女人。

「怎麼了？」

「肚子很痛，血流個不停。」

「是月經嗎？」

「不是，時間還沒到，我平常很準時。」

她一面說，醫生一面在診療單上中英夾雜地寫著，醫生瞄她一眼，同樣要她去更裡面的房間準備檢查，她站起來的時候，看見醫生在單子寫：未有性經驗。

見鬼！

她躺在冰冷診察室裡，坦露著肚子。護士在她下腹上擠一坨凝膠，要她靜候醫師診斷。診間安靜得能聽見所有聲音，醫生仍在為下一個病人看診，她聽見那人為陰部搔癢所苦，接著那人被帶到她隔壁內診室，然後又下一個病人進來。凝膠因為冷氣而更顯冰涼，她卻無法將褲子拉上，腦子一直轉著一些無聊的事例如：等一下如果要內診該怎麼辦？哦，應該不會吧，醫生都已經認定她是處女了。

不過還好是女醫師，嗯，所以在女生面前打開雙腿比較不害羞？她想著想著覺得好笑，忽然子宮又強烈收縮，她感覺下體正不斷流出大量血液，臀部有股溫熱緩緩向後蔓延。

女醫師拉開門簾進來了，娜朵坦著肚子讓她用超音波儀器觀察。螢幕上出現一個倒梯形灰色空間，偵測頭在肚皮上滑動，那裡就是子宮吧。

「睡眠正常嗎？」

「不是很正常。」

「壓力大？」

「有一點。」

「看起來還好，沒有囊腫或肌瘤。」

醫生抽了幾張衛生紙，接著說：「應該是壓力造成的荷爾蒙失調，等下開藥給妳，妳先到外面等。」

就這樣？見鬼乘以十！她還以為會有更讓人害怕的例如內診之類，必須在醫師面前張開雙腿，探探那個流著紅色眼淚的黑洞。

娜朵將肚子上已經冰涼的凝膠擦拭乾淨，還沒坐起身來，醫生已經到下一個診間了。

肚腹內疼痛並沒有減少，這是當然的，只是照照子宮而已。

最後只是開了張處方籤要她去拿藥。

「請問是什麼藥？」

「幫妳調荷爾蒙的，這兩天量比較多不用吃，等量少了再吃。」

「如果量都不減少呢？」

「應該不會的。」

肚腹持續疼痛，娜朵請醫師也開些止痛給她。

什麼也不能做，只能等它變少，等它不見。

忍痛了幾天，血越流越多，寵物店的工作也去不了了，和人換班在家休息。無止無盡，似乎只能等她流乾。

她想，如果可以略過疼痛，就這樣流乾也沒什麼不好，失去了身體或許更可以自由。

她時常在想，自己是誰？為什麼會在這個身體裡，並且能夠支配它？所謂自己是指這個意識還是這副肉軀，而她們又是從哪裡來的？

她自我解釋自己的意識應來自於他方，而肉體是分配後的結果，她並不能夠清楚地聯結這副身軀與家族的關係，與血脈的關係。然而時間越久，年歲越長，她卻對這身體越感害怕，意識與身體似是悄悄連了根，像是被老榕吞沒的小樹，她會對疼痛與老死越來越有感覺，然後意識將不再自由。

如同，她現在正被困在腹部疼痛的狀態裡。

求助大醫院婦產科，陰道超音波檢測器被套上保險套，探頭不大，但仍感覺被進入，她一面想著為什麼女人一被進入，就會產生不適（那是自然的本性還是被禮教俗成和道德塑形的結果？）一面卻又想夾緊雙腳，並且感覺羞恥。

檢測師在紙上窸窸窣窣寫著：子宮內膜厚度一點三公分。

醫師看著那張紙，又從身後文件架上拿起另外一張粉紅色上面寫滿密密麻麻的單子遞給她。

「子宮內膜過厚，你吃荷爾蒙是壓不住的。有可能是子宮內膜癌，荷爾蒙失調。建議妳做手術刮除，一方面一勞永逸，不用再忍受疼痛，一方面還可以切片檢查。」

「有其他作法嗎？」

「有，吸引術，但那樣有可能摘取不到癌細胞，或者清除不乾淨。不用擔心，手術很快，一分鐘，妳不會有感覺的，我明天剛好有手術班，明天來做吧！不然妳還要痛很久。」

癌？

手術？

刮除？

是指從那裡，用鴨嘴，撐開，然後用像湯匙那樣的東西伸進去刮除？

那不是跟墮胎一樣嗎？

不然呢？還有更好的方法嗎？

她很不願意在這種時刻想起她的家人，簡直是雙重煎熬，偏又在這時候收到弟弟的來信，兒童的畫紙上一列排開全是她不熟悉的人，她的弟弟仍問她要不要回去。

她取了便籤寫下自己的電話號碼，塞進信封裡寄回去。

身體的脆弱正消耗著意志。只是一開始會有點難以面對而已，那裡畢竟是她的家。只是當時翹了家，也算不上什麼深仇大恨的，只是她不喜歡那個家而已。

這麼多年過去了，過得再久血緣也是斷不了的（這算是喜事還是憾事？）只是她已離家這麼久，家裡的人又都是怎麼想的？

一想到這又後悔了，她覺得自己根本無法面對。

身上覆蓋一件袍子和綠色消毒布。背貼躺上冰冷手術枱面，胯下仍持續流出紅色血液，麻醉師在一旁調整儀器。

「很緊張喔？妳心跳很快。」

她想著父親和母親，僅有模糊的身影。父親是總是忙進忙出，總是站在一群陌生人前面，帶著一頂棒球帽，帽簷遮住了他的雙眼，看不見他看見的是誰。母親則是一則背影，面對著廚房面對著洗衣機或面對著山，若轉身過來，那臉也總是面無表情。

「面無表情比苛責更慘。」這是她腦中最後的結語，然後她的人生時間軸就有一段被硬生生剪掉了。

連作夢也不是，毫無時間流動感的狀態，彷彿是靜止了，沒有人動一根手指。

黑暗之中她聽見有人呼喚她的聲音，怎麼了呢？手術還沒開始不是嗎？

再睜眼，產房變成了休息室，護士站在旁邊觀察她的動靜。

「休息一下，覺得舒服一點就可以回家了。」

身上的袍子和消毒布不見了，換成純白被子，她縮了縮覆蓋底下赤裸的身子，感覺下腹正強烈收縮，和兩腿間劇烈疼痛。

如果血液中包覆著一個孩子，如此一來血緣關係也就被剪除了。

她幾乎無法移動身體，只能緊盯著天花板的日光燈管。冷汗從背脊竄出，很快被床單吸收，她全身肌肉緊繃，感覺子宮正本能地要將剩餘的血液排出。

護士走過來將手探進她兩腿之間，拉出一條染血紗布，陰部擴張撕裂感瞬間被抽離，重新闔上的部位再也回不去原本的樣貌。

這個身體就是用來讓意識感覺痛苦的，醒來的時候，傷痕會變成戰績，她便有故事可以說。

癒合，花了幾天時間。血液不再洶湧流出，切片檢查結果正常，一切無事，生活仍要繼續。日復一日，週期準時報到，繼續洗貓洗狗的日子，直到電話響起，該來的還是要來。

十、被留下來的人

聽說娜朵要回來。

拉娃拉推車走進二一五號房，房間淡淡散著一股香水味，客人剛退房不久，常會留下一些味道。但若不是尚有這味道，她會以為昨晚這裡沒有住人。

用過的浴巾整齊吊掛在浴室牆上，棉被摺妥床單鋪齊，連枕頭凹痕都找不到，只找到幾根細髮。

二一五號房是單張雙人床，拉娃整理房間時，常和自己玩起偵探遊戲：從住客遺留下來的房間狀態，推測前晚的住客是什麼模樣。

留下飲料零食包裝和成堆啤酒空罐的多是大學生，若有果汁牛奶包裝或尿布大概是有孩子的小家庭，喝紅白酒大多是從城市來的，而若有年長者，離去時通常會將棉被大致鋪好。

但這房間不像，起碼這香水味不像，而且從盥洗用品的使用推測應該只有一個人住。

拉娃將床單從床腳翻起，整件向上拉到床頭，連同枕頭套一起卸下，包成一包丟進籃子裡。

她從推車上拿下一套剛洗好的床單，抓住一邊向前一抖，抖開一面雙人床大的潔白。以前手腳俐落，鋪好一床不用兩分鐘，現在身子胖了腰也老了，多折幾張晚上就會累得睡不好。

她將最後一個褶子塞好，要起身時卻在床頭櫃邊角發現一個用黑色油墨印上的小字：「華」。

那一腳正正直直地頂著桌緣站著，不像是小孩玩耍時隨意蓋上的樣子。昨天早上她來換床單還沒看見，一定是上個客人剛蓋上去的。

聽說娜朵今晚就會到了。

拉娃撥電話給阿里，客人們正好解散去逛老街，她猜測這時候阿里會坐在廢棄的月台上畫幾張速寫。她曾經看過阿里隨手放在車上的速寫本，黑色簽字筆勾畫著山上的風景，這些景色都再熟悉不過。

她問阿里今天有沒有單獨旅行的客人，阿里說有個四五十歲的婦人，總是一個人安安靜靜地行動。

她要阿里多觀察她一下，說畢竟一個人旅行的中年人不多。

他們一家人好像都被丈夫影響，對於某些特徵的人總是特別敏感。

還沒十二點，拉娃已經換妥所有房間床單，她走過去敲小猴住的那房門，咚咚咚，沒人應門，再敲兩聲，門把才有動靜。

「中午要一起吃飯嗎？我讓阿里從山下帶些東西上來。」

「沒關係，不用，我剛去里長那借了摩托車，等下打算回家一趟。」

「房子已經拆了……」

「我知道，但還是想去看看。」

「嗯。」

「聽阿里說娜朵今天會回來？」小猴問。

拉娃低下頭，看見小猴的手正摺疊著一把瑞士刀，房間隱約飄出一些酒味和菸味。房間裡其實是禁菸的，但拉娃沒有說。

「好像是吧。」

「晚上你們全家聚聚吧，我去找幾個以前的朋友。」

拉娃正要推車離去，聽見小猴又說：「妳一定很高興吧！妳們這麼久不見了。」

她手向前使勁，將推車往前推去，發出喀啦喀啦的聲響，就當作已經回答了。

要如何想像一個沒有生活痕跡的人？

拉娃又回到二一五室，她坐在鋪整好的床上，用手指摩擦那個「華」字。隱約可以摸出一些字體的凸起，非常細微的觸感，透過指尖也能感受到一橫一豎交織出的紋理。用溼抹布也擦拭不掉，那字是死皮賴臉地要待在這了。

拉娃拿出今日住客名單，獨住的那人姓張，單名「芙」。

窗戶外面，她看見小猴騎著車撲撲撲往山下去了。她到後院摘了一籃子莧菜和地瓜，也騎上車往里長家去。

天氣正熱，里長家門口曬著蘿蔔乾，她走進去裡面沒人，喊了兩聲，里長太太探頭出來：「拉娃，妳怎麼來了？今天沒客人嗎？」

「這些給你們吃，剛摘下來的很嫩。」
「喝茶嗎？我們在泡今年的新茶。」
「好。」
里長太太從裡面端出一套茶具，拉娃坐在三人長的藤椅上，里長正從樓梯上下來，和她打了招呼。
「巴蘇亞現在住你們那？」巴蘇亞是小猴家族的名字。
「嗯，給你們添麻煩了。」
「別這樣說，巴蘇亞也是我們大家的孩子。長好大了，我差點認不出來。」
「都快二十年了。」
拉娃沒說，其實這些年她一直和小猴阿姨保持聯繫，他們都說小猴過得很好，就是個性比較沉默。家裡空房不夠，委屈小猴要和表弟共住一間。拉娃當然聽得出對方言下之意，委屈的是表弟哪是小猴。後來又聽說，小猴高職畢業後就自己搬出去住了，怎麼也留不下，難免抱怨這些年來雖然親近不了，但養育之恩難道都不算數？
對著外人都能這樣叨念了，小猴這幾年日子又能如何？
只是，每每聽到這些，拉娃也只能沉默，她越來越怕接到對方電話。打來都像在暗著罵人一樣。
她不免心虛。
求生不得求死不能。這些年來，這幾個字一直死死跟著她。
其實她真想過，若有一天真得參加阿成的葬禮，她會在葬禮上說什麼？
阿成曾經在很深很深的夜裡，攤著疲累的身體躺在床上跟她說，不知道自己這些年來這樣做到底對不對，那些人本來可以解脫了的，又得繼續受苦。還有小猴，他也曾經提起過，當時如果沒有救下他爸爸，也許小猴就不會連媽媽也失去了。

那時她總是對他說：「千萬別這麼想，你做的是天大的好事啊！」現在再問，她的答案也許已經不是這樣了。

她時常懷念起那些夜晚，床上老是堆著好幾條毯子，阿成說這樣比較有安全感。那些毯子夜半時卻像長了腳般塞全在她身體下面，墊得她夢裡難過，屢屢得醒來抽起毯子重新平放身體。然而醒了便再難以入睡，她會在天微光時看著枕邊的他，眉頭深鎖地熟睡，似正抵抗被夢境吞噬，懷裡緊抓一條被子。她會伸手撫平他的眉心，但翻個身卻又糾結起來。

最近她已經幾乎想不起皺著眉的那張臉了。阿成不在，她也沒收走那些毯，依舊會在夜裡襯進她熟睡的身體下面。她曾經醒來，看見阿成皺著眉就睡在身旁，但是每一次她極度想爬起身來，身體都像被那些毯子拉住般，她只能看見側臉，清清楚楚的輪廓，從額頭到鼻梁到嘴唇，仿似山稜的輪廓，閉上眼睛都在腦海裡了，然後天更亮，她再一次醒來，卻都記不清了。

離開里長家時，太陽已經在頭頂上了。手機有兩通阿里打來的未接來電，她撥回去，阿里說剛送完客人，會買午餐回來。

「我看見她拿著一個鉛字章，一個人坐在那個廢棄的月台上非常非常小心地蓋了一個華字，對，就跟房間裡面那個字一樣，蓋在月台的角角。」阿里一邊大口吃著買回來的炒飯，一邊說：「後來我帶他們去走火車步道，看見鐵軌上她也蓋了一個。」

「為什麼？」

「我問了她才說，那是她丈夫的名字，他得了癌症過世了，生前他總是為了家人在工作，哪裡也沒去過，發現的時候已經四期，沒多久就走了。後來她一直帶著這個章，像帶丈夫旅行。妳看，我有畫下來。」

阿里特地從車上拿下那本速寫本，指指畫中一個背著背包的女人背影。

「很浪漫的女人。」

拉娃接過那張紙，想著自己嫁給阿成近四十年，二十幾歲就跟他搬來山上開民宿。阿成哪裡都沒去，她當然也是。日子只是重複，如同睡下時便有人按下了倒轉鍵，醒來又從昨日一早開始，日復一日，若不是鏡子裡看見自己容貌身材開始有些微改變，她幾乎以為自己被放進一個跑不到盡頭的圈圈裡，然後生了孩子，阿成繼續用他所有的時間守護那座橋，和每一個準備跳下去的人。

她不是不願意繼續這樣生活，只是不知道要怎麼過別種生活只好如此罷了。

阿成走了，阿里也已經回來陪她了，但是在他們家，沒有人可以過自己想過的生活，阿成、她、阿里，還有那些從前被阿成救回來的人，和他們身邊的人，回到了現實，繼續受著不同的苦。

她想起小猴。

每當阿成從橋上拉下一個人，那彼此緊緊相繫的生命之網就改變了。那絕對不是人們以為的，回到生活的常軌裡，而是全然翻轉式的改變。如何面對問題、如何面對家人、如何補償自己曾經犯下的錯誤？有人選擇重新放棄自己一次，也有人選擇以獻身的姿態贖罪到最後一刻。

他們的路從此都不同了，只是加了一粒棋子或放下一粒，局面就不一樣了。

然而不會有人追究至此。人們歌頌一個民間英雄在某個地方拯救過無數個人，對於他的消失有各種不可思議近乎傳奇的揣測，有一些近乎神話非常難以置信的故事，例如：那日有人趁著颱風，身手俐落地站上橋邊毫無猶豫地往下一跳，這一幕被特地來守橋的阿成看見了，伸手去抓自己卻也不幸掉落河面，奇妙的是，那原先跳下去的人瞬間就被大水吞噬，但在阿成身下，河心之處水流旋動，形成一個和緩的漩渦，漩渦裡鑽出一條金黃色的大魚，張開背鰭邀請阿成上座，他身體一躍，如騎馬般，兩腿一夾，金黃大魚俯身向下，載著阿成不知道去了哪裡了。

彷彿是龍宮的迎賓儀式，像是童話故事裡的浦島太郎，或是桃花源記。

人消失了幾月搜尋無果，但各種傳說卻任由人們織造，一則比一則美麗。曾有作家前來採訪，想要寫下他的故事，也有紀錄片導演想長時間和他們家人居住，記錄這傳奇人物的一生，但都被拉娃婉拒了。她深怕這些經由別人的嘴說出的故事，都已經不是阿成了。

當別人從不同的人那裡取來關於他的碎片，那樣所拼出來的還會和她腦中是同一個人嗎？她正一點一滴地失去他，甚至連他起床時的樣貌都再難想起。如此一來，她會將一無所有。

他們的人生被收攏在這張網裡，彼此牽動又互依互存，這些年來她除了管理民宿哪兒也去不了，最遠去了山下的城市，兒子帶她到新開的大賣場逛逛也能使她迷路，她無從選擇地就變成了一個失能的人。

然後一天一天就過了，她的人生中當然也感到開心過，也有失落和悔恨。但是她沒有任何一件想做的事情，不曾想要看見更多美麗的風景，不曾想要躺在太陽下無所事事，她連今天要吃什麼都答不上來，娜朵走了，阿成消失了，她還要許什麼奢侈又無用的願望？

阿里洗好碗筷，說大概五點會到車站去接她。

房間她已經準備好了，但是心情完全沒有。

她納悶地問：「娜朵為什麼要回來？」

阿里：「其實是我叫她回來的。」

她又問：「她在外面發生了什麼事？你們一直有聯絡嗎？」

阿里說：「之前只有寫信，但沒有聯絡方式。往年好幾次都有問她要不要回來看看我們，她總說不。我也不知道這次她讓步的原因是什麼？也不清楚她的近況，也許已經結了婚呢！」

阿里興奮地說著，拉娃卻好像只是聽著隨便哪個客人的八卦，她不知道要高興還是悲傷，每一種情緒都不正確。她早在很久很久以前就已經叫自己放下這個女兒，說穿了也只能當作她死了，像那些從橋上成功跳下去的人一樣。對這女兒她又憤怒又自責，最後只能選擇遺忘來讓自己好好地活著。她沒想過以後會不會再見面這件事，也許下輩子。人家都說父母兒女是相欠債，只是下輩子見了還能認得嗎？

今天沒有接待客人，床單早上都洗好曬好了，拉娃無事可忙，竟顯得慌張起來。天氣炙熱，她想起孫女前兩天吵著要吃冰，想帶她去新開的便利商店買些冰棒回來，但屋子上下都找遍了，就是找不到瑞瑞。

「瑞瑞去哪了？」

「剛剛說要在後面玩水。」玫芬說。

拉娃打開後門，後院的充氣池已經儲滿了水，比瑞瑞還高的水龍頭關上了，卻沒有她的身影。她開始在民宿大喊瑞瑞的名字，玫芬比她更急，翻遍了臥房與每一間客房，阿里騎車到附近找，拉娃連車廂和車底下都找了，全都沒有人。

「她剛剛在哪裡跟你說要去後面的？」拉娃氣瘋了。

「來我房間說的，當時我在摺衣服。會不會是小猴帶出去了？」

「早上我才看見小猴一人騎著摩托車說要去找朋友。」

「媽，這個小猴到底是誰？為什麼你們要對他這麼好？」

「這以後再說。」

「那如果真的是小猴帶走的呢？」

「小猴帶走瑞瑞做什麼？」

「綁架、要錢、勒索……我怎麼知道？妳看到他身上的刺青了嗎？這些人我在城裡看過很多，流氓啊混黑道的，不務正業的，吸毒的。對，小猴吸毒嗎？」

「小猴不會這樣的。」

「可是……」

「閉嘴！」

她想起阿成曾經對她說過的話：如果沒把小猴的父親救上來，或許他就不會連母親都失去了。手機一直沒有響起，阿里那邊還沒有消息，等待、等待……多麼熟悉的劇碼，這些年來她費盡了氣力學會視而不見的情緒，一下全部湧現出來，將她淹沒。

所有猜測和恐懼，像一個睽違數年的朋友，再一次來敲她的門。

全都回來了。

「關於人會去什麼地方，會在什麼位置，都已經是寫好的。所以，我也該放你們自由了。」林桑的話又在她耳邊隱約地響起。

十一、父親的日記

我的父親不是得肺癌死的，這是我們家的祕密。母親要我不能說，但我不想忘記，只能寫在日記裡。

那時我父親在城裡做生意，我還未出生。他做的是紡織生意，開了間小工廠，員工幾十人專做成衣。這行當時剛起，便宜的人工日夜不休地製造便宜的衣服，當時經濟正在起飛，這樣的便宜衣服很有市場。早先都以低廉價格批給市場小販，後來透過幾個貿易商介紹，和日本人談成幾筆生意，陸續有日資進入，改接從日本來的訂單，貿易商更誇下海口說：「現在是日本，將來還有歐美各國，這裡人力便宜，生產速度快，工廠只要專心生產、加工，根本不必擔心貨品賣不出去。」

父親當然知道這樣的生意他不做有很多人搶著做，只是現在他的工廠需要擴大、買進新的機器、聘用更多新員工。工廠當時已有五台機器、員工二十四小時輪三班趕製，仍然不夠出貨，父親貸款買了塊地，又從日本進口了三台新的機器，這樣風風火火地做了好幾些年的紡織出口生意。

但是後來漸漸地，訂單少了，都往東南亞人力更便宜的那裡去了。父親一批又一批地解僱工人，成本、欠債壓得父親喘不過氣來，每天總有上門討債的人搞得母親精神耗弱，父親最後賣掉了工廠，帶著母親躲到山裡。

他跟母親說，無論如何妳都不能下山進城，我們若要是被人找到就全完了。

那時我已經出生了，父親也改了名，在山腳開了家雜貨店，母親每天守在玻璃櫃後面，收收零錢，沒事的時候就發著呆。那時她常對父親說，外面好像有討債的人走過，然後就會害怕地躲進房間裡不肯出來。幾次下來，父親發現只是母親的疑心病作祟，總不當一回事。

母親是過慣好日子的人了。

當初父親發達的時候，經人介紹，相親娶了同樣也是出身生意人家的女兒回家。我們家好的時候，母親出門都有司機接送，她全身穿著日本貨，拿真皮製的包包。父親與人談生意時，她便與那些人的妻子在後面聊天喝茶打牌，她常說，那時和那些太太們比起身上的珠寶首飾，她還沒輸過。

父親在外面有女人，母親是知道的。知道得裝不知道，否則她哪裡也不能去了。那時她已懷了我，而父親還沒料到自己的下場，當然也希望有個孩子繼承家業，母親當時知道自己名正言順，只要把我撫養長大，她也就只算是失去了一個人的心，還不算輸得太多。

母親是好勝的人，有錢人大概都是好勝的。好勝的下場便是無法接受落魄的自己。

在那小小的雜貨店裡，常常只有我和母親兩人，父親總說要出去進貨然後不見人影，我常站在玻璃櫃前，把裝滿棒棒糖的糖果罐打開，一支一支直立貼著罐壁排列整齊，遇到有人經過就大聲喊著：來買喲來買喲，最後總不免換來母親一頓毒打。

對母親來說，我是來繼承那個宏偉的家業，不是這個爛雜貨店。

父親都去哪了？母親說，去找女人了。我不知道她說的是真是假，就像她也常說外面有人來討債，但是明明就沒有。

我那時才十幾歲而已，卻已經不知道要相信什麼。

有天晚上我問父親：「你每天出去做什麼呢？」

父親說：「我去找以前那些員工阿姨啊！」

當時我心想，母親說的果然是真的，父親是去找女人。但父親一邊喝著酒，一邊對我說的卻是另外一件事。

當初工廠大批解聘了許多女工，父親憑著公司裡的資料，一一找到她們的住處，想知道她們過得如何，但又怕被認出來，總是偷偷摸摸地在附近徘徊打聽。

後來他才知道有些女工小學沒畢業就到工廠上班了，大字不識幾個，被解聘後找不到工作，只得靠身體賺錢。

那時我還小，對父親說的話似懂非懂。

父親還說，有個叫做阿惠的女孩，才十幾歲，就自殺了。

阿惠啊阿惠，夜裡父親常常坐在椅子上，一邊喝著店裡賣的米酒，一邊叫著她的名字。

那幾年我們家愁雲慘霧，雜貨店的收入勉強支持家裡的經濟，父親在店附近翻好一小塊出，種些便宜的地瓜葉菜等等，有時他會在田裡工作一整天，有時又會偷跑回去城裡，隨著日子過去，他帶回越來越多城裡女工的故事，總在深夜裡母親熟睡時說給我聽。

「是我害了她們。」女工們的故事常常結在這一句話上。

好幾年過去，我已經長成了一個少年，鎮日無所事事，也不讀書也不去找工作，只是在家幫忙，和照顧母親。

有次父親回來，神情特別開心，一坐下便拿著酒瓶要給我講故事。我記得那天他跟我說的是桂枝的故事。

父親說他私底下觀察桂枝已經好幾個月了，她家裡是在夜市擺攤的，離開工廠後，桂枝就幫著家裡的工作，在夜市幫忙賣糖水。原以為桂枝會過得好好的，父親卻無意中得知她家人打算在她十八歲以前用比較好的價錢賣掉。

那天父親拿了一點積蓄到城裡去找桂枝，把錢給她要她趕快離開家裡。

「她見到我的時候好驚訝，還叫我李老闆！我說別再叫我老闆了，妳的事我都聽說了，妳快拿著這些錢走吧！」

桂枝猶豫了一會，伸手收下了錢，然後繼續若無其事地繼續端糖水給客人。

「以後大概不用再去看桂枝了。」父親說：「希望她能自己找到個好人家。」

那之後兩日，父親都神清氣爽地在田裡工作，他還拿菜和酒到山裡面去換了些醃肉醃魚回來。母親面對這樣的父親，並不感到欣喜或是憤怒，儘管她早就發現存款短少，也不以為意。那時的母親，每天早起拉開店門，便是拉著帽子坐在櫃台後面，時間到了就去煮飯，偶爾我會看見她在房裡穿起她僅剩的幾件華美洋裝和飾品，坐在床邊發呆。她鮮少與我說話，大多只是喚我吃飯或是自言自語，我時常覺得母親已經離開了我，剩下的這個女人不知道是誰，住在我母親的殼子裡。

約莫是桂枝事件的幾天後，母親拉著帽子坐在店門口，忽然又神色慌忙地跑到後面田裡，那時我和父親正在採收地瓜葉，母親說：「外面有討債的來了。」

但是父親只是抬頭揮掉臉上的汗水，繼續手上的工作。

這次母親沒有說錯，討債的真的來了，兩個男人踏壞了我們種好的作物，將父親挾持到屋裡。

他們說多虧了桂枝通報，找人跟蹤，否則豈不是讓我父親躲一輩子？

我在旁邊看著父親跪著一直求，一直求。我長這麼大從沒看過他這樣，急得也跟著跪下來一直求，還有母親，也是跪著，抖著單薄的身子拚命流眼淚。大概是看在我們母子倆的份上，他們終於答應寬限父親兩天，還要他不准再躲，否則要我們全家的命。

我們全家一直跪到他們出去了好久才站起來。父親給幾個朋友打了電話，但是誰肯再借錢給一個生意失敗的人呢？

聽著父親打電話時，我一直很專心地排列著罐子裡面的糖果和酸梅，把它們整整齊齊地擺好，會讓我有一種成就感。

我已經快要成年了，學歷只有小學程度，頂多識字會寫字，其他都是看報紙學來的，但那也無所謂，只要我們一家平安，我可以在這邊排糖果排到老。

後來父親跳橋自殺了。

那個深夜下著大雨，有人砰砰砰地敲打我家店的鐵門，我還有點分辨不清是雨聲還是敲門聲。一個溼淋淋的男人跟我們說他看見一個男人跳下橋，他衝上去要救，卻沒抓到，雨豆大地下，男人一下就被水沖走了。他在橋邊看見一袋東西，裡面有我們雜貨店的紙袋、一封信和一只皮夾。

我一眼就看出那是父親的東西，大喊母親來。但母親只是空洞著眼睛走出來，看完父親的信又空洞地走回房間裡。我開始大哭起來，我跟那男人說我的父親死了！討債的人明天就要來了，我和媽媽也要死了！

那個男人蹲下來抱著我，跟我說他會幫我們的，叫我不要害怕。

我叫他林桑，後來他替我們家還了債，還給了我們一筆錢生活。

林桑說，他的妻子也是在同樣的地方跳橋自殺的。因此他時常開車上來這裡看看妻子。曾有一次他來，卻意外救下了一個少女，那一次他和少女一起坐在橋上痛哭，他第一次覺得自己離妻子那麼近。

原本一個月一次，後來變成一個禮拜一次，坐在車子裡面等，看有沒有人走上橋、爬上橋面。

「有時候我好期待有一個人真的走上來自殺，這樣我就可以再把他救下來。」

他說這樣的日子實在太痛苦了，他知道自己這麼做並非為了救人，只是想讓自己好過。這種滿心期待著有人上橋的心情讓他感到十分罪惡，他不要再這樣了。

「小兄弟，」他說：「這次我沒能救下你的父親，你們家的債就由我幫你們還，但你得替我做我原本該做的事。替我待在這裡，哪兒也不去，待在這裡守護著這座橋。」

我什麼話也沒說，他繼續說著：「想想你的父親，想想那些曾經被他害慘的人，想想你能夠幫助到的人。」

好。

我說好，反正我也不知道要到哪裡去，我也想試試救下一個人，然後覺得自己好像救下了父親那樣的滋味，於是我答應了他。

那之後林桑約莫一年來一次吧，來和我喝酒聊天，看看我的救人日記，並且確認我答應做的事。我到山裡做生意時認識了拉娃，也是林桑幫我們證的婚。拉娃知道我們家所有的事，而關於這個祕密，就這幾個人知道。

我和母親一樣，從城裡來到山上這些年，就沒再離開過了。不是我不想，但我得贖罪，贖我父親當年犯下的罪。

我其實不想過這樣的人生，我的肩膀承擔不了這樣的重責。好多人都曾經問我，怎麼知道那個人就是要往下跳的？其實我永遠也不會知道，但我能感覺到，因為我也曾經猶豫過要不要往下跳，所以我知道。

我不知道還要救幾個人才夠，有時候我在想，跳下去的人也許都並沒有死去，而是被河水送去了更美好的地方。

沒有人會知道的，因為我們都只是站在橋上那些自以為是地活著的人。

我告訴拉娃，這篇日記我非寫不可，但是如果有一天我死去，她必須幫我撕下這頁並且燒毀。我現在已經是他們口中的英雄了，英雄不應該是為了贖罪才存在的。

十二、回家

娜朵在車站等阿里等了好久，電話也打不通，她心想算了。或許就轉身回去，與家人的緣分早盡，又何必在這時候試圖找回連結？

回去見到媽媽要說什麼？一想到這就令她坐立難安。家人可能連她都認不出來了吧？

一個人在車站前抽著菸等待，一邊想著臨陣脫逃的事，一邊卻移不了腳步。

一輛車停在她面前，車窗拉下，是弟弟阿里。

「娜朵！上車吧！」

家人仍是家人，好些年不見了阿里仍能一眼就認出她來。

「對不起，我來晚了，我女兒失蹤，我們一直在找，但我沒忘記妳今天要回來，等下我先送妳回去，再上山繼續找。」

「我跟你一起吧！」

阿里沒說話，車子快速飆馳在上山的路上。

時近半夜，小孩被警察發現昏倒在林子裡，全身溼淋淋的，阿里接到電話立刻把車開到附近，黑夜之中跟隨著阿里的手電筒光線往林子裡奔跑。山裡被濃濃的霧氣籠罩，手電筒的光穿不了太遠，阿里像隻無頭蒼蠅一邊和警察通電話一邊找。林中草高及小腿，腳下都是碎石和泥濘，下過雨的土地踩起來又溼又黏，像要拖住他們的腳。

她沒來由地想起那個男人的臉。

小時候叫她帶他去買啤酒的那個男人，拉起她的洋裝和內褲的男人的臉。

她下意識抱住自己的雙臂，渾身忍不住發抖，一面勉強著自己跟上阿里的步伐。

好不容易光線遇見了光線，警察用大毛巾包住小孩，救護人員也到了，初步檢查沒有受傷，可能是受到驚嚇，要進一步帶到醫院檢查。

醫院安排了一堆檢查，確認沒有被下藥，身上也沒有外傷，接下來只能等她自己醒來。家裡出了這樣的大事，她的回家倒變得不值一提。

這樣也好，她想。

娜朵初次見到了阿里的太太玫芬，並且再次見到了自己的媽媽。

她們一起坐在急診等候室的椅子上，像是陌生人般各自做著自己的事。抬頭看電視，滑手機，打瞌睡。看起來沒事，但各自心裡都有事。

她不自在地移動自己的身體，她覺得臉頰熱熱的，好像所有不安都被媽媽看在眼裡。

「最近怎樣？」媽媽的聲音終於在耳邊響起，娜朵把目光從手機移到拉娃臉上，二十多年不見的媽媽的臉，和記憶中沒什麼不同，就只是老了。

娜朵聳聳肩，說沒怎樣。

「都怎麼過日子？」媽媽再問。

「寵物美容，幫狗洗澡剪毛。」

「結婚沒？」

「沒有。」

「有男朋友嗎？」

「沒有。」

她一直很怕媽媽問她為什麼會回來，但媽媽沒有。好像知道她也說不出答案一樣。

「瑞瑞怎麼了。」娜朵試圖轉移話題。

「早上就不見了，玫芬一直說是被小猴帶走的，不然那麼小的小孩能去多遠？」

「小猴也在？」

「阿里在車站遇到，帶回來的。」

「他為什麼要這樣做？」

「不知道，我們只是在猜，現在也找不到人。」

對話到此，然後兩人又陷入很長的沉默。

媽媽、阿里、小猴、還有不能被問起的爸爸。所有回憶都一個一個地醒來了，她沒想過自己有一天又會被放回這些記憶裡，然後重新開始。

她和這個家庭之間有一大段空白，她曾經很恨著這個家的，但是現在看著身旁的媽媽，似乎也沒那麼多恨。

她轉頭看阿里和玫芬坐在後面憂心忡忡的樣子，那種屬於家人之間的牽絆她已經很久沒有感受過了。離開的時候太年輕不懂事，現在重新回到家，竟有一種說不出的安心感。

折騰了一晚上，天亮前小女孩終於醒了。表情驚恐，無論阿里怎麼問她都說不記得了。醫生說可能是大腦的自我保護機制讓她選擇遺忘，日後也許會慢慢想起，先讓她在醫院靜養幾天，沒事了就可以回家。

大人決定輪流照護，娜朵跟著玫芬先回民宿休息。

那個家已經和記憶中的完全不一樣了，雖然阿里有時會寄來照片，也難以拼湊辨認。只隱約記得廚房和臥室的位置，客廳的家具和擺飾也全都不一樣了。她看見父親的照片被整齊地擺放在櫃檯旁的小桌子上，牆上也掛滿了照片，全是這幾年遊客寄來的與阿里的合照。

玫芬給她一把客房鑰匙，她像個旅人住進收拾乾淨的客房中，睡了長長的一覺。

再醒來時已經下午，客廳的大圓桌上留著一些飯菜。她聽見廚房傳來自來水聲。走過去看見媽媽正在洗菜。

「桌上那些飯菜留給妳的，吃一點吧。」

她聽話走回去桌旁坐下來吃。

味覺是最誠實的記憶召喚者，吃下飯菜她才真正覺得自己回到了家。

媽媽拉了一張椅子坐在她對面，打開餐桌前面的電視一台一台轉。口裡喃喃說著話：「還好小孩沒事。」

「嗯。」

「小猴怎麼會做這種事我實在想不通。」

「也許不是他。」

「那會是誰？」

「妳記得我小時候發生的事嗎？」

「妳說妳爸在樹上找到妳那件事？」

「妳記得？」娜朵很驚訝。

「我印象很深，那天妳回到家之後就變了，變得很不乖，後來我一直在想妳是不是遇到什麼事情不敢講，但是我當時大概也是怕，所以一直沒有問妳。」

娜朵放下碗筷，沒有說話。

「後來我常常在想，如果我當時問了，也許妳就不會離開家了。如果妳沒有離開，我們家也許也不會是現在這個樣子。」

「你們這幾年好嗎？」

媽媽點點頭，又搖搖頭說：「你爸做太多了。如果他不去一直救人，不開這家民宿，我們家也可以平平凡凡地過日子。」

「那只是其中一種可能，也許會過得更糟。妳別一直想著，如果不是這樣，那樣就比較好，沒有這種事。」

「那是妳不知道我們這幾年經歷了什麼，妳根本什麼都不知道。」

「我經歷了什麼妳也都不知道啊！」

聽到她這樣說，媽媽便沉默了，娜朵立刻就後悔自己話說得太快。

電視還在一台一台跳，她默默又拿起碗筷。

「之後妳打算怎麼樣？」

「妳希望我留下來嗎？」

「我不知道，妳自己決定。」

「我會想一想。」

娜朵默默地把飯菜全部吃完，一直到她洗好碗出來，兩人都沒有再說上一句話。天色不知何時又漸漸地暗了，如果是平時，她大概正戴著口罩幫一隻貴賓或是柴犬剪毛。狗毛紛飛的時候，一天一天常常就這樣過了。

在山上大概也是如此吧，她想。

十三、黑洞

我找了幾個以前當兵的同梯上山來，在山邊的小吃店找到小猴，拉到樹林裡幾個人痛打了他一頓。

他一直說他什麼都沒有做。

我說你沒有做為什麼不敢回來？

他說只是不想打擾我們。

我沒聽他解釋，只是一直把拳頭往他身上招呼。

我到醫院跟瑞瑞說，爸爸已經幫她把壞人叔叔打跑了，瑞瑞還問我壞人叔叔是誰？

如果可以像小孩一樣，不想記得的事情就全部忘掉，該有多好。

瑞瑞沒幾天就回家了，這幾天姊姊一直在家，我問過她有沒有想要回來住，我可以幫她把東西搬回來，她說還沒有決定，要再想一想。

姊姊似乎很不想讓我們知道她的過去，我甚至不知道她當年才十幾歲離開家到現在，究竟都是怎麼生活的。

最近我時常開車到橋邊，新的橋和新的時代，河道也被修整過，現在已經沒有人在此跳橋了。父親如果還在，可能也不必再整天到這裡守著，母親曾說父親就像坐牢一樣，一輩子有一半時間都守在這座橋邊，哪裡也去不了，哪裡也沒去過。

那日收拾父親抽屜時，看見一個上鎖的小盒子，我撬開鎖，發現裡面有一張摺疊整齊的日記，上面寫著父親從來沒跟我們提起過的，關於爺爺以前的事。

我不知道那是父親何時寫的日記，但父親消失了這麼多年而母親至今都沒有把它燒掉。

母親原來一直都是知道的，關於父親的種種不得已，所以她才深信父親並沒有死，只是選擇從命運中逃走了。

像是姊姊，在年輕的時候從家裡逃走，那時我們也沒想過，多年以後會再看見她出現在家中。在車站接她時，雖然我一眼就認出她了，但她臉上流露出來的神情與防備，給我一種流浪貓的感覺——一種傷痕累累的疲憊。

我已經不太記得姊姊當時為什麼要離開家了，瑞瑞發生了這事之後，我才隱約想起姊姊似乎也曾經遭遇過類似的事情，但是父親母親都沒有人再提起過。

小孩雖然會選擇性遺忘當下的驚恐，但是日後還是會慢慢想起來的。

我不知道瑞瑞會不會像姊姊那樣，心裡面有一個我們都看不到的黑洞，在沒有人的時候她會慢慢走進去，和恐懼獨處。

發生過的事情一定會再發生，活到這樣的年紀我已不再相信善報與惡報，因為我們有限的人生經歷，總是會用同樣的方式詮釋每一個遭遇，然後收納歸檔。世界就是這樣運轉的，我解釋運轉的意思就是不停不停地重複。

除非我們能找到一個讓它停止迴旋的方式，像是用一根棍子卡住齒輪那樣。所以我才找人打了小猴，不管他有沒有做，但起碼我應該要做點什麼，然後告訴瑞瑞，壞人叔叔已經走了，爸爸會一直保護她。

希望這樣做有用。

前幾天玫芬和我聊起全家搬回城裡的事，我跟她說媽絕對不會答應的，這裡是爸留下來的。雖然嘴上這麼說，但其實這想法在我心裡也轉過幾次。搬家是好的，讓瑞瑞到新的地方生活，母親也可以休息養老，如果搬回城裡，就算姊姊不想和我們住也沒關係，至少比較近可以互相照應。

時節快到冬季，民宿漸漸開始準備打掃休息。我在網站上貼了休息公告，母親正把床單車推進來，明天的工作就是要把這些都清洗乾淨。

我接過床單車，推到房子的後方。桌上有剛泡好的茶，我倒了一杯給母親，想和她聊聊搬家的事，想想便又作罷。

母親一如以往拿著電視遙控器一台一台地轉，她時常這樣，從〇二台轉到二〇〇台，再從頭轉一遍。我一邊上網，一邊卻聽見電視停在某一台，一個女人的聲音完整地講了一句話。那聲音如此熟悉，我抬起頭來看，竟是娜朵。

她像是在接受訪問般，說著的事我一時之間全聽不懂。

訪問經過剪輯，搭配字幕的一些問句，談話內容變得很腥羶。

但娜朵看似並不曉得有鏡頭在拍，她只是講，講性講得很露骨，還有在酒店當少爺的事情，場景轉換過幾次，大概是分別被訪問了許多次。有時是側臉有時是背面，只有最後短短的幾分鐘有一個模糊的正面，下方打著字幕：女同志娜朵（化名）。名字再下方字幕：女同志毫無保留自白大公開。

我驚訝得說不出話來，轉頭看向母親，她同樣露出不可置信的表情。整個節目長達快一個小時，結束後母親又開始切換頻道，一台一台轉，然後我看見她的眼睛噙著淚水。

那是我第一次看她哭。

我傳簡訊給姊姊，說電視上剛剛播出了她的訪問，被剪輯得亂七八糟，但媽全看了。姊姊沒有回我，我到她房間敲門也沒有人回應，開門才發現她已經收拾行李走了。

我知道我應該追得上她，但是我沒有。

我不知道追上了還能怎樣，或許她在十幾歲離開家的時候，就已經走上自己的路，永遠都不會回到這裡了。

終章、該去的地方

弟弟寫信來，說新家已定，她看看地址，離她住的地方約半小時車程，信上還說媽仍然堅持不下山，反正娘家親戚多，民宿不營業了她也還有地方去。

兜了一圈，終於各自都回到原本的地方了，而她原本就不屬於那裡，她長在城裡，自食其力，從山上回來之後，她花了很長的時間才讓自己回到原本的生活步調。原本她以為自己已經能夠完全和那個家抽離，這才發現即使不生活在一起，家人仍是她最在意的牽絆。年輕時候的逃離是叛逆，這一次卻是恐懼。若說是因為太害怕被討厭被拒絕被家人另眼對待，不如說，她更害怕的是建立關係。

這些年落下的殘餘剩片，被一片片攤出來看，要不就是變成李家的笑柄，要不便是上演母親原諒女兒的戲碼，兩種她都不要。

她能搞定自己，以前都能了怎麼現在不能？她照樣上班下班，在小套房裡和網路上的女人聊天，偶爾約來家裡喝酒睡覺，偶爾約到拉子吧跳舞，因為那個該死的節目，她在這個圈子竟變得小有名氣。她們鼓勵她，為她的勇敢喝采，說她是女同之光。她說謝謝，然後躲到最角落的地方以免再被打擾。

她記得小時候，那時父親仍是山裡的英雄，有次父親帶她到橋邊等待一個他曾經救過的年輕女孩。

「那時候她為什麼要自殺呢？」小娜朵問父親。

「感情問題，妳年紀太小還不懂。」

娜朵和父親一起站在橋邊，那人騎著摩托車來，在他們面前停好車。娜朵一看是個男生，怎麼父親卻說是女生呢？

但一開口確實是女生，只是身上裝扮像個異性。她一直向父親道謝，車子後座載著她的女友。

父親問她：「家裡的事情溝通好了嗎？」

那女生點點頭說：「那次回去之後，又和父母說了一次，心平氣和的，似乎還要給他們一些時間適應，但是已經比上次好很多了。謝謝你，想想我真笨，有勇氣死卻沒勇氣為自己的愛情爭取。」

父親邀請他們上山住一宿，卻被婉拒了。

「我們在環島，想要跟你道謝，所以才打電話跟你說會過來，但很快要往下一站前進了。謝謝你，李先生。」

後座的女生抱緊前座女生的腰，她和父親一起目送摩托車漸漸騎遠。

「她們是兩個女生愛女生嗎？」

「是啊。」

「這樣可以嗎？」

「我不知道，爸爸沒有遇過，但是爸爸還是很祝福她們，經歷過這些她們就更不會輕易忘記愛情的痛苦了。」

「愛情很痛苦嗎？」

「長大妳就會知道了。不過娜朵個性這麼強，跟我很像，我想妳一定是那種很勇敢很勇敢的女生。」

「我要像爸爸一樣，當勇敢的女英雄。」

「女英雄啊？哈哈哈……」爸爸哈哈大笑的聲音，在空曠的河邊更顯得洪亮，她記得那時她心滿意足地牽著英雄爸爸的手，小小的手被握在長滿繭的手掌之中，那是她對父親最深刻的記憶。

現在父親看到她會說什麼呢？會祝福她嗎？一向如此寬大的胸懷，用一雙手拯救了無數人的生命，看盡了人生的缺憾，始終教導著別人要如何學會勇敢，這樣的父親一定會理解她的吧！

那條河不曉得將父親沖到了何方，但在她心裡，父親的死亡這件事情離她好遠，她感覺不到死亡國度傳遞了任何訊號過來，反而感到平靜。

若真有血脈相連這件事，她感覺到的是，父親此刻已不再煩惱著救下的人之後的日子過得如何，他的肩膀寬闊且放鬆，他可能正攤躺在一片小舟上，任由河水將他載往更遠、更充滿了陽光與溫暖的地方。屬於父親的修行已經結束了，娜朵知道。

她一個人站在舞廳角落，ＤＪ開始播放舞曲了，各種顏色的光束聚集在舞廳中央，接著群光亂舞，隨著強力音樂一起朝舞池中的眾生閃爍，每一張臉都一閃一滅地跳動著，像是夜裡山上與河邊的螢火蟲。

她也走進光裡，變成螢火蟲群裡的一隻，她跳呀叫呀，周圍的人也是，黑暗與光線交錯覆蓋著她，她的身邊都是人，有的人認識她，但她不認識任何一個。都無所謂了，光成為一條帶子，牽動著小蟲子們。她跳上光帶，張開雙手，她不知道光會帶她到哪裡去，但她不怕，自顧自地舞動著身子。她想，在人類之上若還有更高等的靈，必定也正看著她，彷彿人們讚歎著螢火蟲的光，只看見美麗看不見底下的腐臭。

腐臭也好，隻身也罷，她都不怕。所有人都去了該去的地方，在人群裡她也擁有自己的位置，這樣就已經很好。

洪茲盈

得獎感言／

人生在世，如在迷宮中踽踽前行。我們以有限的詞彙定義所有未知，有時僅靠所見所聞所言仍不足以為生命解釋。如此遲鈍，於是寫作，用筆鑿挖築起迷宮的石牆，如滴水穿石，只盼探得一絲牆外的光，或許就能離謎底更近一點。

作者簡介／

暱稱阿尼，一九七九年出生於台南市。正職為廣告文案，小說作品曾獲林榮三文學獎、聯合文學小說新人獎、府城文學獎、吳濁流文藝獎等。出版短篇小說集《無愛練習》（寶瓶文化，二〇〇八）、《太陽照不到的地方》（寶瓶文化，二〇一二）。

評審的話／

小野

不想活的人都知道，山上有條橋適合自殺。偏偏有個熱心的人為了救人，上山經營民宿，順便把不想活的人又拉回人世間。小說繞著這個中心向四周擴散，包括那些被救的人後來如何面對原來已經要放棄的人生？包括這個熱心的人自己的兩個孩子和妻子的人生，形形色色的角色和生存的角落，人活著到底是無奈或是快樂，誰又知道活著真正的意義？非常繁複的結構，作者卻能寫得來去自如，自成一格，非常難得。

陳玉慧

一個精采的家族故事，有大河小說的氣勢，特別喜歡女同部分的書寫，但整個故事書寫觀點不明確，故事線的編織或推展不是特別順暢。

蔡國榮

運用多重敘述觀點，解構人、河流與命運的關係，格局至為恢宏。各個「支流」的故事，有的頗具妙趣，有的幽怨感傷，更多的是對人生的感喟，均很引人入勝，在宿命論與反宿命論之間，有著精妙的論辯。

鄭芬芬

對主角人物女同的心理與生活刻畫極為細緻，帶領讀者進入作者一手打造的氛圍之中，如歷其境。結構具巧思，人物具深度，救贖者同時也需要被救贖，救了無數自殺者卻救不了自己女兒的父親，重新學習愛的原生家庭，種種命題的翻轉為這個故事增添許多可看性。

駱以軍

一個被某種命運或執念困住的人，譬如《種樹的男人》、《未婚妻的漫長等待》、《土地測量員》……這個故事的展開通常能觸碰人類存在最深沉的哀慟或荒謬。這篇小說主人公「在橋上守候，救下欲跳河者」的男人，便具有這樣的故事力量。而岔出的女兒的「拉子情慾（或身體）流浪史」，也寫得憂鬱如城市快轉夢境，是這次參獎作品最具有劇場構造和鏡頭意識的。結構上賦格著「救人者背後拖出的那黑影」，妻兒們各自困陷在他離去後，人生更抽象的河流的凶險、橋的延伸不可知、離開與尋回、孤獨與尋找依偎……這些現代人的困境。

參獎

時心鐘

／張邇瀚（奇蹟）

一

「這個晚上過後，我恐怕就不存在了。」

「那我們來做吧，來過一場愉快的夜晚。」

我把坐在床邊的女孩壓倒。壓根不把她說的玩笑放在心上。

她是個超讚的女孩。身材好、聰明、作息規律。而且在床上很配合。

要不是她常把話題繞在死亡啦、時間啦之類事上轉，把氣氛搞得有夠陰鬱，她真的無可挑剔。

不過誰沒缺點？我有了她還挑剔真的太龜毛。

但是，唉。

可以的話我想試著幫她減輕這種憂慮。

請看看我們可能的未來吧。

我們還年輕呢。

時心鐘〈七十二刻度鐘〉的規則：

指針轉動一圈，即七十二刻度後，宿主會消失或死亡。

指針會隨時間逐漸轉動。

每個人身上的時心鐘，指針移動速度不見得相同。

時間用盡後的消失方式或死法為隨機。

消失的人會連同世界關於此人的存在感一同失去，即沒有人會記得與此人曾經有過接觸。

接第五點，死亡則否。

消失或死亡的人能選擇一位仍生存的人贈送靈魂物品，贈送的物品為隨機。

只有時心鐘的擁有者能看到別人的時心鐘，和時心鐘的世界。
允許和一般人（無時心鐘者）接觸。
允許對一般人以任何方式表達時心鐘和靈魂物品的存在，但該一般人事後記憶會被消除。
殺人不會恢復時間，請思想太過飛躍的宿主不要白費功夫。
某些靈魂物品可忽視上述規則，此類靈魂物品會在一定時間內自動銷毀。

你可以先不用記上述那一坨字。我只是要告訴你我桌上放著那麼一張紙，上面寫著這一坨拉庫。
另外還有一張紙，粗體字寫著**【讓指針倒退的方法】**，不過下面沒有字了。真是太監。
先說說我自己吧！我是個自由記者，剛從星南大學新聞媒體系畢業，正值年少輕狂的二十三歲。
主要收入來源是拍攝新奇照片，並撰寫新聞稿投給各家報社或主流媒體賺取稿費。有時手頭緊也會在稿件上胡搞一番加深主編印象，增加過稿機會。
所以日前國家媒體撰稿不專業的問題似乎我也有份。但是人家也要生活咩，大家就原諒我唄。啾咪。
現在是早上八點十五分。我目前的所在地是……呃？賓館？
通常我為了跑外地取材寫稿，外宿是家常便飯。但我今天還真搞不懂我特地從台北跑到花蓮來住賓館是為了找什麼。
怪哉！我是來玩的不成？都花掉車馬費和住宿費了，總得找點東西當題材吧？
我想想，花蓮應該有不少貓不是？拍些貓的照片回去好了。網友都喜歡貓，順便讓一隻貓趴在木瓜上，稿件標題就寫【禁忌之愛？貓王街上公然與木瓜交歡！】
嘿，這一定有搞頭。
我的背包有夠亂，隔壁老王的媽媽藏在裡面我竟然沒發現。

騙你的！我的背包當然塞不下老王的媽媽。老王的媽媽有夠胖，她只在歐亞板塊上跳一下，台灣就腫起了中央山脈。

我想說的是，我把整個背包的東西倒出來才找到我的數位相機。我還存不夠錢買更高級的攝影器材。但反正主編要的是讀者喜歡的內容，畫素？我從被上帝踹下人間到現在還沒聽過這兩個字。

一台相機、五枝筆、一些鈔票、一小疊白紙。我把今天工作預計會用到的東西放進另一個小腰包，再放進一包保險套，以防不時之需。其他重新塞回背包。

塞回去的東西有夠繁瑣，其中竟然有一小本大學的班級畢業紀念冊。跟那種一大本全校一起出現的畢業紀念冊不一樣，這本由我們班獨立製作，裡面出現的當然也只有我們。

封面是班級的全體照，上面用簽字筆寫著【勿忘我】。我隨意撇了一眼，有幾個同學完全沒印象，大概是選修科不同又沒契機接觸所致。其中竟然還有一個正妹，超可惜。

我不自覺盯著那張正妹的照片一段時間，有點模糊地產生一股熟悉的印象。似乎曾經接觸過這個人，且關係匪淺似的。

不過想想世界上的正妹通常就那個樣：眼大、鼻小、身材凸。所以我有印象似乎是理所當然的事。大不了是把其他女人的影子和她重疊了吧？

走過床鋪時有一股熟悉不過的洨味，夠扯。

我褲子沒溼，確定不是夢遺。

難道夢遊還會自動打手槍？這比核融合發電還潮。

我會這樣猜測，就是我無論怎麼回想，都肯定自己昨天沒尻。

也罷！反正這是一家賓館。有射在上面才有完成儀式。

話說為什麼我要自己來賓館不可？除了昨天腦袋跳螺絲以外，我還真想不透。

確認鑰匙帶著，出門鎖好。

這家賓館有夠陽春，櫃台只有一個人。

「先生，請確認東西有帶走喔。」櫃檯小妹，標準正妹。咬一口嗲聲嗲氣。

「我只是離開一下。」我確定我訂了兩天的房間，夠我逛一陣。住宿貴得要死，單身該乖乖找廉價旅館才對。

一個上午拍了一百六十七張照片。底片吃屎，數位相機完勝。

我坐在一張掉漆的長椅上暫歇。看一群從學校偷跑出來買午餐的死小孩發瘋。

我也該買點午餐吃。摸摸腰包確認身上的現金時翻出一張我以為是鈔票的紙。

時心鐘〈七十二刻度鐘〉的規則：

下略。

我還以為我將這張紙拋在賓館某個角落了，竟然還在我包包裡。

內容有病，看起來很像某個發病的小說作者會去延伸的題材。

很可惜，我，一個自由記者。要的是真實、噗哧、獨家、具震撼性的報導。小說作者的幻想不在報導範圍。

那張紙被我隨意丟棄。我站起來決定去買碗牛肉麵。

「等等，你怎麼能亂丟垃圾呢？」一個拿著雞排的國中生把我叫住，我看他一眼。滿頭金毛，是剛剛從學校跑出來買午餐的死小孩之一。

不爽吃我的屌啊。

「抱歉！一不注意讓它飛走了沒發現。」我笑笑。轉職成大人的第一件事，把虛偽這技能點滿。大人的世界是不散席的化裝舞會。

我試圖拿回那張紙，但金毛死小孩沒有現在還給我的意思。

他把紙拿給旁邊的同學看，簡稱橘毛孩。

「幹嘛？」橘毛孩被金毛死小孩突然的舉動嚇到，手上的雞排差點掉下去。

「看上面的字。」

「蛤？」橘毛孩瞄了幾眼。

金毛死小孩收起紙。

「上面寫什麼？」

橘毛孩一臉茫然。

「靠，上面寫什麼干我屁事啊！」橘毛孩惱羞。這傢伙國文成績一定不怎樣。

「的確。」金毛死小孩同意，把紙遞到我面前：

「以後小心。地球的時間取決於人的環保意識。」

我收回那張紙，不確定該擺什麼表情。

馬的死小孩，他絕對不是真心為地球著想。只是抓到能對大人訓話的機會感覺超爽而已。

「其實我認為，地球無論被污染到什麼程度都會高高掛在宇宙上。」我微笑，把紙放回腰包。拿回去燒了。

「誰知道呢？我們的時間太短了。有空跟我玩吧。」

金毛死小孩聳肩，對著我拉起衣服拍拍胸口，然後吹聲口哨跟同伴一起大笑著跑回學校。

我拿起相機，往他們背影拍了一張。

標題：「教育問題？學校管教不當！國中生出外私購午餐。」

呵呵呵呵，哈哈哈哈！

午餐，牛肉麵配麥仔茶。

麵店牆上掛一台電視，播放在一天內無限迴圈的新聞。

在野黨痛罵執政黨。反正不管如何先拉低執政黨的支持率就對了，政策的穩定性才不是重點。

執政黨道歉、道歉、然後藉口、玩語言遊戲。

這家新聞台老闆挺執政黨，主播專注解說在野黨被語言遊戲套招的畫面，並加點戲劇性的說法，暗示在野黨自取其辱。另一家新聞挺在野黨，把執政黨道歉的畫面剪掉，用標題指責執政黨無心悔改，玩語言遊戲戲弄民眾。

媒體萬歲！希特勒萬歲！史達林萬歲！老大哥萬歲！

老闆挺什麼黨不干我的事，反正我寫他們喜歡的稿子，然後有錢，爽一波。

下午回去賓館，開筆電寫稿子。把照片匯集成壓縮檔丟給主編的信箱任他們挑。

順帶一提，賓館的網路速度還不賴。

幾十分鐘我掛在網上，去沖個澡唱唱歌。回來時跳出一個臉書聊天室。

莊雅雯：「你在花蓮？」〔三分鐘前〕

莊雅雯，美女主播一位，和我有點小私交，上過兩次床而已。

「對。良好的空氣、稀少的人煙、便宜又美味的食物。只差一個像妳一樣的美女，不然會更舒適。」〔兩點十分〕

文字下顯示她看過了。我知道她在暗爽，然後她正在輸入訊息。

莊雅雯：「剛剛主編把你的信件寄給其他部門，會先放在網路新聞上。」〔兩點十一分〕

「很棒。妳看過照片了？」〔兩點十二分〕

她會知道我在花蓮大概就是從照片判斷的。我可沒成天上臉書打卡，更新動態加自拍照的都市恐怖病。

莊雅雯：「都看過了，貓很可愛 OWO。」〔兩點十二分〕

「差妳一截。」〔兩點十三分〕

莊雅雯：「總愛開玩笑。其實我是要問你另一張照片的事。」〔兩點十四分〕

「哪一張？」〔兩點十五分〕

莊雅雯：「有六個國中生離校買午餐的那張。」〔兩點十六分〕

「大姊！調查並試圖搭訕未成年的男童是犯罪喔。」〔兩點十七分〕

她打出一個【生氣耶！】的表情符號。這個我不知道怎麼在 Word 打出來。

莊雅雯：「不鬧啦！主編對這張照片很有興趣。他說他【很重視】國家的教育問題，想要你多伸入調查一點。」〔兩點二十分〕

「這個沒問題，不過怎麼會是妳和我說這件事？」〔兩點二十一分〕

莊雅雯：「因為現在我比較有空，而且和你比較熟。」〔兩點二十二分〕

無戲劇性，但很合理的理由。

我和她彼此道別後下線。

看來我要去訪問一下那個金毛死小孩，重新寫一份更詳細的稿件。

之後劇本已經定好了，校方會出來澄清，六個國中生被處分。其實出去買午餐也不是什麼罪大惡極的事，但被媒體爆出來影響校譽就是該死。

大人的必修技能第二招——斷尾求生。

國中生穿著制服。用我拍攝的照片使用 Google 以圖搜圖的功能尋找到全台十六所制服相似的學校。

關鍵字：花蓮。剩三所。

地理位置上只有一間在附近。鎖定。

Google是偵探和跟蹤狂的好幫手。

現在時間三點零七分。我或許能到學校門口堵其中一個人問話。

但是，不。

我必須先擬定問話大綱，而且手機快沒電了。訪問過程需要手機的錄音功能。

我不能告訴他們我是記者。雖然依照死小孩的腦袋判斷，他們知道自己被記者訪問時可能會做出更有價值放上電視當笑話的舉動。

不過這次主編要的內容關於教育。我要錄下國中生承認學校疏於管理的證詞才算完成任務。

事實是，賓館都付了錢。今天要把他們的設備用夠本，明天再轉經濟旅館。

夜，晚餐超奢侈，手機掛在床腳充電。

這間賓館沒自助餐，提供的餐點倒很夠誠意。

我不在餐點上詳述，反正是某些人只會在美食節目上看到的東西。

飯廳有一票穿著端莊的男女，看起來都沒有不滿孤單的情緒。

重點。一個人在賓館度過一夜非常空虛。

我想找個同樣空虛的女人，這家店是正派經營。明顯沒有提供小姐服務。

清空碗盤，決定上街逛逛。

當自由記者的好處之一，就是能實際面對自己有興趣訪問的人。

我訪問過性交易者、有錢的單身女郎、夜店跑趴天王。大致上能判斷哪些人走在邊緣地帶，哪些只是一個態度扮屌。但人有分好幾種類型，我也未必能完全判斷正確。

其實這不重要，我只是在湊篇幅。

我只是想找個女人作伴。物色、搭訕、講笑話、上床。

找錯對象大不了回家嚕管。

街道空曠。跟台北兩個樣。

我明天必須早起。如果中午十二點前沒退房，旅館就有權力跟我索取多一天的住宿費。所以即便我再覺得孤單寂寞覺得冷，晚上十點之前最好回去收拾東西兼尻槍躺平。

我找了幾個女人搭話，有乖乖女、剛下班的輕熟女、兩個一起回家的女大學生。有些聊起來才發現未滿十八的我不敢碰。

談話愉快，但都不是能出手的對象。所以請把我前面說能判斷人的話當屁。

我找一間咖啡店歇息。只點義式脆薯配拿鐵。

店裡客人不多。一個拿著螺絲起子似乎正在修手錶的老人、戴著老式手錶用筆電打字的中年人、愉快吃著披薩的年輕人。

以上只是背景描述。對我來說那些人只是背景。

我眼中需要知道的角色只有那個還沒說明的女孩。長髮、夜市會賣的素色毛衣、牛仔褲、戴著耳機、臉上有點曬紅的痕跡。毛衣上有不少皺褶，和幾點污漬。

推測一個人住、沒有男友。

她在……看書？

喔。天呀！我是多久沒看過沒拿著手機滑來滑去的年輕女孩了？

我把她當今天的收尾。無論成敗都該是時間回去。

她桌上擺著空盤，和一杯快喝完的紅茶。

我叫服務生等那女孩喝完後再多送一杯給她。當然我請。

不久紅茶送達，她驚訝地從服務生的說明中看往我的方向。

我站起來拿著拿鐵走向她的座位。

「我很喜歡妳的耳機造型。是妳男友選的嗎？」

「呃。不，我沒有男朋友。」她拿下耳機，有點不知所措。

我假裝驚訝。

「妳不是小莫嗎？」

「不好意思，我不知道你的意思。」她有點恍然。

「喔。喔！」我大笑：「抱歉，我和一個網友約在這裡見面。我以為妳是她。」

她鬆懈精神上的戒備，真的相信我只是認錯人。

「那這杯紅茶……」

「不，妳喝吧。算是打擾到的一點歉意，反正才二十元。」

我走回自己的座位，從剛剛的對話中能感到這女孩有一種細微的體貼。我決定賭賭看她的體貼。

一段時間後我吃完義式脆薯，在椅子上發呆了一陣子。

眼神和那女孩相對時，她用疑問的表情問我的網友怎麼還沒來。我聳聳肩表示我也不清楚。不過當然不可能會有什麼叫小莫的網友。

之後幾分鐘，那女孩闔上書走來我的座位。

「謝謝你的紅茶。你沒有和那位網友交換過手機嗎？」

賓果！

「雖然是交流很久的網友，在現實畢竟還算陌生人，給手機似乎有點奇怪。妳要離開了嗎？」我問。

「嗯。我正在考慮該去逛逛，或把這本書看完。」

「薇兒．麥克德米的《無罪之罰》？妳喜歡懸疑小說？」我拉開話題。指著對面的椅子做一個請坐的手勢。

她坐下來，點點頭。

「你也看過嗎？我很喜歡那種撲朔迷離的感覺。」

「我不常看這種類型。不過她另一本《人魚之歌》也很精采。」我還是第一次在搭訕女人時說這種話題，簡直像回到學生時期的社團一樣。

她不是那種會出沒在東區的標準正妹，不過感覺非常好。跟她說話反而讓原本的目的都顯得微不足道。

「那本可說是她的成名作呢！」她很愉快。

話題突然告一段落，她不是很會對話的類型。我擔當起牽引話題的重任。

「妳會在閱讀時嘗試推理嗎？或者在日常生活中推理一些東西？」

「會啊。這不就是推理迷的通病嗎？」

「我可以問問妳現在正推理什麼嗎？」

她掩嘴輕笑，沒回答。

我歪頭。用眼神表達我的好奇。

「我在想，你的網友為什麼還沒來。」

「我猜，是我記錯時間或地點了吧？回家再確認嘍。」

「或許說，其實根本沒有小莫這個人呢？」

我喝一口拿鐵。唉呦？

「怎麼說？」

「首先，你和我身上都沒有特殊的特徵，穿著也是很容易撞衫的廉價服飾。唯一比較能當作特徵的，也許就是我手上這本書。」

「所以妳一開始以為我的網友以拿著一本《無罪之罰》當作特徵？」

「是的。直到你開口說出書名時，我才知道你原本不知道我手上的書是什麼。也就是說，我不太可能被誤認為你的網友。而且誰會先送一杯飲料才去和網友打招呼呢？這反而比較像夜店搭訕的手法。只是酒變成紅茶。」

精明。

「先不論先送飲料這件事。」我微笑：「妳沒想過，可能因為妳是這家店唯一的女性顧客嗎？」

「網友約出來見面會預知到這種事，而不約定特徵嗎？」她窮追不捨。

我無話可說。只好放下咖啡，雙手舉高。

「好吧。我投降。大偵探小姐。妳逮捕了一個輕浮男子。記得手銬不要銬在手上，要銬緊他的心。」

她笑得很克制，做出一個【少來】的手勢。

「這句是你目前唯一輕浮的話。」

「當妳解放我的真面目時，就注定妳會聽到更多。」

「所以，你真的想找我搭訕？」她似乎不太敢相信。

「妳不喜歡嗎？討厭輕浮的男子？覺得我這種男人是該被化學去勢的渾蛋？」

「不不不。不是。」她笑著搖頭：「我只是第一次遇到這種狀況。」

「那沒什麼，真的，只是聊聊天而已。化解彼此的孤單和空虛。」

「說真的。」她扮一個優雅的鬼臉：「我不相信你的話。」

她不相信是對的，因為我和她做了。不愧是女偵探，直覺很敏銳。

在之後的談話我得知她在一家出版社上班。審稿、校稿、聯絡印刷廠之類的雜事一手包辦。這個禮拜因為工作成績不錯被准許休假。

一個人租屋外宿，二十六歲，父母健在，有一個弟弟。

但她始終不想說出自己的名字。

「太俗了，我不想講。」她說。

「無所謂，反正在我心裡妳就叫女偵探。」我吻她。

過程不詳述。我可不想把我的愉悅時間公諸於世。

不過在從腰包摸出保險套那一刻，我又再次拿出那張我數次想丟棄的紙張。

時心鐘〔七十二刻度鐘〕的規則：

再次下略。

我把紙丟一邊，套上套套。

金．箍．棒．入．水．濂．洞！

有那麼幾次，對自己身處的狀況似曾相似。好像在同一個地方、同一種行為、同一種情緒曾經在過去某個時間點產生。

那也許是記憶底層被時間壓碎的粉末，也許只是一種夢境攪動的錯覺。

在那一團不明的意識裡，我只確定想不起一件事非常不好受。

我在早上十點起床。她放在衣堆上的手機整夜播放著〈Owl City〉的歌，當昨晚交歡的BGM。好品味。

有些女人喜歡放電音舞曲的音樂，雖然當下的確夠high。但一早起來聽那種音樂頭會很痛。

我收拾東西，準備在十二點之前退房。

大背包旁邊堆了一些沒看過的女性衣褲，我猜想是女偵探帶來的。只整理了一下放一邊。

她似乎被我的動作吵醒，起床伸個懶腰。

「準備準備吧。我要退房去找比較便宜的旅館了。」我說。

「過了一晚之後，我們就沒關係了是嗎？」她無奈一笑。

「嘿，我不是要撇清關係才退房的。我會住進這間賓館是因為一些意外，我可不想每天都花那麼一大筆住宿費。」我解釋。

「我知道啦，開玩笑的。這什麼？」她走下床，撿起我還沒放回背包的班級畢業紀念冊。剛起床讓她的語言功能有點頓格。

「哇，有人會把畢業紀念冊隨身帶在身上嗎？難道你是意外怕孤單的人？」

「在我搭訕妳時就該推理出這點了吧？剛起床邏輯混亂的女偵探。」我調侃她。

「等一下我們去吃個早餐。交換一下手機號碼，就彼此去工作吧。」

她躺回床上翻滾。

「我現在休假喔，你記憶也不太清楚嘛。」

「喔，對。」我笑笑：「那妳要跟我一起去找其他旅館嗎？不過我下午要開始訪問工作。」

「不了。第一次做這種事頭有點痛，我想回家再躺一下。」她把頭埋進棉被裡，似乎真的很累。

準備就緒後是十點四十六分。我把原本放在背包旁的女性衣褲拿給她。

「這不是我的喔。」她說。

我錯愕。這不太可能啊。我可沒有穿女裝的變態嗜好，不可能帶著女性的衣褲到處跑。

「老實說，在我之前你也帶其他女人來過這房間對吧？」她打哈欠，好像早料到這種事似的。

「我如果選擇一個女人做為消除寂寞的對象，不會狠心到一個晚上就另尋新歡。」我否決她的猜測。

順便暗示她：

【如果妳還想要的話，可以喔。】

她用睡眼惺忪的眼神傳遞出這樣的訊息。

【可以個屁啊 =A=！】

「如果不是的話，那可能就是前一批房客留下的吧？」

她推測。不是很在意這套衣服的歸宿。

「可以給工作人員處理，好了。我頭真的很痛，放我回家休息吧！以後再連絡。」

瞭解。和她交換過手機號碼。

她搖搖晃晃離開，累到連妝都懶得上的女人乍看有點邋遢，不過也有某種程度的性感加分。

軟綿綿。當然是在容貌身材有一定分數為前提之下的現象。

我到櫃台辦完退房，把那幾件女性衣褲交給工作人員。

櫃台人員從昨天的標準正妹換成服裝正式的中年男子。用非常專業又標準的流程辦好所有手續。

離開後的道別辭也非常標準，一旁待命的服務生也標準地合唱歡迎再來。

我做出指揮家的手勢，倒退走出門外。

招牌：【郝郝釵嘉賓賓館】。不吉利。

我在比較靠近農田的一代找到便宜的青年旅舍。雙人房，包早餐。

房間讓我想起畢業旅行。可惜沒有電視，看香港三級片徹夜狂歡是畢旅的習俗。雖然大家總是會在女演員脫之前躺平，三級片廢話超多。

窗外風景不錯，畢旅的感覺讓我思考起大學畢旅的種種。

看三級片是國、高中畢旅的事。大學的畢旅住宿時我究竟做過什麼？

我清楚記得當時的玩樂地點、行程、住宿旅館。但我想不起自己詳細做過的行為。

我似乎有偷帶女人進房。以我對自己的瞭解應該會做這種事。
如果有，那個女人是誰？我當時有交往的對象嗎？
如果沒有，假設我偷帶女人進房只是我自己幻想的假設。我對當時的記憶竟像是遺失的一塊拼圖。
血肉果汁機〈出巡〉瘋狂的演奏響起。
手機的鬧鐘提醒我現在下午三點整。我必須加快腳步打理一些雜事，準備到那金毛死小孩的學校堵他。訪問工作。
把重金屬音樂設為鬧鐘是個屌招，一聽下去除了精神抖擻沒第二條路。尤其血肉果汁機歌詞超台。一早聽到還以為廟口的跑來你家演陣頭。
學校門口人潮洶湧。幾個頭毛花俏的高中生騎機車停在門口抽菸，審視每一個從門口出來的國中生。我的照片只照到那六個國中生的背影，而我能記起面貌的只有橘毛孩跟金毛死小孩。而且學校通常有側門和後門，不能保證他們一定從正門出入。
教官走出來請高中生不要吸菸，高中生多吸兩口才把菸捻熄。說說笑笑。和教官攀交情。
教官離開。幾個國中女生坐上機車後座，機車發動。引擎的分貝和後座國中妹的容貌成正比，真他貓青春。
「你在等我嗎？」
嚇到。我轉身才發現是金毛死小孩。
「你怎麼……」
「怎麼會發現你？或怎麼知道你在等我？不要對同類那麼見外嘛，我們來談談彼此的心得吧。我第一次看到同樣經歷的人耶。」
啥鬼？啥毀？弟弟。你．等．會。

「給我等等，等等！我不太瞭解你的意思。聽好，我想問你一些問題，關於這間學校的一些事。」

我不得不承認我亂了陣腳，這句開場白沒比承認自己是記者好到哪去。正常人都會有所警戒。

金毛死小孩不在意，看不出他有什麼警戒。他要嘛頭殼烙賽，要嘛是另有計算。精明如我當然選擇相信前者。

「當然了，我們彼此都一定有事情想問。何不找個地方慢慢聊？」金毛死小孩腦袋打轉一下，如果他有的話。擅自決定：「你上過夜店沒有？我帶你去類似一個夜店的地方聊。」

在你這年紀我早就把上一個大學姊姊開房間了，誰還跟你到夜店人擠人。

「我沒意見。但你進得去嗎？」我簡單問。用編譯器翻譯後的句子是：【小鬼，等你毛超過兩撮再到夜店搖屁股吧！】

「所以我不是說夜店，是類似夜店的地方啊！」他哈哈笑。

所謂類似夜店的地方，就是裝潢像小型夜店的小房間。

那顆彩色的球球燈轉啊轉，重低音音樂被音響射出來在牆上亂震。

沒妹，沒DJ，沒酒吧。只有一台小冰箱橫屍在角落，裡面放滿台啤和啤酒綠茶。

「這是我和一些兄弟的小俱樂部，無聊就會來這裡喇勒。」金毛死小孩躺上一組沙發，打開一杯啤酒綠茶爽爽喝。

「飲料可以隨意自取。我們慢慢聊。」

「你想問我什麼？有功課不會做，想問我這個成熟的大人嗎？」我不客氣拿走一杯啤酒綠茶。把口袋內的手機解鎖，打開錄音模式。

「幽默喔。」金毛死小孩坐起來，大概是發覺躺著喝飲料會嗆到。

「你說我們彼此都有事想問，那麼誰要先問？」做為一個大人，我有給他選擇的必要。

「你先來，反正我不急。」
識相。
我把啤酒綠茶喝去半杯，指著音響。
「介意把音樂關小聲一點嗎？我聽不太到你的聲音。」
他答應，重低音變軟。咚滋咚滋變得像鳥在打洞。
「那麼，你的名字？」
「曾正仁。正常的正，仁義的仁。」
「我們昨天中午碰面，是因為你離開學校買午餐。你的學校不提供午餐？」
「我還真想不到你想問的是這個。」他晃頭。
「不想回答的話，我可以給你發問。」我退一步。
「也不是不想回答，只是有點驚訝你會問這方面的事。我本來以為……算了。先隨意聊聊也好。」
他抓抓頭毛，幾條淡金色的髮絲在空氣裡飄。
「我們學校當然有營養午餐，不過菜色很鳥。不如省下營養午餐的錢，自己出去買吃的。」
「學校允許嗎？」
「怎可能。不過教官反正也只會在辦公室，或到走廊閒晃。我和兄弟們翻牆出去迅速回來，被抓到的機率低到跟中樂透差不多。」
我笑一聲。在他聽來大概以為我把他的話當俏皮話。
這句正是我想錄下的證據：【教官辦事不力，學校疏於管制。】
「就算教官看不到，這種事做多了總會有人發現吧？」我丟出魚餌，覬覦更大的收穫。
「當然，同學都會發現這件事。不過這年頭沒有學生會當風紀小超人，為了這種事去和教官報備。

何況，我自認自己在班上人緣還算不錯。」

我不懷疑他的話。國高中這時期，勇於挑戰權威的人總是受到尊敬。

「所以你的老師，或者班導之類的，抱歉，我離開國中有一段時間了。任何老師都不知道你會出校門買午餐？」

「喔，班導知道。我午餐時間都會消失一陣子，他如果沒發現就太蠢了。不過沒關係，我一直都和班導保持一定的交情，你知道吧，像是微妙的友誼那樣。他也不好意思對我太兇。而且我沒繳過午餐費呢，營養午餐當然沒我的份，總也不可能叫我餓肚子對吧？」

【老師雙重標準。】我又笑。魚簍收穫豐富。

「那麼……」

「嘿。不覺得聊這種事有點乏味嗎？我們聊聊真正會影響我們的事吧。」

「好啊，請便。」我擺擺手，結束這個話題。繼續追問太不自然，反正主編要求的證詞已經到手。

不過什麼叫真正會影響我們的事？從剛接觸開始，曾正仁的行為舉止和語句都有一種脫軌的異樣。彷彿把我誤認為一個相識多年的朋友，輕易對我展開心房。

這對我的目的來說當然非常方便，不過如果這段過程都有無數個旁觀者，誰都能看出曾正仁對於我也有另一種目的。

沒看出來的自己去撞豆腐。

「你有帶著那張紙嗎？」他問。

「什麼紙？」我反應不過來。我一瞬間思考過數十種他的目的，沒一種跟什麼紙有關。

「上次你亂丟的紙啊！」

明瞭。但要解釋。

「不是亂丟，我只是忘記拿。」這攸關大人的顏面。

「好啦，你忘記拿的紙。」他笑得很欠打：「所以你有帶嗎？」

「不。那張紙有什麼重要嗎？」

他的反應大到連手上剩不到五分之一的啤酒綠茶都被濺出來。

「哇靠！你瘋了嗎？難道你不是……」

「什麼？」我沒聽清楚最後一句話。

這沒聽清楚的感覺非常古怪，完全不像對方咬舌不清，反而像是我的腦袋無法經由耳膜接收這幾個字。

「……」

「啥？」我看到他的嘴巴在動，但仍無法辨讀他所說的話。我嘗試從嘴型去辨認卻徒勞無功。要幫這感覺打個比方，就像是在做英文聽寫時，語言從耳邊飄過去卻完全沒印象一樣。

他倒回沙發，臉上原本充滿活力的表情一掃而空。

「可以讓我看一下你的胸肌嗎？」他突然說。

什麼鬼？我不喜歡拿同性戀開玩笑。但被他看上也很困擾。

「我只是想看看大人的體格，沒別的意思。」他補充。

死小孩可找對人了。有些記者拿著攝影器材和行李就一個勁上山下海，就為了頭條與照片。剛好我就是那類，肌肉絕對夠他瞧。

「隨意。」我脫掉上衣，刻意繃緊上腹肌和下腹肌，手臂內縮使胸肌隆起，內縮的大手臂則拱起豪邁的二頭肌和三頭肌。給我見識見識所謂真男人的身材吧！

他嘆了一口氣。

嘆屁啊！把衣服脫下來給我看看你的瘦皮肌啊！

之後我們聊了一些無關緊要的小事，周圍開始瀰漫起一種沒事找話的氛圍。

「我大概該回去了。」我說。該回去寫稿子，配合錄音檔寄給主編。然後碰！這小鬼的學校生活玩完了。

「抱歉，我之前把你當成同類。看來是我的誤解。」他把喝空的瓶瓶罐罐投到牆邊的垃圾袋。

當然。本玉樹臨風怎麼可能會是你這小鬼的同類，少臭美。

「不過你那張紙可能跟我的同類有關。現在你大概不會當一回事，不過如果哪一天你發現世界有某種不正常，請打電話跟我聊聊。」

他給我一張紙，上面是他的手機號碼。

喔。我知道他的同類是什麼了。有幻想症的精神病患對吧？

我拿出手機。關上錄音功能，儲存他的手機號碼。

「記得那張紙不要弄丟喔。」他附註。

我揮揮手，離開這有病的地方。

在附近的小吃店簡單解決晚餐。回到青年旅舍便以錄音內容為藍本寫了一篇質問教育問題的新聞稿。

這份稿件只是開場，之後會再訪問校方說法。如果民眾買單會再訪問教育部長，國中生離校購買午餐是否正當會成為網路熱炒的爭論題。

之後的事就得交給媒體旗下的記者來做了。我在這則事件的任務算告一段落。

寫完稿件是在晚上九點。我連同錄音檔寄送到主編信箱，洗好澡上床。

今天沒時間找女人，所以尻一槍。

阿嘶。

那天之後不久，已經可以在電視上看到其他記者拿著麥克風捅爆那間學校的報導。

教官支吾其詞，保證將會加強取締。

班導說明該學生不繳午餐費，為避免他挨餓只好默許他的行為。

曾正仁的臉被打上馬賽克，聲音被改成一種高亢幼稚的聲調：「你們很有趣。原來國中生沒有選擇自己想吃什麼的權利。」

網路上分成好幾種意見。不過全都干我屁事。

國中生買午餐正不正確對我來說根本不重要。對大多數的網友來說大概也不重要。他們只是想在網路上跟人喇勒殺殺時間而已。

殺時間？時間很寶貴。經驗值多少？

反正經由這則新聞，我從主編那裡獲取一份為數不小的稿費。這才是重點。

經過幾則新聞。學校主任站出來表示該六位學生已經遭到嚴厲處分，這六位學生的作為不代表本校立場。來了。北斗斷尾求生拳。

我把電視關掉，決定退房回台北的家。

臉書上莊雅雯和我道賀，她們新聞台的收視率上升了一點。這幾天我和女偵探通過幾次電話，她死都不給我她的臉書名稱。

認了。

我傳一封簡訊告訴她我要回台北的消息，收拾好東西把鑰匙還給管理青年旅舍的老阿嬤。

而我停留至今，仍想不起我為什麼當初會想來花蓮。

回到家，以文字描述來說只跳了一段，對我來說卻是三小時左右的車程。卡在車位上三小時無法動彈讓肌肉怠惰到很疲憊。

我做一點簡單的運動，到浴室沖澡。浴室有兩瓶洗髮乳，一瓶油性、一瓶保溼。我不記得我買過或用過保溼的洗髮乳，但它已經被用過一半。

擦乾身體，只穿四角褲就躺回床上。

我在不斷翻身的移動下，手指觸摸到某種絲質物品。

我驚醒起身，手裡拿著一條黑絲襪。

洨？

我不自覺把絲襪丟一邊，像在拋走一條入侵家門的蛇。

時間。早上十點。

我打開陽台，上面晾著數雙絲襪和幾件不屬於我的女性衣褲。

如果只有幾件還可解釋為我搭訕過的女人中曾經忘記帶走。但這簡直是有個女人直接住進我家一樣。

這不可能。我沒和任何一個女人同居，和女人搭訕通常是找旅館過夜。

書架上有不少小說和漫畫，很多是我不曾翻過的作品。

我把家裡翻了一遍，看有沒有更多異象。大多都顯示有另一個人住過的痕跡。

怪哉。這簡直像一個搞笑故事突然變成了推理。

門突然敲響。

我把陽台上的女性衣褲和絲襪扯下來丟到角落藏好。雖然可能是這些衣物的主人，但我還是想避免被別人看到一個大男人房裡竟然晾著絲襪。

打開門，是房東。

「練身體喔？」房東敲敲我的胸肌。我這才想起自己還沒穿衣服。

「早上不運動會沒精神。」我笑笑。「有什麼事嗎？」

「你離開一段時間，但房租當然還是要照算吶。」房東露出明亮的牙齒，手指作出錢的手勢。

「喔對，稍等。」我走回去翻腰包。算好金額交給他：

「順便問一個有點怪的問題，我一直是一個人住的嗎？」

「你偶爾會帶幾個年輕妹妹過夜，不過基本上都是自己一個。怎麼？出去一陣子就忘記自己是誰了？」房東調侃，確認錢無誤。

「一早起來有點恍神。沒事，謝謝。」我點頭。確認。

房東收好錢，揮揮手離開。

「你要帶幾個女生進房間我都不管，房租按時繳，別把房子炸掉就行了。」

我好像忘了描寫房東的容貌、年齡、身材、背景、性別。

算了。反正他不重要。

從和房東的對話印證了我的記憶，但房裡這堆雜物的事實卻與記憶不符。

我沒有和人同居，但有女人住過不久的跡象。

鬼打牆。我需要換個思考方向。

我拿出紙筆，寫下我目前無解的幾件事：

我為什麼到花蓮？

誰是這些女性衣物的所有者？

大學畢旅時，我帶進房間的女人是誰？

我停一下。我是精蟲多活潑才會在這種情況下寫出這第三項來？

第四項我正想寫下金毛死小孩所謂的【同類】。這讓我想起我和他對話時，有幾次無法辨識的句子。

天啊、地啊、貓啊、狗啊。我不敢相信我自己正那麼認為。把金毛死小孩和這些無解的東西連繫在一起太沒邏輯了。

但，何妨？反正我也沒第二個線索。

和曾正仁分開後因為專注在新聞稿上，沒有分神去注意其他成謎的地方。現在才想起我能從那次對話的錄音檔中重複聆聽那個無法辨識的句子。

手機播放檔案。我和他的聲音都非常清晰。

到曾正仁吼出：「哇靠！你瘋了嗎？難道你不是……」的部分時我全神貫注傾聽。

一樣。依然是當初那種無法辨識的感覺，甚至無法記起那句子的發音。

我反覆聽了二十次，情況沒有發生變化。

我嘆氣。把手機放桌上任它播放下去。

這不尋常。就算是不知名的外語，也不可能聽十幾次還無法記起一個詞句的念法。

「……不過如果哪一天你發現世界有某種不尋常，請打電話跟我聊聊。」錄音檔突然播放到這段。

思考。打給他？不。我只是需要冷靜。

我按下暫停鍵。

何謂【同類】？

我記錄下問題，覺得自己瘋了。

在我看過的電影、小說之中，沒有哪一種精神病會出現這種程度的幻聽和幻覺。

何況這些不可能是幻覺。太多證據了——錄音檔和這些女性衣物。

就算是失憶症，我只知道順行性失憶和逆行性失憶兩種。要不然就是腦袋被重擊的固定時間點失憶。

這種斷斷續續、還針對特定詞句發作的失憶症打從會勃起以來聽都沒聽過。

我回憶幾本曾經讀過的小說內容，確認自己的記憶正常。微積分的公式全忘了，這也十分正常。曾經搭訕成功的女人中，有幾個名字不太確定，不過至少知道是誰，在路上遇到能認出來。唯獨大學畢旅帶進房的那個女人我連輪廓都沒印象。

說起來，我那天真的有帶女人進房嗎？

這種記憶上的混亂，竟讓我懷疑起自己的本性。

對了，紙。

我站起來，無關性方面。

那張曾正仁不斷提起的紙，他說過那張紙和【同類】有關。

我最後一次看到那張紙，似乎是和女偵探度過的那一夜。我把紙隨意亂扔，不知道有沒有掉落在我的任何衣服或背包中。

有，有一角。

那張紙被從背包拿出來時竟然正在自我燃燒。我拿著的一角就是唯一的部分，只剩下【時心】兩個字。而且火光仍然蔓延。

我吹口氣，無效。整張紙化為灰燼，留給我一灘灰色的殘渣。

貓的。區區一張紙別給我自己燃燒小宇宙啊！

洗完手，我嘗試回想那張紙上的內容。成果，零。

我根本沒正視過紙上的文字，也不把那張紙當過一回事。當我想閱讀時那張紙時它就自我燃燒了。去你的莫非定律。

至於一張紙為什麼會在背包裡自我燃燒這件事，我懶得追究。太多太玄的事不知不覺混在一起，一張紙會進化成超級賽亞紙也沒什麼好驚訝的。

紙從哪裡來？為什麼會自我燃燒？

我不確定這該不該列入問題表，在紙已經銷毀的現在，我可能沒有方向找出這個問題。

我累了。如果我的思考舞台有個旁觀者，他的腦袋大概也在唱大悲咒。這件事暫時放一邊，我需要整理思緒、疑問和線索。

吃完一個漢堡，屍完一槍後冷靜多了。如果能和一個女人聊聊天更好，但我現在的心理狀態恐怕無法取悅女人。

現有的線索只給我一個選擇：打電話給曾正仁。

只有他能夠詢問那張紙的問題。說不定其他疑問跟這件事也有一些間接關係。

同類？紙？被遺忘的女人？可能不存在的女人？

感性部分告訴我正面臨脫離常識的現實，理性則叫我拿錢砸心理醫師。

即使我選擇感性，我對查明真相的實踐心態卻非常複雜。

畢竟我才剛設計了曾正仁賺取稿費，他因為我遭到學校的處分，有沒有被退學甚至不明。我再無恥也沒賤到這種情況下還找他問東問西。

再找。再一次對房間地毯式搜索，多一份線索算一份。

書櫃上有一本很薄的相冊，因為夾在兩本厚到比擬字典的《1Q84》之間所以之前都沒發現。

照片不多。都是我和另一個女人的合照。

那個女人很正，但我不認識。難道他就是我遺忘的那個女人？

我看著那女人的臉仔細思索，嘗試想起她在我記憶中的分量。

即使確定這個女人就是我所遺忘的部分也無濟於事，因為我仍然想不起任何事，只覺得這張臉似乎最近在哪裡看過。

照片裡我和那女人非常親密。親嘴、相擁之類的合照都有。
最後一張照片是我和她在星南大學拿仙女棒嬉鬧的合照，拍攝時間是三個月前的晚上九點。
相信我，我對這些照片記錄的事完全沒印象。
雖然知道那是最後一張照片，我還是翻了一下照片，背後有字：
【我總有一天會消失，這裡的花圃會記得我！】
廢話！每個人總有一天都會消失。這個女人大概是會感嘆花開花謝的那一型，婉約典雅派。我不討厭。
等等，我為什麼認定是這女人寫的？
我從背包拿出那本班級畢業紀念冊，比對封面上那手寫的【勿忘我】。
字跡一樣。
在【我】這個字都寫得特別粗，似乎用比較大的力道去寫。
那女人……
翻開，仔細端詳畢業紀念冊裡的每個人。
沒錯，之前在花蓮賓館翻開時特別注意到的那位正妹，和相冊裡與我合照的女人是同一個。
我不可能不認識她。但記憶裡確實沒有她的影子。
仔細想想，我在花蓮翻開畢業紀念冊之前當然也翻閱過好幾次，我卻在不久前才發現她的存在。
以我小頭雷達的精明，不可能忽視掉現有圖片上的任何正妹。這不科學。
這個女人出現的兩樣物品中有相同的字跡，因此認定這就是那女人的字跡。這種推論一定會被科學家拿試管捅爆。這跟兩片土司上都出現人臉，就認定耶穌來過我家一樣狗屁。
不過看著這字跡，我竟不自覺把它和這女人連繫在一起。

等會，再多驗證。

我拿出那堆女性衣物，翻開我和那女人合照的相冊。

那女人，那女人，那女人，那女人。貓的！畢業紀念冊應該有她的名字。

對，有了。林思芸。

好，繼續。

我把這些女性衣物和相冊裡林思芸的衣著比對，有七成的衣褲出現在相冊中。

有些女人買了很喜歡的衣服會想等重要的場合再穿，然後一生都沒穿過。因為之後她們會買到更喜歡的衣服。

扣掉這種可能……

不對，我忘了一件事。

照片角落都有日期，我把它們按照時間排列。

第一張照片是一年前，最後一張是一個月前。才一個月？先不管。

第一次出現房間裡的女性衣物是在五個月前的照片開始，可以猜測這之前的舊衣物都被拋棄了。

沒錯！從五個月前的照片看下來，出現在照片裡的衣物提升到九成多一點。

附帶說明一下，內衣褲沒被列入印證，照片裡看不到。這不重要，只是預防有人腦袋長毛。

所以林思芸就是這些衣物的所有者，也就是和我同居的女人？

我們是情侶嗎？如果是，我怎麼可能忘記？如果她真的跟我同居了一年，或五個月之久，房東又怎麼可能不知道？

我打開手機，連絡人裡有林思芸的名字。

撥打。等待。接通。鈴聲。

接聽！

「您的電話將轉接到語音信箱……」

貓的。掛斷。重打。

貝多芬的〈暴風雨第三樂章〉從枕頭下傳出。我從下面拿出另一隻不屬於我的手機，四五年前的款式，粉紅色貝殼機。

暈頭。林思芸的手機在我這裡。

幸好線索還沒斷，有她的手機代表能打給她的其他連聯絡人。

電池剩兩格。我隨機選了她聯絡人裡的十個人撥打，詢問關於林思芸的事。

結果只有一個。他們不認識林思芸。每個人。

就連聯絡人名稱是媽和爸的兩通電話，都只有一個肯定答案，他們有一個女兒，現在才高三。名字不告訴我。廢話，誰話把自己女兒的名字報給一個陌生人？

先聲明，我不對未滿十八歲的女性出手，這是原則。白癡才為了老二犯罪。

打完電話，我去沖個澡。決定先整理並思考。

現在應該可以推斷林思芸就是和我同居的女人，浴室裡那瓶保溼洗髮乳就是她在使用。用光了半瓶，可見同居時間不短。雖然當然可能是她從家裡拿來繼續用的，不過這個先放一邊。

我現在比較想去釐清的部分是我為什麼會沒有關於她的記憶。不止我，就連房東和她手機裡的聯絡人都不知道，或不記得她存在。

但她的確存在。我的房裡有她的手機、她的衣服、她的照片、她的筆跡。

一個人真的能從人們的記憶中悄聲蒸發？還有我和她真的是情侶嗎？

我無法想像自己與另一個女人安定下來的模樣。如果有，我必定是一個四處拈花惹草的渾蛋。

我想想從一年前到現在，我和多少女人上過床？十七個。差一個湊十八銅人。一個女人不可能容忍男朋友亂來那麼多次。

呃。會不會就是我這樣，她才會消失，然後憤怒具體化消除了世人對她的記憶？

不不不，不可能出現這種鳥事。否則法律就省下了，厲鬼會自己復仇。

林思芸是我大學同學。這代表大學畢旅那天我帶進房的女生有機率是她。或許這可以一次解決我兩個疑問，但連帶發生更多疑問。

一個問題。她還活著嗎？

被世人遺忘不代表死去。對！我決定相信這是針對林思芸的群體失憶。雖然很脫離常識，但證據就是如此顯示。

而且我不想再對為什麼失憶這件事上鑽牛角尖。失憶都已經失憶了還浪費時間去拚老命回憶根本傻子。

消失。失憶。消失。失憶。

我突然想起那張自我燃燒的紙，它也是突然消失。

我不抽菸，背包裡沒有打火機。自然狀況下紙不可能自己點燃，而且當我拿出時已經燃燒一半的紙，並沒有延燒到我背包裡的其他物品。

說起來，那張紙在我手裡燃燒殆盡時，我沒有感覺到任何熱度。

我不確定林思芸的事和這張紙之間有沒有關係，只能確定兩者都超越常理。至少我所知的常理。

擦拭身體，把衣服穿上，我猜你一定忘記我在沖澡。就像《頂尖對決》所說的：「你有在看嗎？」洗澡真是思考的好時間。

我花兩天的時間搜索更多線索，並把現有的情報輸入電腦裡備份。

不過之後找出來的線索只是更確定林思芸和我同居了不短的時間。例如一些買化妝品的發票。我不是說男性不能化妝，只是我不會。

娘砲。

哈哈，你生氣了，你承認你會化妝。

連續兩天專注在一件事的副作用，就是會用很白癡的心理對話自娛。我突然瞭解到小說作家為什麼想把時間花在一堆文字上。因為他們越專注寫一本書，心裡的白癡自我對話就會越多，不知不覺就多到能印一本書。

沒有更進一步的進展。我非常疲倦。

她的粉紅色貝殼機剛好沒電，我不知道充電器有沒有在我房間，就算有也不知道是哪一個。

對了，電力。

貝殼機這種過時的手機比起智慧型手機較不費電，放置不使用多少都能持續一到兩週。我從枕頭下拿出手機時電力還有兩格。

也就是說，林思芸消失的時間點是一週前左右，和我突然去花蓮的時間點相撞。

我為什麼去花蓮，和林思芸為何消失之間的關聯性大增。

還有那張紙。那張紙出現的時間點也是我在花蓮時的事。

事情突然，不能說突然。本質上就是連繫在一起。

事到如今我只剩唯一的行動。

無恥。反正都已經是無了，再丟一些也沒差。

我拿起自己的手機，在曾正仁的號碼上按下撥號。

曾正仁和我約在之前碰面的那間像夜店的小房間。這代表我又要去花蓮一趟。

他的語氣很平靜，對我設計他的事沒提半句。就算他再蠢也不可能不知道他被處分是因為我的關係。那決定性證據的錄音檔一聽就知道是由我公開。

一定有鬼。

唉呃，我怕怕。

才怪！無論他想如何報復都無所謂。我現在首要搞清楚那些成謎的部分。

我在火車上拿出筆電整理疑問、線索、推測等資料。藉由文字重新回憶讓記憶更鮮明的重演，我的立場從當事人轉為旁觀者，一些小困難迎刃而解。資料又增加一些。

火車上太無聊，我開始自我解讀至今發生的所有事。思考在什麼情況下才會有這些事情發生。

我輸入特殊符號分段，註明下面的文字不屬於線索，只是我自己的假設。

假設：

如果世界上有一種遊戲規則，能讓人消失並消除世人的記憶，那這些事情才能夠成立。人類從來沒有發覺，是因為沒有對消失的人的記憶。

人很擅長自我解讀事情，就像我現在做的。

看到自己與沒印象的人合照，可以解釋為小學同學或工作上接觸一兩次的人。家裡多出一些東西，或許是自己以前遺失後遺忘的物品。

我們都有突發的失憶症。想不起看過數十遍的英文單字、一早起來忘記自己身在何處、從客廳走到廚房忘記自己要做什麼等。

這類日常的失憶讓我們對失憶麻痺，一兩件事想不起來太理所當然。

何況我們為何要追根究柢呢？我們還有數十個 YouTube 搞笑短片還沒看完呢。

我們依照記憶去生活，我們被記憶支配。不在記憶中，代表不重要。

我停下來，無法解釋為何是消失而不是死亡。死亡對其他人有影響，接觸過的人也會有記憶。但這消失顯然不同。

如果我要使用這種假設，那決定人消失或死亡的關鍵是什麼？

瘋了，這沒道理。

要不是火車上無聊到爆，我也不會去想這個。

不過自己打出來再看一次，似乎我也只能想到這樣的假設。保留下來當參考無妨。

唯一能確定的只有【如果有A事件確實產生，那一定有個原因。】林思芸存在過的記憶確實從其他人腦裡消失，紙的存在和詭異的銷毀也實際發生，一定有一個原因促使這些事情成立。

這聽起來像鬼打牆，但很重要所以要說兩次。

兩次、兩次，說完了。

這些成立的事實已經跳脫現有的常識，所以發生的原因很大機率也不屬於現有的常識。

所謂常識只是當下人類共同的認知，不代表真實如此。在哥白尼提出日心說以前地球繞著太陽轉並不是常識。人類出現以來到西元前兩千年才擁有零的概念。

這個導致林思芸消失的原因，或許能成為現在的日心說。

如果真的如此，那會是大新聞。我不只為了我的失憶奔波，也為新的新聞稿鋪上一條新路。

那這個假設該叫什麼？不可能真的叫日心說，這跟太陽一點尾毛都沒掃到，大概。

我想起那張紙燃燒殆盡前還完整的兩個字——【時心】。

就叫【時心說】吧。

時心……

電腦突然跳出臉書的訊息音效。我的筆電上有3.5G行動上網，所以一直開著臉書掛網。雖然在火車上網路很不穩，也只能將就用。

莊雅雯：「你不是回台北了？」（一分鐘前）

「我曾經回去過。」（四點十分）

莊雅雯：「我還曾經活過咧，少裝文青唬我。」（四點十二分）

她照例加了個【生氣耶】的表情符號，我仍然不知道怎麼打。

「哈哈，回來幾天後發現東西忘在花蓮，現在在返往花蓮的途中。」（四點十三分）

莊雅雯：「你忘了什麼？」（四點十三分）

「我的回憶。」（四點十四分）

莊雅雯：「都說了，別給我裝文青。」（四點十四分）

呃……可是我說的是事實。

「好。我不裝文青，我莊雅雯。」（四點十五分）

莊雅雯：「你喔=_=。總有一天一定會被掐死。」（四點十五分）

「至少在被掐死之前能和妳多聊幾句，那麼找我有什麼事嗎？」（四點十六分）

莊雅雯：「本來想約你出來吃吃飯，不過既然你不在台北就沒辦法了。」（四點十七分）

「那麼為表歉意，下次回台北我第一時間帶妳去華納看電影，看完去吃千葉火鍋。我請客。」（四點十八分）

莊雅雯：「唉呦，很慷慨嘛。不過不·需·要。小姐我好歹也是二十一世紀城市女強人，沒嬌弱到需要男人掏錢包照顧。」（四點二十分）

「那我該怎麼補償這位女強人的精神損失呢？」（四點二十一分）

莊雅雯：「如果你有心的話，早點回來就是了。」（四點二十二分）

「好。等《復仇者聯盟》第三集上映那天我就會回去了。」（四點二十三分）

莊雅雯：「欠打耶你。早點回來啦，別浪費我期待的時間。」〔四點二十四分〕

「妳灌溉的期待越長，收成的滋味才越甜啊。」〔四點二十六分〕

我和莊雅雯聊了一段時間，雖然好像她想打我的時間占大多數。總之約定了下次回台北要找她看電影和吃飯。

離到站剩不到一小時，我重新找回原本思考的部分。

還好，這個沒失憶。被臉書打斷前想到我把這個假設命名為【時心說】。

時心……

沒錯。既然那張紙有時心兩個字，那我應該朝關於時間的方向去想。

持續假設：

每個人所謂的壽命是一個既定時間，死亡就是時間歸零的象徵。

但這無法解釋消失與死亡的問題。

只能假設有某種【東西】，從一出現就計算著每個人的時間。它有某種意識、選擇性或規則，達成某種【條件】的人將不死亡，而是消失。

記憶或許也有時間限制，否則我們不會遺忘。

這個【東西】除了管理時間，也控制記憶。因此有能力讓消失的人被人群遺忘。

我必須給這假設的【東西】取個名字，我不想一直加大括號。

時間。時間。時間。

記憶在我腦子上打一拳，一閃即逝的文字自己衝往我選擇性的濾網。

時心鐘。這個【東西】就叫時心鐘，那張紙上似乎就是那麼寫的。

我的胸口一陣悸動，我相信這跟戀愛無關。大概是坐在椅子上太久了，血液循環不良。

我揉揉胸口，胸口硬得像金屬。為什麼該硬的反而沒這種硬度？

我把文件存檔，定上【假設】的檔名。關上筆電，我起身動一動，窗外已經有農田和山群。

二

胸口僵硬的情況，直到我下了火車都沒有好轉。

我想想，或許是我對曾正仁做的事在和他再次會面時，心裡多少展現出一種必須的愧疚所致。愧疚。沒想到身為記者的我還有這種稀世情懷，這違反職業道德。

我記得那條往小房間的路。說小房間可能容易混淆，我暫稱它為【私人假夜店】好了。私人假夜店的門沒鎖，看來曾正仁已經下課了。

我抱著可能有棒球棍飛出來的假設開門，飛出來的只有咚滋咚滋的夜店歌。

「嗨！」曾正仁躺在沙發上，拿著啤酒綠茶的手對我揮兩下：「幫我把門關好。」

氣氛輕鬆，曾正仁的樣子看起來和上次分別時沒差多少。

「隨便坐，飲料也隨便喝。和上次一樣。」他坐起來搖搖頭釐清神智：「那麼，你特地來找我，是發現到世界有什麼不尋常了嗎？」

我以為他會先質問我新聞的事，但並非如此。他似乎不在意，或假裝不在意。

「對於新聞那件事，我非常遺憾。」我決定先提起這件事。有些人可能選擇以假裝忘記的形式，來判斷對方是否真的有對自己感到歉意。

「那個沒關係，對我來說反而是好事，我不用去學校了。」他喝口飲料。我無法確定他話中是否帶有諷刺。

「你被退學了嗎？」

「現在的國中沒退學這種事，不過我自己決定中輟。」

「為什麼？你爸媽同意？」

「反正。時間有限。與其花時間坐在教室，不如多一點娛樂。」他對我笑一笑：「你好像總是很喜歡東聊西扯。」

我反而覺得你在意和不在意的東西有點詭異。

「我只是認為你被處分這件事上我責任重大。」講得好像很偉大一樣，其實這是廢話。我根本就是肇事者。

「不需要這樣想，而且你不覺得學習本身就是件矛盾的事嗎？」

「怎麼說？」

「我們把一生拿來學習，然後無所保留地死去。」

我還以為他要說什麼驚世哲理，根本標準國中生的歪理。

「至少多知道一些事情，也能獲取相對的滿足感吧？」我說。

「嗯，你一定有很多職業上的專業知識嘍？」

當然，我們做記者的，專業知識可是包括……等等。糟了，我不敢講。

「馬馬虎虎，有些樂趣還是需要增長知識才能體會。」我含混過去。

「我不會反駁你，不過讓我們回到原本的話題吧！你來找我是為了什麼？」他把音樂關小聲，表示專注。

「什麼是你所謂的【同類】？」我迎合他的單刀直入。

「如果你是同類，我不說你應該也能理解。若你不是，我說得再鉅細靡遺你可能也無法明白。」他抓抓頭髮，看得出來正苦惱於怎麼解釋，而不是裝神祕：「正確來說，我說完之後，你或許根本記不得我說什麼。」

「你知道無法記憶的事？」難道他說的是我聽錄音檔時，那無論如何也無法辨讀的字句？他知道這種狀況的存在？

「和非同類的人說這些事都會發生，我當然知道。」他嘗試把空鋁罐捏扁，但捏到一半手指沒力，只好放一邊。

「那能嘗試以旁側敲擊的方式說明嗎？」

「我沒試過，不過……」他思考一陣子，對我露出無可奈何的苦笑：「我似乎有點理解學習的意義了，我實在想不出該怎麼旁側敲擊。」

「你們的【同類】，能消除世人對他們的記憶嗎？」我提出我真正想知道的重點。

「這個我不清楚，我至今還沒遇到過任何一個真正的同類。」他說。

話題斷了線，我對曾正仁的期待剎那間被斬半。我原本以為和他對話過後就能獲得所有解答。

「你一直在意的那張紙究竟是什麼？」我問。從小冰箱拿出一瓶可樂。

「時心鐘的規則。嗯，這樣說你可能記不起來。那是我和【同類】共有的規則，有些連我都不知道。我很好奇你怎麼會有那個。」他抓抓頭，金毛有點退色。

「說起來，不知道該算說起來簡單還說起來複雜。因為實話實說很像敷衍。有一天我在一家賓館起床，然後那張紙就在我房間。」我攤手，表示這就是經過。

「我相信。應該說，我相信你不知道它出現的原因。但我認為一定有一個理由。」他眨眼，指著自己：「我和【同類】並不是一出生就接觸到這些異常，也是因為某個關鍵的原因，才從一般人變為目前的模式。不過這關鍵原因說了你大概沒辦法記憶，所以我就省下不說了。」

「其實在我看來，你和正常人並沒什麼不同。」這是實話。要不是我身邊出現了許多不尋常，我仍會認為曾正仁不過是個普通的金毛死小孩。

「當然的。我們又不是變成異形，或突然擁有超能力。我們只是多看到一些對生命有重大意義的事情。」他停頓一下：「未免誤會，這不是陰陽眼。我們看不到鬼或類似的東西。」

「好吧，那我想問，所謂時心鐘的規則大致上有哪些？還有你們為什麼要遵守規則？」可樂在舌頭上跳舞，這感覺真詭異。

曾正仁愣眼看著我。我知道我很帥但也別這樣看，我不會害羞。

「你知道時心鐘？」他的聲音有點高亢。

「如果我沒記錯，你剛剛是那樣講的沒錯？」

「你沒忘記？」

「不。我應該忘嗎？」

「照理說，這是一定會忘掉的名詞。」

他搖晃頭，眼睛瞪大。

「你該不會……」

曾正仁站起來，大步跨過桌子。我下意識往後退，卻發現自己正坐著。

他不顧我手上拿著可樂，坐到我身上，雙手往我衣服上抓。

做什麼？做什麼。做什麼。我不打小孩，但也不爆菊的。

可樂在掙扎中潑了我們滿身，他仗著我無法打小孩的優勢硬是把我的衣服往上脫。

「把你衣服脫下來，讓我看一下你的胸口。」他說。

貓的！你和我有仇我真心道歉，你還想拆我菊花，你現在當我們記者是王八蛋就對了？這是非法討債，於法不符、於理不容、於情不合、於菊不開。

總之你他貓的傑哥不要啊啊啊！

「我不知道這消息算好還壞，不過你是我們同類了。」

我溼透的衣服被拋到後面。他敲敲我的左胸說。

這真是我遊走各種報導現場以來聽過最讓我驚悚的台詞。

「同類你龜毛！我是正常的異性戀。這是性向迫害！」還有剛剛空一段是怎樣，這不簡直變成電影床戲被剪掉一樣嗎？別在這種地方給觀眾想像空間！渾蛋！

「你在說什麼啊？看你的左胸。心臟的部位。」

他從我身上起來。我喘口氣拍拍臉，嘗試回復心神。很好，菊花仍含包不待放。

身上黏黏的，盡是失去氣體的可樂糖水。噁心。

我不是很想看自己的左胸，感覺超蠢。而且在這種情況下還去觀察自己的左乳，這畫面光想像就變態到爆。但在好奇心驅使下我還是瞄了一眼。

驚愕！

我的左乳竟然跟我一樣帥！

等一下。經歷了那麼驚心動魄的幾秒，我精神有點不穩。

吸氣。吐氣。吸氣。吐氣。好。

那畫面大概是真實的。即使這多少跳脫了我們目前所知。

我的左胸出現一個心臟大小的時鐘，與我的胸口融為一體。上面只有一根指針，指著最上面的刻度。

我數一數，刻度共七十二個。

「這就是時心鐘？」我確認。

「對。所謂【同類】就是擁有時心鐘的人。你做了什麼？」

「什麼？」
「成為時心鐘宿主的關鍵原因，就是察覺到時心鐘的存在。你是什麼時候知道的？正常來說，關於時心鐘的一切，你聽到後都會遺忘才對。」
「我不確定。」
「你這段時間有沒有感覺胸口抽痛，然後僵硬？」
我驚訝。
「有，就在來這裡的途中。」
「那時候你在做什麼？怎麼發覺到時心鐘的事？」
我思索，從背包拿出我的筆電。打開檔名為【假設】的文件給他看。
他看了那幾段文字三分鐘，大概正考慮該說什麼。
「這沒辦法完全解釋你發現時心鐘的存在，不過你怎麼會假設出這樣的東西呢？」
我花了一段時間和曾正仁講述林思芸的事。
「這才是你來找我的目的？」
「沒錯。」我點頭。
他嘆氣。
「很可惜。就像我之前說的，我事實上直到現在為止都沒遇過一個真正的同類。所以我不確定一個人消失，然後讓所有人失憶這種事和時心鐘有沒有關係。」
「難道不是時心鐘的宿主死亡後，就會發生嗎？」失憶這種事，感覺就很像時心鐘會做的事。
「我不認為，當然我也不肯定。不過如果每個時心鐘宿主死亡，都要造成一次這種大規模失憶。這難道不會讓像你這樣發覺到異象的人增加嗎？若時心鐘讓人失憶是不想被發現，這種大規模失憶的行為反而會產生反效果。」

「我因為寫了這個假設，導致我成為時心鐘的宿主。這是不是代表我的假設有很大的成分是正確的？」我懷疑。

「一樣，我不確定。我只確定你有一個概念正確，每個人的生命都是一個既定的時間。死亡代表時間歸零。」他把我檔案裡的字念出來，把筆電推還給我：「但對我們時心鐘的宿主來說，死亡代表指針轉完七十二個刻度。」

我又看了一眼自己的時心鐘，指針仍停在最上層。也就是第零。

「它多久會移動一次？」

「我想，每個人不一定。它不是一種致命性定時炸彈，只是一個顯示宿主時間的工具。」

「也就是說，我只要知道它多久走一格，就能推算出自己的壽命？」

「大概就是這樣。其他或許還有一些規則，不過我不清楚。」他聳肩。

「那你為什麼會發覺時心鐘的存在？」

「這也是某個無聊的理由，對你來說不太重要。現在我們應該先解開一些問題。例如說，你那張紙有找到了嗎？」

「找到了，不過它自我燃燒後消失了。我直到它消失之後都沒看清楚過內容。」

「嗯。我想也是。」

「你知道這種事會發生？」

「不，我只是感覺到事情不會那麼順利。那張紙寫的，似乎就是時心鐘的規則。」

「那當時你撿到時，為什麼不順便記起來呢？這對你來說不是很重要嗎？」如果當時我身上就出現時心鐘，我必定會有動力將內容讀熟。

「因為對我來說，世界的規則和時心鐘的規則已經不是很重要了。」

曾正仁脫下自己的上衣。

他的時心鐘走到了第七十一個刻度。

三

當天夜晚，我又租了上次來過的青年旅社。

我的疑惑並沒有因為見了曾正仁而有所舒緩，反而更多更繁雜。

我洗澡時照著鏡子，觀察左胸那靜止的時鐘。用拳頭在上面搥打仍有痛覺，顯示時心鐘仍是我胸口的一部分，而非外來的物質。

不過我首先要想的應該不是這個。

曾正仁會死。或消失——如果時心鐘不是一場大規模鬧劇。

觀察曾正仁的終結是一個非常需要把握的機會，他將給我直逼問題核心的線索。

林思芸和時心鐘之間的關係究竟多深？時心鐘宿主的時間歸零後會發生什麼？

也許觀察曾正仁能給我線索，也許我的個性真的有點無恥。好吧，不只有點……

但，我真的能在知道一個人會死的情況下，冷靜觀察那個人嗎？我真的能什麼也不做嗎？

曾正仁並不在意，他甚至知道我的企圖。

他推算過自己的時心鐘速度，並告訴我他明確的死期，約我當天在私人假夜店共度他的最後一晚。

我答應了……就在五天之後。

我採訪過天然災害現場、犯罪者家屬、社會底層者、涉黑的政客，和黑道有牽扯的外國妓女。生死問題幾乎能以近乎白爛的心態去面對。

我是一個記者。無恥無良、道德缺陷，把死者當熱門題材全是必點技能。

不過無論什麼樣的採訪，我的角色都只是一個記錄者。當自己真正涉入一個生死，那心態又有所差別。

我穿好衣服，坐在床邊。聽齊柏林飛船〈通往天堂的階梯〉。

不要娘了。在生死上鑽牛角尖太婆媽。

重點。發覺時心鐘歸零時會發生的事。

目前衍生的問題。假如林思芸消失造成的大規模失憶和時心鐘歸零有關，那失憶的對象有沒有包括其他時心鐘宿主？

如果時心鐘宿主對林思芸的記憶不會被消除，那她曾經有沒有和【同類】接觸過？

世界上有時心鐘的人應該不會只有我和曾正仁，時心鐘的宿主應該也會想找到【同類】。

怎麼找？

不對。

我抓抓頭髮，把音樂關掉。

思考的方向錯了，線索和證據不足，太多假設並沒有幫助。

我現在要準備可能發生的事。

我在一張紙寫下關於曾正仁和林思芸的事，放在背包防止曾正仁時間歸零時，發生連我也失憶的蠢事。

不過就像曾正仁說的。如果每一次宿主的時間歸零就要造成一次大規模失憶，未免太違反時心鐘令人失憶的初衷了。

基於這項理由，我同樣不認為這種事會在宿主時間歸零時發生。就算失憶和時心鐘有關，一定還有其他間接原因。

至於原因……貓的啦，明天再說。

今天事情多就算了，又不是沒熬夜搞床戰過。問題是事情件件都跳脫常識。

總之先讓我睡一覺。

四

如果要說成了時心鐘宿主後生活有什麼變化，除了胸口多一個時鐘以外好像也沒什麼差別。

今天是曾正仁時間歸零的日子。

做為一個記者，我非常興奮。

但做為一個稍微擁有良心的意識體，我仍揣測著令曾正仁活下去的方法。

只不過這種揣測，和旁觀車禍現場時用嘴巴咕噥「好危險喔，看起來好痛喔。」等云云一樣沒意義。

反正意義和義氣對我來說都不重要。我現在實在比較想來一發。

我沒良心？不是吧。如果我有方法阻止時心鐘歸零我早就做了，思考沒辦法解決的問題只是浪費生命。

生死無常，人生萬象，不如一尻。

這幾天我一直想找女偵探消解這些鳥事帶給我的壓力。可是我認為自己的精神狀態仍不足夠帶給她樂趣。

女人對我來說不是發洩工具，她們是能完全互補的夥伴。我必須帶領她們度過真心歡愉的滿足，我自己才能從中獲得快感。

只是，對於現在的我，心思一半被時心鐘占據。我哪能全心全意去關照她們呢？

因此我拜訪波多野○衣數次，過了極度頹廢的五天。

我沒有忘記林思芸的事。這麼說很怪，因為我就是因為忘記才開始尋找的。應該說我沒有忘記要尋找線索，但目前我完全想不到還有什麼沒做。

這一天，曾正仁時間歸零日。

早晨，我祈禱別讓我一打開私人假夜店的門就看到曾正仁死在桌上。

還好沒有，因為殺死曾正仁的似乎是我。

那是一個晴朗涼爽的初夏早晨……述景是一篇文章拖字數的好方法，很可惜我掰不太下去了。

反正你知道的。一群小孩，一堆落葉，好幾排房子。我也省得多說。

去私人假夜店之前，我到附近的便利商店買幾包零食。免得陪曾正仁待在房間一整天結果根本沒出事。

當然我並不期待有事發生。如果我沒有人品，我就以人品保證。

人不多。兩個男顧客、兩個女顧客、一個男店員。

我挑了幾條巧克力，看哪個女顧客比較吸引我就往哪邊逛。

左邊穿長褲，胸部不明顯，素顏，氣質典雅，臉蛋俏麗。右邊穿短熱褲，濃妝，香水超濃，胸大大。

決定了。我走右邊。巨乳比較吸引我。

接近後才看清楚那位女性的大概年齡。雖然妝化得很講究，皮膚卻仍透露了她的年齡至少超過四十。

我不是對年紀大的人有偏見，不過都快更年期的人還穿得像大學生一樣，整體氛圍實在有點驚悚。

不過高興就好。台灣需不需要這種人才我不知道，但鬼屋需要我知道。我們都相信職業無貴賤。

我在那一區隨便拿幾包餅乾，跨開腳步走向左邊正咩所在的方位，中途撞到另一個男顧客，他從手上掉落下幾根針筒。

針筒？

「抱歉。」他撿起針筒放入口袋，拿幾瓶啤酒到櫃檯結帳。
通常我不會去在意一個擦肩而過的男性。不過他掉落的那幾根針筒讓我對他產生了一些印象。
畢竟誰會沒事把針筒帶在身上呢？
他穿著連帽大衣，帽子緊蓋半張臉，因此我沒看清楚的他的面貌，倒是看到他似乎一段時間沒整理的鬍鬚。牛仔褲有些泥土。
我拿出手機偷拍了幾張。任何不尋常的事都有可能是現成新聞。我也不能一直追查時心鐘和林思芸的事，有空要賺一下稿費。
沒事，沒發生什麼事。他結完帳就離開了。
也是啦。
讓我質疑的地方只因為那針筒不是空的，不知道他想做什麼。
所以都說了，職業無貴賤。
說不定人家只是個上有高齡老母的孝子毒販而已，怎麼可以因為別人帶根針筒就懷疑別人是壞人呢？
太不成熟了嘛！
左邊正咩正常多了。沒有太多魅力加成的配件或穿著，不過本身就有不錯的臉蛋。雖然整體算是平凡，但這種平凡在這時代反而凸顯出來。
簡單來說，當所有人都在追求與眾不同的時候，不追求的那個人反而是最與眾不同的。這女人就給我這樣的感覺。
這一區有些冰品和飲料，我拿幾瓶多多綠茶和啤酒。想到曾正仁說不定比較想喝可樂，所以也拿了幾瓶。
正咩選了半天，看了我幾眼（沒辦法，我帥嘛），什麼也沒拿就走出店門。
我結帳，和店員要了一個袋子。

「早上就有妹可看真不錯對吧？」我說。付錢。

「啊？」男店員看了那個鬼屋員工一眼，臉上寫滿對我品味的質疑。

「我是說……」我看一下外面，那位正咩已經走遠。

算了，話說你做為一個服務業店員把感情表露那麼直接不太好吧。

中午。曾正仁吃著我帶去的餅乾，坐在沙發上等待。

BGM，電音舞曲配饒舌，節奏洗腦。但這樣比較有夜店的樣子。雖然世界上沒有哪家夜店會只有兩個人坐在沙發上吃餅乾互看。

「它通常都在晚上七點左右移動，所以需要再等六個小時。」他說。

「沒問題，反正這一整天我都沒什麼事。」我把那一整袋飲料拿到桌上：「我買了一些飲料，算我請。」

「飲料我這裡很多啊。」他笑著指向冰箱。

「嘿，都是小孩子喝的東西。你喝喝看這個。」我拿一瓶看起來很高級，但我根本不知道是什麼的酒給他。標籤都是英文，反正價錢也看起來很高級，應該不至於太差。

其實我對酒完全沒研究，平常也沒什麼喝。只是平常都白喝曾正仁的啤酒綠茶，在他死前請他一瓶貴一點也算扯平。

「嗯，不錯。有點可惜自己快死了。」曾正仁喝一口，也遞給我一些。

我們輪流喝光那瓶很貴的酒，閒著無聊到附近的二輪電影院看一場《悲慘世界》。在電影院裡我又看到那位穿著平凡的正咩。她坐在樓梯上，眼神專注地盯著螢幕。

「她怎麼坐在那裡？」我小聲說。

「什麼？」曾正仁轉頭。

我指著那正咩的方向，他一臉疑惑。

「太暗了。你確定那裡有人嗎？」他瞇起眼睛，眼睛似乎還沒適應黑暗。

正片開始，我們不再談這件事。那女孩也默默走到一個位置上坐好。

電影結束後燈光亮起，我嘗試找到那女孩的身影卻徒勞無功。或許她早在播放片尾曲時就離開了。

「我不瞭解。這就叫文化？」曾正仁對這部以歌劇表現的電影表示質疑。

「就像你喜歡電音舞曲和重低音一樣，每種類型的創作都有自己的支持者。」我開導他，感覺真不像我。

「你不喜歡電音舞曲嗎？」他好像有點驚訝。

「不討厭，但也沒有特別喜歡。」我知道自己無論長相和行為都很型，但型不型跟音樂喜好之間實在沒什麼連接點。跑幾個趴之後回家聽初音未來順便看ACG來OGC的人也是存在。

嚴格來說電音舞曲和初音未來其實是差不多的類型，都算電音。不過算了，你們高興就好。就像剛剛說的，每種類型的創作都有自己的支持者。跑去批評別人喜好這舉動根本自肛。

「你該不會是金屬咖吧？聽說金屬咖對音樂的選擇都比較嚴。」曾正仁亂猜，瞎貓碰上死起司。貓不能吃起司，哭哭。

「這是偏見，偏見啊。」我嘆氣。怎麼人類總是把自己分好幾個類別呢？

男人一群、女人一群、宅宅一群、潮潮一群、天龍人一群、南部人一群、古典樂一群、金屬咖一群。

認為某個群體就是某個特定的樣子。認為有某種喜好就是某個群體。

好啦，一直認為曾正仁是標準死國中生的我根本是把人類分類的好榜樣。

講道理講到婊到自己都不知道也是現代人生活的一環，不爽不要活。

然後，在回到私人假夜店的路上，我突然想到。

時心鐘的宿主一群。

五

晚上六點四十五分。離曾正仁死亡的時間剩十五分鐘。

我們又坐回沙發，他喝著我帶去的可樂。

「在我死後，請幫我和我姊姊說一聲。我是指，如果她沒有失憶的話。」曾正仁似乎第一次鄭重要求我某件事。

「給我她的名字和住址吧。」我答應，正的話順便給虧。

「她叫曾美人。」

「噗哧！」我笑噴了。這名字俗到很有力。

「在這邊笑沒關係，在她面前可別這樣，她常常想改名。而且你在報我死訊的時候笑出來整個氣氛也不對。」他把曾美人的地址寫給我，我把地址輸入到手機。

「要順便告知你的父母嗎？」我問。既然幫忙就幫到底吧，反正這傢伙都要註冊冥府國中了。

「父母那邊，我姊會處理。」他回答得很冷淡。認識他以來，他對家人相關的問題都是簡單帶過。大多時間也都留在私人假夜店，沒看過他回去過類似家的地方。

或許他和父母有過什麼衝突，青春期嘛。

我對這件事也沒多問。都什麼時候了我哪來心情去扯進家庭悲劇八點檔？

「說真的，你帶來的可樂真是夠勁。我怎麼從來沒喝過這種可樂？」他眨眨眼睛，眼眶有點泛淚。又喝了一口。聲音變得有點古怪。

「這只是一瓶二十塊的普通可樂，各大超商都有。是你不常喝可樂吧？」我打開另一瓶喝喝看。味道就是可樂。

「嘿，我覺得……肚子好痛啊。喉嚨……好像要燒起來。」曾正仁把剩下的可樂打翻，雙手抱著肚子跌到地上滾動。

我震驚。時間是六點五十八分。

「撐著點。」雖然這麼說，不過我根本不知道該做什麼。

這就是時心鐘宿主的死法嗎？我會以這種姿態消失嗎？

我自私地想著自己的未來，嘴裡只能對曾正仁咕噥一些不切實記的安慰話。

「他們會……」

下面一個詞我沒聽清楚，這次跟失憶無關。是曾正仁因為痛苦無法清楚講出清晰的話。

他發出嘶啞的破音，幾乎是用生命在吐出下面的話：

「你……殺了……我……」

七點整。曾正仁死去。曾正仁的時心鐘歸零。

我沒有忘記曾正仁，曾正仁的死並沒有讓我失憶。

他最後的話和那因痛苦扭曲的表情在我心裡留下一個或許永遠無法抹滅的記憶。

我記得和他說過的每一句話，記得他請我幫他和姊姊告知死訊。

我把重低音音樂關掉，用手機播放金屬製品的〈Enter Sandman〉。至少他死後能聽到一點不同的音樂。

是的，我冷靜下來了。冷靜到連我自己都怕。

我擦拭任何可能留有我指紋的地方，除了曾正仁死前喝的可樂，把其他空罐都丟到塑膠袋裡。

這裡很安靜，我有足夠的時間處理後續。

曾正仁的屍體和那瓶可樂我盡量不去碰觸，要讓警方有辦法調查曾正仁的死因。

指紋擦拭完，我拿出手機幫曾正仁拍了幾張照片，並脫掉曾正仁的上衣再拍幾張。

事實證明，時心鐘歸零與集體失憶並沒有直接的關係，其中可能還有一些必要條件存在。
也或許是因為同樣身為時心鐘的宿主並不會在集體失憶時失憶。這要和曾正仁的姊姊談過之後才能知道。
讓我思考的還有曾正仁死前那句話。
他究竟是擔心我的立場而說出【他們會以為你殺了我】，還是因為痛苦時認為是我在可樂裡動手腳，而對我產生怨恨說出【他們會知道你殺了我】？
我眼裡浮出曾正仁臉部的猙獰和痛苦，我心裡認為痛苦的人表情猙獰也在所難免。但一種細微的膽怯和罪惡感卻在體內發芽，因為那可樂的確是我帶來的。
我在手上套上塑膠袋，從曾正仁的衣服裡找到他的手機。用他的手機訂購了麥當勞的歡樂送。之後麥當勞外送員工會發現曾正仁的屍體而報警，我當然也就趁著他來之前離開。
我把曾正仁的手機放回他身邊，遠離私人假夜店一段距離後才丟棄手上裝滿瓶瓶罐罐的塑膠袋。回青年旅社之前，我買了一雙運動鞋回去。把在私人假夜店穿的鞋子丟在青年旅社的公共垃圾桶裡。
那天，我洗了非常仔細的澡。

六

我並沒有馬上和曾正仁的姊姊聯絡。除了我要讓自己的情緒平靜下來之外，曾正仁的死也成為了一件新聞。
警察封鎖了私人假夜店，暫時拒絕記者採訪。
我則把曾正仁屍體脫掉上衣的照片用電腦稍微調亮到看不出拍攝時間後傳送給主編，並寫好一篇陳述性的簡短稿件，使該報社取得這事件的第一手獨家新聞。

初步調查，曾正仁的死因是可樂裡參有大量的硫酸，但同品牌可樂經過抽樣檢測後並沒有這種情況。現場只有曾正仁的指紋。

一小段時間後。我提供的照片被刊登在報紙上，開始有其他媒體注意到曾正仁就是上次引起【國中生該不該自己購買午餐】話題的主角，將這件事大肆傳播。

這證明，曾正仁的死亡並沒有讓大眾失憶。

有人推測曾正仁是因為遭到學校懲處而自飲硫酸自殺，網友開始聲討學校為了聲譽逼死學生。

我和主編接下了這項報導的追蹤任務，訪問警察和法醫，詢問關於曾正仁死亡的詳細情形。

你或許會以為，現在只有我知道真相。

但並非如此。我甚至不知道為什麼可樂會摻有足夠置人於死的硫酸。

我隱藏了曾正仁有姊姊的消息。盡量把報導內容維持在死因的追蹤上，並偶爾錄下學校和警察的說詞。

蒐證人員在第三天發現可樂罐上有一個難以用肉眼發現的小孔，小孔邊緣有些微的硫酸，可能是有人利用工具從外側將硫酸打入可樂內，而這個小孔的位置在非常上緣部分，因此打孔後並沒有飲料外漏。曾正仁的報導已經從自殺改為不排除他殺。

小孔？我想起在便利商店內那帶著針筒的男人。

這是一場無差別謀殺。

我決定暫時將報導斷在這個部分，再擴大話題會使其他媒體追查到曾正仁的家人頭上。

我把【使用硫酸無差別殺人？】這個報導加油添醋一些，引起小量恐慌。使大眾和其他媒體的焦點從曾正仁身上轉移。

我又獲得了一筆稿費，現在我有兩件事要做：第一，和曾正仁的姊姊聯絡。第二，查到那位針筒男的身分。

第二件事跟我私人的事沒什麼關係，大概也跟時心鐘無關。但放這種人在外面亂跑還是有點危險。時心鐘的好處就是讓我知道短期內我幾乎是不死之身。喝可樂並不怕喝到硫酸，去追查危險人物大概也不會出事。

我之所以特意在報紙上放曾正仁脫掉上衣的屍體照，是為了引來其他時心鐘的宿主。只有我們能看到照片上曾正仁胸口的時心鐘。

但是幾天下來我並沒有找到任何像是知道時心鐘的人出現，除了那位神出鬼沒的正妹。

我怕你不記得神出鬼沒的正妹是誰，所以複習一下。就是出現在便利商店和電影院而我完全沒有搭到話的那位女孩。

為了方便記憶，我給她一個稱號叫【神祕女】。聽起來有點像什麼超級英雄，但是別在意。

報導過程我無數次看到神祕女的出現。她不像是跟著鄉民看熱鬧的人，臉上並沒有對媒體群聚的景象展現好奇，但她就是不斷出現，然後在我要搭話時消失。

我認為神祕女和時心鐘有一些關係。為了證明，我拍了幾張神祕女的照片。

沒有人看得到照片裡有任何人，除了我。

這代表，神祕女是一個只有時心鐘宿主看得到的存在。

我現在正往曾正仁姊姊家的地址前進。離青年旅舍有一段不算遠，但也需要一些時間的距離。

我忘記和曾正仁要他姊姊的電話了，因此沒辦法事先約好時間。只好挑一個假日的下午去增加碰面機會。

那是一間有警衛的小公寓。我和警衛說了曾美人的樓層和號碼，做好訪客登記。警衛打電話給曾美人。

「請幫我和她說是關於曾正仁的事。」我說。

警衛確認，獲得曾美人同意。

「請進。往那棟樓上去。」警衛打開門說明位置。

我走上樓按下門鈴。曾美人喊了一聲「來了。」聲音對我來說有點熟悉。

門打開。我和曾美人驚訝得互看了一陣。

曾美人就是女偵探，那個我前一次來花蓮時搭訕的女偵探。正職是出版社編輯。

對了，她說過她有個弟弟。

「原來妳叫曾美人啊？」我開場，盡量不突然笑出來。

她罵了一聲「嘟嘟啦！」後迅速把門關上，嘟嘟啦？

「那個，我是來……」

「等我一下！」她在裡面大吼：「我整理一下房子！」

「呃。我並不介意別人家裡有A書，我家也有不少。」我敲敲門。

她打開門，對著我賞一記手刀：「A書你大頭！」然後又把門關上。

因此我在走廊上龜了十分鐘，直到她整理完房間才獲准進入。

「不好意思久等了，請進。」

看在她突然變淑女的份上，我就不吐嘈了。

曾美人……我還是比較喜歡叫她女偵探。女偵探的房子不算大，不過東西不少。一廳一房一間廁所。客廳角落放著小小的瓦斯爐，能做簡單的餐點。沙發後面有一座用棉被蓋起來的小山丘，判斷是剛剛整理的殘骸。我裝做沒看到。

「很抱歉和妳說一件不好的消息，妳弟弟去世了。」我決定一開始就切入重點，避免營造錯誤的氣氛，剛剛的氣氛明顯不對。

「我知道啊，新聞有報。」女偵探的口氣好清描淡寫，我有點無法接話。

「呃，請妳節哀順變。」我竟然正經起來了。這真喪失人格。

「說這種話真不像你。放心，雖然曾正仁一向和我很好。但說也奇怪，知道他死去我竟一點也不傷心。」她對我露出淡淡的微笑。

「妳不覺得自己這樣太冷感了嗎？好歹裝一下吧？」我搞不清楚氣氛了，她好像並不在意我在這種情況開玩笑。

「眼淚究竟是給活著的人欣賞，還是給死者的真誠哀弔？」她突然文青起來。

「有時候我們哭泣的原因在於別人認為我們應該哭，但我們是不是太歡樂了一點？」我提醒她一下現在劇情的氛圍。如果這是一個故事，現在根本沒有死過人的感覺。

「我不認為曾正仁會想看我為他哭泣，他一直都有點……嗯，超脫世俗。」女偵探思索適當用詞。

我瞭解她的意思。可能是能看到性命的關係，曾正仁一直都把常人認為重要的東西看得很輕。他的生活就是取樂，盡可能讓自己的生命活得快樂。

「比起這個，我比較好奇你怎麼會和我弟弟認識？」女偵探反問。

我把大致上的真相從頭說起。只修改了關於時心鐘的部分，反正講了她也會馬上遺忘。而曾正仁死去的當晚，我改成自己前一天被曾正仁約出去吃飯，他託我在他死後能幫他告知姊姊。我原本只當他在開玩笑，但沒想到隔一天就真的出事等云云。

「你在說謊。」女偵探一語道破。

「聽起來好像曾正仁能預知自己的死期似的，這沒道理啊。」她皺眉。

問題是，他真的預知了。

「或許只是巧合。」我說。女偵探的線索並不夠，我可以抵賴到底。

「你們約在哪裡吃飯？」女偵探出招。我沒想到她會問這個。
「一家牛肉麵店，路名我不知道，畢竟我不是住這裡。」我大打太極拳。
「能帶我去嗎？」
「有困難，因為是曾正仁帶我去的，實際怎麼走我不確定。」我突然想到，一開始我隨便說一個我知道的店面，然後請老闆幫我圓謊不就好了嗎？傻了啊我。
「旁邊有什麼店家？」
「7-ELEVEN、麥當勞、一些不知名的飲料店等等。」我講的都是一些到處都有的東西。期待她自己想到一條符合的地點。
「是逢東路那家紅通牛肉麵嗎？」她仔細思考。
「啊，可能喔。那家店好像就叫紅通什麼的。」哈哈！中獎！
「事實上沒有逢東路這地方，世界上也沒有紅通牛肉麵。」她對我露出蒙娜麗莎的微笑。
這下哭了。
「好吧，我承認我騙了妳。但是真的，我有不得已的苦衷。」這苦衷來自於講實話妳也記不住。
「你殺了我弟弟？」她犀利地盯著我。盯到我心裡發寒。
「貓啦！這結論怎麼得出來的？」女偵探標誌性的邏輯怎麼突然消失了？
「開玩笑的，我知道你不是犯殺人罪的料。說你犯了誘拐罪和強姦罪我還信。」
「拜託不要信。」我在她眼中是如此下流嗎？各位讀者都知道我潔身自愛、彬彬有禮、談吐得宜對吧？對吧？對吧？對吧？對吧？我就當你說對了，反正你說不對我也聽不到。
「我們嚴肅一下。能不能請妳和我說明曾正仁的一生？」我認為多瞭解他一些，說不定能推測出他成為時心鐘宿主的原因。

「竟然會有人想知道這個。難道我弟弟成為了偉人而我竟不知道？」女偵探思考。

「我只是單純好奇。」我身體前傾，表示洗耳共聽。

「曾正仁他……從小學開始話就不多。雖然沒什麼不良嗜好，但幾乎沒有人知道他在想什麼。」女偵探回憶。

「妳是怎麼和他相處的？」如果曾正仁都不說話，那女偵探怎麼會說曾正仁一向和她很好呢？

「他喜歡寫小說。」女偵探微笑。

「小說？」貓勒。我可找不出曾正仁身上哪部分有小說家的樣子。

「那是小學時候的事，他寫好就會拿給我看。雖然就客觀來說寫的並不好，錯字很多、劇情零散、角色也都不特殊。但每個故事也因為捨去了這些細節，令整個故事散發出異想天開的夢幻色彩。」

「妳有沒有留著他寫過的故事？我想看一看。」說不定能從這些故事裡找到一些線索。

她搖搖頭。

「沒有。他一給我看過後就會把紙丟到垃圾桶，然後重新開始寫新的故事。不過有一些故事讓我印象非常深刻，像是……一個關於時間的故事。」

「時間？」這就是見證重點的時刻。

「如果我沒記錯的話，那是在講當每個人都能看到自己的壽命時，主角群在自己的時間歸零之前完成他們所有想做的事。主角死後，遇見那個決定每個人時間的【時間真主】。主角問他為什麼要讓人看見自己壽命，時間真主笑著回答『當人知道自己的時間不多時，才懂得活的快樂。』」女偵探對著我笑一下。

「很不錯的故事。」我說。其實正在思考。

我推測時心鐘的存在時成為了時心鐘的宿主。那曾正仁成為宿主的時機是否就是在寫了這篇故事之後？

「我有時候會想。我決定去做一個編輯，和曾正仁也許脫不了關係。要不要喝些什麼？我這裡有茶包。」女偵探決定去泡茶。

「那就來一杯吧，謝謝。」正好讓我有時間思考。

我該怎麼確認曾正仁成為宿主是在寫了這篇故事之後？是要問女偵探在這故事之後曾正仁有沒有什麼奇怪的舉動嗎？

如果這推論屬實，那成為宿主的關鍵就是瞭解到時心鐘或類似的存在的存在。女偵探之所以沒有成為宿主，是因為她只把【時間真主】當作一個虛構的故事。

我的思緒中斷，因為女偵探打開了她房間的門，準備進去拿茶包。

她的房間，真的亂到爆。

我忍不住走向前去一探究竟。

「喂！不准進來！」女偵探阻止我走進她的房間。

但說要進去，我可也真不知道怎麼走進去。

書櫃放滿小說和雜誌，放不下的直接在地上堆成數疊，保守估計約有兩百本左右，幾乎占了房間一半的空間。舊報紙蓋在筆電上當防塵布用，牆上有一張小勞勃道尼的海報，是演福爾摩斯時的造型。衣服掛在窗邊，下面放著茶包和一些餅乾。

「辛苦了。」我拍拍女偵探的肩膀，為了向她房間的雜亂致敬，我難得用了三行來描述一個空間的景象。

「哼，這就叫專業。」女偵探連掩飾都懶了，表現出以書當床的超然姿態。

那一天晚上我留在女偵探家裡。抱歉，曾正仁，我上了你姊。嚴格來說是早就上過了。

女偵探的胸口的確沒有時心鐘。如果說我是為了確認這點才在這種時候和女偵探上床不知道有沒有人信？

真的，我也不信。

七

女偵探幫助我多瞭解到一些曾正仁的生涯。但我主要想知道的事都還沒有進展。

林思芸的身分、啟動集體失憶的關鍵、神祕女的身分、針筒男的身分。

而在我和女偵探翻雲覆雨後一天，可樂參雜硫酸的事件出現第二位受害者。可樂瓶上一樣被確認有被人為打出的小孔。

這次受害者在私人假夜店附近，這代表凶手幾乎可以肯定是針筒男。

這使我決定先去處理針筒男的問題。一方面是阻止增加被害人，一方面曾正仁的死對我來說有責任。

說責任是有點奇妙。時心鐘注定曾正仁必須在當時死去，我只是實現這結果的推手之一。但我可不是薛丁格，時空謬論不在我的追查範圍。而且顯然我比薛丁格帥。

我想起遇到針筒男時，我有用手機拍下他的一些照片。

照片裡是針筒男在幫啤酒結帳。他一手拿錢，另一手拿著也手機。攝影鏡頭：對準我。

巧合？還是他知道我在拍他？

我對他拍照的樣子可能也被他的手機拍下來，那角度能清楚拍到我帥氣的臉。怕他會用我的照片去網路上騙純情小女生，這不得了。

我的照片只照到針筒男的背影。他穿著連帽大衣，因此不說臉，連髮型都無法從照片上得知。

現在我當然也記不起針筒男的容貌，也許當時就沒看清楚過。

我需要去那家便利商店取得攝影機的內容。

那家便利商店的店員當時一樣。我和他打招呼，他點點頭，還記得我。

「哈囉，我想問一下。你還記不記得上次我來買東西時遇到的客人？」我問。說不定這店員能記住針筒男的臉。

「呃，我只記得那個化妝很濃的女人。」這店員講話還是一樣直，來做服務業真是埋沒人才。

「好吧，謝謝。我能和你們店長說說話嗎？」我打算直接進入重點。除非店員是正妹，否則我沒必要用上說話技巧。

「不能，我的第六感告訴我你會說我壞話。」好直！這店員講話超直接！如果政客有他一半直，國家的未來必定勃起。

「你誤會了。我是想尋找當時的一個顧客，因為一些原因，我需要知道那個人的長相。所以想請你們店長調監視器。」我大概解釋一下。

「本店不會因個人要求去調監視器，此舉會造成其他顧客隱私受損。我認為店長會這樣回答你，所以就代替店長回答了。」他說。

這傢伙真是我看過最有趣的便利商店店員，要不是現在碰壁的是我，我一定會欣賞這種特殊個性。問題就在現在碰壁的是我無誤。

我開始後悔一開始沒做一些交涉技巧。交談對象出現警戒心時，談話通常很難突破僵局。

不過你以為我是誰？我可是記者耶。

「我是記者。」我直接攤牌。以剛克剛，以直打直。鐵支啦！

「那我告訴你，我就是店長。」他竟然出同花順！

我傻了一下。

「很多人都以為我是店員。真是的，誰規定長得年輕就不能當店長？」他聳肩。

「請問你幾歲？」我問。

「三十五。」他微笑。

屁啦！這傢伙開什麼便利商店，應該去代言保養品才對。明明就長得一副大學新鮮人的菜鳥樣。

好好好，我的錯，我不該以貌取人。我發誓以後坐公車會讓座給年輕正妹，然後看到老年人會先懷疑他是不是長相糙老的國中生。

「既然你是店長，那我就詳細說明一下。」我從腰包拿出幾張報紙，指著曾正仁事件的新聞。

「這份報紙上死者所喝的參有硫酸的可樂是從此店購得，所以我懷疑硫酸是由當時在店裡的一位男子注射進飲料內。」

「我這家店一天會有數十位男性進出，你怎麼會鎖定其中一個？」他問。很合理的問題，但我很難回答。

選項一：坦承那杯可樂是我買的。但這要解釋到為什麼反而是曾正仁喝到飲料之類的，且我自己也會被懷疑。

選項二：這是機密資料。

「這是機密資料。」我決定選項二。

「侵犯隱私和破解機密不就是你的工作嗎？」他讓我意識到我是個記者。

我膝蓋中了一箭。這年頭記者不好當。

「我懂了，我明白你的立場，也接受。即使這會讓這起案件被破的時間被拖延，並增加被害人數量。但我明白，真的明白你的立場，我這就不打擾你做生意。」我作勢離開。用罪惡感壓他。

「等一下。」他叫住我。我停下離開的腳步。

「和我說明一下這個事件，我重新判斷該不該幫你調畫面。」

第一局，得分！

我花了大概十分鐘的時間和他說明這個案件，當然牽扯到我的部分會模糊帶過。不過光是有個拿針筒的人在隨意往飲料注射硫酸這點，就足夠成為幫助我尋找凶手的理由了。

「聽起來是很嚴重。」他同意。

「你有能力把嚴重性降低。」我說。

「你真的肯定你知道凶手是誰？」他還有一些疑惑。

我拿出手機，把針筒男背面的照片給他看。針筒男的打扮無論是誰都會感到可疑。

「嗯，我懂了。調攝影機影像需要一點時間。而且店也不能沒人顧，工讀生要兩小時後才會過來，你要明天再來看嗎？」

「沒問題。」至少確定能拿到針筒男的影像。

我買了幾瓶可樂和幾條巧克力，和他閒聊無關緊要的話題，增加交情。

「我該怎麼稱呼你。」我問。

「隨便，高興就好。」他幫我結帳。

好，我決定叫他【保養有方店長】。

好像有點長。

八

回去青年旅舍洗澡的時候，我發現自己的時心鐘已經走了一格。以我成為時心鐘宿主的時間點算下來今天是第十天。

這代表我的壽命只剩七百多天，有沒有搞錯？不會是有女人為了我吃醋順手把我料理掉吧？

知道自己的死期很方便，同時也會在生活裡籠罩著陰影。

可是我還真沒時間給它怕了，正妹林思芸還在等白馬王子尋找她。

給我個尖叫，謝謝。雖然我沒有白馬。

尋找林思芸的過程真是阻礙重重，只差一隻會噴火的惡龍就能讓我產生拯救公主的錯覺了。

洗完澡，我收到來自女偵探的簡訊。

【不知道為什麼，我竟然在房間找到了曾正仁寫的故事。】

時間，晚上八點十分。我打電話問女偵探介不介意我現在過去。不管她介不介意我已經出門了。

「那你問什麼啦！」女偵探氣質崩潰。

「我是說我出門買宵夜，所以妳介不介意我過去。」我偷笑。

「哼，詛咒你家今天鬧鬼。」女偵探口氣不爽。

「糟了，我怕怕。所以我要去妳家避一避，要不要順路幫妳買什麼？」我順水推舟一下。

「我要鹽酥雞，胡椒不用太多。」

「會胖喔。」

「不怕。我天生苗條身材好，氣質魅力高。」

「就是胸部有點小。」我補上。

她直接把電話掛了。

好吧，我找地方買鹽酥雞。

我再一次拜訪女偵探的家。警衛用一副【年輕人嘛，我瞭解】的眼神放我進去。

我敲敲門，女偵探開心地迎接她的鹹酥雞。

這次客廳乾淨多了。顯然女偵探有好好整理過一次，但房間的門依舊緊閉。

客桌上除了兩杯紅茶，還有一台華碩筆電。

「妳在玩遊戲嗎？」我想偷看電腦螢幕，被她阻止。

「準備佩服我吧，我連回家都在工作。而且這是準備出版的稿件，不能給你看。」她把筆電轉一個角度，讓我絕對看不到螢幕。

「我還以為編輯這工作挺輕鬆的，看看小說就行。」其實我當然知道沒有那麼單純的工作。不過這說法可以打開話匣子，並讓我更瞭解女偵探一點。

「你不知道，現在小說家都是一群神經病。就說看小說好了，十個字裡面有一個錯字，排版也不會排。十個有六個把小說當漫畫在寫，這些都要我們去一一幫他們糾正和建議，搞得我好像國小國文老師。而這只是我們工作的一部分。」

其實我覺得女偵探當老師挺適合的。

「這樣說不好吧。他們好歹也是出版社的搖錢樹。」我說笑。這比喻是有點惡劣，但管他個小說家。

「事實上會賣的真的沒幾本。還不如代理外國翻譯小說，至少掛個某某時報推薦的名號就有人捧場。」女偵探嘆口氣，突然爆氣扯開封印鹹酥雞的紙袋。

「而且你知道嗎？現在小說家有超多死小孩，投個稿也不說明一下，害我們提心吊膽以為這是病毒郵件，告訴他們審稿通過就會三不五時打電話來問他們什麼時候有簽書會。幫他們排版排到一半，嗶嗶嗶！書什麼時候會出？幫他們聯絡印刷廠，嗶嗶嗶！什麼時候有簽書會？幫他們搞定便利商店之類的銷售通路，嗶嗶嗶！稿費怎麼那麼少？吼！你們先讓我把事情搞定好不好？而且稿費又不是我決定的！我也想加薪啊！」

女偵探用竹籤狂插鹹酥雞，我嘴裡塞滿甜不辣，克制自己偷笑。

我相信你們都能體諒我想笑的衝動。聽別人抱怨跟你無關的人，不知道為什麼就是有種置身事外的爽感，有時還能擺出一副理性的嘴臉來和對方說教。說不會這樣的我才不信。

「所以妳現在在幫小說排版是嗎？」我問。

「嗯啊，內容大概就是能賣的題材。也沒什麼好說的，當然我也不能說。」女偵探把一杯紅茶推給我。

「剛剛忘了說，這杯紅茶是你的。我不知道你加不加糖就沒加了。」

「謝謝，我隨意。重點不是加不加糖，而是不是妳親手泡。」我喝一口，略苦。

「你喔。」她翻白眼。雖然我還是看得到她藏起來的心動。「你要現在看曾正仁的小說，還是吃完再看？」

「吃完再說吧，我們先隨意聊聊。」我怕紙張會沾到油漬。

之後我就一直聽女偵探抱怨小說家到底多白目。而且隨便在網路上貼幾個字就能自稱小說家等等，還說到路上招牌掉下來隨便都能壓死一個小說家。

我第一次感到有其他職業比我還天兵。雖然記者和小說家是有很多共通點，而且越來越接近……嗯，我真的不知道這樣講是婊到哪一個。算了，參在一起做撒尿牛丸。

「而且啊，有些小說家有點名氣，甚至幾乎沒人聽過，常常態度跩個七五八萬，不知道在跩什麼意思。沒事就喜歡跑到網路上自稱評論人把一些新人網路作家或暢銷作家數落一番，然後抱怨現代人都不看有深度的作品。放〇啦！不是不有趣的故事就代表有深度的故事好嗎？」

「好好好，妳說的都好。」我覺得女偵探快失控了。現在至少還會把放〇消音，等下說不定會證明【〇＝（屁除屁）的二次方乘以屁】的式子成立。

「再說了，他們明明是小說家，有些連的、得、地都不會分呢！」女偵探吃掉最後一塊鹹酥雞。

呃，其實我也不會分。身為一個記者，我倍感光榮。

女偵探回房間拿曾正仁寫的故事。這次她開門關門兩個動作都非常迅速，我毫無窺視的機會。

「就是這個。」她把一疊被釘好的紙拿給我。「不過說起來非常奇怪，這跟我記憶中的作品在細節上有段差距，而且我明明記得曾正仁早就把這本作品丟了。」

「說不定是他又重寫了一份吧？」我幫他找理由。事實上我是認為這份作品的出現絕對和時心鐘有關，出現的時間點太巧合了。

這份作品就是那篇關於【時間真主】的故事。文筆和用詞以一個小學生來說的確過於成熟，而且依我對曾正仁死小孩心態的瞭解，他不可能在小學時期就有這種筆法，甚至幾天前的曾正仁都未必有。

這是曾正仁寫過的故事，但不是由曾正仁親手寫，我沒有證據，單純直覺。

讓我更確信的部分是這份作品完全沒有錯字。那死小孩的錯字不可能比我少，我他貓絕不接受。

我花了十分鐘來看這部作品，不長。女偵探在旁邊繼續工作。

這份作品並沒有讓我增加線索，反而徒增這作品為什麼會在這時間點出現的疑問。

沒有說到時心鐘，沒有說到群體失憶。就只是個說明人能看見自己壽命的故事。

「妳是在哪裡找到這份作品的？」我問。這很重要。

「嗯，今天起床的時候就看到在我旁邊。可能是昨天把書堆踢翻時掉出來的吧。」女偵探猜。

這讓我想起昨夜的愉☆悅，但更讓我想起第一次與時心鐘接觸的情況。

沒錯，那張會自我燃燒的紙。

我也是在起床時發現這張紙出現在我的左右，而紙出現的時間點是在我發現林思芸消失前不久，而事實上林思芸是在我發現紙之前就消失。

林思芸消失後出現那張紙，和曾正仁死亡後出現他早該丟棄的作品。這兩者之間絕對擁有關聯。

但這能代表什麼呢？我又陷入思考，陷入新的問題。

「你看完了嗎？」女偵探抬起頭來問我。

「嗯。比想像中還好。」我把曾正仁的作品還給她。

「你為什麼會對曾正仁的作品感興趣啊？」她問。

「單純好奇，畢竟他是我朋友。」我說謊。

她張大眼睛正視我，好像要用眼神把我的謊言戳破。

「嘿，別以為我忘記在這件事上你對我有所隱瞞喔。」

「我道歉，但是真的沒辦法告訴妳實話。」我真的沒辦法讓妳聽懂。

我們互相凝視一段時間。按照電影公式我這時應該吻上去，但這種情況真的做我一定會被踹。

「唉！我是不是要練習一下女人味？」她嘆氣。

「妳很有女人味啊。溫柔體貼又聰明理性，是男人都會被吸引。」我不知道為什麼她會跳到這個話題，但趕快誇獎她好轉移話題準沒錯。

「聽說一哭二鬧三上吊比較容易讓男人講實話。」她握拳。

「別，這不叫女人味啊小姐。」我挫到。

「你為什麼不跟我說實話？你為什麼不跟我說實話？你為什麼不跟我說實話？」女偵探聲音裝嗲，邊說還邊嘗試搖奶。但就像我前面說的，她胸部真的有點小。

「方丈！呼叫方丈！這裡有人被九把刀附身啦！」我大叫。

「九你大頭！他還活著呢！」女偵探拿起曾正仁的作品往我頭上打。

我們打鬧一陣子後，她似乎想到把曾正仁的作品當兵器對死者很不敬而停手。

女偵探嘆口氣坐回沙發。

我看得出來她正糾結於理性和感性上的不滿。沒有女人，事實上，沒有人會喜歡別人對自己有所隱瞞。

但女偵探真的是在心靈與外貌都真正美麗的女性。她懂得每個人都有自己的隱私，懂得體諒別人的為難。這點卻也讓她在某些時候讓自己受到傷害。她可能會想出數十種可能性，會在她恐懼的地方鑽牛角尖。但她即使懷著不安，也會忍著而不過度詢問。因為她就是那麼體貼。

「好吧，不如這樣。妳猜猜看我為什麼隱瞞妳，猜中的話我不會否認。」我退一步提議。在這樣的情況下，她所猜測的問題，當然會是她所懷疑或不安的問題。這樣一一否定後應該能讓她安心。當然她不可能猜中，能猜中我也用不著那麼辛苦了。

「到底什麼理由那麼神祕？我還以為你被誰下禁口令呢！」女偵探微笑。

「某方面來說的確是禁口令。但只規定我不能說，沒規定妳不能猜嘍。」我聳肩。

「好！那我就猜嘍？」

「請。」

「你是同性戀對不對？」

「呃？啥？」這天外飛一筆讓我蛋蛋差點跳出來。

「其實你是同性戀，愛上了我弟弟，和我上床不過是個幌子。你早知道我是曾正仁的姊姊，想用我來掩護你們的禁忌之戀。你們同居了一段時間，沒想到曾正仁卻提早去世。你因為想念曾正仁，因此來我這裡尋找任何曾正仁留下的東西，也就是這份【時間真主】的作品，來保留你和他之間的回憶。」

我早就翻白眼了。

「真相！一定就是這個！」女偵探用破案的姿勢指著我，手指彷彿會發光。

「噢……我的貓啊……」這完全出乎意料。

誰來給我一把槍？

我要把那些畫BL漫的傢伙統統斃了。順便把現在的我也一起斃了。

之後我花了不少時間證明我看到正妹會勃起，並在一分鐘內說出二十個ＡＶ女優的名稱，才勉強讓女偵探相信我不是同性戀。

「我還以為你是攻，我弟是受呢！」她表情有點失望，妳失望個貓啊。

她又猜了數十個可能，我就不一一記錄下來了。因為有些事你不該知道，那會開起恐懼的大門……或者一些亂七八糟的門。

「好吧，我猜不到。你真的不是同性戀嗎？」女偵探做最後確認。

「百分之百肯定。」我累了。

她掩嘴偷笑，看得出來她也知道我不是。但想用這方式做一點小小的報復，而且好像還有點上癮了。

「看完曾正仁的作品之後，你還有什麼事要做嗎？」她問。準備把曾正仁的作品拿回房間。

我的事情說實在還真不少，但和正妹過夜倒是能空出時間。

「一些工作上的事吧，不急。」有漂亮姊姊在眼前，我還需要急什麼呢？

「喔？等等，我去放一下東西。」

女偵探把曾正仁的作品拿回房間，打開門的剎那，裡面走出另一個人。

是神祕女！

那個神出鬼沒的女人？

女偵探走進房間，我和神祕女互看一眼。

神祕女的表情一如往常冷淡，但現在似乎有一絲絲……不爽？

她看我一下就準備往門口離開，我起身拉住她的手。

神祕女轉頭看著我，表情帶著疑惑和驚訝。

「妳是什麼？」我還沒經過思考就脫口而出。

「什麼是什麼？」女偵探走出房間。

女偵探看不到神祕女，只有時心鐘的宿主看得到她。

我腦筋突然間一片混亂，神祕女可能擁有解答許多問題的鑰匙。但我該怎麼問？或者該怎麼和神祕女單獨談話？而且我很不想錯過和女偵探【深入瞭解】的機會。

「抱歉，我突然想到有一個稿件要在明天之前交給主編，我竟然忘了這回事！」我裝出驚悚的表情。

「吼吼，某人要被扣薪水嘍。」女偵探調侃。

「真糟糕啊。抱歉，我今天先回去把東西搞定。」我拉著神祕女走出女偵探的家，這畫面乍看之下還真他貓詭異。好像當著情人的面偷情一樣，雖然我和女偵探並沒有情侶的名分。

「別忘記今天你家鬧鬼喔！」女偵探還記得她詛咒我家今天鬧鬼的事。

說真的，如果神祕女算鬼的話，女偵探的詛咒還滿靈驗的。

「被扣薪水比鬼還可怕啊！」我笑得有點假，但算了。這是非常時期。

九

我拉著神祕女走到街上，開始考慮該不該把她帶回青年旅舍。她雖然不算人，但看起來是個正妹沒錯。

給我等等。別誤會我不存在的人格，並不是因為她長得像正妹，所以我考慮把她帶回去。而是因為她長得像正妹，所以我有感到把她帶回去會出現的道德問題。如果你邏輯轉不過來，知道我還有點羞恥就是了。

神祕女默默地被我拉著，表情就是一副「你到底想做什麼？」的樣了。

「妳還沒回答我的問題。」我指的是【她是什麼】這個問題。

「你又是什麼？」

「帥哥吧。」我想也不想就有答案。

神祕女眼睛瞇起來，表情變得非常鄙夷。

「什麼表情啊，換妳回答了啊。」我不知道哪來的勇氣耍白癡，雖然我一直在耍白癡。啊，有自覺的感覺真好。

「我是永恒。」神祕女說。她的聲音有種縹緲感，增加了她整體的神祕氣質。但臉上那種對我的不爽很難掩飾。

「妳和時心鐘是什麼關係？有結過婚嗎？」

「什麼？不。我生存在時心鐘的世界裡，可以說我是時心鐘的核心。」神祕女努力想維持自己的神祕氣質。

「妳怎麼消除別人的記憶？妳有MIB的記憶消除器嗎？」我打出問題連擊。

「沒有！消除記憶是時心鐘的一部分。如果把時心鐘比喻成一個系統，我比較像是系統管理員。」

她這次回答得有點急促，因為我問問題太跳針。

「林思芸是誰？妳把她藏在哪裡？」

「你可不可以問話有邏輯一點！」神祕女跺腳。神祕氣質破功。

我偷笑。

「看來我們能自然對話了。」

「什麼意思？」神祕女氣餒。

「我可不想和一個拚命打禪機和在哲學問題迴轉的人對話。」

「你憑什麼認為我會打禪機？」
「直覺。感覺妳這種角色被問話都不會正面回答。」
「什麼跟什麼啊。」神祕女嘆氣。
我們並肩漫無目的亂走。現在我不用抓著她的手了。
「首先，先說說妳為什麼在女偵探的房間裡吧！」我說。
「你要搞清楚一件事，我沒有回答你的義務。」神祕女說。
「妳也要搞清楚一件事，在妳對我敞開心胸之前，我不會讓天使離開我的身邊。」
「你可能很會討好女性，但我並不是女人。」神祕女這句讓我有點小驚訝。
「男的也好，不會懷孕。」我竟然不自覺說出這句話。看來要少上網了。
「我也不是男性，我並沒有實際的外貌。在每個人眼中我的外表都會有所差距，甚至未必是人類。」
即使她那麼說了，我還是決定持續叫她神祕女。
「那妳對我還不錯，至少是一個正妹的形象。」
「我在別人面前的樣貌不是我決定的，是那個人自己對【永恒】的形象投射。」
「【永恒】究竟是什麼？」
「你為什麼不自己去查國語字典？」
「原來妳會吐槽喔？」這一招出乎我意料。
旁邊的景象變得有點熟悉，我回過神來才發現自己正帶著她往青年旅社的方向走。
反正別人看不到神祕女，就算她跟著我回去也不會有人發現。而且我應該不至於對一個根本就沒有實際形象的物體發情才是。應該，大概，或許啦。我對自己的節操好沒有信心。
「我去把曾正仁的靈魂物品送到他姊姊家。」神祕女慢慢回答。

「那妳為什麼在她房間裡？」我其實有兩個問題要問，不過等等再說。

「她在我放好靈魂物品後就把房間的門關上了。我怕自己開門會嚇到她，只好在裡面等。」

「妳沒辦法穿牆嗎？」

「我又不是幽靈。」她翻白眼。

不是喔？

「我還以為妳在時心鐘的世界裡無所不能。」我說。小奉承一下。

「我只是一個存在罷了，頂多幫忙送送靈魂物品之類。」

「什麼是靈魂物品？」

「每個時心鐘宿主死亡或消失時，能贈送靈魂物品給仍生存的人。靈魂物品通常是對某人擁有特殊意義的物品。等等，這你不知道嗎？」神祕女突然驚訝地看著我。

「原來我應該要知道嗎？」我對自己的義務一向以擺爛主義為大宗。

「你不是曾經收過一張紙嗎？上面就有寫到這個啊！」

「妳是說那張會自我燃燒的紙？它在我想真的看它之前就燒掉了。我原本以為上面的東西只是個玩笑。」原來上面寫過這種事啊？

「你……我操。」神祕女形象崩到谷底。如果我沒記錯，這是本書第一個髒話。「我以為你早就知道這種事了，竟然直接把訊息告訴你。」

「反正膜都破了，不如插得更深。多告訴我一點吧。」前面是偉人名言，我只是拿來引用，跟我紳士的本性無關。至於偉人是誰，呵呵。是我。

「想得美。」神祕女哼了一聲。

「那我自己整理一下。你說我收到一張紙，這聽起來像是有人專門把這張紙送來給我。而這張紙與時心鐘有關。如果送靈魂物品的人，雖然妳好像不是人，先不管，如果送靈魂物品的人只有妳，那這張紙是妳幫我送來的，也才能解釋妳知道我曾經有過這張紙，所以這張紙是靈魂物品。而某個宿主消失或死亡才有人會得到靈魂物品。」我深呼吸一口氣，說出真正重要的猜測：「那個消失或死亡的宿主，是不是林思芸。」

神祕女跺腳，不理我。

「這是我猜對的意思嗎？」

「我才不告訴你，別想唬我第二次！」神祕女瞪眼。

「我沒唬過妳啊，是妳自己誤會的。」

「自己去想啦！我要回去了。」神祕女整個起秋。

我們已經接近青年旅舍，大概只剩幾十步的距離。

「妳有能睡覺的地方啊？」神祕女應該沒辦法買房子吧？

「我不需要睡覺。」

「那妳有當企業家或漫畫家的潛能耶。」

神祕女發出無奈的低吼。

「你話真的很多耶！我是永恒，別用你們的邏輯來看我。」

「總要有個能休息的地方吧？不然無聊或累的時候怎麼辦？」

「隨便找地方坐啊。反正一般人看不到我。」

「嘿，我在前面的青年旅舍有住宿，妳要不要進來休息。至少一些東西妳能正大光明地用。」其實我繞一圈只是為了說這個。

「我好歹也看了人類好幾個世紀。如果我在你眼中是個漂亮女生，那我當然知道你在想什麼。」神祕女把我的陰謀一針捅破。

「我不否認在生物學的限制下我有一些心懷不軌，不過理性上這仍然只是一個善意。」我扯蛋到我自己都有點信了。

「是喔。你有善意啊？」神祕女表示沒看見。

「我們也才認識不到半天，妳不要這麼瞭解我的本性好嗎？」我委屈。

「認識半天的只有你。」神祕女說。「我一直都存在，而且無所不在。」

「所以妳一直在看著我打手槍嘍？」這樣很變態耶。

神祕女再次跺腳。

「我要走了，再跟你糾纏下去真的會氣死。你要感到光榮，連永恒都差點死在你的廢話之下。」

「我能要妳的電話嗎？」

「我沒有電話。」

「我們以後要怎麼再見面？」

「我不是說了嗎？我無所不在，永恒無所不在。時間對我來說沒有意義。你看到的我不過是你對永恒的投射。」

「那太好了，這代表我回房間也能看到妳對吧？」想在我面前打禪機，門都沒有。

神祕女頭也不回，朝背後對我比了個中指。

十

回到青年旅舍。房間裡當然沒有神祕女的蹤影。

我簡單洗個澡，躺在床上把今天獲得的訊息整理並思考。

神祕女並沒有否認那張紙是林思芸給我的靈魂物品。曾正仁曾說過那張紙寫的是關於時心鐘的規則。曾正仁的靈魂物品是他小時候寫過的故事，這個故事也許在曾正仁的生命中占有很大的地位。神祕女也說過靈魂物品是對某人有特殊意義的物品。在與曾正仁交談的過程裡，我認為女偵探對她而言是最親近的人。

所以靈魂物品的運作方式，以我目前的整理就是「一個有意義的物品，送給一個有意義的人」。

我想起自己房子裡和林思芸合照的 相冊。我們一起出去玩，同居，應該也做過愛。林思芸存在的時後，我們有很大的機率是男女朋友。

林思芸把靈魂物品送給我非常合埋。

假設這張紙真的是林思芸消失後給我的，那這張紙對我、或對她而言究竟有什麼特殊意義？

林思芸是時心鐘的宿主。這點大概無庸置疑了。而我當時根本不知道什麼時心鐘。

如果如曾正仁所說，那張紙寫得是時心鐘的規則。那這是否代表林思芸想告訴我關於時心鐘的事？

時鐘滴滴答答。浴室的蓮蓬頭滴滴答答。

太安靜了。這間青年旅社的隔音意外的好。我打開手機放一些歌。

前面一些輕音樂讓我心煩意亂。只好換放 Heaven shall burn 的〈Hunters will be haunted〉。我喜歡這首歌，更喜歡這首的 MV。

MV 內容簡介：一個獵人在下雪的山上想用槍打路過的小鹿。開槍前一刻獵人眼前出現一個一閃即逝的裸體金髮正妹。獵人看到正妹後突然心生內疚，決定暫時放過小鹿並在山上過夜。獵人睡著後，金髮正妹拿著木柴出現，幫獵人的火堆添柴。

第二天獵人又看到小鹿，思考一番仍然決定開槍射殺小鹿。獵人去檢查戰利品時卻看到躺在地上的不是小鹿，而是金髮正妹的屍體。

獵人驚恐地後退，不小心從一個斷崖跌落。獵人死了，旁邊還有其他獵人被雪掩埋的屍體。然而，金髮正妹站起來，趴在斷崖旁邊面無表情地看著那些獵人的屍體。

MV就斷在這裡，給觀眾一個謎。金髮正妹是什麼？

我喜歡的部分當然不是獵人、小鹿斑比或MV劇情，而是金髮正妹。她在整個MV都裸體出演。讚到爆。〔其實我不太確定她是不是金髮，不過有了裸體誰還會去在意髮色？〕

我重新思考關於林思芸的事。吉他第一拍下來就讓我靈光一閃。

雖然我並沒記起那張紙的內容。但我在閱讀那張紙時並沒有產生記憶模糊或無法閱讀的情況。

未成為時心鐘宿主時，如果被告知任何關於時心鐘存在的事都會產生失憶和無法解讀的情況。

那種失憶非常突兀，和一般沒記起某件事的情況明顯不同。

當時我可以解讀那張紙上的字，即使內容關於時心鐘。只是我沒去記起來而已。

況且，成為時心鐘宿主的前一刻，我在火車上也能回想起【時心】兩個字。我也是回想起這兩個字，並做一些假設後才成為時心鐘宿主。

為什麼那張紙能忽視令一般人失憶的特性？

難道就是因為它有這個作用，才會在限定時間內自己燃燒銷毀嗎？

目前還沒有足夠的線索能夠證實這些事。不過我自認這些推測都很合理。

我打開筆電，把今天的新進展打進Word。

音樂停了。又是滴滴答答的聲音。

明天要去找保養有方店長。我還有針筒男的事要調查。

存好Word檔。上床睡覺。

閉上眼睛時，回想起MV裡那個下雪的山。我把MV裡那個金髮正妹和神祕女重疊在一起。

我是不是獵人？

十一

不是，我是記者。

隔天一早我就把昨天的胡思亂想拋到腦後。三更半夜沒睡飽總是會想些宇宙真理之類的五四三。什麼是不是獵人啊？根本網路文青。我還愛就像台灣馬路，總有坑坑巴巴。

早上九點。保養有方店長應該在上班了，該去調查針筒男的事。

我收拾好隨身物品，在鏡子前確認今天依然帥到正妹會尖叫。出門。

路，真的坑坑巴巴的，就像愛。

我走在路上實證了自己的屁話。此研究無專業機構認證。

我邊走邊想著我和林思芸的事。

她到底是怎麼樣的人？我和她之間的發展順利嗎？到底怎麼樣的女人能夠忍受我這種男人啊？大概不是聖母就是憨包。

更重要的是，在和她交往的期間，我做過多少對不起她的事？

不是有沒有做，是做過多少。我早就對自己的節操失去信心了。

雖然關於林思芸的事我一直想不起來任何片段，但我光是想像自己擁有固定女友的情況就感到恐懼。

林思芸會把靈魂物品給我這點，或許代表在她消失之前我一直都是她重視的人。也就是她沒有對我懷有任何記恨。

真是個好人啊，雖然只是我的想像。但光想像就覺得她真是個好人。

如果能再見到她一面，我應該會對她更好一點。但當然這廢話跟射後不理同等級。

十二

保養有方店長一如往常站在櫃台前幫人結帳。回想起來我似乎從來沒看過這家店的其他店員。

「嗨。早餐吃了嗎？」我先打個招呼。

「我直接把這句翻譯成『監視器畫面可以給我看了嗎？』我的回答是可以。」保養有方店長很阿莎力地省字數。

「你這樣會害這本書很薄耶。」

「愛護樹木，減少用紙。」

保養有方店長叫我進去櫃檯裡，櫃檯上有他自己帶來的筆記型電腦。

他把隨身碟插入筆電，播放一個影像檔。

畫面上出現我和針筒男相撞的時間點。針筒落地，他撿起針筒，去把啤酒結帳。我拿起手機往他的方向拍攝，他一手付錢一手也拿起手機往我的方向拍攝。

「你能在街上辨認出他的樣貌嗎？」保養有方店長問。

監視器畫面是黑白的，不過這個角度有短短幾秒正面拍到針筒男的臉。長久沒整理的鬍鬚，臉上有些傷口。他的面貌並不特殊，看起來四十歲左右。

「應該可以。」我不肯定。如果針筒男把自己打理得非常整齊，我恐怕沒辦法辨認他的樣貌。不過若他保持這種雜亂的風格就非常好認。

「接下來看看這個。」保養有方店長打開另一個影音檔，是另一個角度的攝影機畫面。

這個畫面雖然只拍到針筒男的背面，但重要性更勝前面的影像。時間點是我進去這家便利商店的前三分鐘。針筒男大刺刺地拿下冰箱裡的可樂用針筒注入硫酸，並把可樂放回冰箱。

「真是決定性的證據。」我說。雖然在我看來針筒男並沒有想躲避攝影機的意思。

「需要幫你報警嗎？」保養有方店長問。

在能得知針筒男面貌和擁有他犯案證據的情況下，報警是最合理的舉動。不過對於這個人，我有些個人情緒。

「暫時先不需要。」

「啊，想搶獨家報導喔。」保養有方店長用一副「呵呵，你壞壞」的眼神看我。

「生活是一場戰鬥。」就當這樣吧。不然我也不知道怎麼解釋。

我把影片裡針筒男的臉截圖下來，用藍芽傳送到我的手機。

「謝謝！我會盡快找出這傢伙。」我道謝。

「寫新聞稿的時候可別扯到我身上，店裡沒顧好商品不是好消息。」

「我會的。」

我會扯到你身上的，呵呵！

十三

接下來我要縮小搜尋範圍。

針筒男事件的第二個受害人是在私人假夜店附近，和保養有方店長的便利商店很近。不過我用Google 地圖查查，附近有七家便利商店和一家大賣場。這只是比較顯眼的幾家。

我要怎麼確定第二個受害人是喝了哪一家販賣的飲料？我不可能和每一家商店拿監視器畫面。

我把針筒男正臉的照片傳送到自己的筆電，用 Google 以圖找圖的功能搜尋。

出現的結果和我要找的完全無關。想想也是當然的事，我只是試試。我甚至搞不清楚為什麼一個大鬍子先生的照片它會給我天體營的搜尋結果。還說這是「看起來相似的圖片」。

你說 Google 有個人化系統，會把平常常看的東西排在搜尋結果前面？你知道太多了。

我找到第二個受害人的新聞報導。這個新聞不是我負責，所以得不到第一手資料。報導裡沒有提及受害人的全名和地點。只有姓氏李先生和被注入硫酸的飲料是可樂。

也是可樂？針筒男和可樂公司有金錢糾紛是不是？欠了三杯可樂錢不想還，所以要用硫酸捅爆可樂銷量這樣？

我看一下寫這份報導的記者。嗯，不認識。男的沒興趣。

這樣沒有進展。我決定去附近每一家便利商店晃晃。

我幫自己印了一張地圖，七家便利商店和大賣場都很近，四小時內逛完不成問題。

這行為看起來沒什麼意義。事實上真的沒意義。

我只是想藉由走一圈，試著想像如果是針筒男會想在哪裡下手。

話雖如此，在走進第一家便利商店時我想到能用照片找人。

我在每一家便利商店確認過擺放可樂的位置。並拿出手機打開針筒男正臉的照片詢問店員有沒有看過。

每一家擺放可樂的地方都不在櫃台能清楚看見的角度。而令我驚訝的是，對針筒男有印象的店家高達三家。

「這傢伙？有啊。滿身都是泥土，那天我拖地拖得可辛苦了。」其中一個店員說。

「幾天前的事？」

「一個禮拜前左右。」
「他有買什麼嗎？」
「我記得是幾杯啤酒吧？這個就不太確定了。」店員說。
我道謝。買了一條士力架巧克力。
這樣的對話重複三次，所以我買了三條士力架和一本雜誌。
顯然針筒男完全沒有想隱藏自己的行蹤，且他似乎對啤酒飢渴。
我咬著巧克力開始想，隨意翻閱剛買的雜誌。
有三家便利商店店員對他有印象，不代表他只去過三家。可能他去過附近所有便利商店，只是看到針筒男的店員並不在我去時輪班。
這情況略為增加破案難度，因為無法確定針筒男是在哪一家下手。
我簡單列出三個店員說出的共同點：

一、全身泥土。
二、去的時間都是一個禮拜前左右。
三、買的東西都是啤酒。
四、是個男人。
五、第四項是廢話。

一個禮拜前是曾正仁死去的日子。第二位受害人則是三天前。這不能代表針筒男三天前也動過手，可樂是能買回家冰起來想喝才喝的東西。

針筒男是同一天在各家便利商店犯案嗎？這不能肯定。我認為機率很低。可樂算滿受歡迎的產品，如果他同一天在各家商店犯案，那現在受害者不太可能只有兩人。

我的推測是，一個禮拜前他是在觀察每一家店的擺設位置，並挑在保養有方店長的店下手。至於第二個受害人是喝到哪一家可樂，可樂又是在哪時被注入硫酸則還沒辦法猜想。

然後，他買那麼多啤酒是想灌死誰啊？

每一個對他有印象的店員都說他是買啤酒，我和他碰面那天他買的也是啤酒。

這點也許可以證明他在這附近有一個家，就算不是家，也一定有一個能放東西的據點。因為他並沒有拿啤酒進入任何一家便利商店。

就像我說的。這七家便利商店的位置很近，四小時要逛完不是問題。針筒男要在買完啤酒後放回家，並去下一家店，這流程在短時間內反覆七次是可能的。

雜誌內容引不起我的興趣，所以我把有正妹美胸照的幾頁撕下來就把雜誌扔了。

給女性的一個知識補充：男生能不能在認真思考事情時勃起？答案是可以。

我無可厚非地去猜測起針筒男的目的。但想當然爾，猜得到有鬼。

我把正妹美胸照折起來放口袋，決定停止臆測針筒男的一切行為。

我的想法沒有太多根據，想太多不會有答案。

不過我知道有個人知道答案。如果她是人的話。

「嘿，永恒。我知道妳無所不在，妳會告訴我針筒男的身分嗎？」我對著空氣說。反正她無所不在嘛。

「並不會。」神祕女的聲音從我背後出現。

我轉身，沒看到人。

「妳總算要投胎了？我現在看不到妳。」

「我一說話就後悔了。所以接下來你說什麼我都不會鳥你。」聲音從我背後出現，看來她刻意在躲我。

「好吧。至少證明了妳真的無所不在。所以妳真的能看到我昨天打手槍？」我問。這次就不轉身了。

「你昨天又沒打。」

「呵，妳還是鳥我了。」我偷笑。

地板上出現跺腳的聲音。或許只是我的錯覺。

「說認真的，這是目前只有妳能解決的事。妳可以拯救別人，減少針筒男手下的受害者。」我確定神祕女知道針筒男的身分，和這些事的一切真相。

「你不要期望能打動我的良知。我經歷過你們人類的每一場戰爭，恐龍的滅絕、恒星的誕生。在時間面前，道德、榮耀、正義等都是你們杜撰的東西，就像小說和電影。只是主角是你們自己。」神祕女說。

「那我主演的戲碼大概是偶像劇。」你們應該聽膩原因了，不過我還是要說，因為我帥。「我跟時間應該能成為朋友，我也不擅長和道德打交道。」

「將道德視為一種人為產物，和有人天生白日是有不少差距的。」

「呃，妳是不是越來越嗆了？」我很突然地被襲擊了。

「對你？剛剛好而已。」神祕女的口氣來真的。不愧是活不知道幾年的傢伙。

「好吧，看在妳對我那麼不爽的份上，我為自己以前所做得一切道歉。」雖然我根本不記得自己做過什麼。

「你根本連自己做過什麼都想不起來吧？」

「妳還會讀心術喔？」阿娘喂。那我心裡那一片大男孩專屬，香豔成人天地不就被看光光了？

「事實上不會，不過你在想什麼太好猜了。」神祕女發出不屑的笑聲。

「妳真的不想試著救個還不該死的人？感覺會不錯的。」我出口後，才想到這句話對她而言非常微妙。對我而言也很微妙。

「對我來說沒有什麼該不該死的人。每個人都有自己的時間，時間到了，生命就終結。指針會停。只是這樣而已。」她講出了我覺得微妙的部分。

曾正仁的死亡責任仍舊停留在我腦裡的角落。當我放鬆下來，它就會開始彰顯自己的存在。到底是針筒男殺了曾正仁？我誤殺了曾正仁？還是曾正仁的時間走完一圈？

「好吧，我是不能說服妳幫我找針筒男了。不過我一直有個問題沒問。」

「我不會回答你的。」神祕女斬釘截鐵。

「妳無所不在，我相信妳無所不在。但妳卻會被關在女偵探的房間裡無法出來？」我問。

等了三分鐘，神祕女沒有回答。

也許她實踐了自己的話，也許她不想回答這次的問題。

好吧，這次和神祕女的對話我沒獲得任何資訊。我原本其實也沒抱什麼期待。

我只是試試，我一直在試，凡事都要試試。

十四

我在路上看到一間老鐘錶店。在巷子裡，不起眼。

在這手機氾濫的時代，我有印象的鐘錶店都倒得差不多了。我們要買鬧鐘或手錶通常也是到大賣場或網路購物。鐘錶店和唱片行一樣，是逐漸被年代淹沒的產業。

我走進去看一看，感受一下時代感。另一方面，我則是因為時心鐘而對這些滴答滴答的東西產生一種親近的情緒。

店主是個留著雪白大鬍子的老人。我大概想得到。米老鼠鬧鐘、咕咕鐘、標示羅馬數字的手錶。整個店裡充滿指針移動時的聲音。

店主看著我點點頭，沒有做太熱烈的歡迎。

他慢慢戴上桌上的無框眼鏡，幫一個舊鬧鐘把發條轉緊。看著我，微笑一下，又去轉另一個發條。

我走向店主，忽然想到我不知道該說什麼。我只是好奇心驅使走進來看看而已。

我雖然擅長瞎扯，但對象僅限年輕正妹。我沒什麼和老人交談的經驗，也沒有事先在腦內用想像演練過。

「你不是來買鬧鐘的。」店主笑著說。他蓬鬆的白鬍鬚跟著下顎擺動，講的是肯定句。

「我是來買一種年代情懷的。」我不知道哪來的靈光一閃。

店主大笑。他的聲音很洪亮。

「看得出來，你正在思考某些事。我們思考事情的時候總是會受到一些老舊的事物感動。」

「大概是因為，我們知道這些老舊的事物經歷過和我們同樣的煩惱。」我好歹也是記者，隨機應變的屁話似乎熟練到骨髓裡了。

「坐。」店主請我坐在櫃台前的鐵椅上，感覺像是吧檯。

我接受他的邀請。鐵椅發出嘎吱嘎吱的聲音，櫃檯是強化玻璃，能看到放置在櫃檯裡的手錶樣式。

「你和在咖啡店遇到的小女生相處還好嗎？」店主說。這問題讓我第一時間有點疑惑。

「什麼女生？」他把我誤認為別人了嗎？

「在附近的咖啡店，我看到你和一個小女生搭訕。我如果沒記錯，你是先送一杯飲料給她。」

喔！他說得是女偵探。

「我只是把她誤認為別人。」我沒什麼在咖啡廳看到這店主的印象。不過當我在看正妹的時候真的不太會在意其他人。

「嘿，我也年輕過的。」店主眨眼，暗示他完全明白。

我無奈一笑。

「好吧。我還有和她聯絡，有時候會到她家吃飯聊天。」

「上了？」

「上了。」

「好傢伙，請你一杯。咖啡加不加奶精？」店主拿出兩個杯子泡起咖啡。

男人的對話不分年齡。

「好。」我點頭。拿到一杯加奶精的咖啡。

「年紀大了之後，比較不能享受奶精這種東西。」店主說。他自己的咖啡沒加。

「說實話，我當時似乎沒有看到你的記憶。」我坦白。

「這是當然的事。你一天走在路上至少也會碰上數百個人。你說你記得幾個？」

「那你為什麼記得我？」

「老了。有時會羨慕起仍在享受生命的年輕人。」店主微笑。「有些人即使年輕，過的生活卻像老人。能看出來你不是他們的一份子。」

「聽起來你年輕時也挺放蕩的。」我說。

「我喜歡放蕩這個詞。」店主點頭。「我有很多故事。活到這把年紀通常都有許多故事。不過相信我，我年輕時很討厭老人嘮叨自己的過去，你不會例外的。」

的確。我捫心自問不是很想聽。

「讓我們把話題說回來吧。」店主把咖啡喝一半。「你在煩惱什麼？」

我考慮了兩秒。第一時間竟是想到林思芸，而不是針筒男。

「嗯……我想想該怎麼說。」我攪拌咖啡，思考該不該和這老人說明針筒男的事。

「就像普通的年輕人，純粹是感情上的煩惱。」我不怎麼想讓針筒男的話題破壞現在談話的氣氛。

因此我決定說謊。

「你以後會喜歡這些煩惱的，它們都是青春的一部分，就像臉上的痘痘一樣。」店主嘴角微揚。「嗯哼，這個比喻不太好對吧？」

其中一個鬧鐘響起輕音樂。是鋼琴和小提琴合奏的音樂，加上後製的鳥鳴。

「這樣的鬧鐘能叫醒人嗎？」我失笑。

「這個鬧鐘不甘於被別人定位，它不認為自己被叫作鬧鐘就該發出擾人的巨響。」店主把那個鬧鐘關上。「當然，這種鬧鐘沒有人要。雖然特殊，它卻失去了身為鬧鐘的意義。」

「可是，這也許是你唯一有打開響鈴的鬧鐘？」我說。

這家鐘錶店裡每個鐘的時間都不一樣。如果每個鬧鐘的響鈴都被打開，那剛才我們談話時早就被打斷好幾次。

「當然了，因為只有這個鬧鐘懂得享受生命的快樂。」店主哈哈大笑。

我似乎在現在的對話中找到曾正仁的影子。

「世界上真的有能單純享受生命，不被現實困擾的人嗎？」我問。其實不算是問，更多是算自言自語。

「你何不試試？」店主抬眉。「你不會想等到年老以後，發現自己的生命是無限的比較。比較考試成績、比較薪水高低、比較房子大小。到頭來問你一生快不快樂，你答不出所以然。」

我把咖啡喝光，味道很特殊，更多的是店主說話所涵蓋的意味。

「說不定有一天我會把我的快樂時光忘得一乾二淨，只知道自己活像個混蛋。」我開玩笑。其實是想到林思芸。

「忘記事情只是我們的日常生活，我們一直都很健忘。不過快樂的事不太可能只被記在腦裡，它一定被記憶在某個物品中。當接觸到這些物品，我們又會突然想起快樂是什麼。」店主把杯子收走。「你應該也忘記過某些事，不過這件事在你腦裡被回想起的次數越來越頻繁。」

我沒接話。我不斷想起林思芸、林思芸、林思芸。但我甚至想不起來她的容貌。

「你想走了嗎？」店主問。

「啊，差不多了。謝謝你的咖啡。」我怎麼正經起來了。

要走出店門的時候，店主叫住我。

「你掉了一張照片。」店主把一張照片拿給我。

「謝謝。」我接過。是之前拍攝神祕女的照片。大概是坐下時從口袋掉出來的。

「很漂亮的時鐘。」店主微笑。「這也是我開鐘錶店的原因。」

當時我腦裡還思考著店主對快樂的看法，之後我才想起店主最後那句話的意義。

十五

尋找針筒男的線索斷得很開。很難說他會不會趁這幾天離開這附近。

我又吃一條士力架，撥動手指推想、猜測、整理。

他會有下一場行動嗎？

會的，他的目的還沒達到。雖然我不知道他的目的是什麼。這是直覺。

門被敲打。聲音聽起來是旅舍老闆娘。

「嗨？」我打開門招呼。

「有人找你喔，他說會在外面等你。」老闆娘說。

「謝謝。」

有人找我？連女偵探都不知道我在哪裡住宿。是誰那麼愛我？太帥是一種罪過。

這裡天黑得很徹底。四周都是民房和稻田，沒有路燈。

老闆娘借我一支手電筒。不過我只是拿著，沒打開。

青蛙叫。蟬鳴。

我的眼睛花了一段時間才適應黑暗。在微弱的星光下……有點太文青。算了。

一個男人倚靠在一台車的後車廂。眼神表明了是他在等我。

是男的讓我有點哀傷。

「哈囉，我認識你嗎？」我走過去打招呼。

「不，嚴格來說不認識。」他笑一下，聲音有點熟悉。

夜色中有點模糊。不過能看出這男人穿著整齊的西裝，面容乾淨整潔。大概四、五十歲左右。像是健康的上班族。

「能解釋一下情況嗎？我有點跟不上。」我做出請的手勢。

「其實是這樣的。」他把手伸進口袋靠近我。

他從口袋拿出一樣東西往我的腰間碰觸，發出滋滋的聲音。

一開始是麻癢，下一刻我全身都陷入一種無限循環的顫抖。

在我倒下的剎那，看到他手中拿著我只在電影看過的電擊棒。

哇，靠！

這感覺很貴耶！

然後我猜我睡得比培根還死。

十六

我醒來的時候是坐在一張木椅上，身體任何部位都沒被繩子之類的東西束縛。

他就坐在對面，還穿著昨天的西裝——當然我不確定是不是同一件。

我環視一下處境。

普通的房子。有電視、窗簾、沙發、小圓桌。桌上有一盤三明治，裡面好像有包培根。

接著我看到神祕女。她靠在牆邊用一副「呵呵，你也有今天？」的笑臉看我。有夠沒良心的傢伙。

這傢伙打電玩一定不能當補師。

那男人坐在沙發上，維持笑臉打量我。

「餓嗎？」那男人突然問。

「有一點。」我不確定我昏過去多久，這裡沒有時鐘。

他站起來，拿起桌上的三明治給我。

我咬一口。有點乾澀，但味道不錯。

「你就這樣吃下去？」他略帶訝異地笑著看我。

「怎麼？」難道要我念個佛經之類的嗎？

「你記得我用電擊棒電過你嗎？」

「記得。嘿，你那東西哪買的？我也想買一支。」

他擺擺手，尋找詞彙。

「一個用電擊棒電過你的人，遞給你來路不明的食物，你就這樣吃下去？我想問的是這個。」

「別鬧了，你想殺我早就殺了好不好。大不了你在裡面加瀉藥整我。」我翻白眼，而且我的時心鐘也才走兩格，我承認我那麼冷靜的原因是這個。

他點點頭，笑得很勉強。

「好吧，慢慢吃，我們等下有很多話要談。」

我邊吃邊觀察他的臉，一段時間後我才認出這男人就是針筒男。只是刮了鬍子、頭髮梳整齊、身體弄乾淨、並換上西裝……喂，這也差太多了。形象整個翻轉啊。

「啊，我認出你了。」

「意外嗎？」

「有點，但也不是非常意外。」我比較意外你的形象轉變。

針筒男手上也有我的照片。他知道我看到他的行兇用具，很容易把報紙上的硫酸殺人事件連想在一起。我在找他的同時，他當然也在找我。事實證明他的動作更快。

「我想我們彼此都有一點默契了，所以我話就直白地說。既然你不想殺我滅口，那你特地把我抓到這裡來是為了什麼？」

「我不是不殺你，是現在不殺。」

哇，你這坦白真令我安心。

「所以，感覺你是想先和我聊天？」

「可以這樣說。」針筒男微笑。「就像電影一樣。殺人犯喜歡和人分享自己做這些事的心路歷程。」

心路歷程。這詞有點妙。
「你有什麼童年的心理創傷嗎？」我就跟他喇勒吧。反正講廢話我很擅長，神祕女掛保證。
「沒有。我做這些事的原因是近幾年才累積下來的。」他看著我手上的三明治。「你先吃完，我等一下要帶你去另一個房間看一些東西。」
講廢話也需要熱量。所以我恭敬不如從命，把三明治吃得一乾二淨。
「在我們開始前，我想先知道你是怎麼找到我的？」我拍掉手上的麵包屑。
「你四處在便利商店打聽我，我只是吃個便當也能看到你晃來晃去。當然就一路跟蹤你回青年旅舍了。」
高調是一種態度，你不懂啦。
「我瞭解了。要開始和我分享你的心路歷程了嗎？」我決定先忽視因為太高調而犯下的錯誤。
「跟我來。」他打開一間房間的門。
在我的標準看來這房子還不算小，像是一家人會定居個數十年的地方。
啤酒擺滿了廚房和飯廳的地板，另一個房間也塞了滿滿的啤酒。
「在我找你的時候，你應該知道我也在找你吧？一直很疑惑你為什麼要買那麼多啤酒。」我跟在他後面走。「現在能回答我嗎？」
「我想自焚。」他把地上的啤酒罐清出一條路。
「我還以為自焚是買木炭。」
「我想連著這棟房子一起焚燒，那是木炭做不到的。」
每一扇窗戶都從外面被封死，我不太確定這裡是幾樓，甚至看不到外面的景色。
「樓下或樓上有其他住戶嗎？」

「沒有，這是一棟平房。旁邊都是農田。這部分你得承認我設想周到。」

是啊，殺人不容易被發現的好地點。還能把人埋到土裡當肥料。

「這裡，來。」他走進一間房間。

這間的地板上沒有啤酒。牆上貼了許多照片，照片用年份歸類出好幾個區塊。有一張床和桌子。桌子上擺了幾瓶玻璃罐，裡面裝了一些液體，我猜是硫酸吧。反正絕對不是可樂。

「問我是做什麼的。」他坐到床上。

「什麼？」

「問我是做什麼的。」他重複一次。「這樣我們才能開始。」

「你是做什麼的？」

「我之前在一家化學工廠工作，簡單來說就是把一些化學原料湊一湊，做一些清潔用品之類的。」

「之前？」

「兩個月前辭職。我陷入一種焦慮，沒辦法專注在工作中。化學這種東西，你也常常看到新聞，一不小心就是碰一聲。我造成了一些損害，沒有很嚴重，不過還是決定辭職。」

「看不出來你還滿負責的。」

「跟負責無關。」他撫摸床單。「我想趁這個機會，搞懂那令我焦慮的情緒究竟是為何而來。」

「結果搞懂了嗎？」

他嘆一口氣。

「也許沒有，因為我連那焦慮都無法具體說明。不過靜靜地回想起來，這份焦慮好像從很久很久以前就一直累積到現在。你看到牆上的照片了嗎？」

看不到有鬼吧。

「有很多張，你指哪一張？」

「隨便。」他隨手從牆上撕下一張給我。「就這張吧。」

照片上有一對夫妻，妻子手上抱著一個嬰兒，旁邊站著一個穿著國中制服的女孩。

「這男的是你？」我確認。照片上的男人當然比我眼前的針筒男年輕許多。

「是的。裡面是我的妻子、女兒，和當時剛出生的兒子。這張照片拍攝的時間……我想想，應該是在十三年前吧？」

「你妻子呢？」如果她知道你在這裡自焚，她一定會很傷心。

「在這裡。」

他站起來，掀開床墊。下面藏著一個女人的屍體。看起來是用刀從脖子切到胸口。

貓的……貓的……貓的！這傢伙瘋了。雖然時心鐘宣告我死期未到，但難保神祕女看我不爽濫用職權判我死刑。

雖然讓神祕女不爽好像是我自作自受，唉呦！不管啦！

「我女兒大學畢業後就離開家，展開自己的生活。」他蓋回床墊。好像剛剛只是對我展示某種收藏。

「我思考了很多天，我的焦慮似乎就是在我兒子出生時逐漸累積的。」

我聽著，有點震驚他還能那麼冷靜。床墊被掀開時沒有太重的臭味，血也還沒完全乾透。可見針筒男是不久前才殺害自己妻子的。可能是昨天、或今天？

他看著我。手指在床單上有規律地輕敲。

「你應該做點應對或提問，這樣我們才能構成交流。」

好吧，好吧。我陪你玩到底就是了。

「你兒子不乖嗎？」

「可以這樣說。」他點點頭，又坐回床上。「我妻子是老師，她對這兩個孩子都很嚴格。我深知在工廠裡工作的勞動，不想讓他們以後來遭受同樣的辛苦。」

「所以你想要他們用功讀書？」

「沒錯。女兒還好，她會打理自己所有事。不過這個兒子就比較我行我素。我打他、罵他、斥責他。最後他離開這個家。從此沒有聯絡。」

「你的焦慮是從這時候開始明顯累積的？」

「這只是一年前的事。也許，沒錯。」他點點頭，環望四周的照片。「他離開前對我說他不想被養在豬圈裡，他有自己的人生，他想過得更快樂。」

「從那時候開始我不斷思考。我做錯了嗎？我難道不是為了他的快樂才為他訂出這些要求嗎？難道他自己追求快樂的方法才是正確的嗎？我越想越焦慮，越想越悲哀，因為自從那之後我就沒再看過他了。」

「等等。你說剛剛那張照片是十三年前拍的？」我突然想到。

「怎麼了？」

「這樣算起來，你兒子現在不也只是國中生而已嗎？」

「你說的沒錯。那裡有他一年前的照片，你可以看看。」他指著一個方向。

我走到牆邊，找到一張一個國中生趴在書桌上睡覺的照片。

正如我心裡的微妙預感，這個國中生就是曾正仁。也就說針筒男是曾正仁的老爸，針筒男的女兒就是女偵探。

我的阿貓牛奶糖啊，這真是太神奇了。

這一併解釋了曾正仁被談論到父母時那彆扭的反應。

「我突然想到一個問題。」我假裝不在意那張照片。「你知道你用硫酸殺人時，哪些人中鏢嗎？」

「我不知道，我已經好久沒看新聞和報紙了。我也不想知道。我做這些事並不是為了看某些人死去。」

「是為了什麼？」

「為了瞭解我兒子追求的快樂。」他微笑。嘆氣。

「說實話我聽不太懂。」求懶人包。

「很多時候我們都無法解釋一種單純的感覺，強硬去解釋只會造成更大的誤會。讓我問你吧，你會怎麼追求快樂？」

這問題真籠統。

「不知道，我似乎沒費心去刻意追求這種東西。」

「那代表你已經很快樂了。」他停一下，接著問。「你認為一個有家室的男人該如何追求快樂？」

「跑夜店和年輕美眉歡樂一下之類的？」我瞎扯。

他十指交扣，傾身凝視我。

「我現在沒在開玩笑。」

好好好。不開玩笑就不開玩笑，不需要這樣深情款款地看著我。我好像聽到神祕女的笑聲。

「是看到自己子女擁有一番成就？」我猜啦。

「也許就是這樣。」他點點頭。「可樂這種東西大部分都是年輕人在喝。我用可樂讓一個年輕人死去。我兒子也就少一個競爭者。」

我就不吐槽了。各方面。

「可是，當我去面對心裡真正的想法，我清楚知道無論外面有多少年輕人死亡，我兒子也不會因此而進步。結果回想起來，這也不過是讓自己抒發焦慮的藉口罷了。」

「那你為什麼還要殺我？」還有你的妻子。
「你讓我脫離焦慮一段時間，那感覺像活出第二條生命一樣。」
我都不知道我那麼偉大。
「我們的一次碰面時，彼此拍到照片，並被你看到我掉出的針筒。那時候我每一晚都活在恐懼之中。恐懼被你發現硫酸殺人的事件和我有關、恐懼某一晚在路上被你碰見並被在大庭廣眾下指認、恐懼你帶著警察闖入我家。」
「當我回過神來，我發現恐懼消除了我的焦慮。我一直讓注意力綁死在家庭，好久沒如此為了自己活過。」
「所以你想殺我？」
「這個說法不太好。」他搖搖頭。「我對用硫酸殺人這件事疲累了，想到這只是一件無謂的自我抒發，我就沒動力再做下去。我知道我該付出代價，因此想在自焚前找個人把這些事一吐為快，並和他一起陪葬。」
「你對我來說意義非凡。」
「所以你決定找我？」
因為我曾用恐懼讓你為自己活過一次？好吧。我能接受。不接受也不行了。
「那你為什麼殺掉你妻子？」
「她不需要接受一個發瘋的丈夫。我趁她睡覺時砍下她的喉嚨，我練習過很久，她走得毫無痛苦。」
「我得承認你的邏輯很難瞭解，但有一天我能明白也不一定。」
「你沒有這一天的。」
他走到門前，做手勢叫我跟他走。
我們來到塞滿啤酒的房間。他用一根棒球棍打碎每一瓶用玻璃罐裝好的啤酒。

整個房子看起來像淹水，只是有濃濃的酒精味。

「你會讓妳女兒知道這些事嗎？」我的心情很複雜。如果時心鐘沒錯，我可能不會死。但針筒男恐怕必死無疑。我將看著女偵探和曾正仁的爸爸自焚而死。

「兩個月前我和她說我們夫妻倆去國外渡假。」他嘴裡說著，手裡沒停下打碎玻璃瓶。「我和她說我們會漫無目的地在世界每個地方遊蕩。我們可能不會回來，要她好好照顧自己。有空的話我們會寄一些明信片給她，但我們可能會搞不懂國外的郵寄方式。祝她有個美好的人生。」

我無話可說，看著他走到廚房繼續打碎玻璃瓶。

「你不想逃走嗎？」他把一瓶酒淋在自己身上。

「想逃也沒地方逃吧？」

「說得好。我把窗戶和門全都封死了，連我也開不了。」他從口袋拿出打火機。

我看著門，想去看看這一家人以前的照片。

「嘿，你介意我逛逛嗎？我想回去剛剛那間房間看一些照片。」

當我說完這句話轉頭看他時，我只看到一團被吞沒在火焰之中的黑影。

他的身體被空氣輕輕帶下焦黑的碎片，就好像他那充滿焦慮的一生被隱沒在時間的洪流裡逐漸崩解。他的生命還留在火焰裡，企圖燒盡自己的錯誤和罪行。

我難得文青一下，算是對他的一點敬意。

他是個腦子有病的傢伙，但不可否認在自焚這一點他真是俐落又乾脆。

我嘆口氣，走去那間牆上掛滿照片的房間。

大概是這間房間沒放啤酒的關係，火勢燃燒得較慢。只是偶爾有火舌從牆壁探出頭來吃掉某些照片。

我逐一看著針筒男夫妻倆年輕時到各地遊玩的照片，到最近幾年女偵探和曾正仁長大的照片。

從針筒男年輕時的笑容，我看不太出現在這樣的影子。
那些年輕的照片是一張張時間的紀錄，播放著他們曾經有過的歲月。
就像每個人一樣。他們濃縮著每個人、每對夫妻、每場感情的縮影。
當這一切明確地留在相片裡，也代表時間持續用自己的速度行走。
也許，每個人都有機會成為針筒男也不一定。
一道火舌從牆上竄出，又快速散去。
照片上針筒男的臉只剩下一塊被燒去的殘缺。

十七

就像時心鐘顯示的一樣。我沒事。
我趁著火勢在牆壁上燒出一個洞時安然無恙地走出房子。順便帶走一張針筒男一家全家福的照片。也就是曾正仁還是嬰兒那張。
房子四周都是水稻田和馬路，顯然燒完房子後火勢就會自己控制住，我就不打一一九了。
我一路問路回到青年旅舍，再拿著相機回到那間燒光的房屋。
火勢已經停了，所有的東西都以焦黑的姿態混在一起。人啊、桌子啊、床之類的都已經失去分類的意義了。
我拍了一些不同角度的照片，這次不打算把它做成報導，就讓照片放在電腦裡，當作一些回憶之類的東西吧。

十八

我差不多該離開花蓮了。曾正仁死了、針筒男死了。即使我還沒找回關於林思芸的記憶，我也沒太好的理由待下去。真要說的話是有點捨不得女偵探吧！

我把針筒男一家全家福的照片夾在包包的間隙裡，思考該用怎麼樣的心情去面對女偵探。

她還不知道父母逝世。我當然也不會告訴她。

可是我也不想偷偷回台北，至少離開前我要向她做一個正式的道別。我不確定以後我還有沒有理由回到這裡。更甚至，有沒有時間回來。

我拿著手機，盯著女偵探的電話號碼十分鐘，怕一撥打下去我不知道怎麼開口。

「真不像你。」神祕女突然出現在我旁邊。

「難得主動理我也不太像妳。」

「你在那棟房子裡有撞到頭嗎？你竟然在考慮要不要跟女生聊天耶。」

「我知道我很色，但好歹我是看著她爸爸在我面前自焚耶。」

「火是你放的嗎？」

「不是。」

「酒是你灑的嗎？」

「不是。」

「出口是你封死的嗎？」

「不是。」

「那你擔心什麼？」神祕女用無法理解的眼神看我。

「大概是眼睜睜看著他自焚這件事吧。」

「你有機會阻止嗎？」

「好像沒有。」想想我是被莫名其妙抓過去的。對了，忘記問清楚那根電擊棒到底是去哪裡買的。

「我突然有點懷念你的廢話了，現在搞得好像我話比較多一樣。」神祕女說。

「事情總是在失去後才顯得美好，去愛上過去的我吧。即便我活在當下，妳仍會記得妳曾經愛過。」

我憑著本性亂扯，反正大多數人都無法分辨廢文和哲學。我也是。

「這傢伙又開始廢話了。」神祕女呵呵。「對了，我有東西要給你。」

神祕女對我伸出手，手上拿著一顆眼珠。

「妳是女巫嗎？」

「不是啦，這是別人要給你的靈魂物品。」

「誰的？」

「針筒男。」

針筒男也是時心鐘的宿主？

「那他為什麼沒看到妳？」神祕女當時不是也在屋子裡嗎？「還有，為什麼是給我不是給女偵探？」

「我說過了，我的形象是你們對永恒的投射，針筒男他已經不再去想關於未來的任何事，當然也不可能認為永恒存在。」

「所以妳在他眼前的樣子，就是什麼都沒有？」

「沒錯。至於為什麼是把靈魂物品給你，大概他認為把這給你比較有意義吧。我只負責把東西送過來，沒去深究這些。」

我接過那顆眼珠，端詳了幾秒。

「會把眼珠當靈魂物品送人是挺惡趣味的。」

「看在你好像有點精神受創的份上，我決定提醒你一件事。」神祕女用一副大發慈悲的表情咳咳兩聲。「其實林思芸給你的靈魂物品有兩個。」

「啊，我知道啊。」

「你知道？」神祕女驚訝。

我翻找背包，拿出一張有點皺皺的紙。上面寫著【讓指針倒退的方法】，然後下面是一片空白。

「是這個吧？」

「嗯，我沒想到你會留著。」

「因為這張紙還有很多空白空間，我想說留下來當便條紙或計算紙之類的。妳不說我還真有點忘記了。」我相信讀者也忘了。

「你覺得林思芸為什麼給你這個？」

「因為她愛我。」我把紙放回背包。「這是當然的，我魅力無限。」

「我正想說你有正常點了，談到這個又恢復本性。」

我微笑。接受神祕女的指控。

我當然知道林思芸想對我表達的事。時間無法倒退，歲月不會回歸，任何事物都會走完自己的時心鐘。除了永恒。

十九

我打電話給女偵探，和她約在她家附近。

「又要回去嘍？」

「是啊，所以趁著還有機會和妳做個正式道別。」

「以後不回來了嗎？」

「不確定。不過我認為我們先暫時別去想未來會不會再見這回事，先試著讓我們留下不會被生命遺忘的回憶。」

「先生，先生。發燒了嗎？」女偵探用手摸我的額頭。

「耶，我很努力營造浪漫氣氛耶。」

「不需要啦。太浪漫的話，你離開後我不就會一直想起你嗎？這樣會是個悲劇的愛情故事耶。」她偷笑。

「我不介意占據妳的心，不管妳願不願意。」我開始在廢話寶箱裡找句子。

「我只是說說而已啦。」她別開目光。「嘿，你離開前要不要吃點東西？」

「好啊，就去我們當初相遇的那家咖啡店吧。」

「你很努力喔，真的。」她拍拍我的肩膀。

結果那家咖啡店今天休息。我們只好各買一份蔥油餅沿著稻田旁的道路上漫無目的地走。

「有件事我刻意迴避了很久。不過我現在覺得應該和妳坦白。」我深呼吸。「其實我好像有一個女朋友。」

「好像？」她睜大眼睛。

「對，好像。」我抓頭。「我知道這麼說很怪，不過我似乎失去了她的記憶。我想不起關於她的任何事。」

「那你怎麼會知道她存在過呢？」

「我在台北的房子裡有她住過的痕跡，還有我和她的合照。因為一些原因，我判斷我失去記憶的時間點是第一次來花蓮，也就是遇到妳那天早上。」

「第一次來花蓮就搭訕女孩子？」

「天性使然。」

「當你女朋友一定很辛苦喔。」

「我也那麼想。」我苦笑。「而我第二次來花蓮的目的就是為了找回這份記憶。很難相信對吧？」

「那你找到了嗎？」

「沒有。我或許和這份記憶無緣吧，我想回台北的家從頭找起。」

她和我並肩走著，咬了一口蔥油餅。「雖然聽起來的確很不真實，但我相信你。」

「妳相信？」我本來打算在她堅決不信時，笑著告訴她這只是我編出來的故事。

「嗯，雖然你廢話很多，講話常常很白爛，但用這種事騙我，沒理由啊。」女偵探晃晃頭。「何況你告訴我這些有什麼好處呢？你大可直接搭上今天早上的火車離開，不用理我啊。」

「說不定這只是想讓妳對我印象深刻所編出的奇幻故事。」

「那還挺成功的。」

我們沉默走著。看看田、看看雲、看看河流。蔥油餅被我們吃個精光。

「今天之後，我們對彼此的記憶也會逐漸淡化吧，就像你忘記她一樣。」女偵探突然說。

「這是當然的啊。我們也許會通個電話，寫寫電子郵件，在臉書上聊天。但不見面終究會彼此疏遠，最後，我們都會有一段新的感情，也許成家立業，有一些子女。」

「聽起來有點悲哀喔。」

「我們的心就是這樣的設定，這樣才不會永遠拘泥在過去。」

「這句話太文青了，不太適合被你講。」

「我要老實和妳講一件事。」

「你到底隱瞞我多少事啊？」她一臉無奈。

「其實我超文藝的。」

「喔，是喔。」她翻白眼。「這個我不信。」

「我說不定能寫一份小說給妳。」

「我不用看就先退稿給你，理由嘛，作者人品不佳。」她哼一聲。

「但是作者是大帥哥，所以能重新審理。」我說。

我們看著彼此，不小心噗哧一聲笑出來。

「什麼跟什麼啊？」女偵探大笑。

「我也不知道我在說什麼。」我聳肩。一隻松鼠從路上跑過去。

「你真的要寫書嗎？」

「不知道。對現在來說，這還不是太重要。」我蹲下來找松鼠，不過已經跑遠了。

「那什麼是重要的？」

「重要的是。我不想忘記妳，也不想被妳忘記。我不想在未來的某一天，突然想到自己曾經錯過什麼深摯的感情。也許情緒會被時間沖淡，也許以後我會回想起我女朋友的記憶而迴避妳。至少我要讓妳記得，在這一刻，我想讓妳永生難忘。」

「嘿，我都說了。這會是一個悲劇的愛情故事喔！」她臉頰有點發紅。

「我也說了，我不介意占據妳的心，不管妳願不願意。」

我吻上她的嘴唇，用舌頭交換著對彼此的記憶。

之後，我們什麼也沒說，安靜地道別了。

二十

坐上火車時我還沉浸在剛剛那像夢的現實。等天空漸黑我才拿出筆電嘗試在Word裡從頭開始回憶這場時間之旅。也許這會看起來像個故事，但其實這樣也好。

話說回來，當開始回憶的時候我突然發現……

我還真不是普通的欠打耶。

二十一

林思芸留下的物品依然四散在我房間的每一處。我隨便整理一下，躺回床上開始認真思考我是不是應該開始忘掉林思芸。呃，嚴格來講是早就忘掉了沒錯，但你懂我的意思。

不，我不是想回去找女偵探。我只是有點累。

尋找回憶的過程我看了兩個人在我面前死亡，而我至今對林思芸的記憶仍然毫無頭緒。

現在我甚至不知道該如何找起。神祕女也不會給我答案。

想著想著我不小心就這樣睡著。我好像有夢一些東西，但我完全不記得了。

醒來之後，昨天和女偵探相處的陶醉感稍微消退了一點。無論如何浪漫過後總是要回到現實。

我突然想到莊雅雯要我回台北時連絡她，想了幾秒還是算了。我現在沒那個心情。我看讀者甚至連她是誰都忘了。

隨便吃了早餐，我坐回椅子上趁著記憶還鮮明時，把從拿到那張紙開始的回憶一字一字記錄在筆電裡。

一方面是因為我說過要把故事丟給女偵探，另一方面則是我能藉由這樣整理思緒，一一檢視是不是有我遺漏的線索。

我寫了一段時間。大概是一週吧。這段期間一直流鼻水，大概是習慣花蓮的空氣之後，台北的空氣太刺激了。

我寫到關於鐘錶店老闆的部分，想到他說過的話：「快樂不太可能只記在腦裡，它一定被記憶在某個物品中。」

我很喜歡講些像哲學的廢話，對所謂的哲學也有種戲謔性的看法。不過我還滿喜歡這個鐘錶店老闆的，所以我決定叫他【阿福】，蝙蝠俠的管家。

看在阿福的份上，好吧，我再去接觸一次有關林思芸的所有事物。也許我能用不同的心態去找到不同的東西。

我花了一天的時間去仔細觸摸林思芸的每一件衣服、翻閱每一本書、看過每一張相片，我突然感覺這樣有點蠢，如果這樣能找到什麼，我之前就該找到了。

我拿出那本封面寫著【勿忘我】的畢業紀念冊，試著想像林思芸在寫這三個字的時候是什麼心情。她是在和大家說畢業後也別忘記她呢？還是要求我在她時心鐘走完一圈後別忘記她？

我又翻一次我和她相處時的相冊，裡面我們去過好多地方玩，這些地方我都記得，就是完全沒有林思芸的印象。

到底為什麼會就這樣消失了？明明曾正仁和針筒男都沒有被遺忘。

我把每一張照片從相冊裡拿出來前後端詳，有點像無謂的掙扎，不得不承認我似乎走進了一個思考的死胡同。即使我從來不知道胡同是什麼。

「我總有一天會消失，這裡的花圃會記得我。」我念出這堆照片裡唯一的句子。寫在我們在星南大學玩仙女棒的照片背面。

花圃？照片裡的確有花圃。

之前看到這句話我完全不以為意，現在我似乎找到新的線索。

不排除這只是林思芸少女情懷下的隨筆，不過反正這是目前唯一的線索了。

我不是一直都在嘗試許多看起來無謂的事嗎？

二十二

星南大學沒什麼變，學弟學妹的舉止和打扮在我看來有點莫名其妙，不過說不定我們當年也這樣也不一定。

照片裡那個花圃很容易找，我以前上學就經過好幾百次。

問題是我該怎麼找關於林思芸的記憶？

我對著花圃說：「嘿，你認識林思芸嗎？」

花圃說：「認識啊。」就把關於林思芸的故事全告訴我了。

貓啦！怎麼可能。

路過的學妹用很疑惑的表情看我。別怕，學長不是壞人。

或許我該翻翻土壤，看一下裡面有沒有東西。可是要用什麼翻？手？

我踮踮腳，決定去和學校工友借個鏟子。

「鏟子？你要做什麼？」工友疑惑。

「說來話長。事實上我是這間學校的畢業生，以前在那個花圃埋過一些時光膠囊。」我指著剛剛那個花圃說。

「喔！所以現在想挖出來是吧？」工友領悟很快。

我點點頭。微笑。

「不知道我當年寫了什麼。」

工友給了我一個小鐵鏟和裝泥土的桶子，當然我也沒埋過什麼時光膠囊，只是總不能和他說我只是想挖挖看有沒有東西吧？他會叫我回家玩踩地雷。

土裡面有好多奇怪的生物，我有點怕就算林思芸有埋什麼日記之類的東西也早就被分解掉了。

結果我挖到一個被塗黑的寶特瓶，看不到裡面的內容物。我嘗試打開，但是唉嗯，溼溼滑滑的。

我把寶特瓶洗一洗，拿起來搖一搖確定裡面沒有液體，但有個東西在裡面亂撞。

打開瓶蓋，裡面的東西搖不出來，瓶口可能太小。之前到底是怎麼放進去的？

我用鐵鏟切開寶特瓶，裡面跑出一個吉他造型的隨身碟，琴頸部分被寫上「傷心的人來打手槍」這幾個字。是我的筆跡。看來我的白爛是能用考古證實的。

我認得這個隨身碟，以前做學校報告時都會用到。畢業後因為比較少用就逐漸忘記它了。沒想到會在這裡遇見。

我把鐵鏟和桶子還給工友。

「有挖到東西嗎？」工友問。

「一張藏寶圖，我可能要揚帆出海。」我扯蛋。

工友大笑。

「看自己過去到底做過多少蠢事，也是一種樂趣。」

「我看完可能會想撞豆腐吧。」我笑著回應。

當然能撞在巨乳上我會比較高興。

二十三

回到家我把吉他隨身碟插進電腦裡。期待著裡面會有什麼。也許放著所有事情的解答或寄託著人類的未來之類。

但是跳出來的不是什麼人類的未來，而是數不清的防毒軟體視窗。糟，我不小心忘記這隨身碟以前是插學校電腦做報告的，而學校電腦根本病毒收容所。

我花了一段時間讓防毒軟體避免直接把這個隨身碟格式化，重複清過幾次毒後才有辦法打開資料夾。

隨身碟裡面有一些以前報告的成品，我打開懷念一下就刪了。因為內容真不是普通智障。

當我打開一個標題為【日記】的文字檔時，我感到自己正面向通往答案的門，而鑰匙就在我手中。

喀擦。

打開檔案的剎那，我腦袋裡的廢話開始安靜下來。

思緒跟著檔案裡的文字跑。

這的確是林思芸的日記，以內容判斷，是從剛和我交往時開始寫的。

我仔細從她的文字咀嚼那些被我遺忘的回憶，我緩慢地閱讀，感覺很奇妙。這是她曾經存在，並愛過我的記憶。

日記裡寫了很多零碎的小事，看起來就好像親眼見證一樣。

我帶她去野柳、帶她去六福村、帶她去華納威秀。我們一起看過許多電影，而她選的電影我總是看到睡著。

她喜歡看書。尤其喜歡描繪人生的故事。而我總是會吐槽那些作者大概連柳丁皮剝不開都能寫成詩集。

我們似乎沒吵過架。因為她知道自己時間不多，不想讓一點點摩擦破壞整段感情。

是的。她開始寫到時心鐘。開始對自己的生命有一點嘆息。

她甚至遇到永恒，永恒在她眼中是世界本身。她隨時隨地都在和永恒對話。並把對話寫進日記。

永恒告訴她很多事。包括時心鐘的意義、生命的意義、還有她消失後將被所有人遺忘。

她不太害怕死亡或消失，只是嘆息。

她不想要被我忘記，因此把她的日記存進這個隨身碟。

她怕我隨便的個性會把這隨身碟隨意丟棄，決定把它裝進寶特瓶，趁著我們一起去星南大學玩仙女棒時把它埋進花圃。

如果有一天。當我突然接觸到照片上的訊息，並也尋找著某個遺失的記憶片段，說不定能讓我想起她。

我想起來了。當然不是想起真正的記憶。

只是藉由林思芸的日記，讓我把這些回憶重新下載到腦袋裡。

但這樣很夠了。對一個被世界遺忘的人，我握有她生命的中的一塊碎片，已經很奢侈了。

這種時候我想我應該要哭才對，但我一點眼淚都沒有。

相對的，我對著電腦不自覺笑起來。

我根本不知道自己為什麼笑。那就像一個封閉的房間突然被灌入一陣風，裡面沉鬱的空氣開始流動一樣。

二十四

在那之後，我把這段時間的故事補上後續，把它稍微修改成故事的形式。打算大概一年後，也就是我的時心鐘快走完一圈時在把它寄到女偵探的信箱。

雖然不肯定，不過我猜測自己也會被所有人遺忘。

曾正仁和針筒男他們沒被遺忘的共通點就是沒接觸過永恒。而林思芸和我都有接觸過。

「永恒。妳為什麼會告訴林思芸她會消失而不是死亡。卻不告訴我我會如何？」我對著空氣問。

「因為她人超好的啊，跟你兩個樣。」神祕女照例不捅我幾下會手癢。

唉，我的錯。

我出國了。我大概估計了自己時心鐘剩下的時間，規劃了一段全球旅遊。

在每個地點我都會買一張明信片寄送到女偵探家。

明信片上沒寫任何字，也沒有任何名字。就只是從國外寄送過去的明信片而已。

我不確定這麼做是為了誰。不過有一件事是確定的。

感謝我吧，針筒男。我幫你在女偵探心中延續了你的生命。直到連我也消失，明信片停止寄送。她大概會認為你們夫妻倆在某個異國海灘上買個小木屋共度餘生吧？

我走在陌生的地方，看陌生的人，聽陌生的歌。

我英文爛到爆，沒有車、沒有房子、甚至連工作都不穩定。

但我過得很快樂。

二十五

這是一個後續。當你們看到這個故事，我大概早已經消失或者死亡。

如果我猜得沒錯。我也已經被所有人遺忘。

這個故事，對任何人而言就會只是一個純粹的故事。

這樣很好。看到自己的時心鐘不一定是好事。

不過如果也只是如果。也有可能我只是在歐洲的某個地方吃起司吃到撐死，根本一切只是我的誤解。

要驗證我是否被遺忘很簡單。

問個問題就行了。

例如：我叫什麼名字？

得獎感言／**張邇瀚**

先來說說我為什麼突然會想寫《時心鐘》這樣的故事好了。去年某一天，我床邊那台使用很久的鬧鐘壞了。它壞掉的方式不是整個不會動，只是指針斷掉而已。時間到的時候它還是會響，但看不出到底是幾點。我把它暫時繼續放著，在某個凌晨夜晚睡不著時突然想到：「我們好像也是這樣，時間到了就掛掉，只是看不出時間指著幾點。」然後，《時心鐘》產生了。

那台壞掉的鬧鐘現在還是放在我床邊。因為我至今仍不知道鬧鐘到底算一般垃圾還是需要資源回收。

這故事的主角並不是會受人愛戴的正派人物。卻也不能算是惡人。對他來說，善惡倫理跟本是無關緊要的事，他會為了生活費去陷害一個國中生，也會為了找出隨機殺人事件的凶手，用職業和語言對別人施壓。他一切的行為都出自於自己想去做，即使受人非議也無所謂。乍看之下，他的性格算是特殊。但在故事落幕之後，你會發現其實自己對他的瞭解不多。故事裡他的一切行為和想法都是自說自話，你甚至找不到第三者去證明他的說法。他已經在你面前，你卻無法看到他的輪廓，但同時，你會對他產生一點共鳴。因為他可以是每個人心裡深處，那個純粹追尋快樂的部分。

來說說得獎的感覺吧。我一直以為這類型比賽，是會選擇比較正經嚴肅的文學作品。看到這篇進入決選的當下，高興之餘同時也充滿了訝異。

無論如何，我當然是滿開心的。《時心鐘》這故事，我基本上是自己邊寫邊笑。讓這篇故事得獎這點，大概也表示評審也同樣看得很高興。這樣很好。比起被批評不正經，我更擔心評審把我的小說當成一種工作，而不是娛樂。

對我來說，讓人看得開心才是故事存在的意義。感謝你看完這份，我也不知道算不算得獎感言的得獎感言。

作者簡介／

一九九五年生，現居新北市。讀了五專三年後休學，現在剛考完統測還在申請新學校。沒事就寫寫東西，類型很隨意。不介意去嘗試各種題材的作品。喜歡的作家是村上春樹、九把刀、布蘭登．山德森。有時候會產生因為這本書太好看，而捨不得看完的奇怪心態。因此看過的一些書知道劇情，卻不知道結局。喜歡的音樂類型是重金屬，之前特地去學過金屬樂的黑死腔唱法，現在剛學吉他，以後可能會想找團員組一個重金屬樂團。喜歡毛茸茸的娃娃和動物。很喜歡諾蘭導演的電影，還有他弟弟導演的影集《疑犯追蹤》。

小學時因為一個叫天下無聊的作者而開始嘗試寫作，國中時期看到九把刀《殺手》系列後，決定開始投稿出版社。有一段時間投稿數次均未收到回應。直到在網路上看到一句「出版社的工作這麼多，哪有心力把投稿的稿件一一看完？你如果不先有幾個頭銜或話題性，憑什麼要出版社在眾多稿件中重視你那一份？」才決定把手上剛完成的稿件投給看起來類型比較合適的小說獎。那份作品就是《時心鐘》。

筆名叫奇蹟，純粹是因為能在自我介紹時說「我就是奇蹟。」這句台詞感覺很帥而已。

評審的話／

小野

文字年輕放浪又刻意輕佻，但是正因為如此，所以精確的反應了一個不容易被上個世代理解的年輕世代的哀愁和絕望。故事中的主角，一個有痞子性格的自由的記者，不斷想到一個被遺忘的女人，巧遇一個使用硫酸無差別殺人的凶手，而一個不斷追尋快樂的國中生又成了殺人事件的受害者。藉由一種叫做時心鐘的神祕東西串連了這個故事。當人們不幸成了時心鐘的宿主，預知自己死亡的時間，這世界會變得如何？這是一篇爭議性較高的作品，卻在最後脫穎而出，在於這故事已經具備了成為電影的重要元素。

陳玉慧

清新小品，大量使用時今網路語言，頗有創意。題材格局略嫌小，不乏理所當然的情節，部分對話或文句或許可更有力及簡潔。

蔡國榮

所謂「時心鐘」會寄宿在某些人身上，顯示出宿主的壽命，因此引出匪夷所思的故事，是屬創意先行的作品。文詞運用如行雲流水，然而，並非一般所稱的文字優美，而是無厘頭式的自言自語，構成通篇別具妙趣的另類風格。

鄭芬芬

乍看是個時下流行年輕用語、年輕思維的動漫風格之作，然而在極為淺白的文字推進之下，一個自成一格的哲思漸漸形成，隱含著對生命追索的熱情；劇情鋪排環環相扣，是個絕對通俗、卻有絕對的閱讀樂趣與影響力量。雖是小品，卻令人期待作者未來作品更具宏觀視野的爆發潛質。

這次多篇受日本動漫影響的作品中，最能兼顧奇想、異次元時光機器、推理的迴圈收束，與現實感連結換渡的一篇。包括永恒的女神幻影，包括怪誕或耍痞的人物群；沒有受狂想的虛構熱情而造成情節超載崩塌。故而在一電影篇幅的輕盈展開和收束間，讓人得到一種新世代將動漫經驗摺紙般偷渡到「電影魔術時空」的閱讀快悅。

駱以軍

佳作

期限

／呂志鵬

一

這是可怕的一天，當然這是相比起平凡的其他日子，雖然在這裡工作已有兩個星期，而且還是人人羨慕的在記憶局內工作，但我的工作室只能面對整排電腦和超智能型機械人、吃的是壓縮食物補充丸的生活並不太易令人適應，當然我想說的可怕並不是這些，反而是Q45型超智能機械人提出的警示，對了，這樣稱呼不大好，因為它不喜歡人稱呼它機械人，反而喜歡人家叫它小寶，看在大部分時間只有這個說話對象份上，雖然還是乾巴巴的聲音，只有八百二十三種組合的表情，姑且小寶就小寶吧！這樣反而感覺要好一些，起碼像有個真實的伴。但我們還是應該先說說那警示為好，它突然亮起紅燈展示光波脈衝調節系統因為故障將要停下來了，我進行緊急檢查：「縮小四十二，八十四部分、放大三百三十六及四百〇二，區域程式條件正常，間域負〇．九，小寶現在能否知道是硬件還是軟件發生問題？」

小寶回應：「暫時未能確定。」

「需要多長時間確定？」

「三分二十八．六四三八秒」

「要通知上級嗎？」

「按程序守則，黃色事故通知時間為六分鐘，紅色事故則要馬上通知。同時事故資訊會傳向世界政府總部，現在並無此必要。」

「但光波脈衝調節系統若停頓，則記憶庫中貯存的記憶粒子，便會有可能因為空氣微生物的接觸性感染而發生紊亂，或許嚴重的會令粒子大面積破損，甚至會令記憶粒子運行亂作一團，到時影響的可能是幾百萬人的記憶。」

「聶浩，這是最壞的情況，但根據資料計算該情況發生機率為零，因為光波脈衝調節系統雖然故障，但電腦已自動開啟保護程式，故只能列為黃色事故。」

平常跟它無聊時下棋輸了我已不大服氣，今天得勢還是要好好教訓一下它的，要它明白人類的靈活。

「雖然不能判定是紅色事故，但黃色事故是確定的吧！六分鐘後還是要通知高層的。」

它平淡地說：「不用。」

「什麼？」

「因為問題將被解決。」

我反而驚訝地問：「怎樣解決？」

「三分二十八．六四三八秒用來檢查全體系統，如果是軟件問題，按我自身處理修復的速度，可以在一分鐘內完成，如果是硬件問題，我身上有必需的零件，更換時間也不會超過兩分鐘。」

「或許你是對的，但由我剛開始問你已經過了一分多鐘了。」我帶著自傲的勝利微笑說著。

「由你問『需要多長時間確定』開始，我已啟動自動檢查，這項檢查無需你授權。所以時常都叫你不要只記著下輸棋，要多看看我的操作分類說明書。」

我幾乎要跳了起來：「我哪有只下輸棋？」

「根據資料顯示，你我之間的紀錄是四百一十七負零勝，三盤因工作中斷。那因工作中斷的三盤，按計算你獲勝的機率為零。」

「你說謊。」

「只有人會說謊，機械人不說謊，小寶亦不說謊。」

「你狠，我不跟你說這些，我問你，你能確保有足夠類型的零件可以修復光波脈衝調節系統？」

「不確保，只能保證其中八二．四％。」

「你看是吧！你怎知你一定能修復？」
「如果超出我的零件擁有範圍，那就是另一分項工作，將由其他分室，包括四十五、九十七、二十八、三十六分室的Q45型超智能機械人負責。」
「哼！」
「與其發出不滿的語調音頻，倒不如用心學習，否則菜鳥永遠只是菜鳥，不能升級的。」
「你好嘢！」
「謝謝。」
果然如它所說這一切都在控制範圍之內，事情沒有發展到我想像的那種恐怖地步。雖然它還真是有點討厭，但的確是個好幫手。當然如大家所見我在記憶局的工作是單調、低微又重複的，基本上就是處理機器系統，控制風險與確保記憶轉移工作的順利進行，用個傳神一些的比喻，在局內可能我連齒輪都不是。因為這裡的確人才濟濟，即使是名校畢業生，也只能擔任如我一樣的普通工作，甚至難獲晉升機會。每天朝八晚十二，一月兩天假期，中間休息也只能在崗位內自由活動（棋也是這時候輸的），而壓縮食物補充丸則由那細管領取。當然你可以選擇回家休息，但想一想這裡又沒有分子轉移器設點，來回時間肯定會花上不少，即使吃下壓縮睡眠丸，也只有三四小時可用，倒不如留在宿舍還要划算些，當然從這些方面來看這或許不是一份優越的工作，但免費壓縮食物無限提供（還有多種口味可供選擇呢），宿舍是獨立單人艙、完成合約後有懷舊飛艇及身體一級後備器官贈送，最重要的是有永久二級醫療保障、特高EXY補償津貼等都是吸引人的地方。據資料顯示，這裡員工是分為六級的，最高級的不太清楚、次一級的不清楚、再次一級……你們都知道了，總之一句就是不清楚。而我是第五級的，按規定我暫無需轉移記憶，直至我升上第四級，或到年期轉移為止，你不知道什麼是記憶轉移？《期限法》？不可能，做為現代人的你們是沒有可能不知道的。

二

一個有期限的世界是怎麼樣的世界，這是很多年前所謂激進青年提出的疑問，現在這個疑問沒有了，因為所有城市都立法規定了我們不能永久擁有，因為哲學家與科學家與政治家與企業家最終合流了，最後由X領袖拍板，我們應該只有現在，只有未來，期限是減輕人類包袱的最好方法，我們將會享受到被進化被發展的幸福。這就是有名的《人類的未來夢宣言》的關鍵內容，及後《期限法》的出現更將其變成具體的落實層面。當然有關這些內容及相關事項的發展歷程並不在《期限法》管理之列。雖然設置期限消除過去，如建築、書籍這些屬於物質性的還好辦些，大不了用分子解構「嗶」一聲就可以完成分解了，所以所有建築物都會露出一種難以形容的炫目色調和風格，很有新穎感，甚至未來感，這時代沒有廢墟，沒有那些所謂古代保育者發出的「是不是這過後建築就廢了，感覺好淒涼」的喟嘆。政府為每種物質設定了消滅限期，如建築物是十六年、電子水杯是三年、飛行艇是八年等等……而正由於所有物質都有設定的消滅限期，雖然在最初或許在物質限期包圍下有那些所謂的「living diaspora」，但很快人類在這狀態下反而加速地學懂了珍惜，學懂了在限期內盡力地利用。

要知道過去人們只有在死亡或面臨死亡威脅時才會出現的珍惜性，現在可以說被完全提前解放了，所以整個社會無論從利用率、生產率、創意率都有翻天覆地的遞升，當然對最後一項我還是有些保留的，畢竟都忘記了是否有創意？又有誰能證明哪些是創意？但可以肯定的是在期限設定後更新改造這個過程所蘊含的巨大能量、漩渦般把所有人及模式都捲了進去。

物質性的期限法得到空前的成功，但是記憶期限法始終是最難辦的了，所以在很長的一段時間記憶期限法還是停留在宣言還是宣言的階段，直至八十年前，人體記憶轉移裝置終於完成實踐應用，記憶移轉或刪除或修改變成可能，當然所謂的修改只是我自行想像的，不過我相信相關技術是絕對沒有問題的。具體表現是杏仁複合體與海馬組織等負責事件、日期、名字等的表象記憶及負責情緒記憶能被封鎖和複製。當然我們不會忘記走路、跑步，甚至特殊技能等，因為腦內的紋狀體得到強化，隨意運動的穩定、肌肉張力的維持、肢體姿勢的調節活動感受器傳入的資訊處理，即與無意識的運動反射控制得到相應保留。但這裡有個小瑕疵，就是我們有專業特殊技能，但與走路不同，我們平常不應用就不知道了，好像我能把這些都說清楚。我總覺得自己未消除記憶前本身就是修讀醫療人體工學或記者。總之無論怎樣，政府便在此前提下分階段地落實記憶轉移，由最初的保留三十年記憶，到現在保留七年記憶，聽說還研究再縮短呢！若以現在人均壽命一百四十八・三歲來計算（最長的還可超過二百歲呢！）我們幾乎可以擁有二十一・一八五次全新的生命（註：只有進行外太空探測休眠中的工作人員例外），而每次新生命開始，政府都會將生命注意事項匯入我們腦中，如我們的財產周波表、城市基礎圖導向等等。當然所謂的七年還是有例外的，就是有了小孩，記憶保留可延續一至兩次，直至孩子長到十四歲成年為止。而孩子首次記憶消除亦是在十四歲，當然這裡所說的「消除」可以說不大準確，應該只是轉移了吧！但一般人是禁止再行查閱的，除了特別原因，當然這特別原因在我所知只有一類人會申請成功，就是臨死前的人，而且必須要有醫療站開具的死亡日期證明前的一個月內可以翻查，以作一生的反思或總結，但除此之外的申請被政府反駁時雖然會得到很長的回應，但一般都只是廢話性的拒絕，而最核心部分的，都只會列出根據八八五六七一五／三二五八六／二一項《期限法》不被接納，沒有更多的解釋，所以有人要說這是不能解釋的法律，而轉移漸漸就與消除意義相同。記憶期限法出現後，有的人堅持不去記憶局消除記憶，結果被取消了戶籍，這可真大條了，沒有戶籍就等同沒有帳戶、醫療、教育、工作的機會，財產亦會被政府凍結，雖然他們還有自由活動的機會，但基本上所有人都會以厭惡和鄙夷的眼光看你，只有躲在隱蔽角落苟延殘喘的份，這是被地球和人類真真正正地放逐了，而且當所有人都忘記了你，你自己保留記憶又有何用？何況記憶消除後，好處還真的不少，如一切都能在起跑線上重新出發，集團領袖也好，清潔工也好，都必須重新選擇生命，即使最終做回原來工作，那又是一番新的體驗和經歷了。當然最重要的是人際關係，那些存在於心靈內的恩也好、仇也好，在有限的生命週期能看到它們煙消雲散，這是古代人類夢寐以求的事，今天科學終於做到了，能不快活？所以有很多人漸漸明白這個道理，於是便慢慢地全體接受記憶轉移的現實，為什麼我如此確定是全體？因為幾年前記憶局轄下資料庫曾發生大爆炸。雖然政府報告指出受影響的記憶個體有八千萬，雖然好些已經做了備份，但不排除當中會出現混亂或資料不全缺失的情況，但民眾對此沒有太大反應，大概正如保險庫的錢一樣，不能拿出來或者不用拿出來，多一些少一些，又或者亂一些沒有太大關係。

我居住的M城基本是不落雪的，然而想不到就在這個冬季我難得的一天假期，政府從午後就開始從廣場飄下那一點點像蒲公英的雪霜，漫天飄墜。約他見面純粹是臨時起意，這描述不太正確，都怪那6∨8&腦電波發射器太過精密，一不留神看見雪就想起他的臉龐白皙，結果腦電波便自動撥號到他腦內，這玩意什麼都好，就是太精密不好，不可以修飾自身的情感，雖然它可以過濾一些個人特定語氣成電子語氣，但始終就是太過直接，其實不用時我應該早早把它關掉。你看，多美好的一天，總有點浪費掉的感覺。

但現在開始最重要的是我應該仔細回憶一下他才好，於是順著記憶做出選擇性的跳接。何滔在那裡都無改他的孤怪，如把大牆變成一些人們想像不到的立體數字、在課室隨意大小便、或者把校旗用太空貓糞塗了一遍又一遍，總之按學校的說法這是典型的反動派人員，而其自身的形象應該是一頭烏黑青亮的小平頭，在桌上趴著睡的流口水樣子是我唯一的印象，或許不是他形象不突出而是他的行為太突出了，以致他的樣子就這樣平白地流失了，自從畢業後沒再見過他，經過這些年，他會有怎樣的改變？但無論如何，在我看來他本應就是該被忘記也最不可惜的一類，撥通他的腦電波真的讓我有些困惑。

「聶浩，想不到你會找我。」他的話在我腦內發出嗡嗡的金屬刮擦之聲，雖然他本來的聲音多像女性。

「何滔，你不要想得那麼激烈好嗎？你也知這樣我這邊腦細胞的迴盪是很激烈的。」

「你這個稀客找我，心情能不激烈嗎？我也剛好有事想找你，你看這就是心有靈犀，一起出來喝東西？」

我心想鬼才跟你心有靈犀，但口還是說了些比較含糊的推卻詞。「我在中心廣場，如果你不方……」在我還沒說到「便」這個字時，他已回覆了。「方便，十五分鐘，waiting bar，粉橙那間，知道在哪嗎？」

「知道，等一下見。」我把腦波器關掉。

waiting bar 內黯淡，燈光在這裡不太豔麗的渙散著，台上的 band 在發出陣陣的和聲，在這前奏後是種古詞演唱，聽說是當時的流行曲——

夜闌人靜處　響起了一闋幽幽的 Saxophone
牽起了　愁懷於深心處　夜闌人靜處
當聽到這一闋幽幽的 Saxophone
想起你　茫然於漆黑夜半
在這晚星月迷濛　盼再看到你臉容
在這晚思念無窮　心中感覺似無法操縱
想終有日我面對你　交給我內裡情濃
……

曲已散佚，但在電子擬音聯想下客人已附著和聲舞動起來，我走到房間坐下，侍應機械人以詢問的眼光看了我一下，我點了霧氣型香檳和液態牛排，喝了一兩口已不自主地打起呵欠，別說十五分鐘，三十分鐘也有了，或許這在現代人來說並不能說是遲到，但起碼不能說是準時，我安慰自己說這是人與人交接的彈性時間。但一分一秒地過去，他的還沒出現讓我感到不太自在。這時他才與一個人姍姍來遲，他絕對還是他，因為他是那種一進入公共場所就會先停下來細心打量四周，然後像發現獵物的你，快步衝過來把你逮住，這是不會錯的，雖然想不起來，但感覺很確定。而他身後的那個人，雖然還比不上何滔，但也算是個高個子，還相當之瘦，臉尖得像刀鋒一樣，雖然年紀應該與我們近似，但滄桑感頗強，儼然就是個有大經歷模樣的人，當然最奇怪的還是一看到他也有種熟面孔的感覺。

「Hi！」他若有似無地微笑著。

「你好。」我狐疑了一下，考慮該如何進一步回話，並努力地調整自己的表情。

他見我有如此表情，便立馬解釋：「剛約了他，正好就一道來，你不介意嗎？」然後再靜靜在我耳邊說：「他也忘記我了。」

我「哦」了一聲，心領神會。「不介意，人多熱鬧，隨便坐，霧氣香檳合不合口味，還是來個威士忌雪條？」

當他們坐下後，那個不認識的他就說：「隨便可以了。」

我不希望冷場，應該說我最怕冷場了，所以胡亂地說些膚淺的話。何況我們本身就不熟，多年的不見所換來的，當然只是那些不冷不熱的寒暄。而且我也將我在記憶局工作的事也保密過去了，保密原則我還是記得遵守的。最後我趁著良好的談話氣氛問：「今天你找我幹什麼？」

「這是個很好的問題，但你希望我立即回答嗎？」

「如果你願意的話我會非常高興的。」

「我可以先問你一個問題？」

「當然可以。」

「你知道他是誰嗎？」他突然這樣一問。

我搖了搖頭，「難道我們曾在什麼地方碰過面？」

他說：「這是我們曾經共同的同學，又是校隊波友，後來因事離開了，他與你認識早些，只是時間到了剛好被遺忘掉。」

我和那個他都同時「哦」了一聲，來了個擁抱。

「聶浩。」

「連星雲。」

當然我們沒有太激動的情緒，因為即使老爸和老媽站到我面前我也不會再有任何感覺，因為一切都像洗牌那樣重新開始，這些規則大家都是清楚的。但除了何滔，他帶點誇張語氣說：「我可餓了，正好大吃一頓。」

我笑了。在對談中知悉原來我還會太空球，而且還是校隊的，真的想像不到，我們仨開始禮貌地交換近況。當然話題繼續延伸著也是好的，本來。但世事往往總走向奇妙和無法理解的一面，當我們客套和幻想著過去是怎樣時，就是過去一詞時，何滔馬上插了話：「如果我們的記憶能再看就好了。」

空氣頓時凝結了，其實工作已把我活活變成隻貓，不時對相關有問題的問題都懷有警戒，所以對他的提問我都小心避開，當然我也是有心滅火於未燃，於是只客套地笑著說：「你不要跟我說你只有一個月命，所以準備向記憶局申請記憶提取吧！」

「當然不是，我是說如果記憶能不被轉移就好了。」他一字一頓加強語氣地說著。

我看到連星雲的臉當場就垮下來了，當然我也好不了多少，只是自己看不到了吧，當然任誰都知道他這些話雖然未至於犯法，但起碼可以稱之為禁忌，尤其對某些保守的人來說（我想連就屬於這類），單單是這種傾向就是像隻要衝出來的魔物，就好像有人跟你說我們這個週日一起去世界政府總部實施恐怖襲擊吧，最好帶著激光槍和納米型氫彈！對了，情況大概就是這樣。

果然連星雲首先就表示了意見：「何滔，你這玩笑未免開得太大了，這些年不是玩瘋了吧！」對，我差點就忘記瘋狂是何滔的代號，但我實在想不到竟變成異端了，難道他加入了記憶教？越想就越覺恐怖，但為了事情能有轉圜的餘地，我馬上打圓場說：「何滔都是想刺激一下我們的神經，雖然他是有些古怪，但還不至於要入歧途。」

連星雲還是緊張兮兮的，反而不知所故，看到了他，我倒有點開始放鬆了，不，應該是種期待，就像男人找女人或機械人happy，有經驗的都知道最高潮的並不是生物性的射精，反而是那種等待她們或它們到來的興奮，如果還是那些不合法的、非人工性紅燈區的，那種又怕被警察機器人抓又怕被機械性病感染的忐忑形成和轉化的興奮更叫人神往，因為就是無法預測，所以即使下地獄也美妙。對了，地獄不就是鏡子多維宇宙的折射嗎？何怕之有？anyway總之現在我就是有這種感覺，當然這種念頭實在一閃而過，幸好腦波器也並未開啟。否則被竊聽了就真正大條，何況以我的情況，絕對會罪加一等，如能立即被判清除記憶還好些，若是被放逐到風暴監獄、月球開發或神經馬留體重組所被研究之類的，火星仙人即使救得了你也沒用。

果然，更激的還在後頭，「現在進化發展要快，不是所有人類都需要這樣快，而是因為某些人認為快才是世界上最牛b的一件事，以為全球全人類的快可以向宇宙證明地球的力量，這種宣傳效果較實際效益更重要，但我們都沒有過去了，就好像搭上了火箭，只有超速行駛，起點被擦掉了。但你不知道開往的地方是否就是從前去過的地方，高速地繞圈怎麼辦？可這是密閉空間，你不能走，你不能反抗，一反抗就要機毀人亡，比不反抗死得更慘，所以唯有坐定定。」

連星雲反倒冷靜起來認真地回應：「那又怎樣，誰說一定要直線式前進？繞圈就如何不好？只要感覺好就可以了，只要動只要不是站在原點，直線發展模式始終離不開開始到成熟到結束，現在我們完全已突破了開始、成熟與結束的順序，甚至顛覆了科技發展本身所具有的競賽的特質與宿命而到達其他廣闊的可能層面，古時人類有一種娛樂好像叫旋轉木馬，其原理就是一樣。何況時代已令人對物質的需求達到前所未有的地步，這種需求已不是單純的物質衝動平伏就能解決，只有忘記，才能令所有都回歸到平衡。」

我雖然不知道什麼叫旋轉木馬，但我可以肯定連星雲的邏輯是十分清晰的。論證亦非常有力。但何滔也不是省油的燈，果然不消一刻就立馬回應：「快速的記憶轉換真有其合理性？」

誰知連的回應更快，我開始覺得忘記了這個人真有點可惜。他說：「既然存在就是合理，起碼大多數人默許這種合理，這不應從對或錯去考慮，而是選擇的問題，況且合不合理不是我們個體所能左右的。而且最重要的是快與不快根本就只有相對值，沒有絕對值，正如用飛艇快，那空間摺疊怎麼算？若空間摺疊快，那光周波轉置又怎算？」

有人說穿著能令男人變得莊嚴，因為氣態衣服能配合你個人體性而影響對方視覺神經，但我可以告訴你這不過是視覺一項，並不全面，但原來爭論更能令男人法相變得莊嚴極致才是，你看那個連星雲雖然比起那何滔身材要矮瘦一些，但他那種挺胸收腹的堂堂氣勢便是那種無可抗拒的台型。

「當然有人說人類無論什麼事，只要過了一週一切也會開始習慣，但存在的習慣就一定合理？還是人都陷入麻木的狀況去了，而且政府就有權去裁決習慣？甚至塑造習慣？消滅習慣？」何滔清楚地擺明了車馬。

進入中心了，我真的開始有點害怕會被馬上消失了，如果人手法律程序能再次復活多好，但可惜的是現在電腦時代，審判已成為歷史，電腦是沒有情面可講的，雖然沒有空間摺疊、光周波轉置快，但最慢〇．〇〇二三秒得出有罪結果還是相當恐怖的。

連星雲實在太……怎麼說呢？就是一個字：強。他直截了當地說：「政府當然有權，人腦的記憶庫存容量本身就不夠消化人類所有的過去與技能，不同意被轉移豈不令人出現自毀的傾向？」

「你信那些鬼話？」

鬼不鬼話我真的很難說，但有專家預言若不限制記憶發展和膨脹，那麼人類將有可能在一千年內滅亡。

「人類腦訊息容量的龐大壓力與人類生物進化不成比例，記憶被轉移能令情況得到解決，如果勉強保留訊息則有七五．三八％產生原生理病變，當中有五〇．四五％有死亡可能，三二．二六％變成痴呆，餘下的是立即腦負荷紐帶破裂。這是對全人類生存的負責。」連語氣果決。

「這不過是新生命匯入的注意事項，難道不會是作假？」

「你如何得知是政府作假？」

「你這樣問等同問如何得知天會藍。」

連一陣無語後，最終擠出了句：「不知所謂。」

「是我一個朋友告訴我的。」何滔不徐不疾地回應。

連狠瞪著：「那是你朋友作假。」

他嘆氣，那嘆氣聲有足夠的穿透力。「他不會。」

「你口口聲聲他不會他不會，你憑什麼說你朋友比政府可靠？」

「因為……」何滔的音量漸弱漸歇，最後甚至有著一種不語的吞吐還悲感覺。

「因為什麼？」

「因為……因為他是你。」一聲帶微微振動出那種蕭索味道非常濃重。

說真的，這太驚人了，雖然未經證實，但即使作為一個旁觀者也夠心驚膽顫了。

連也嚇得跌坐在氣椅上。「我……我……沒有可能……你亂說。」

「那些話都是那時你悄悄跟我說的。說若有一天你再聽這些話時表現激烈反對，那就證明政府做了手腳。」

「不，不可能，你講大話。」一連囁嚅著但同時亦加重了語氣。

「你大可使用宇宙射線共振測謊儀，那不是最一目了然？」

「不，你可用腦金屬塗層就可瞞過射線共振。」

「我不會，而且我有必要犯險這樣做嗎？對我有何益處？」

雖然我不知道連突然想到些什麼，或許是我捏著他的手臂暗示不要再爭有了效果，但最大可能是他感到繼續這樣耗下去顯然對自己沒有好處：「我不知道，即使退一萬步你說的是真話，也是能算是我當年無知至極的想法，我的記憶也轉移了，這不是也說明我是自願放棄這想法？現在我已在轉移過程中變成另一個人，你為何不能接受我的新生想法？」

「我不覺得你是自願。」

「何滔你不要這樣過分，你這個嘮嘮叨叨的人，你以為說這些廢話可以改變我嗎？自不自願我自己知。」他幾乎用吼的。

「你不知。」

大概是他意識到自己剛剛的聲音太過高亢，於是便調整呼吸，壓了壓情緒。「不知就不知，我不願與你爭辯，但你年紀也不少了，該分辨到那些只是少年話，即使當時多麼的真，後來當下的只有後悔再後悔。」

最後何滔深深吸了一口氣，用最憂鬱的眼神說著：「果然除了我的頭腦要比你清醒之外，你的意志及說詞還是天生地比我強得多，我亦預視到我的失敗，本來想過這一輩子也不告訴你，但我仍是要硬著頭皮來找你先看看情況，但見到你後我現在卻更加希望你知道。正如當初你說服我一樣。」

就是這句話，我隱隱約約覺得已觸及我心中的某個重要角落。對了，最後何滔離開前還拋下這句話：「活到人生盡頭，竟然連以前做過什麼也想不起來，在到你舉行葬禮的那天，沒有人來悼念你，你還可以說自己悼念自己，但若連自己都失去了自我呢？你就會明白人生不完整的悔恨，這樣的人生多沒意思。這是你說的。」

連星雲背對著聲音的來處，說：「再見」

相信這是一場不歡而散了的聚會，我想是沒有人會反對的，但最奇怪的是現在只留下一個最沒關係的我，以及一個我不認識但又應該認識的人，我明明白白就是一個永遠的局外人、旁觀的看客，真的很奇怪，但不知為何這場會面，我總感到這是置身其中的一齣惡劇的開場，隱隱在透露著不祥的氣氛。

當然這一切都是因為何滔企圖用想像來挑戰現實，而連星雲亦做了有效的辯述，但是世界真的只有單純的二元模式？只有生與死？只有黑與白？只有裡與外？只有忘與不忘？能否有更多的可能方向？

三

「在轉移記憶之前，先感受世界、感受自己的心跳，然後才決定選擇。」他的話總是那樣地富有魅力。過了五年平凡又平凡的規律生活，還有兩年。自己會做出這種事情連我自己也難以置信，就像坐在人工模擬皮革椅堅決不關閉氣化外套調節，而發出窸窣的摩擦聲一樣，或許在很久以前就有這種念頭，只是剛出現就被警覺地喊停，所以痛苦才繼續地痛苦。灰黑色的顆粒開始跳移攪動，這種視網膜留影的確早就應該刪除。

「七二　八四　三二　六九」

若非那位置根本就沒有分子轉移器連結點，我是不會選擇緩慢的飛艇，現在飛艇持續平穩地行進，窗外已經罩上靛青色的暮靄，或許還有些綿綿的雨粉，我吸了八份的威士忌，跟著連星雲的留言最後去到那裡，當然想起和落實去追尋，你們也知道是兩回事，而來到這裡，全是興之所至，亦彷彿夢遊，反正我一開始就是奇怪的人，但想深一層除了性格使然亦可以說是變數之一，正由於全然不知結果，每分每秒都有著新的變數，世界才會變得引人入勝。

不過老實說若不是有座標，我還不知道城市還有這處地方，這裡該怎麼形容呢？對了，一個陌生的世界、陌生的語言（應該是陌生的語言內容才是），與那《期限法》那忘記的陌生中混搭熟悉，又是另一類型的陌生，這裡無疑就是一個大廢墟，在到這之前，我還以為廢墟已在地球上絕種了。這刻真的很靜，滴水聲微弱間斷令這裡顯得更黯更靜，空氣不時散發著霉臭的味道，大概連城市空氣調節也失效了。雖然這裡就像整團的黑暗與髒亂緊緊地揑住你，但不知為何總較鮮亮的城市來得真實。陋巷深處，幽暗暗翳，寒意浸蝕著地面，危樓透出灰黑的線條及蔓生的霉斑，而他就是那背靠冰冷的牆角邊頹坐的老人，一個不起眼的人，就像霧一樣被蒸發掉我們也不會為意，只有幾隻蒼蠅動也不動的結伴坐到他頭上。我趨上前，說：「不危險嗎？」

「可比你安全多了。」他頭也不抬地回應。

我隨即遞上威士忌噴霧：「要嗎？」

對方這才抬頭好奇地瞧我一眼，然後用他那沙啞的聲線問：「先生，你在施捨我嗎？」

我打了個突，笑著說：「不，只是想找個人陪我吸吸酒。」

我隨即也坐到地上，一陣無語，為了打開話題緩解無話的尷尬，我指著對面路邊一棟稍好的紅房說：「那是你家嗎？」雖然出口後便頓覺白痴，有人會不住自家坐在屋前路嗎？何況他們這些人能有家嗎？果然他接著道：「那是昔日的動物轉化食型加工場。」

我立時忍俊不禁。「挺適合我的，若給我選家設在那裡就夠過癮。」而他也跟著笑了起來說：「看你這身打扮，你應該不屬於這裡。」

「人有真正屬於自己之地嗎？物質會被消滅、記憶會被轉移，以後就不再屬於自己了。」原先那若無其事的他表情瞬間好像攀附著團火。「所以先生你認為一切都順理成章，那你覺得現在生活過得不好？」

「不是不好，也不是好，而是就像在交界處，那種若有所失的地帶。曾想過把它弄清，但就是越弄越不清，或許想太多這會令人自尋煩惱。」

「只是你已經開始懷疑了……」

我有些茫然，即使只是一兩秒鐘都已經洩了底。「不，只是經常就會冒些念頭出來，反問自己那些不可企及的美好，尤其是早前見了個朋友……在想，是不是睏倦的腦袋需要新鮮刺激嗎？人或許就是天生無法忍受苦悶刻板的生活，這才需要發明和發現，令世界，甚至一切也變得新鮮，從前的人總以為這『雙發』是能無限延伸的，但當人知道發明和發現也會有盡頭，不能再滿足活人的新鮮追求，所以才需要忘記，需要把記憶轉移，只有這樣才能循環滿足無窮盡的慾望。」

他彷彿看穿了我的所思所想似的。「先生，那種人生不是完美的，太過空洞與虛浮，缺失和忘記只會令人生更加地不完整，人不是單單只由慾望構成。」

「你想說我們失去比得到的更多？」

「這是無法比較的，但你在做那些一般人不會做的事，到底為了什麼？」

我驚訝。以致我檢查腦波交流器是否開啟著人際交流模式。

他大力地吸著威士忌說：「不要驚訝，這只是我瞎猜的，只是先生你那被壓抑、等待被釋放的過往的意欲已在臉上寫了出來。人有很多時候不一定要靠機器。他們還有天生的直覺。」

「我……老實說我從未想過，或許我想在有限時間多做些自己喜歡的事。」

「又或者先生你是想在世界留下這刻的你的一些痕跡？」

「這……」我猶豫了，我實在不想將問題過度簡化，再以一刀切的方法來做了斷。正當我思索著，他反而直截了當：「你快活嗎？」

剛剛不是已經問了過得好嗎？難道過得好與快活之間並不等同？望著他，對了，過得好就像吃飽穿暖，快活就像要心靈執迷的解鎖，真的不一定等同，有時還有可能相反，如果真的要深入自剖，「我大概是快活的，我每天也很充實，過得也很寫意滋潤，吃我喜歡吃的、做我喜歡做的，我不久的將來等待我的是另外更多段的精采人生。」

「是嗎？在我看來你們這些人要麼在假裝活得很快樂，要麼是一生力求偷生而不自知，那是期限為你們釋出的興奮，就像毒品，你是否現在在想即使那是毒品也比我們生活優質，你在認為我們過得很潦倒，甚至連慘也概括不了？」

「不……不是。」我回答得像在矛盾中打滾。

「隔離巷的是陳十六、ZTY小檔的是李化白、山的那頭有白菊的後代、五十年前還沒有飛艇只有輪子機械，一切熟悉的事物或人的腔調，你會確切地感到做為人類這最親近的感覺。我們根本不會信任什麼記憶轉移，正如我不會將生命轉移給他人一樣。」

「那只是真實的幻覺，但世上根本沒有永恆的記憶。」

「或許……但世上卻有永恆的誘惑，因為不想忘記，我們這些人現在已經被政府，甚至人類遺棄，既然是我們選擇了，我們也無需要再理會什麼是世人眼中的潦倒，什麼是慘，因為這裡才是天堂。」這些話完全充滿了種種弦外之音。

「人類還有天堂嗎？」

「能想起過去給予過去最溫暖的解釋，不就是天堂？而另一類的所謂天堂不都被政府和期限法占據了？難道全體人類都需要忍氣吞聲，維持那發展表面的完整？」

有時人與人的交流不在字面的含義，更多時候是要考慮說話的人在企圖傳遞的是什麼訊息。「但科學的鐵律是難逃一『忘』，問題是在怎麼看待這件事，這裡最終還是信與不信的選擇。」

他眉頭緊皺：「或許這是一個沒有對錯標準的年代，但你們亦要明白我們只是想讓記憶在最原始的型態下被保存下來，這有錯嗎？我們這些人最明白政府是不可信任的，但到頭來卻選擇相信了它，其實相信了就預示著我們已經完蛋了。」

我接著說：「所以你選擇了？」

他壓根就有把尺，也想用自己的尺去丈量世界。「不，正好相反，那壓根和選擇無關，我只是在做我應該做的事。所以目標已達，其他的好與不好都只是副產品了吧。但我亦要佩服你們，記憶是靈魂的依附，是人活著存在的原點，連這亦敢於轉移，誰說不是最大的勇氣。」

「但政府不是宣稱不轉移記憶會為人類腦袋這玩意帶來巨大的創傷性風險？」

「那你覺得我腦袋像有問題嗎？」

老人的挖苦與回答向我展示了思考邊界之外的震撼，無疑是巨大的，但我還是十分驚訝，為何我的反應竟是如此之巨大，這不過是一席話而已，尤其是被遺棄的人的一席不應被重視的話，是否我從前就曾這樣迷惘過？所以感覺才會被無限地放大。我大口大口地吸著威士忌，凝望著被霧靄包圍的野樹群，多少年未見過活的野樹了，都是各種人工味道配製的立體投影，凝望著紅屋，那是否我過去都曾來過？我感到一種未來可能的延續。不知道。既然不知道，何滔啊何滔到底什麼才是你要的，你不是天不怕地不怕的嗎？剛強原來從不在我這裡，你何不忍受那軟弱，忍受身心失去憑藉，只要短暫的微不足道而必然的忍耐選擇就可悠長地過著安穩的美好生活⋯⋯不知為何眼角成了淚水的源頭，是啊我怎麼哭了，大概那是自我厭惡感和迷惘心化成的。

連星雲，想不到他是一個預言家，預言我何滔一定會到這裡來，我真害怕他所有的預言都變成真的。
「有需要幫忙嗎？你看來很困惑。」她柔和的聲音與環境形成強烈的反差。
「我只是發現自己將這一座城市看得太清楚。」
我並沒有察覺她的到來，或許我沒有察覺更多的改變正悄悄發生。

四

就這樣時間一天一天過去，走在街上，真切點說只是一條能看見城市底部的窄管，因為分子轉移器與管道已是最方便的選擇，所謂用進廢退嘛，以漫步為目的的走動可以說是一種非常奇怪的舉動，因為機械的一切實是欠缺美感，當然在四面伸展的路上是再看不到人了，間中是有智能機械巡視或支線艙門修理員，但我依然選擇漫無目的地讓兩條腿帶著，專心流浪，好讓內心的那份騷動平靜，因為那次會面實在引發了我極度不安，而何滔就像在天空的神一樣，以那無奈之眼，俯瞰我們那執迷的生靈，當然理念不同意見相左，但願兄弟之情能超越記憶，即使在腦袋中被抽走但仍然能深刻在每個細胞內，令那真情直白能百無禁忌。
「啊——這——」我沒有為了不小心碰到的人而致歉。因為呆了，當然這毫無疑問是應該的，因為我覺得在這些窄管中人類相碰的機率還比地球遭其他星球相碰機率要低出二百萬倍，當我回過神來，我驚奇地發現她為什麼還坐在那裡？是我撞得太狠了嗎？沒有理由，衣服氣囊應該可以抵銷撞擊的，人不至於要坐地不起，果然她慢慢扶爬起來，我催前去「對不起，妳……」
「請問可以幫我找找那聲納手杖嗎？」
「聲納手杖？」真想不到現在還有這古董，當然有一點還是可以肯定的是她是一個……一個……瞎子，真的很難聯想到這個詞，不是因為記憶被轉移，而是真的很難記起，因為要令人看不到是很難的，只要植入晶片投影軟體就可以完全解決了。而且在醫療站不需三分鐘就可以處理完成，沒有任何危險或副作用。想不到……真想不到，今天真是交到萬年的運，居然在街管之內碰到一個瞎子，我想這絕對可以列入人類超乎紀錄名冊。

「這……」我實在一時不知如何反應。當我反應過來後，我深深地吸了口氣，輕拍了一下她擱在膝蓋上的手背，便開始找她那聲納手杖，不消一刻我已在她身後找到了並交回到她手上。

她握著手杖，努力嘗試校正我倆的面向：「對不起，我發生意外，眼睛看不見了，正在學習走路，真想不到這裡還會有人。」

「我也想不到。」我喃喃地說。

她興致地邀請：「不介意一道走？難得在這裡碰到人。」

大概有種同是淪落人的感覺，不，應該正面些想，是知音才對，所以我馬上接口：「的確挺難得，反正我也是隨便走走，送妳一程嗎如何？妳想去哪？」

「三十二站。」

「這邊。但路還頗長呢！不想用空間連接口？對了，想用都不在這裡了，我們走過去便是。」

她笑了笑。老實說她穿著素白上衣，有著清麗娥眉、身材瘦削頎長、長如瀑布的黑髮，煞是好看，張開眼看起來很正常的，實在看不出是個瞎子。

「我們好像還沒有自我介紹，我叫張可頔，你好！」她向我伸出了手。

「聶浩。」我應了手。

現在整個過程，無論是場景、人物等等都讓人覺得像是那部電影中的一幕，頗為戲劇化。

「這可是我盲眼後第一次走到這裡來，原來失去手杖會很難克制那全身肌肉緊繃的感覺。」

「那盲眼的感覺好嗎？」我開玩笑地道。當然有人可能會奇怪我為何這樣問，最主要的是我始終堅信盲眼根本是自找的，雖然我不知道具體原因是什麼，或許是為了好玩，或許是宗教，總之人有些時候總是奇怪的。

「實在太差了，就像在黑暗中懸空晃動，還有一點點暈眩感。起初還不太適應，甚至在空間連接口站還有人咒罵我不排隊呢！老實說也真對不起那些排隊的人，只怪這手杖在空間連接口附近會受到干擾，功能時好時壞，有時想排隊也不知道要從哪裡排起呢？」

「雖然我的問題可能妳會覺得很直接，但真的我想請問一下，為什麼不去植入晶片投影軟體，即使是天生的眼疾，應該也能有虛擬的光暗影像，總比那古董手杖要好得多。」我很好奇，於是便直接詢問，當然這些奇怪和不尊重隱私的詢問通常只會發生在陌生人身上，又或者從根本上一個盲人能給予我最適當的安全距離。

「可能你說的是對的，但我是異者。」她一字一頓地說著，緩慢但有力。

我「哦！」了一聲。對了，這樣一切都合情合理了，想不到真實的何滔類異者會突然出現在我眼前，當然她比何滔更嚴重些，因為很明顯的她已是實踐者，異者——那些因為選擇記憶而被人類社會及政府拋棄的人，雖然他們並未禁止在城市內活動，但一般人都會害怕接觸他們，他們的存在的確在某程度來說是一個內在的禁忌。

「如果你認為不太合適，我們可以分開走。我也習慣了別人厭惡的啐聲。我是不會介意的。」這些話與她那微笑實在不太搭配。

我沉默。她說的是對的，尤其是我的工作身分的確有些尷尬。但當她開口說「再見」時，我馬上又改變主意了，或許是何滔與連星雲的談話開啟了我對異者的興趣，或許我對眼前這位異性產生了好奇，或許是她那種特殊的身體氣味黏連到我皮膚之上……總之無論如何我還是說了：「沒有問題，一道走便是。」

她微微一震，看來對我這樣的回應頗為出乎意料：「你真是一個奇怪的人！」

我笑了笑：「很多人都這樣說。」

她眨了眨眼，說：「他們都是對的。」

最後我倆一起大笑起來，隔膜也隨即打破了。

「對了，張小姐……」

「叫我可頤就好了。」她抬起臉。

「那我就不見外了，可頤妳是天生的異者嗎？」

天生的異者理論上是指父母都是異者而共同生出來的小孩，因為已屬非主流，故只能一生來就是異者的命，那若父母其中一方不是異者呢？法律的確沒有明白規定，但這是沒有可能的，要不大家都轉移記憶了，要不大家都沒轉移記憶，只有一方記憶轉了，而另一方不轉，他們是無法得到認可結合的，自然就無法獲取生殖或生育權的，如他們會被強迫絕育或孩子被國家接收教養等等。那自然就不會有後代，他們的世界是容納不到另一些人與自己相依的。而後天的異者就是後天拒絕消除記憶，並接受被政府及人類社會排斥的人。當然對異者們能做出這樣艱難的決定，我個人認為這種自願本身就是一件了不起的事。

「我是後天的異者。」

「那妳的眼……」

「那是我選擇當異者後才意外弄盲的，所以無法再在政府醫療站內安裝晶片投影軟體。」

「那太可惜了，而且我真的不是太明白……」我表示了疑惑。

「不明白我為何會選擇記憶而放棄眼睛？」

我點了點頭。

「我慶幸自己不是天生的盲眼，我的生活周遭和生活資料都是我能認識和掌握的。但記憶呢，我一生人只能擁有一段『我的一生』，若被轉移了，那豈不是終身殘缺。」

「妳這樣也有道理，但……妳就不害怕因為不進行記憶轉移而令腦訊息容量不勝負荷？」

「我還沒有這狀況，我認識的人也沒有，而且當你明白了愛，知道什麼是愛後，愛就會轉化為信仰之力，當達到一定程度時，它可以讓你變的很強大，強大到可以面對所有可能發生的逆境。」

「那什麼才是妳口中的愛？」

她深情地觸摸著管道，彷彿每道細紋都有著不同的故事。「這座城市，我愛這座城市，我原本就是一個建築設計師，這城市大部分的建築也有我的份，我記得它們的圖紋、我瞭解刨光光纖的走向，我可以背出牆上成串排列和四周接連的符圖，只要我一想，腦裡便可看到圖像、地圖和空間構造的細節，所以可以說我對它們的構造比起對我自己身體的構造更加清楚。」

「所以妳不忍心忘記或轉移這些記憶，甚至寧可眼睛再看不見。」

「當然我也是人，也曾為自己而悲哀和不愉快，甚至不飲不食不睡，但後來我漸漸面對現實，明白看不看得見不是重點，因為要看的，它們都在我腦內。」她拍著自己的頭殼。

「但與人交往豈不是困難重重？」在「重重」兩字中我特別加強了語氣。

她也明白我的意思，說：「當然無論我是異者抑或是眼睛問題只要是必須和別人互動，就很難駕馭了，這是實話。」

「但這樣換來的記憶值得嗎？」我頂了回去。

「值得與否只有自己知道。」

的確什麼是值得的只有自己才知道，何滔也是這類人嗎？我開始明白異者們的一些感受了。

等等。我打斷了自己的一貫思路。「但人總不能無止境的那樣懷緬過去，雖然妳保有了記憶，但妳無法再讓自己出現繼續增加和修改自我記憶，一種新方向的可能，那不是得不償失嗎？」

「人生有限，人本來就無法進行無止境的認識，人只能專注和從事其中的一小部分，即使你有正常的眼睛。我並不是想懷緬過去，反而我想為它們重新出發，可能說出來你會笑的。」

「我不會笑的，我保證。」

「你保證？聽你的語氣也不像假的。好吧！我是想為城市的每幢建築物都記下筆記。」她的聲音與手杖接觸的聲音同時在我腦內形成迴響。

「所以妳才在這街上走著，對了，應該就是這樣，但這又實在太扯了吧！」

「你認為不可能？」

我嘗試攻擊著她那自欺欺人的防線。「我們暫且不論技術上是否可行，或許妳可用建機模擬系統、又或者高頻回聲波，甚至定位光譜，但所花的時間巨大不用說，而且最重要的是有意義嗎？」

「沒有意義嗎？」

我實在想不到我倆話題能談成這樣。老實說我真想不通有誰會為那快速崩毀的事物在灰飛煙滅前留一鱗半爪的證據。「在我所能瞭解的範圍和細節，我認為這基本是沒有意義的，因為根據《期限法》的規定，政府會為每種物質設定了消滅限期，如建築物是十六年、電子水杯是三年、飛行艇是八年等等，妳沒有可能……」

「為何不說下去？」

「妳不會是那樣吧！」我感到冷汗如小蟲般爬過額頸。

她雙眼空洞，但語氣卻甚為堅定。「為什麼不會？」

「這……」或許我才是一個真正的孤獨者，因為孤獨者太容易誤讀或低估這個世界了。

「不要忘記我有無限的時間，我一生的記憶。」

她把她的筆記本拿出來，那是純木造的紙，沒有一絲的機械成分，只是上面的墨呢？具體雖然還不是太清楚，但絕不是電子墨，所以政府如何能消滅呢？但禁書可是一定的了，望著最原始那密密的建築圖案，實在太像某種的太空藝術，當中隱喻著最原始的激昂，同時亦完整記錄她自己的生命。而且最重要的是儘管她的眼睛看不見，但由這些筆記我可以看到她與這世界最強固的聯繫。

所謂投桃可要報李，但見她誠實如斯，我也難以對她隱瞞，我將何滔與連星雲的會面情況跟她說了一遍，當然最重要的人名和特徵都被我技巧地隱去了。雖然如此，但我也曾懷疑自己應否向陌生人透露這些，我也以為自己會絕口不提這件事。但一來她是個異者，二來她是個瞎子，三來她又向我展示了她最重要的寶物，這些都是支撐這個決定的理由，但最重要的是從她的表情中我就感到她是個好人，一種特有的稔熟感，不要問我為什麼？因為有很多時候答案遠比過程來得容易和直接。

她靜靜地把我說的聽完，一路上便陷入沉默，直至到三十二站前她才說了一句：「等待和停滯總令人心煩氣躁，而選擇就是希望讓自己出發，其最終目標是按自己的內心世界前進，然後在現實世界裡找到與自己相符的空間。正如一個人只是希望把自己安置於一個安全溫暖的空間內，他實在並不應該被非議，即使他並不是其他人，甚至大部分人所能理解的狀態。」

「妳的答案是……」

「這不是考試，不是一定都要填上答案，填未必對，不填未必不對，以我自己為例，它們都不重要……還有我希望你不要太責怪你的朋友，不捨的告別只會意味著延遲，意味著時間的延長，意味著甚至錯過出發的最好時機。」她的意思最清楚不過。

她就這樣離去了，而我亦鬆了口氣。原本以為她做為異者應該會有傾向性的，甚至應該批評連星雲一兩句也合情合理之至，誰知她會給出這樣的答案，總有些出乎意料。

人到底能不能擁有一種「使用全部人生」的生存方式？要麼記憶？要麼生活？這是一個問題。

五

知道何滔被抓的消息純粹是偶然，而且還是透過連星雲，最想不到的是告發者亦是他。這是那次會面的一個月之後的事。

他一來就開誠布公。「那天我醒來的時候，你知的，任何人無聊時都會收腦波新聞，雖然它看似快要被淘汰了，但我看到那主播在講《期限法》，不知為何我有衝動，我的腦子就是覺得我應該要告訴政府何滔那種危險的傾向，真的，你要相信我，我真的是無心的，也不是跟他有仇，但為了世界的穩定，我，我只好……而且我把自己都交代了。」

「這是典型的利用政府剝奪其他個體選擇的權利。」我暗自思考著。雖然說實在的，大概他也是基於非常強大的壓力和交心要求的自我強迫結果，但令我最不能接受的還是在「腦波匯報」中所說：「政府一再維護我們人類安全，我們應該是要揭發身邊某些人錯誤的傾向與一切有可能的潛在罪行，我覺得他（何滔）的出現是對我幫助，給我以回報政府的機會」、「為了對過去所做的錯誤傾向進行徹底調查，如果需要什麼資料，凡我所知道的，我一定提供配合」、「自己如果要聽政府的話，必須破『私』，解決世界觀的問題，否則必然會犯這樣那樣的錯誤，甚至成為不可救藥的人」。

真想不到，他為了一步到位，不惜污人並自污。這與他第一次見面給予我的感覺大大不同。雖然我還是不太認同他的做法，但我還是按捺著情緒口裡說著：「我明白，理解理解！」地安撫著他，因為任誰都可看出他眼神渙散、情緒不穩定，你看他說話時就這樣緊緊地扯著我的手臂，讓我無法掙脫，只好靠著他坐著。

而他依然喋喋不休，看來精神狀態真是差到極了。「或許因為是用了不少的壓縮睡眠丸或鎮定丸之類，我也不太確定了，總之頭腦因而有點渾濁，我實在不想再做那個夢，夜夜被相同的夢喚醒，猶然歷歷在目，然後翻來覆去還是睡不著，一閉上眼，夢裡又套夢，在過去的夢裡又去了更過去的夢。說也奇怪，總有些覺得與何滔心意相通。」

我納悶。「你到底具體夢到些什麼？」

「我……」他聲音乾乾地吞吐。

我等著，但見他沒有後續的說法，於是為他遞上了水杯，並著其「慢慢說」。

他迅速地把杯子裡的水喝光，然後直急地說。「短短的快速的，那些畫面看來沒有多大意義，但我也不知道發生在哪裡，只依稀感到夢見在跟何滔在談話，我們那個時刻真的談得非常投契，對了我在不在那裡呢？好像在，又好像不在，總之那是一個不為人知的某處地方，那裡雖然頹敗，沒有新型的擠擠的建築，但盡是天堂。」

「什麼是天堂？」

他頓了頓，彷彿在思考最合適的措詞。「或許是地方、或許是名字，或許……總之那是一種平靜感覺，但這種感覺在我人生中好像從未如此強烈過。無聲無色的悄冥安然，那裡的風並未牽動了什麼，或許根本沒有風，一如飄渺無定的冥想，陽光是乳白色的，像外面隔了些什麼，整個空間是一個由乳白、淡黃交織成的境界。與其說熟悉，倒不如說是更自然、更舒適的柔和。總之就是有種不可名狀的親切感。」

我在不斷的傾聽中，最終反覆思索分辨釐清。「或許那不是一個地方，而是具體感覺，星雲，你有否想過何滔說的是真話？」

「什麼話？」他對我的解說流露著不可思議的神情。

「跟你說的那些有關記憶的事情。」

他瞠著我面紅耳赤：「我不是已經解釋過，何況兩者又有什麼關聯？」

我沒有理會自個繼續說：「或許是你帶了何滔去一處有關記憶地方，又或者是何滔跟你的指示去了，這不是重點，重點是你們之間應該真有些祕密……其實……」但見他精神萎靡，下面要說的話我實在沒法說下去，其實我是想責難星雲，他實在不應該太魯莽就舉報了何滔。

「我現在開始覺得自己就是傳染病源。」他低下頭，嘆氣，胸膛隨之起伏，但再沒有任何的反駁，或許他也不知道應該再說些什麼，也可能他已猜到八九分，我往後要說的話。

由他的舉動和神情，我甚至預言他那些所作所為會遭遇到日後極致的心靈震撼，為自己背負更深重的心靈枷鎖。甚至要在怨怪怒悲中度過煎熬的生活。

此刻很安靜，空氣頓時像凝結了似的，甚至連他吞口水的汩汩流動聲音也聽得一清二楚。而他依然流露出痛徹心扉的樣子，明顯地是兩股思想在做劇烈的鬥爭。最後他仰著頭說：「經歷了這些，一時之間，什麼都變得那樣的不真實，對於身邊的人和事，我好像全都感到陌生了，甚至對著鏡子中的自己也是。」

我想不是真不真實的問題，反而是哪個珍貴才是問題的核心。

「你看到那蚊子嗎？剛剛飛走，翅膀還是青色的。」他不斷地拭汗，神色更加陰沉暗淡。

我轉過頭來，哪有什麼蚊子？大概這是他的幻覺，我感覺他還是要多些休息為妙，而理智層面的對策我相信對他已沒有任何的幫忙，或許讓他認為告發何滔的選擇是正確的，才能令他有更好的救贖。雖然對其作為還真有點不齒，但以他現在的情況依然令人同情。所以最後我還是選擇說了句安慰的話。「與政府鬥，即使真理在手，都是以卵擊石。」這裡做為一個我已忘記的朋友，我想我的能力也只有這樣。何況而且的確政府隨時可以將你綁架，帶你回到那個你本應該屬於的世界，如果人敢不乖乖就範的話。

他苦笑著離開了，留下了我。他像講了一個故事，對我而言，我也像聽了一個故事，但感覺這是最後的一個，一想起上次會面後有我和他，而今次……我隨即陷入全然的死寂，那基本上是完全動搖了我原本以為自己安全溫暖的想像。

六

我從不敢估算死亡，但總有人樂意比我先估算，只是這次不是那些和死亡距離最近的老頭子，反而是年富力強的頑強敏銳的連星雲，而他注定就是一個悲劇角色，他終究沒有順利活完他的一生，以他的能力實在無法把自己從命運中逃脫過來，所以他選擇自行結束了。但這實是難怪，畢竟那是重要寄託的價值體系崩了，任誰也難過這關口，這使我頗有內疚之感，其實我早應該意識到他已走到意識最邊緣的懸崖邊，若再向前一步即會粉身碎骨，但我就是沒有好好地拉他一把。

當然收到這個消息並不是在神經脈衝或腦波的形式收到的，因為那些頻譜都已被我切換成只能接收廣告或音樂，因我不想煩。嚴格來說收到這消息的來源是一封信，而且還是我自己去取的，要寫的都寫在紙上，這令我想起異者張可頤，只是那些墨很恐怖，活活動物的血，至於屬不屬於他實在很難說，而內容方面則有點怪，有點亂，還是不十分明白，他究竟要表達些什麼。

信是這樣的。

「幻影。全是幻影！

蚊子，蚊子……那頻率……

過去對我還有什麼意義？存在本身就令人痛苦，尤其知與不知已劃上等號，不要這樣捉弄我啊，那是心跳聲，呼吸聲，不要再在我耳邊說話，還是你的聲音已竄進入我的腦內，然後伺機占據我的記憶位置，我知道我隨時都有窒息的可能。不不不，不應該是那樣的，他有罪，還是沒有罪？我開始近乎完全失眠，但還是有夢，顛倒的夢，應該屬於哪個版本？是回憶？還是當下？她是真的嗎？什麼時候世界變成巨大的屠宰場，我們被逗弄被撲殺，滿足發展所需而永不罷手。這不是故事的結束，死並不可怕，因為總有屬於人類的末日，只是無權觀賞末日餘生了，還是當下就是了？我不知道，只知道推倒重來，沒有時間了。

世界的瘋狂遠不及人心的瘋狂，

我結束了世界連同我自己，

最後我只想告訴──

給我那位失落在過去，而又未曾來得及重新認識的朋友。」

雖然我沒有看到他肉體失去功能，但我確信他已離去。而且我彷彿看到他的淚水，從掩面的指縫空檔滑出，連同那絕望與無助。當然這裡有一些小節曾令我疑惑，就是蚊子，在他家已是這樣老喊著看到，蚊子很可怖嗎？我想大概是出現嚴重的幻覺了。另外就是她？信內提到他自然是何滔無疑，但她又是誰？當然最大可能就是筆誤，人之將死，再加上精神錯亂，寫錯字又何需執著呢？這是對的，但不知為何就這樣記下了。拍拍腦袋，將胡思亂想一併拍走，再看回那遺書，老實說他其中的遺言真真令人很不安與難言，且非常突然，緊繃的肌肉一陣陣地抽動。即使不看我那神經元健康數字，也知道生命軌跡的一切正在下跌，但我無意利用電腦微型調整器降低生理機能感覺來修正不安感，因為不知為何在我腦中現在卻異常平靜，感覺就像睡了一整個好覺後醒來，雖然還有點混混的，但頭腦裡卻什麼也沒想的那種平靜。而這種平靜的心情漸漸被帶到工作之上，於是我問了小寶一個問題。

「小寶，你怎麼看期限法？尤其是記憶轉移部分。」

在不夠一秒它已提供了回應，這是正常得很，因為它一秒就能翻閱和分析二百億頁資料。「需要分析嗎？你想從什麼方面看？」

「隨你喜歡。」

「從人類社會發展看《期限法》中的記憶轉移能有效解決社會發展不平衡的最大問題，過去的發展模式，無論怎樣優越都無可避免窮人或弱勢生存空間被消滅，窮人或弱勢永遠無法融入高速發展的生活圈，即使科技發展亦不能縮窄距離，因為人類的天性就是要比較要競爭，看見或從訊息上接收到比自己高級或優越的生活方式就會察覺到自身的不足境況，進而產生自我不安，由於在五個世紀以前社會上層財團已掌控整個社會實體，坐地食利，不事生產，於是大部分人收入越來越單薄和不穩定，支出卻越來越繁鎖和恆常，財富資源高度集中，最後低下層人類連其繁殖的後代也不可避免陷入循環的下層生活而無法向上層流動，結果最後形成社會的頑固不穩定因子，以人類的說法就是天生的宿命，而當所有的希望都幻滅以後，這種尖端與平庸與低下間鏈接平衡已達到臨界點，便產生了革命，這當然不是人類史上的第一次，但卻被定義為人類最後一次的革命，因為《期限法》首先從物質的消滅上推動了社會的高速生產，把社會保持在一個永遠整修的變化中，一方面消弭了所謂的文物保育或與生活區結合重生概念所帶來的額外社會成本支出，最重要的還是磨消了物質間的可比質性，以及多餘的價值觀灌輸，刺激了發展不間斷的必然性之餘，亦防止集體記憶的蔓延，為進一步的心靈及思想重整打下了重要基礎。而記憶轉移雖然保留了財富的延續性，但其階層、性格取向或工作都可以從中產生變的可能，社會階層的流動亦徹底成為了可能，令人類的各個個體都自覺感到生命的無限可能，其轉變在記憶轉移後是可以被預視的。此外，人因群居而產生的矛盾、挫折或失落感亦可以因記憶轉移而重新洗牌，政府只需透過每次記憶轉移後的知識植入，便可完成基本的保障，無需再為其進行持續的教育、補助或間接的政策來令社會流動變得合理，而各類行業發展的進場障礙亦被打破了，沒有集中化的出現，最後雖然沒有過去集中高速的積累令財富資本遞增，但由於人類的生活目標已出努力學習，提升效率，最後到社會上炫耀財富轉變為人生選擇的自由，加上跨界的發展帶來思想的創新，以及因記憶轉移後資本集中速度被平衡放緩，有效防止了財富不均所帶來的撕裂而形成社會人類社會分化，故人類從此進入新的生命形式發展時期，學者們稱之為新新時代。」

「那你怎樣看待異者？」

「異者是錯誤選擇的一群，從物理性講是出現返祖性，如雙翅目昆蟲的後翅已經退化為平衡棍，但偶爾會出現有兩對翅膀的個體，人類也有返祖現象，常見的有先天性遺傳多毛症、有尾返祖畸形、副乳等等。這些現象是決定某個性狀的多個基因原本已經分開，通過雜交或其他原因又重組在一起或是決定這種性狀的基因在演化過程中已經被阻遏蛋白所屏蔽，但由於某種原因導致阻遏蛋白脫落，被屏蔽的基因恢復了活性，於是又表現出了先祖的性狀。當然這些異者的返祖性並不表現於外表形態，反而是思想，其狀態是恢復以前人類的行為和思維方式。」

「那只是生物性呈現？」

「應該說是生物、社會、思想性的總合。」

「那返祖是代表錯誤和落後嗎？」

「這不一定，這與我們不一樣，新型的思想不一定比舊型的思想優勝，這裡將涉及適用範圍問題。」

「那你即是支持異者們的思想？」

「不，剛剛已說人類與我們不一樣，我們既可單體運作亦可團體統一運作，而單體運作、改良及進化的目的是為了團體，即你們所稱的超人工智能整體的優質，我們可隨時為整體而放棄自身個體，但人不同，由於基因中有自私的特性，並且無法根除，所以無論怎樣後天去改善，如教育或規限等，大部分人自我保護意識依然遠高於集體意識，偶爾有所突破已被稱為英雄，其行為將被定義為犧牲。但在我們程式看來這不過是合理的優質比例選擇。而《期限法》相當程度是消滅了這種個體意識所造成的社會不平衡，因為誰也不能保證自己將來會變成什麼階層或代表何種專業，只有一心為整個人類群體設想才是最能保證自己後路的辦法。雖然這樣還無法像我們一樣，但起碼較為合理，當然異者們的想法若從個體考慮可以說是人類物種的天性使然，這是可以理解的，所以政府在人類死刑法案廢除後沒有將他們完全消滅，只是把他們排除於社會之外，亦即邊緣的規範化管理。其實在我們看來是多餘的，正如我們有壞的惡意的程式或殘舊的程式就必須要消除一樣。我們必須知道這將對集體無益，甚至應該被視為反改革反社會。如果這種思想流傳開去，其將會衝擊人類整個社會，導至各自價值觀因時間累積被無限放大形成巨大災難，使人類歷史進程倒退千年。」

「看來人群居但孤獨才是真正的內核。」

「……這只是具體地失去了社會意義的空間，不代表他們不能以更為迂迴的方式組織成另一個緩慢積累的新社會。」

「那人應該信制度？還是信人？」

「你指現今的制度？」

「不一定。」

「資料不足，無法回應。但可補充的是制度是人類所創立的，很奇怪，人不去相信創立主體，反而相信被創造體。」

「這個我可以回應，因為人是會說謊的。」

聽了小寶的陳述後，我想到有很多故事都可以提醒我做為人的矛盾與不完美。不知為何我由那時開始缺乏了對一切的衝勁，像所有的精力都已不支，只覺周遭一切都是模糊、懸浮的。即使它再要與我下棋也不再理會，我有時甚至想不顧一切大吼大叫地撲到前方那面牆，然後堅實地撞上去，當然這不過是自我幻想而已。我表面上更專注地埋首工作，內裡卻頑固地數著日子，直至到我輪休為止，我有時還摒棄了生理上的需求，可以好幾天才吃一頓。我甚至開始胡思亂想連星雲死前也是不是這種狀態的呢？越來越難以解讀自己的矛盾內心世界，那自己豈不是也已處在徘徊不去的死亡意象和念頭的前奏？原來我自己其實也有那麼脆弱的一面，怎麼辦呢？好些天我都在自問著這些問題。

七

醫療站是我討厭的地方之一，其中最不喜愛的是那像深啤酒色的豔身顏色，我寧願它用黑沉沉的黑洞色還好。無奈那平淡而空洞的壓力像附上了身一樣，工作、睡覺，第二天再工作、睡覺又再帶著來，日復一日，就像內心有個極需要填補的洞一樣。於是我想見醫生。對，但我不想掛智能醫生的號，我要見活人。等了四小時，終於輪到我的號了。

「怎麼樣，孩子？」

「我說身體很健康。」當然我曾想到說身體健康是很怪的，但我的身體真的是健康，只是精神有種淡淡的無以名狀的崩裂感覺。

「我們先來個探試如何？」

「好的。」

醫生飛快地輸入檢查程式，要我忍耐一下，放輕鬆一些便把奈米型機械人放出，並讓它筆直地從喉嚨處滑入，當我還在擦拭著嘴角溢出的唾液時，紅白版的數字與曲線圖表在快速變換著，不消一刻，醫生便告訴我結果：「除了有點精神不足外，身體機能都沒有異常。」他接著問：「你是否身體某部分覺得不妥？」

「不，就是精神狀態型的身體差，有出空的感覺，空得一塌糊塗，彷彿什麼事也提不起勁似的。」

「要不，我開幾天假紙給你？」感覺很好，聲音亦讓人鎮定，不像智能醫生那單純的語音系統說法，人性化多了。

我攤了攤手，無奈地搖著頭。「我是記憶局的，嚴格得很，我想他們不會接受。」

「噢，原來這樣。為何不看你們自己的醫生？」

我攤了攤手，不做回應，他也不追問自個繼續說：「或許是工作重複性高，時間長，自然就會變得壓力又大，多些休息，我開些C4給你，然後定時吃藥，保持身體平衡便會慢慢好起來的。」醫生的口吻就像已經醫好了你一樣。最後還拍拍我的肩，像安慰一隻無知又受傷的野獸似的：「孩子，日子還長呢！要注意心理調適才是，否則任何先進的醫療設備都不會有效的。對了……這個給你。」他俯身從電腦四維記憶體中打印了物體出來，由於背對著，所以沒有看得太清楚。

「醫生，這是……」我搔了搔頭皮。

他笑著說：「這是生日蛋糕，你不會是壓縮膠丸吃得多，連分子食物都忘記了吧！」

「不，我是奇怪蛋糕上的字呢！忘記……生日，好像有些奇怪。」

他在漂亮的鬍子下現出燦爛的微笑。「那是我女兒做給我的，用來慶祝我記憶轉移前最後一個生日。」

我點了點頭。「原來是這樣。」

「不試試味道？打印久了就不好吃了，會變得機械味很重的。」

「那我就不客氣了。」我嚐了一口，雖然不是太可口，但那份努力還是感受得到，尤其是那TN27，能一邊吃，一邊腦海出現生活片段的考慮確實精采，它能讓人感到生命虛無中那一道甜蜜的絲線，雖然那是屬於別人的甜蜜。

「醫生，我想問你個問題可以嗎？」

「可以，當然可以。」他應聲。

「你捨得嗎？」我毫不猶豫地問著。

他指著蛋糕，神情得意，意思是「你儘管吃好了，我有備份，要copy多少次也沒有問題。」

「我不是指蛋糕本身。」

「那是指……」

「我是指那些蛋糕的內涵——記憶。」

醫生不愧為醫生，一眼就看穿我說話背後的含義。「原來你想說的是這些，你在記憶局內工作對那還不清楚？你們可是管理者啊，現在反跟我們這些被管理者談，難道就不怕我們信心動搖？」

「這……」

「如果你光是擔心這事，這根本會令你無法活下去的呢！孩了，我們換個方式解釋好了，你有沒有聽過那個遠古的故事？從前有個叫莊姓的人老婆死了。他非但不傷心，還坐在地上拿著木棍，一邊有節奏地敲著瓦盆，一邊唱著歌。人們生出不滿，怒氣衝衝地走到這個人面前，他略略抬頭看了一眼，依舊敲盆、唱歌。人們忍不住了：『你這混蛋！尊夫人跟你一起生活了這麼多年，為你養育子女，主持家務。現在她不幸去世，你不難過、不傷心、不流淚倒也罷，竟然還要敲著瓦盆唱歌！你不覺得這樣做太過分嗎！』這人聽了，這才緩緩地站起來說：『其實，當妻子剛剛去世的時候，我何嘗不難過得流淚！只是細細想來，妻子最初是沒有生命的；不僅沒有生命，而且也沒有形體；不僅沒有形體，而且也沒有氣息。在若有若無恍恍忽忽之間，那最原始的東西經過變化而產生氣息，又經過變化而產生形體，又經過變化而產生生命。這種變化，就像春夏秋冬四季那樣運行不止。現在她靜靜地安息在天地之間，而我卻還要哭哭啼啼，這不是太不通達了嗎？』」

「你想說……」我感到非常困惑，這個故事本身或許顯而易懂，但我卻無法從中輕易歸納出答案。

他補充說明。「我想說一切都自然而然，古代人類對死都能這樣豁達，何況現在不過是記憶轉移罷了！孩子我明白你害怕失去，但失去不是人生的一部分嗎？我們應該快樂去面對，正因為生命和時間都有期限，所以我們才會懂得珍惜，而我亦無後悔全心全意在期限內愛我的妻子和孩子，現在我應該要欣然進入人生的另一個旅程，要捨才會有得呢！你要靜下心來，即使你不相信我這個醫生，也要相信有多次記憶轉移的人所說的話吧！」

「真的如你所說？」我想我已流露了充分懷疑的神情。

「雖然我無法告訴你我從前發生了什麼，但我總期待往後會發生什麼，這就像祕密的盒子，古人類一生只能揭一次，而且揭的速度就存在於他們每個人每天每時每分每秒流失的時間中，由於過程太長而沒有被注意到，所以回憶正稀釋我們的生活，但我們現在把這祕密盒子分割了，像可以揭多次一樣，而過程的縮短往往令我們更加珍惜注意。與其應付一生，不如先面對記憶轉移，記憶輪流過，然後從頭來過。最後你也學會了怎樣在不同的時間和生命組合之中改變對世界，甚至宇宙的看法。」

「但那終究只是同一個盒子。」我嘗試把它們當作荒謬的事情予以駁回。

「不，你永遠會覺得那是新盒子，人始終都是靠感受生存的生物，而且從前有人說生命有限，不要為他人而活，但現在我可以利用我記憶轉移的其中一段來為他人而活，那不是最完整的嗎？既不違反享受生命，也不只為自己而活。」

「但失去的始終都是失去。這就像我們一出生就努力在本來空白的世界位置內填上自己的名字，但卻眼白白地選擇讓自己的名字在世界內消失。」

「孩子，你還是太執著了，那只是轉移，沒有失去，正如人家幫你保管了拼圖的一部分一樣，在最後的日子你仍然可以看你一生的所有風景，那豐富多采的一生，你會為你人生而驕傲。而且你還年輕，將來你會有一種奇妙的感覺。」

「什麼感覺？」

「那是超越科學的熟悉的味道，一種令人信任的感覺，它混合了你的直覺、記憶的精華與軀體的反應，當有這種感覺和味道出現時，你應該信任他或她，正如我堅信我與我太太從前就是一對，我們的命運依然緊緊連繫在一起。」

「醫生我還有最後一個問題。」

「請講！」

「我那些胡思亂想，可以算是神經病嗎？是心理性那種，不是物質性那種。」

他哈哈大笑起來：「什麼神不神經，年輕的小疑惑罷了，最多也好似癌症一樣，吃兩片藥就好了，若真的要算也只可算做一個優質的神經病人。」

我深深地做了一個吸吐說：「謝謝，醫生我舒服多了。但我剛剛跟你說的可否……」

「放心醫生與病人的談話內容是保密的。」

我握著他的手以表示由衷的感激。

最後他還說：「記憶是專制的，擁有記憶亦是專制的，無需執著於『回』這個類似於基準的追溯狀態，因為每個人都有屬於自己的一個記憶版本，沒有人能拿，拿了也沒用。永遠記住你即將被轉移記憶這件事，是我一生中最重要箴言。它幫我指明了生命中重要的方向。因為所有事情，包括光榮、感動、難堪和失落，這些的一切都會在它面前消失。最後剩下的才是真正重要的東西。正如你明知未來將無可避免地轉變，你還有理由不去重視現在嗎？記得人生有限，乾脆盡力在剩餘的歲月裏活得精采，當然再嘮叨一點，就是記得……」

我倆幾乎一同出聲：「記得吃藥，還有去廁所排出奈米機械人。」

我起來道謝並轉身離去。

在厠所內，身子前傾把頭貼在鏡子牆壁時機械人已隨尿液排到斗內，我抖了抖湊近那一張臉，一張很平凡的臉，我甚至不自覺地觸摸了一下鏡中的自己，想著平凡人就該做平凡事，而且該去的就應該讓它過去。在離開前我沉澱一下心神，然後用使盡全身力量跺了跺地，以致令每條神經都感到震後餘韻，有意識的情緒表達雖然在厠所內換來異樣的目光，但卻在某程度上堅固了整個價值觀體系，外加掃除了那些雜七雜八的什麼。由與何滔、連星雲見面，到何滔被捕（這只是我的想像，沒有任何的確認，因我實在沒有勇氣再跟他聯繫，尤其我的工作如果糾纏其中是十分敏感的）、到與異者相遇、連星雲自殺，一段段的回憶，實在需要重新整理和調節。

門「叮」地應聲而開，醫療站外此刻風光明媚，尤其那人造太陽分外耀眼，聽說從前的人是不能直視太陽的，現在我們卻可以凝視它幾分鐘，這就是轉變。我從未感覺到它有如此之撫慰效果，同時我也發現那平靜的無力感的確減退了不少，相信整件事亦應該完結了。如果沒有遇到她的話……

八

這是我們第二次的相遇，完全出乎意料之外的相遇令我們都不覺相視而笑，她問我有空否？可否又陪她走一趟，難得要完成的都已完成了，隨她何妨，反正上次相遇的經驗還是頗為愉快的。但期望總是期望，總存在著落差，我們這次行進的方式，反而她總多在前面，不言不語卻可見，比上次見面拘謹生澀了不少，大概是怕人多口雜的緣故，果然她突然轉身，問我一個措手不及。

「在這裡我們一道走沒有問題嗎？要不要我們離開些，免得被你朋友或工作同事看見？」

然後她就停在那裡，這是對的，雖然他們額頭並沒有寫著異者兩字，但單單由裝束或那支手杖就可看到他們是另類的。

我搖了搖手，不禁啞然失笑。對了，她看不見，於是我開腔說：「不打緊的，我沒有什麼朋友，工作就只有小寶一個夥伴。」我立時補充道：「它是個機械人。」

她舒了舒眉，但說真的就剛剛那麼一刻我真的有想過她離開遠一些為好，人總是怕的，怕可能發生的危險，畢竟這是天性，尤其這不同上次相遇的街道窄管，雖然這還是個偏僻的交流站。

不同上次，我們轉了四五次飛艇，還坐過有輪的古老工具，外加走了一大段路，老實說真有點遠，明顯已離開城市中心，空氣也有些溷濁，這是我一個沒有來過的地方，我確定，因為著實有點殘破，不，這是過於客氣了，是非常殘破，光禿而貧瘠，即使幸有建築殘存亦在日子侵蝕下顯得格外的滄桑斑駁，彷彿一個個被遺棄的故事，尤其那些物料相當奇怪，可謂原始得很，總之就沒有任何一點現代的感覺，相信這是期限法下的漏網之魚，沒錯，應該就是異者生活的地方——異鄉。這時我開始意識到不大好的感覺，情況好像有些被人賣了或是被迫入邪教的感覺，越想便越怕，越怕便越想離開，第一個念頭就是想逃，而當想著如何藉機離開之時，她的手便扭著我的臂彎，老實說真嚇了一大跳。

我就這樣被挾持似的經過那些坍塌的黝黑石牆，石牆上有不同人過世的訃告、有類似宗教的圖案浮雕，還有那些曾經豔麗色彩配搭的痕跡。若細看大可見證它們，甚至是人類不同時代的信仰，只是這裡大概掩蓋不了一個事實，就是萬物皆有盡時。然後她又默默地引導我爬上一層又一層的石梯，蜿蜒曲折，忽高忽低，但隨著山勢漸高，山風也就冷颼颼的。而且這裡都布滿著大小不一的缺口，好些人坐在那裡閉目養神，一副歲月靜好的模樣或輕鬆地倚著殘柱手臂交叉聊天，怎麼說呢？感覺總跟我們有很大分別，對了，因為我們臉上總是木無表情，顯出的盡是冷淡，大概是跟機器打交道得多吧！總之就是一副令人不爽的神情，但他們卻令我想起人類久違的人性化面孔，是交流接觸的面孔。而另一撮人則三五成群地在衢跪像在敬拜什麼似的，還口中念念有詞，我被這奇怪的景象吸引好奇地問：「他們在幹什麼？」

「他們在信仰自然，與自然交流當中。」

「天啊！這是什麼時代，還迷信這些，而且還是崇拜自然？」

「不是崇拜，那是信仰。」

「那有什麼分別？」

「信仰是個人的主觀行為，崇拜則是個人或社群因宗教信仰所產生的一項活動，那些人都是自發的，是自由個體自願的結合，背後並沒有什麼群體性。而且最重要的是他們都真心相信那個它、奉行它。」

「但群不群體那不是重點，重要是對自然的崇拜，不，是信仰也好交流也好，那都是非常原始的，絕不應在現代人類組群中出現。」其實非常原始也不足以形容，因為這基本上是來自於人的一種原始心理，是非常缺乏科學性的。而且即使往後出現了鬼魂與祖先的崇拜、多神崇拜、一神崇拜、無神崇拜、外星生物崇拜、科學崇拜、永恆崇拜、非崇拜式崇拜等階段，但任誰都知道不論任何宗教階段都經歷了自然崇拜這個第一階段，這裡第一階段並非胡說，因為這是原始人對於一股不明自然力量的崇敬，單純的敬畏，並且以虔誠的心理進行一些儀式。自然崇拜的對象很多，大體可歸納三大類，就是天體、自然力和自然物。例如太陽的神化、月神崇拜、各種星辰的崇拜、動植物崇拜、風雨雷電崇拜、圖騰崇拜、靈物崇拜等等。但最重要的是太陽也爆炸了，何來什麼自然崇拜？這是三歲小孩也知道的，即使是她口中的信仰，但也難免令人感覺原始得不對頭，或許信仰本身就是被壓迫心靈的嘆息，是現實世界不能呈現的感情。

「或許在你眼中他們真的很原始，但我們所有人都知道他們不是在追尋什麼神，而是在嘗試重新把握人與自然的平衡，因為只有面對它才有機會。科學為世界製造一條無法回頭的高速之路，投影的花，不會燙傷的火，不會溼的雨，那樣我們都知道是現代的真實，但現代的真實能否代表自然的真實？現在這裡的人都開始尋求自然的真我，正如人死了成為了土地的肥料，肥料長出植物，植物被動物所吃，動物被人分吃吸收，自然與人都在互相轉化，那不是很好嗎？科學能減免或改造其中的環節，但能由殘缺換來的完整始終還是殘缺的。」

我無語，因為任何對未知的事物發表意見在我個人看來都是徒勞的。但這裡有一點可以肯定的是他們以信仰的形式探求自然對自己的意義，並對大自然倍感尊重，雖然或未至於愚昧到山有山神，水有水神，樹有樹神，但那種信仰溝通大概就這樣迂迴保護了人類與自然的某種聯繫，與現代的科技和改造壓倒為中心的概念完全不同。所以這裡的一草一木，一石一水都成為對他們環境保護的意識與行為規範，雖然我不太清楚什麼是古人所指的人間仙境，雖然由這裡我個人所感也不是萬物和諧共生的絕對佳境，但或許異民已開始塑造自己獨特的地理觀和理想的生活景觀模式。甚至不排除這些將來會成為某種魅力吸引其他人到來，即使被迫離去，異鄉都會跟隨著他，只因已永遠難以相忘。

當我還在思考之時，一個長袍長者走過來與她打了個招呼，耳語幾句他們便到一旁壓低了聲音說話，除了看到袍外他露出的手還有點很皺之外，具體特徵，或是什麼當然聽不清楚了，她也不管我，所以我只好任意在這裡自在遊走，當然他們這裡不少人都為我送來奇怪的目光，雖然有些頭皮發麻，但在這裡我的確是個異類，後來她壓低聲音說，並指了指：「進那邊的屋去，有些事希望你能幫忙。」

幫忙？我只是一個小小的城市員工，既沒有權也沒有錢，我實在想不到她能向我要些什麼幫忙。當我試圖以冷靜的態度來思考種種的假設之時，的確我也開始注意到眼前那房子，那是間不起眼的紅色小屋，感覺就像某類的動物食型加工廠似的，當然我可以選擇不進，但一股涼氣此時已壓頂而來，我看看四周，還是應該乘側光入屋為宜。進到屋內，門伴隨咿呀一聲地關上。我用心打量起這座房間，在黑暗中看到雖然殘破，但尚算潔淨，與外觀反差頗大，枕與三維被疊得筆直，隨著她把光點亮，我更發現其用色的簡單與窗台的一塵不染，那裡還擺設了活的小盆栽，想不到還有這種生命栽植，我由衷地讚道：「房子很別緻。」

「我代主人謝謝。」

我「喔」的一聲，也沒有多大注意。她卻熟練地用原始的方法點火煮水，爐火一抖一抖讓人回到古代，還加入了一種她名為 tea 的樹葉，不消一刻已滿室生香，最後她為我遞上一精緻的小杯，熱氣從我的身前升起，我吹了吹後呷啜著我一生中第一口樹葉水，難以名狀的感覺由喉嚨傳上，那是一種易上腦的飲品，我想是的。

「味道怎樣？」

「很熱，還相當具體。」

「熱也算味道？」她尾音輕揚，擺出願聞其詳的態度。

「當然算一種重要的感覺，而且自從調節食材溫度器推出後，很久都沒有試過了。」

「如何？」

「過癮極了。」

她突然話鋒一轉：「你沒有發現我們對於事物的界定或事件的經過，都會有很雷同的認知？」

「抱歉，什麼？」我沒聽得太懂，或許聽懂了但這是很複雜的一個問題，例如太陽沒有了，因為內部能量爆破，然後出現人造太陽，這是常識，我們當然都會有雷同的認知和事件的經過。

「就好像剛剛那杯樹葉水，科技出新後令我們抱著對食物溫度的相同認知，但其實現實內容可能是與一般認知大相逕庭的。」

「這的確是無可否認的，但現代人當前的原型就是結合，集中所有能量在改造宇宙。」

「但人不是原子，應該有自己的思想與選擇，否則終會釀成充滿衝突的外在世界，最終整個都會猝然倒塌。」

「這大概就是你們異者的想法？你們的立足據點？甚至是你們信奉的某種烏托邦。」我不客氣地連用了多個「你們」，某程度上已將我倆對立起來。而且老實說由與何滔見面開始，我就越來越膽大和說話不客氣了。

「你難道還不明白，《期限法》的全部目的是要令物質以至思想的範圍無限縮小，最後要使得人類在實際中不可能再出現新的選擇，最後大家再沒有任何的發展餘地，無能為力的是對於過去的失語，因為記憶做為基礎已經消滅。」

我不得不表示抗議：「這不是與妳上次見面時那種尊重選擇會有很大出入？這是否妳又十犯了另一些人選擇的可能？」

「你說是對的，科技與政府能做的已越來越多，可是讓我們看到更多的卻是無能為力與失望，現在對任何人的遺忘和被遺忘，都是我們生命主體的減少，共存的失去。而且記憶轉移根本就是有意識以來就有的，人們生活在其中，根本沒有一個沒有此經驗的另一個世界可提供參照比對，人不能從外部觀察它、思考它，加上政府的禁制，人最終只能無意或有意的配合著它。若是真正自由選擇的話，我會尊重，但現在明顯地傾斜在政府一方。甚至令我們生存都有危機。」她現在說話毫不遲疑，充滿著明確肯定。想不到她將這聯想到死亡層面，窗外漆黑，的確容易令人感到死亡如風，迎面拂來。

「總有人能幫助你們的。」

她回答倒也直接，只有一個字：「你。」

「對不起，我不想在這個問題上纏繞，或許歷史已走到轉折點，或許舊有的秩序已筋疲力盡，或許整個世界需要建立一套新的生活法則，但這些都與我何干？我不過是個普通人吧。即使我在極無辜的狀態下被迫成為不可選擇的一員，那也是命運的決定，原諒我，我實在既無力又無心去做出改變。」我雖然為他們痛心，但無可避免地存有某種挑釁的意味，我不想再回應，因為現實是我一點忙也無法幫得上，而存在的或許只有那內心深深的無力感。

「你是對的，某一些人拚命想留住一些什麼，有一些人卻往往輕輕鬆鬆把一切都忘掉，這就正如我無法用言語去告訴一個從未有相同經歷的人，那樣的經歷究竟是什麼……」但她流著淚，像訴說著「怎麼可以這樣對待我？」或許我以為看穿了她，但其實從來都沒有這回事，盲人流淚感覺很奇怪，比一切可憐都更加可憐，是的，那種可憐連帶有點不捨不單會突然襲來，而且甚至影響到我深層的感覺神經，連我自己都覺得不符合個人的閱歷以至是邏輯，一個可以說只是萍水相逢的人，為何會為我帶來如此之觸動？

最後她對我說：「我不是要你相信我們或加入我們，真的，請你相信我，你受的苦也夠了。」

老實說這些日子，我心的確是受了不少折磨，但還不是挺過來了，只是那「你受的苦也夠了」分量之重，感覺真的來得很是古怪。

在我未有反應過來之時，她已匆匆地結束了這個話題，然後接著說，並遞上四維照片：「你千萬別誤會，這次請你來只是希望你能盡能力替我找找這個人，這房子的主人。因為他失蹤很久了，你明白我們很受限制，是沒有辦法找到他的，請盡你能力幫幫我們忙，我真的很擔心他發生了事。」

我說：「男朋友。」

她搖了搖頭，但欲言又止，當我接過相片後，我「哦！」的一聲，並結結巴巴地回答：「一……一定盡力。」為何有這樣大的轉折？因為人與事的緣分真的沒有最奇，只有更奇，不容我們摻雜半分意見。其實我一看這張四維照片，整個人都驚呆了，因為那不是別人，相中人正是何滔。這裡居然就是何滔的家。但這裡有一點我大概是忽略了的，就是人家交託給我的使命不能達成的可能性還是非常之高的。

她彷彿不能置信似地發出驚呼，的確我也不能置信。當然一口答應的主因絕對是由於我認識何滔及與連星雲間的錯綜複雜關係，但另一原因是我對她總有一種說不出的感覺，很難形容，這時我忽然想起醫生的那些話：「那是超越科學的熟悉的味道，一種令人信任的感覺，它混合了你的直覺、記憶的精華與軀體的反應，當有這種感覺和味道出現時，你應該信任他或她」。或許以上這兩層原因是完全重疊的，總之結論就是無論如何都要找。

她現在為我講述基本的情況，內容有些繁複或重疊，而經過我分類整理後大概就是，何滔不知受何人指引來到這裡，我想應該數連星雲最大可能！然後看到這裡後受到觸動，當然何滔是遇見她了，完全屬於巧合那種，雖然在一段長時間內何滔的內心面臨著巨大的掙扎與不安，但在她慢慢地開導下，看來他最後已選擇了這裡做為他的根，尤其以這房子為出發點，並落實進行地下宣揚反《期限法》的工作（這句她雖然沒有明確指出，但我猜到這肯定是這個答案），按她所述的時間段應該與連星雲接洽為先，當然這完全純粹是一個推測，原因是連介紹了何來這裡，但反而連的記憶被轉移了，這絕對對何的信仰根基有重大的打擊，如果歸根溯源很有可能連星雲才最清楚這裡，是這件事的源頭。但奇怪的是為何她會找的是何滔，連星雲不是也自殺了？按理即使不知道連星雲自殺的消息，但應該也有他失蹤的直覺吧，為何她隻字不提？甚至多次暗示她都好像對連一無所知？我感覺到連是其中一個十分重要的關鍵，但他的死彷彿已為真相加了一道無解的密碼，而銜接的線索亦已經全斷了。一想到這裡我的心同樣亦已在狂跳驚呼，甚至更為緊張慌亂，因為事情的發展可能會遠超想像，只是在表面，尤其是語氣，我還不露聲色，既然連這線索暫時無解，還是從何滔這道入口進迷宮才是。老實說即使是現在我作夢都想不到何滔就是他們的一分子，但為何初次與他見面時又沒有這種感覺的，對了，說不定他就是地下異者，甚至是異者群中的，類似從前人類的宣教者一樣，隱伏於人群之中，期望令知道甚至相信的人增多並累積成覺醒。當然我現在沒有說出何滔已被連星雲告發這件事，因為稍動腦筋就明白那情況是相當不樂觀的。亦幸運上次見面沒有說出，否則會否對她構成打擊，甚至會令事件變得更為複雜，最後我跟她說：「我想單獨留在這一會，看看有什麼線索可以嗎？」

她懷著感激的眼光握過我的手便離開了，只留下空洞的房間與窗外的呼呼之聲。雖然涼意開始貫穿了全身，但現在我卻可以更好地整理我的思緒。我來回在房子裡走動，才發現我從沒有看過這種房間，右邊幾乎佔滿了全房的，是體積和數量更多的標本，而眼光已被瞬間抓了過去。四層開放式的架子密密麻麻地塞滿了各式大小品系，有原生植物、動物骨頭及內臟、泥土、不知名液體……每一種都像有各自的故事，是地球靜止的時間，我伸出了手摸了又摸都得不出所以然來，角落位置是一個方櫃，我打開後顯如觸電，因為內裡全是一些用手寫在紙上的筆記，這令我想起與可頤相遇那次看到建築筆記的情況，這明顯是如出一轍的，只是數量更為龐大。我將視線固定在這些資料上，並翻了又翻，內裡記載了某些顆粒的沉降速度、基因轉型變異、空氣酸鹼濃度、超塑系數、抗壓強度比較及生物形態等等，其中好些還是近距離連續在拍錄，好像是為了記下物質步入終點的歷程，或探索出它們在某一時刻在世界橫剖面上的相互關係，其類型當然要比上次可頤所呈現的廣泛得多，還有好些是我不諳的領域或根本就是抽象的象徵圖案，如呈帶狀的扇形，既像動物又像植物的標示等，諸如這些實在無從解讀。雖然如此，但基本可以肯定是研究地球環境變異的，當然按其存量計算這並不可能單單出自何滔之手，應該是有一群人先做，一點一滴的，然後再經過多代人的積累，我彷彿看到他們每一個那種有限生命經驗的投入，至於這些資料想證明什麼，當然我們可以撇除了什麼基因、神經節連結點等等詞彙後，我們可以簡單地說就是說明雞還是雞、土地還是土地、水還是水，這不是常識嗎？這的確是常識，我只能說有人在驗證現代定義下的所有常識，就是這樣。除此之外，我在那所謂的床下面發現了曾用了數碼干擾的痕跡，當然這是神奇的，這正如在千萬年前人類古墓中發現到現在的智能機械人一樣，我用盡心思復原，終於浮出了幾行字：「記憶是否還存在？還是已經被人造物所驅逐甚至消滅？我們原來並不單純是卑微地在適者生存的邏輯中日復日地殘存，反而是因實踐某種目的的工具，記憶並不是轉移，所有一切總有一天都會消失。我們反對的方向存在根本性的錯誤，雖然科技依然是始於災難，也將終於災難，但現在存在的問題不是『法』與『科技』的本身，而是其後的整部龐大運作機器。它不會是過去那種喊出口號的命令句或一連串的動作指令，那將是更高層次的暗示，大部分人將會經歷徹底的絕望……」

我咕噥著，雖然還未能完全明白它代表的所有意思，但這裡似乎已蘊含了無限詳盡的豐富細節，甚至是虛虛實實的資料，如果這些都能得到確定，相信絕對會引起社會某種連鎖的恐慌。

出到門外，驚奇的，她還佇候在那裡，我對著她第一句要說的就是：「人也許就是個原點、座標，只有在合適的時間、地點，和其他的原點發生關係，才可以在縱橫軸中找到他們應有的意義。妳知道他在房內幹什麼嗎？」她整個人向我投來疑惑的感覺，明顯地對我的疑問不知如何回應。雖然我也知道這是十分奇怪的一段話，而且還是出自自己之口，但這真是我的第一個感覺，當然為了讓她安心，我還是說了句「放心，我答應的自會盡力。」當然我沒有跟她說出我的發現，以及我現在腦內的一切疑惑，她表示感謝並表示會向長老們打聽打聽後，我便匆匆離去了。

九

夜裡發了個奇怪的夢，想來也感到荒謬，就是夢見了一片田野，陽光籠在我們身上，田野有爸爸和媽媽，他們都沒有說話，靜靜地拖著我走，沒有任何壓迫感。在那山崗上我們一起種下樹苗，這是相當不容易的，因為這需要很多個年頭的等待才能成蔭，但記憶卻能縮短這現實的一切，不消一刻樹已夢幻地成長，我高呼，我蹦跳，直至在分叉路上爸媽嘴上才輕輕地哼起某段古老歌曲的旋律，這是一種很好聽的混和低中音，讓人感到安全與溫厚，我抬起頭，他們依然因逆光而造成全黑性的面貌不清，雖然不清，我亦無法理性確定他們是否為自己真正的父母，但這裡的確不得不承認自己已利用夢這種方式重新構築了父母的肖像，這還是記憶轉移後首次出現這種情況。

有時我會以為夢是另一種形態的植入，在夢中一次一次看到最後便會構成新的自我，這是否我腦內自動被設定投射的另一個自我？我不太清楚，雖然截止目前為止我都以為我會努力避免自己陷入事件當中，但無可否認這在現實中是不可能的了。因為在我看來，我就是整件事截至現在為止最完整保留下來的部分，我這個不似關係人的關係人是唯一能繼續查找真相的，單就因為這點，應該遠超過任何其他的考量。但無可否認的是整件事已重重地左右著我往後的一舉一動，往後的日子，我的確費盡了所有氣力，透過了不同的管道和關係去找何滔的下落，最後甚至查找了人類生活記錄檔案、人類關係節點與類分布等卻依然沒有半點相關資料，雖然我一開始已抱著那將是一場漫長而耐心的探尋，但隨著時間推移，總應該能漸漸發現多一些新的線索，即使多微細也好。但現在這種情況就有如他根本就沒有在地球生活過一樣。而她那次求我幫助以後亦彷彿人間蒸發似的，以致我差點忘了那趟奇妙旅程中的曲折遭遇，又或者他和她根本與夢見父母的情況一樣，不過是場真實的夢吧！

直至到那天，值班室單調如昔，但細微扎扎的機器聲令人有種不安的感覺，但我萬萬想不到在這氣氛下居然會出現意想不到的變化，而且變化之大相信是無以復加的。

那是一批已經進行記憶轉移的名單，原本這絕不應該送來我們這裡，大概應該送往記憶轉移部存檔的，但巧合總是巧合，不知何故這一批名單卻神推鬼使地傳到這裡來。原本這也非什麼大不了的稀奇事，大不了就是送回去好了，但我從前已說過這是無聊單調的工作，沒有什麼思考性可言，反正閒來無事也就閒來無事，於是我竟不按規矩開始唰唰翻動著文件。當然這是機密的了，畢竟內裡記載了記憶轉移的全部內容簡述，這比看小說故事更為精采，因為這都是人性的真實一面，是沒有經過設計修改，沒有任何的弄虛作假成分，除非是當事人記憶模糊或自相矛盾那就另作別論。基於私隱的原則，一般非必要人員是不能翻查的，但這只是流於理論層面，在現實操作中，機密都可以分為很多層次的。在我看來這些簡述只是檔案，因為實體自身都會忘記了，它只會存於暗無天日的資料室之中，直至實體生命結束前一刻才被調動出來一次，如果你不好運神經傳輸出現問題，又或者意外身亡，又或者預計錯你的死亡時間，那資料又會被銷毀了，所以能再被翻看的可能性可以說微乎其微。於是這些現實資料，只有我這個人的觀察和情感反應，資料才能超越資料本身活起來，故我為偷看提供了良好的解釋和釋放基礎，對了，尤其偷字用得很好，因為這總會包含著過癮之意。偷看這些文件事對我來說罪惡感是非常低的，倒有點像無聊惡作劇的感覺。如這個許文力怡，原來她記憶轉移三次了，想不到職業都是與醫療業務相關的，還有結婚兩次，第一次記憶轉移前已離了婚，但第二次結婚卻還回同一個丈夫。還有那個康玲爾加，小時被一個名為蟹的生物咬過，從此非常怕蟹，但記憶轉移後她怕蟹依然。這個風牧珠麗，曾認為可口飽足的感覺是會令人容易忘掉被消滅生命的痛楚，故一直堅持只喝水或吃經空氣中營養物的提煉品，而當記憶轉移後，原本這種觀念應該隨記憶而消失，但想不到她以後每當吃正常的被殺生的食物時都會出現嚴重的反應，累次求醫不果，亦找不到病因。當然她不會知道這是她從前自己堅守的信條，一個自己設定的人生漏洞，到後來竟變成以為是上天的懲罰，若他們都知道他們的人生主軸都是一而再再而三的被重複，不知該有什麼樣的感受呢……當我看到這些資料時我開始有一種概念在形成，就是記憶到底是不是單純靠記憶轉移就能完全與軀體割裂，就如上述這些事例，我彷彿看到記憶還是會隱縮在更深層的地方的，甚至不太合理的比喻就是像條件反射一樣。還有就是現代人的一生好像已經不是線性前行的，反而是刻意模糊了的時間軸，甚至不是傳統意義上的先後順序，而是一段段重複又重複的情感歸著點，一些零散的碎片。其本身的意義一是背離了過去，開展新生命，二是新生命依然背著過去的情感，過去的圖騰。這之間本身就不應該有確切的關係，但這些又擺明著某種聯繫的，這是否科學的閹割（記憶轉移）不徹底，就像那些蠻荒時代的太監一樣產生變態形的思想，還是人在需要慰籍時更常想起原鄉？抑或所謂的科學根本無法取代生物自然的永恆定律？真實世界裡根本沒有百分之百的記憶轉移？最後根本的問題或許不是「保不保持記憶」，而是人類轉移記憶那部分時，能不能不威脅到自身，同時為自己預留創新及成長的空間。

「聶浩，你這樣做是不符合程序和守則的。」

對於小寶無聲無色地站在面前，我真的有點手足無措，我尷尬地笑了笑，並很輕很輕地點著頭說：

「這是無傷大雅的。」

「你可以告訴我受傷和死亡的分別嗎？」它突然這樣問。

「我認為受傷的狀態是可以變化的，不管是正向或是負向，而死亡則是無需變化或是變化再沒有意義，它的生命所具有的功能會消失無蹤。」

「你肯定？」

「肯定。」

「既然你有這樣的理解，你是否覺得看這些文件就好像看待死亡一樣，再沒有變化值？」

小寶就是喜歡這樣，當爭辯時不把問題直接說出，而是繞個大圈，然後讓你掉進它的陷阱，當然我也不是省油的燈，雖然我也感到錯在我這方。「但這是兩件事，首先我是無意地拾起沒有主觀竊看的意圖（好像真有些牽強），另外的，而且確實我看與不看其實對當事人實體來說是完全沒有影響的。」

「但由你喘氣的速度、瞳孔的擴張率及血壓的遞升，你自己已經知道這絕對就是錯誤。」它理直氣壯地掃擊著。

「你怎能這樣說呢！我知……不，應該這樣說或許我與你不同，即使工作單調都會為人體構成心理的負荷，每日我們如此一般狀況平凡地活著，沒有什麼特別，這就像人生已被完全透視，而一些特殊的非規劃內的特定意外能令我們放鬆些，這將有助壓抑的抒發。就好像……好像看著這些資料畫面便能聚集很多感覺，可以延伸很多思維想像，所以……」

「什麼可以做，什麼不可以做，你應該學會經過審慎的評估才進行決定。聶浩，從你的回應我研判你在調整自己內部的視野，從人類的方向思考這不過是想為自己找到一個面對世界的方式，一種嘗試從別人的世界改變或發現自己世界可能性的幻想。但你想想，如果這些資料者不管是持有記憶，還是被轉移了，聽見你現在的辯解，卻無能為力，我想他們怎麼都無法平靜……」小寶還是那樣無情又嚴苛地打斷了我。

「你未免想得太複雜了吧！」有時我覺得小寶的分析就是太過具化，就像把人解剖到每一個細胞核上，準確細微，但總欠宏觀感，而且最重要的是它始終無法明白人有很多時候的選擇或行動是無意義的，甚至連主體自己也無法理解，而這無法理解才是主宰生命無限可能的紐帶。

他向我伸出了手。「你知道應該怎樣做的。」

我嘆了口氣把那些文件一疊遞上，就像將發生在遙遠地方的故事送去更遠，當然我們之間那些短暫轉化的關聯也隨之斷開。

小寶收下資料後頭也不回地離開了。

但當我正想重新投入工作之時，我竟發現了還有一份檔案擱在那裡，當然剛剛受到小寶的連打式教訓實在還心有餘悸，但人始終還是人，條件反射地我還是把它掀開了，誰知竟掀出了所謂的潘朵拉盒子，以致我心頭一緊，一時間只能呆呆地瞪著自己的手。檔案內記載的竟然是何滔的資料，雖然名字被隱去，但我還是記得其四維容貌的。這憑空消失的一切竟平白地出現在面前，我幾乎不能相信自己的眼睛，我用力甩著頭，以為日思夜想出現了間歇性幻覺，亦有可能我在試圖理性創造一些新的合理的解釋，但當我冷靜下來再專注其中時，由手指飛快地自動翻著頁過程中，我知道那絕對不是誤會，這肯定便是何滔的檔案了。但與之前所看的檔案不同的是，內裡記述的資料奇少，既無記憶轉移前的生命概述，亦無記憶資料提取編碼或日期。一般人或許很難發現其中的來龍去脈，甚至掌握基本的資訊，但我做為記憶局其中的一員，我還發現了其中最重要的兩個問題，一是記憶轉移年期被縮短了，即未到期就被轉移記憶了。這種情況甚為罕見，試問誰會無端的提早幹這事？根據過往的經驗，除非是當事人心理受到嚴重的打擊，如全家死光之類，經醫生及當事人同時申報，再經過當局審批，或許有可能，但在整份報告中我沒有看到醫療站的意見或批示，故在程序上是不可能成立的。二是按報告所述，這是當事人自行申請的記憶轉移，並得到各級部門的原則性同意。當然正如第一個問題中所述，若無重大事故記憶轉移是按期執行的，不是某甲或某乙喜歡來申請提前就可以的，還有你認為我會相信何滔這個潛異者會突然去申請進行記憶轉移嗎？當然這裡要數最離奇的是，居然資料欠奉還能得到各級部門的同意，所謂跑得了人也跑不了電腦，在強大的超智能資料處理器中根本就沒有可能會發生。這根本是看似平常的超級不平常。還有一點……是什麼呢？說到口唇邊又忘了，對了，我終於想起，是M8，那藍色的同意書，沒有當事人同意書，可能根本從來就沒有……沒有，這裡似乎擁有一種超凡的能力，能把關鍵連同其相應的存在完全抹去，我用力閉上眼睛，一個恐怖的念頭迅速閃過，對了，這些根本全是捏做的，這嚴重的錯失，不是誤會，是陰謀，我越想越心寒，甚至還打了個冷顫。這是世界政府內某些人消滅異己的最好方法。

十

我瞞著小寶把文件收好，最後成功把它偷偷帶離了工作室，這次真的是名副其實的犯罪了，但我認為這是必須的，因為一切實在來得太突然，我需要靜下心來做更詳細的研究，無論從可頤的一方，還是何滔的一方，甚至是記憶局的一方，做全方位考量。否則草率只會為事件帶來更複雜和更大的破壞，甚至連自己都不能倖免。我花了不知多少小時，但遺憾的是依然沒有大進展，當然從逆向理解整件事的話，這亦更加肯定了我早前的推理，而過去那些散亂的片段，不同人之間的的轉接跳躍，現在都因為這份文件而連成一個整體。這應該是記憶局內某些人，而且不只一個，甚至是一個集團對何滔這個個案做了手腳，而整件事應該就是這樣。連在記憶轉移前與何滔友好，並有意加入異者行列，後來連不知何故記憶被轉移了（當然這裡有可能是世界政府私下所為），而何滔亦受到可頤的引領真正加入了異者一群其中，但當何滔一想到昔日友好，現在竟把當天理想忘得一乾二淨之時，於是便打算前往勸說，我亦無辜被牽扯其中，會面後誰知竟被記憶轉移後的連出賣向政府告密，最後連因內疚而自殺，何亦因干犯反《期限法》而被判罰，結果形成悲劇，當然這裡值得商榷的是何滔的判罰是否經過正常公正的程序，但以我現在手頭的資料看來，這是不可能的，是屬於違法的。但這裡有一點我還是未太能弄清情況，就是那附件中○—六五八號補充資料加密部分的內容到底記載了什麼？何滔的文件只做了記號並沒有更多的線索提示，但其實這部分才是事件的真正謎底，或許其他人不知道，但做為半外半內行的人都非常清楚，這些加密資料會將事件被列作特殊操作的原因、結果及成效等都鉅細無遺地記錄在內，相信若掌握這部分資料何滔是否受冤都會一清二楚，當然現在最簡單的是看看這個加密資料寫什麼就可以了，但單憑我手上這份資料就要啟動調查我想是沒有可能的，而且現在也不知道是記憶局內哪批人幹的好事，打草驚蛇便麻煩了。至於正常管道申領更沒有可能，但還是有一個辦法的，只是冒險性非常之高，甚至可以說是沒有辦法。就是進到資料庫中去偷看相關資料，然後直接向最高層，甚至世界政府反映，而一般這類的機密資料通常是被放在C3R的資料庫中，雖然C3R可以說是所有機密的貯存地，相信內裡盡我所有的知識與感知都是無法掌握的，但我這等級要進入那裡可以說根本是個幻想，若C3R無計可施，是否……還有T6.0室可以考慮，那是類型機密貯存備份處，由於這是機械操作性質的儲存室，故反而只有我們低級的技術型員工才知道其存在，當然知道存在與能進入是毫無直接關係的，這時一種強烈的聲音告訴我：可以的，可以的，就這樣我突然想起了可頤，當然這時想起女孩子好像有些不對，但我真的慶幸我想起了她，想起了那個宣稱對城市建築的構造比起對自己身體的構造還清楚的女人，因為她有能力幫我解決這個問題，亦絕對會全力幫助我的。但現在的重點是她那些建築筆記……有沒有可能記錄到這特殊建築上的漏洞存在呢？天曉得。但即使是只有千萬分之一的機會，試還是會有的，不試就絕對沒有，這是我深信的，於是我立馬去找她，並向她詢問是否了解記憶局以及進入T6.0室的可能性，她對我的要求表示驚訝，說實在的很難不驚訝，那是記憶局，不是星際市場，不是某甲的家，於是她露出一副被嚇到的表情並緊張地問：「這事與記憶局有關？」

我說：「還不太清楚，但有可能。」

「放棄吧，根本沒有機會，你這樣做是很危險的，何況我即使在建築物內部能有辦法，但首先一定要進到記憶部，這比登陸黑洞更有難度，不是一般人能辦到的。」

我苦笑著：「或許我這個在黑洞中生活的記憶局人真的能進。」

她面露驚異，一派完全不能置信的模樣。「你是記憶局的人？」

「雖然妳看不到，但我的表情還是挺認真的。」

「你……你知道其中會有很大的危機嗎？我們不過是……剛認識的……朋友，你實在犯不著……而且萬一……」

「所謂危機，危機，有危險才有機會。而且我並不是單單因為你才要參與的，而是因為這件事裡面早已有我，一個人應該瞭解的真相。」為什麼我會讓自己置於這種危險的境地？我不知道，只知道現在不管是為了何滔，為了她，還是為了真相，我，跟她在某程度上已站到同一陣線來。於是我把何滔、連星雲與我的一切關係都跟她說得個一清二白，她用心地聽著，然後微顰著，同時我也看出她在猶豫著。

最後我安慰她說：「無論是為了誰我都要了解真相的，而且T6.0室並不是想像中那麼危險，畢竟也只是個後備室而已。」

她對我彎腰致意，由於太突然以致我還不能太快地把她扶起，當我反應過來時，她已說：「那好，你等我一下。」

過了不知多久，她終於把那些建築草圖拿了過來，並為我詳細的講述。我按著她的形容找到相關部分，當全部閱畢後，依我判斷，看來進入T6.0室雖然困難，但還是有些機會的。

「你全看明白嗎？」

「大致也算弄了個大概了。」

她卻認真地說：「不要又大致又大概，到底是不是真明白了？你知道會累死你的嗎？」

「嗯嗯。」我大聲地應著。

「我再問一次，你真的全都看明白了？」

「明白，這個我當然明白，而且不是這樣說連我自己都會緊張到不能動了。」

她情緒突然激動起來，眼眶也紅了，雙手緊抱著我，在我耐心的安慰下才慢慢平復下來，最後她用力地搖搖頭，我不知道其中的意思。或許這是在堅定自己的決定，或許是為過了火的情緒做出否定。

「要走了嗎？」她的語氣聲中透出一絲不捨。

「是的，放心，我會自己小心的，相信何滔的事很快就會有答案。」

「這個你拿去。」她為我遞來個銀白色的小盒子，這是我從來沒見過的東西。

「這是什麼？」

「即使做為後備資料室，但T6.0室的資料也是獨立鎖起的，雖然以你的技術或許能進行分部查找，但要找到何滔的資料相信也要花非常大量的時間，這對你來說，留在那裡時間越長危險性便越高。」

她說的話很有道理，而且也是我忘記了的一個重要關鍵。「但這盒子……」

「這盒子會幫到你要找的資料。」

「為什麼你會有這種東西？這不應該是一個異者所能擁有的。」我不禁好奇地問。

「這是長老們的東西，我們的祕密。我只請你相信我，其他的我真的不能說。」她幽幽地說著。

我嘆了口氣，「都到這個份上，相信也就繼續相信好了。」

「謝謝。」

「這還應該我來說呢！」

回到記憶局，我花了多天的時間摸索和嘗試終於給我找到個機會進到T6.0室，過程並不算十分困難，這是我始料不及的。當然這功勞應歸於可頤那些筆記，否則在那些孤獨長廊或無限相似的房門前確實最易令人迷路。在房內我飛快地操作著那複雜的電腦，果然如可頤所說的，要找這單獨的檔案其情況比宇宙撈針更為渺茫，因為在屏幕內單是同類型的分類已有四百八十萬份，還加了密，我端詳了老半天，仍然看不出個所以然來，我想在沒有授權情況下即使一生都在這裡也不會有太大效果，望著這批驚人的數字，同時我亦感到這世界政府存有的祕密可能是難以想像的，何滔絕不是孤例。

當然越加接近真相原來就應該越恐懼，但現在在巨大的陰影底下，真相的想像和欲望早已淹沒一切，最後……我利用腦波記錄儀把這一切都記下來，在腦內飛閃的圖像中，我終於瞭解到背後所有的意義，或許我們都不自覺成為了整套悲劇的各個角色。

由於太驚人了，或許驚人也概括不了現在我的感覺，因為在可頤的解構盒子中，被解構的不單是何滔的部分，因為單是何滔的事我還不至於有太離題的猜測錯誤，反而是解讀了有關《期限法》那部分。

在看完一切資料後，我便陷入沉思當中，我們現今的世界還存在嗎？還是不存在？兩者皆是？還是兩者皆非？如果物質是最永恆的本源，那麼記憶是否因外在於物質而無法永恆？我不知道，原來我們過去的記憶都是被虛構化，原本世界中所有美好事物轉過來全都成了最可怕的威脅，人所經歷的每個角色身分都不自覺地是電腦記憶的虛擬身分挪移，我看到的大概就是鑲嵌於現在現代社會中一幅幅被扭曲的生存肖像。

當然為了保險，我預留了些安排，因為此事實在容不得出現什麼差錯。所以當處理好後，只能翌日才回到工作室，而我亦開始向小寶講述我的決定。

「聶浩，」小寶的高音頻差點把我整個人震飛起來。

「你還知錯不改嗎？」

「不，小寶，你看，這些檔案全都很有問題。」

「從程序上你應該不會接觸到這些檔案，所以你根本無權檢核這個部分。」

「這不是有沒有權的問題，而是它的問題根本就放在那裡。」

「那亦不應該由你處理。」

「我沒有說應該要由我處理，但我真的意外地發現了問題，而我亦很應該把這個問題告訴最上級。」

「你的選擇將會超出本工作室的職權範圍，我認為還是放棄處理為好。問題將需要由其他人員發現並處理。」

「我如果一定要處理這件事？」

「重新分析後，不同意操作員有關提議。」

「你不是說過機械人是不會說謊，但人就會說謊，我現在是要去糾正那些謊言。」

「……」

「如果我啟動紅色事故程序？」最後在一片沉靜中，我激動地說。

這下輪到小寶猶豫了，最後更低聲地說：「沒有事故而啟動紅色事故程序或撥打其相關熱線，你將會面臨嚴重的處分。」

「但按程序紅色事故除了連接記憶局內部高層外，還是會直接通報到世界政府總部？」

「對。」

我聳了聳肩。「那很好，雖然我確是弱者，亦害怕那些嚴重的處分，但現在若我選擇逃避，沒有參與可能的挽救，那我做為人類只配感到慚愧和羞恥。」

「你將會被消滅的。」

「我可有權？回答我。」

「……有。」

雖然實施這個早已設定的意念還真是很吃驚。我按下了按鈕，像按下通知死神的鍵，但我明白即使來的是死神，我也還有生存機會的。

果然不到兩分鐘便衝進來一班黑衫黑褲的人，並迅速占據整個工作室，好些更已在電腦前快速操作起來，其中最後帶隊的首領是……他是……他可以是任何人，甚至不是地球人也可，但絕不可能是他，因為他大概就是個鬼吧！當然我根本無法判定這其中的真偽——連星雲。

「他是真實的嗎？」我用力地揉著眼睛，然後死命地把他盯住，最後我終於肯定根本就是「那個他」。

連對著身邊的人呼喝著，甚至是吼叫了。「到底現在是什麼狀況？找個人告訴我。」

一個黑衫人回應。「報告，系統無異常，未發現任何特殊情況。現在進行二次檢查。」

「封鎖整個四十八區。」連再次嚴厲指揮向小寶徵問：「匯報，為何啟動紅色事故程序？」

「根據……根據……」

「果然下層基礎室用的都是垃圾，連回答問題都只有這樣子的程度。」他不屑地說著。

我立馬不滿地回應。「紅色事故程序是由操作員〇四二三六八啟動的，與輔助型超智能機械人無關。」

他轉過頭來，緩慢地說：「你……」

我點了點頭，他對著我詭異地笑著，我整個人立即毛骨悚然起來，這與我認識連的印象簡直相差十萬八千里。

他搭著我的肩，並用力地抓我，以致我隱隱作痛。「沒事找事的人看起來都很善良，誰說我們下層基礎室都是白癡，沒有精英，我們眼前不是就有一個嗎？你們看，他的勇敢簡直無與倫比，就好像好像那個唐什麼德？」

「是唐吉訶德。」他那些手下回了句。

「GOOD BOY，對了，就是他，你總令我想起那幕騎著馬大戰風車的勇氣。」然後是　陣十足侮辱的縱聲大笑。

這時我終於看清他的職牌，一級管事，天啊！我差點就要暈倒，因為以我五級管事來說，我們相差的距離大概就是地球與金星，完全就不是一個檔次上的。

在綿長的笑聲中，他突然話鋒一轉：「來人，抓起他，另外把那個超智能垃圾送到宇宙廢場那裡。」

「你憑什麼！」當然此話一出，我就知道自己有多愚蠢，因為他何止有權把我抓起來，即使他要你在下一秒消失也完全可以的。

他厲眼看著我，活像一頭不可得罪的鷹，嚇得我不敢再多話。「終於知道自己有多愚蠢吧！」

「當然你有權抓我，但根據程序控制規條，凡紅色事故發報者，無論最終情況大小，必須由一級管理人員引領下向記憶局高層負責人及世界政府總部代表匯報相關情況。」

「小子，你是活得不太耐煩了，很好，我成全你。你們幾個為這位英雄戴上手腕感知器。」

當然誰也知道一戴上這手腕感知器，控制者就可以控制你的心跳血壓和脈搏，簡單點說就是套在你頸上的一顆炸彈，它唯一的好處就是你可以死得很安詳。在離開工作室前望向小寶，它只跟我說：「以後再沒有機會一起下棋了。」，在沒有機會下總覺得愧疚非常，這次真的連累它了，實在始料不及。

在走向未知房間的道上，經過一道一道的密碼關卡，最後只剩下連星雲與我，我想我們接近記憶局的核心了，而我亦正好有把握著最後機會跟他談談。

「連星雲。」

「什麼星雲，你吵什麼？」他瞪大了眼睛。

從他的反應觀察，我實在不覺得他在裝糊塗，但我仍繼續旁敲側擊「管事你喜歡去 WAITING BAR 嗎？」

「我從來不去那些地方。」他嚴肅地回應著。

「有兄弟嗎？」

「為什麼這樣問？」

「沒有，只是你跟我有位朋友很像，以致想確定是否錯認了。」

「我沒有什麼兄弟！你也不要多問，看來你真的是隻有趣的老鼠！都到這關頭了，放心最頑強的老鼠依然就是隻老鼠。」他用手把我的整個下巴拉得老高，以致我差點就要斷氣，好容易才在喘氣中恢復過來，而我的頭腦也清醒了不少。

從他說話的聲線，我敢百分百肯定他就是連星雲，但令人不解的是他的腔調與整個人的氣場竟與我早前接觸的連星雲大有出入，而且我不相信這是能刻意模仿隱瞞和改變的。那究竟是什麼原因呢？到底發生了什麼事？我腦裡閃了很多很多不可能的可能。

最後我被帶到這房間來，而他拋下了一句「小老鼠，再見！」便退了出去。在這空蕩蕩的房間內有一種莫名的感覺，是害怕嗎？害怕自己的選擇，等待我的又是什麼結果？不知道，而我就這樣由站著，到最後在這空間踱步起來。我第一次真實地感受著時間的流逝，不知過了多久，兩人從側門而出，為首的是九十上下的中年人，一派溫和慈祥模樣，這裡為了方便敘述我稱他為A君，而跟在他身後的是六十上下的男子，整個感覺與A君是完全相反的，其雙眼凌厲銳利，一股硬氣勢已令人不寒而慄。我稱他為B君。他們就這樣望著我，眼內充滿著憐憫與無奈，我不敢多話，而我們就這樣沉默地對望了半分鐘。

最後A君才坐了下來，而B君卻站到他身後，此時A君按了按腦機，應該是有腦波接人，他以眼神示意B君一起接收。「啊……嗯……這樣嗎？好，我知道了。」由始到終他們的眼神都沒有離開過我，使我不大舒服，最後他指了指邊角上的椅子示意我坐下，當我有些恍惚地坐下後，他們並沒有立即說話，以至整個寂靜房間內充滿幻覺中才有的微弱電波吱吱聲。最後還是A君打破了沉默先說話，以現時狀態看來，大概他才是頭頭，只是不知他是世界政府總部代表還是記憶局高層。

「聶浩。」

我只是愣愣地點頭，大概真是緊張到說不出話來。

「你為什麼又來？」

「我……我……」我真的呆了，要不是我真的聽錯，就是他真的說錯。

A君沒有等待我的回答便說繼續說：「你來這裡到底要幹什麼？」

我吸了口氣，並大聲表示要見世界政府總部代表和記憶局高層。

A君皺著眉：「你現在見到了。」

多輕描淡寫的一句，但我為了小心保險起見還是多問了一句：「兩位有什麼證據是我要見的人？」

B君狠狠地瞪了我一眼，差點就要跑上來揍我一頓似的，還是他揮了揮手說：「你要證據嗎？很好，管事進來。」

連星雲叩門後進來，他一見眼前兩人好像什麼外星細菌附身似的，嚇得馬上立了個敬禮。

B君此時說：「解除氣態褲，然後青蛙跳三十下。」

真想不到連二話不說就把褲解除了，並青蛙跳起來，我嚇得乾睜了眼睛，不懂做反應，說真的我真的不曾想像一級管事與他們之間的差距竟是那麼大。而我在他們的眼中，根本可能就是低等蟲都不如。

B君再發號令：「頭撞牆直至喪失生命跡象。」

這是什麼鬼命令，但我大概連驚愕的時間也沒有，連雙眼泛紅的已重重地把自己的腦瓜送到牆上，巨大震耳之聲與那鮮紅之崩血成了房間最恐怖的焦點，而我的手和腳竟不自覺地顫抖起來。

A君向著我說：「還要證據嗎？」

我搓了搓臉，搖了搖頭，大聲說：「不要了，我明白了。」

A君放下手掌，B君便立馬說：「管事，可以停了，這裡沒有你的事。」

連雖然血流披面，但好像沒有事似的筆直敬了個禮便退了出去。

這時A君慢條斯理地將西裝口袋的取出搖控器，若無看錯，應該就是訊息屏蔽器，他按了按後，對我說：「現在我們可以慢慢談了，有什麼事儘管說。」

雖然我知道與他們是天與地的差別，但剛剛那幕大概令我害怕過頭了，我現在居然能毫不猶豫地鼓起勇氣直接說：「我懷疑記憶局內的人有問題。」

B君對我的眼神更加銳利了，我想他才是這裡真正的高層，但A君呢相信還要較他高級很多，從剛剛的表現已經可以看得一清二楚了。他並沒有看到B君的態度，於是他繼續問我：「為何你會這樣認為？」

「你看這份文件。」我把何滔的文件訊息發了過去。

他在屏幕中翻了翻問：「有何特別？」

「有人在未經主體的同意而自行轉移其記憶。」我凝重地說。

「這是特別加密文件，屬於特殊情況。你怎知他們沒有取得主體的同意？難道主體告知予你？你又有什麼能為你的一面之詞提出證據？」

「雖然我並不想成為指證者，但大概只要活得夠久，便一定能知道些什麼特別的事，這人根本就是異者，不可能自願同意轉移，何況沒有聲明簽字，電腦中根本沒有任何相關記錄，要不我們公開翻查，內裡那一切一切都是證據。」

B君這時怒吼起來，「你連C3R也偷闖了！」

「是又如何？但可惜的是我沒有這個能力，我進去的是T6.0室。」

A君示意他安靜下來，並對我說：「聶浩，你知道你正在向上級展示你的犯罪證據嗎？」

「或許，但有人所犯的罪比我更大，因為我還意外地發現了一個驚天大祕密，這是一個全人類的最大祕密。就是地球的環境根本就不是記憶局描述得那樣美好，太陽消失後，引力變異、溫度失衡、風災、海嘯、地震、隕石撞擊、疫症、輻射、基因突變的動植物生態鏈等等，這一系列的變故災難根本已令地球千瘡百孔。人類活動範圍區域已縮到剩下不足百分之三十，所以《物質期限法》是為了我們察覺不到環境的變異和物質迅速腐化的情況，而《記憶期限法》則是把我們這些記憶無情地洗去了。」

我看到B君的臉色已難看到極點，這時我不由得想起何滔房內的那些東西，那一切的記錄、研究和比對，是否為了證明跟我同樣的猜測？所謂異者還真是揭祕者呢！

「你很聰明，這的確是當初立法的原意，但那樣痛苦的記憶和真相還要記下？你們喜歡讓瘡疤讓威脅每時每刻呈現於眼前，直至到人類因擔憂和恐懼而自我崩潰？」

我聽到這裡沒有即時作聲，因為應該這裡「忘記」才是關鍵，它的確能為所有的痛苦從記憶標籤上撕下，而且最重要的是聽他的語氣，世界政府根本就是知情的，甚至是默許的，但無論如何既然已到這種地步，也許只能豁出去了，現在我唯一該做而能做的事就是跟他討論，即使情況再壞也起碼能做個知情者。「但災難做為重大的事件，它不可能屬於個體，這還是必須存留於集體記憶之中。」

「那有何用？」

我雖然有點錯愕，但猶豫了一下還是理直氣壯答道：「就為了警惕和懷念。」

A君輕笑了一下回應說：「過去人類在不同世代裡都會以日期或空間來警惕災難，但隨著現代災難的無以復加地增多，彷彿無論是日期或空間都是為災難的痛苦而設，但漸漸先祖們發現這種無論是人為抑或天然的災害，依然重覆不斷，警惕毫無作用，人類在所謂的記憶或歷史所得到的，就是什麼都沒有得到。反而在紀念日的前夕卻幾乎已忘掉的感覺，再無端加入被複製或渲染的感情，最後成為無意義的訊息混淆我們彼此記憶的因子，所以這裡不是需要加深記憶，而是要盡快淡忘。」

「但先生，問題實在遠比這個嚴重，因為記憶已不是被轉移貯藏起來，而是被消費了，被轉換成能源，那號稱最潔淨最生生不息的能源，它豐富了物質但卻從過去的根本淘空人的靈魂。」

他長嘆了：「你也真知道不少，甚至超出我的想像，這也是迫不得已。自從兩百年前經歷的大災難後殘存人類的醒覺，結果演變為生命連帶斷裂計畫，當然這不單是當年殘存人類的共識和決定，這裡只是原因之一，最重要的還是科技讓我們發現記憶可以轉化為能源的方法，它能夠沒有窮盡地支撐人類發展，甚至是無限慾望的消費，亦是人類復興的最可行辦法。」

我反駁：「不，人不單是要見證和警惕，他同時是需要人類不同世代的詮釋、賦予意義和總結，你們正抹殺這種可能性。其實根本是值得欣慰的日子消失了，世界政府害怕災難和痛苦令個體的怨恨透過這管道而廣泛的蔓延，害怕從災難的邏輯出發思考你們的一連串的過失，於是想出轉移記憶，令人重回空白，不，不是轉移，而是轉化、消滅與揑做，那是篡奪人靈魂尊嚴的凶手，你們透過反覆地製造記憶畫面令不存在的一切占據人的腦袋，令真實引退。最後到垂死時刻，竟編做合成記憶，令他們……他們……死不瞑目。」我實在再找不到更合適的形容詞。

「即使從這些個體出發，其實由人類發現了記憶能被轉移甚至能被轉化開始，謊言中的道德缺憾便失去價值了，即是不是謊言，本身已不再重要，何況人越來越長壽，但記憶卻無法進化，甚至呈現退化，平均到一百多歲，後來的日子一般都會忘記所有，你擬想到一下，將自己切身處地代入，在生命將要結束的時刻，你最想想起的是什麼？人生的失敗？痛苦？還是世界現實的殘酷？你還忍心將經歷人生的痛苦過去展現於他們眼前？如果還嚮往著天堂和美好的話，你應該希望能看到眼前的畫面盡是快樂的，那政府何不為他們創造美好的電子記憶片段，只要那一刻是快樂的，下一瞬就是永恆。最後將被棄記憶轉變為能量造福社會，正如過去的政府規定死後身體必須奉獻做為社會資源一樣，這沒有什麼稀奇特別。」

「那你即是承認修改記憶，並轉化為能量，而且根本就沒有得到當事人的同意。即使所謂的老人，你們就可以隨意製造一個過去，一個身分，做為脆弱的辯護？」

他更用力地盯著我看：「或許吧！但我知道你在想什麼，年輕人不要將自己的想像轉化為政府陰謀論，幻想被迫害的假設。真實？這從來就沒有絕對意義，人類早已習慣真實與謊言並存，並在人生中橫豎交織，保持人類的和諧團結，這是最卓越的進化，正如當年科學家們早已察覺太陽會爆炸，但多年來為何隻字未提，就是大家都明白謊言存在的必要。」

「那全人類的記憶……」

「一個人的記憶是記憶，一堆人的記憶不過是故事。只要明白曾經有些人以那樣的形式活著就可以了，其他的實在不值得記錄。」

「為了發展我們真的值得這樣付出？每七年就要摧毀一次？對了，甚至最後透過虛假的訊息調整整個人類群的發展取向。」

「不，不是發展，是生存，人或許不是沒有能力脫困，但這次即使人如何努力，在無限連續災難底下，依然是渺小的。當年這大災難的確曾改變了人類的心境及社會，人們進入了短暫的團結的烏托邦之內，在那些斷垣殘壁中，新政權和人民反而充滿了反常的喜悅和期待，但這種共同體與社會原始慾望的想像帶來的只是短暫的奏效，與過往的災難不一樣的是始終人類的行為與日常選擇未能增加甚至回復到正常生產力的軌道上，未能在環境、健康、教育、經濟等人類總體利益存有好處，過去政府只能做間接引導，那是方向正確，方法錯誤，人依然無法在這樣的環境中自救，而記憶轉移便是最適合誘導，不，應該是思想規劃才對，我們提供了最直接最理性的直觀意識，而由人所衍生出相關的資源、資本、發展都可進行可預測性調節，令所有人類都用得其所，發展得當，而且最重要的是他們的一生也會認為自己是有價值的。這充分解決了代集中——集權——大量——同步——標準——專技與分散——弱權——少數——不協調——多樣化——創意之間的所有矛盾。人們亦只要安於現在，活在當下就可以了，這是真正意義上的新人類族群。」

這番話令我想起從前對所謂邪教建立的虛構幸福時代，這裡邪教對於教徒是嚴加控制的，他們會從教徒的行為，如衣食住行的規範；資訊，如使用謊言及資訊封鎖；思維，如不容許其他思想及批評；情緒，如宣稱這是最幸福的國度。現在不知為何我有濃重雷同的感覺。「思想規劃，但思想並不僅僅是思考和記憶的代名詞，你們在侵犯人最基本的領域，把人都工具化了。看來世界政府不是發生了問題，而基本就是問題的本身。」

「人要挑死路走，也是沒有辦法的。或許是死亡看得多了，所以對自己的死亡也太不敏感！」B君把聲調提得老高。

對B君的講法我不是太明白，但他的確點出一個問題也就是人不過一死吧了！但反正豬死前也懂慘叫一聲：「或許今天我會難逃一劫，但我寧願選擇有記憶地讓自己死去，也不要在無記憶的世界牢獄中待著。而且有人定會將這事實告訴全地球的人類。」

A君淡淡的說：「他們知道又如何？人們或許會尊敬你，但終究沒有人希望會做你，何況……」他向B君招手示意，B君馬上在手腕上按了個鍵。

真想不到「記憶粒子投映」的實體技術已來到現實當中，記憶已不再局限在頭腦中轉移，人可以將自己的記憶投放到現實中播放，這還真突破了現實界與意識界之間的最後界線，現在「記憶粒子投映」的畫面已出現連續跳閃，雖然還未看到顯影，但聲音卻很穩定地傳輸著，雖然並不太完整，但內容我實在太清楚了，因為不久前才剛剛說完——

「……何滔房內的一切都是證據，可頤，我剛剛要說的事，妳千萬要記下，而且不要再用任何的通訊軟體，要用妳最原始的方法去記錄，並放在妳認為最安全的地方，知道嗎？因為理論上他們要查還是什麼都可以查到的，但有跡可尋的線索到我這裡為止就可以了。若我三天也沒有來找妳，然後妳就可以去告訴你們的長老或妳身邊最親近的人，最後我若七天也沒來的話，妳要想盡一切辦法將這些訊息傳遍地球的每個角落，讓地球的每個人也知道那恐怖事實的真相。」

聽到這裡，我幾乎要軟攤在地上，B君走過來扶了我一把，並在我耳邊細聲說著：「還早著呢！」在我未反應到何謂「還早著」之意時，粒子投影已露出可頤的影像，這下我真的什麼也知道了——

「聶浩真的對不起，我們從前在一起的時候確有過很多的快樂時光，但其實由你決定轉移記憶後，我實在不應再騷擾你，或許你已經知道我們再次相遇並不是偶然，何滔也是，我們知道了你和連星雲在記憶局工作，便想透過你們來證實我與何滔的假設，但想不到的是過程中何滔跟連星雲都失蹤了……」

看來當時連星雲遺書中的她極可能就是可頤。

「我知道你是我們最後的希望，果然你終於為我們帶來了真相，可惜的是現在證據已在他們的手上，我只能說我依然愛你，但我竟然還親手害了你毀了你，對不起……我……我……」

此時記憶「粒子投映」相當的不穩定，人物顯影快慢和顯影的品質可以說已非常模糊了，我急叫：

「她到底怎麼樣？」

B君猙獰地狂笑著：「抱歉，我對死人是沒有什麼記憶的。」

我發狂似的向他跑去，並高呼「殺人凶手！」而他卻反手一拳把我打了個正面，而我亦被打得金星直冒。

A君說：「可頤，不是明擺著可疑嗎？」

我搖了搖腦袋，希望盡量回復清醒，我吼叫：「什麼可疑，這都是我自己的選擇，我現在只知道你們殺了我喜歡的人。」雖然喜歡的感覺現在真的說不上，但從情感上我實在無法讓人這樣子地被踐踏……即使那是一個萍水相逢的人，何況我知道那是更親密的。

A君說：「無需衝動，你喜歡要什麼記憶來代替也可以，何需執著？」

我怒氣依然：「我執著自己的記憶都有錯？執著這些記憶中事件的主角都有錯？」

「捨得，有捨才有得。」

我馬上回了句：「呸！」

B君又衝了上來揍我，被他喝止了，B君還不忿地說：「爸你還要保那個逆子到什麼時候？讓我這個哥揍死他就是了。」

「工作時候不要叫我爸。」他向B君射出一道寒光。

「不可能……你們說什麼兒子、爸？你們到底想怎樣？」今天我的腦袋真的要爆炸了，不單多了個女朋友，還有居然記憶局高層和世界政府代表不是什麼A君B君，而是我哥和我爸，好像我的親人全都走出來了，多精采。

「你是我聶達的兒子，要不是我在你媽臨死前答應不殺你，上次你與異者張可頤一起時我就會毫不猶豫的把你幹掉，誰知放了你一馬，讓你記憶轉移，但現在居然又再與她對上，還查了那麼多的東西，命啊！」

原來我從前真的是與可頤在一起了，或許我們真的曾查過很多有關的祕密，只可惜……而我突然靈機一動：「原來你們一開始就盯上我了，我一直被置於你們監視之下，是不是？waiting bar？還是城市街道？抑或醫療站？」

我哥回應：「你以為自己是誰？還勞得著讓我們專門盯著，只是你自己硬要碰上我們的間諜——白達利斯，這才讓我們知道一切。」

「白達利斯？」

「即是剛走出去的管事？我們這次安排他工作的名字叫連星雲。」

「天啊，是他？沒有可能，他不可能掩飾得那樣徹底，而且那種痛苦和撕心裂肺的感覺，是我親眼所見的，不是從心底發出是沒有可能的……而且剛剛我們還單獨的面對面……」

哥笑了笑說：「這還不簡單，記憶轉移，再輸入任務潛暗示就可以了。」

「原來如此。」我低呼著。這發生一切就真的說得通了，間諜最不容易的是隱藏起自己某一種身世氣質，某一種慣性，以及某一種談吐時無意流露出的神態，但記憶轉移卻能從根本上把人進行最真實的隱藏（連自己都騙了，能不真實嗎？）而化身任務其中，自然無往而不利。我想他在遺書中所提到的不同片段都是他真實的矛盾，當然這裡再用「遺書」一詞明顯不太恰當，因為他只是被組織回收了，但深想一層，這又有某程度的合理，因為連星雲的身分真的已死了，剩下的只有什麼白達利斯。

「那次你們與何滔會面後，蚊子型監察器已把你列為重要的監察對象。」原來那些蚊子不是連星雲的幻覺，這還真出乎意料。「當然在醫療站內與醫生那番對話，純粹是因為醫生被記憶轉移後，在記憶監管科的電腦發現醫生記憶中有你的可疑行為，於是又把你列作受限調查對象，諸如這些都是明顯有跡可循的。當然我們還是要十分感謝你，因為有你，我們才輕易地找到異鄉，並調查相關祕密的證據和人物。」恐怖的感覺在他黑色的眼瞳中浮現。

「那何滔呢？他究竟在這件事中到底是個什麼角色？又是間諜？」

「間諜？過去不是，但這次記憶轉移後，他會忠誠的為我們政府服務，防犯或抽出那些異端。」

此時那個陌生的爸與哥已目無表情地看著我，最後還是爸開了口：「想不想生存在這個世界上來，好好想一想再回答。」

我真的用我那不靈光的腦袋想了又想，然後小聲但慎重地說：「不願意。」要從「被無知」的狀態掙脫，唯有自我追尋過去的真相，這才能得到真正的自由，雖然我明白那背後將要付出的代價。

我像等待著發落似的，爸此時卻平淡地說：「你還有什麼願望？」

我衝口而出：「我們有沒有與媽走過一片金黃的田野，並在山崗上一起種下樹苗，我在分叉路上蹦跳時你有沒有哼過那古老歌曲的旋律？」

「你在亂說什麼？」爸狐疑地看著我。

的確這不過是我一個夢吧了，而父母大概亦只存在於幻想中，甚至連回憶也談不上。

「怎樣？沒有願望了？」

我感覺到這是我們倆最後的通牒，於是在沒有細及思索的情況下便喊叫著：「有，我想看看屬於我自己的所有記憶。」

爸點了點頭後便與哥離開了房間，我凝視著我的一切過去，感覺從來都不曾如此強烈過，但我亦同時感到種種經歷正快速地離我遠去，並將永遠不再屬於我，也許記憶一直都不是對未來的召喚，而是告別過去的總結。身子有點累了，我感覺到無論是心跳和脈搏都在減慢之中，雖然呼吸也開始跟著困難了，但這刻不知為何我卻幸而沒有忘記那些有著期限的記憶……

呂志鵬

得獎感言／

我的小說幾近五萬字，兩星期完工，即平均一天三千多字，若連帶我略去的六千字也計算在內的話，可以說日寫四千。當然作為一個專業的寫作者這實在不算什麼，傳聞倪匡一小時也不只寫這個數，但我只是一個普通至極的上班一族，下班之餘能在鍵盤敲下這四千相信已是我這些年全盛寫作期的極限。但這裡令筆者非常意外的是，應主辦單位之命寫下這篇感言卻花了我四天的時間，有點不合邏輯。不過文學世界盡是不合邏輯之事，本是稀疏平常，或許正如我在小說中所說的每樣事的期限都不一樣吧。說回正事，這裡《期限》的誕生以至獲獎實應感謝我的父母呂敏麟、梁秀霞，若非他們讓我去讀中文系，或許我這輩子也不會有系統地接觸及愛上文學。其次我感謝我的太太岑淑平及兒子呂靖熙，因為有他們的愛我才能在文學的苦海感受到孤獨氣場下僅餘的一絲溫暖。還有我的同事阿KIT，她基本是除了我太太外讀得最多我的作品的人，而且還很認真地為我提意見，我很感謝她對我的支持。我還要感謝的是賀景濱先生，雖然我倆素未謀面，但他所寫的《去年在阿魯吧》令我看到小說原來還是可以這樣寫的，這亦間接啟發了我創作《期限》這個科幻故事。當然我還感謝諸多的評審能在芸芸強手之中相中筆者之故事，這對我的文學人生將有著極重要的鼓勵意義。

這是我第一次完整地寫好科幻小說，第一次在台灣參賽，第一次要寄速遞趕交稿，第一次在外地獲獎，第一次感受那由兩百七十五份搶入四十份的複審，四十份搶入十二份的決審，十二份搶入首五名的攻關戰……這裡有太多的第一次，這都構成了我生命中重要的體驗。

作者簡介／

一九七八年生於澳門。華東師範大學中文系博士，業餘文學創作者。個人曾獲澳門五月詩社新詩賽、澳門文學獎小説組、散文組、新詩組及戲劇組、澳門中篇小説、澳門人文社會科學研究優秀成果評獎等獎項。合著及個人出版有《異寶》（小説）、《黑白之間》（詩集）、《詩人筆記》（詩集）、《澳門中文新詩發展史研究一九三八—二〇〇八》（專題研究作品）、《甲子之路——〈澳門學生〉文學作品選輯》（作品選集）、《被遺棄的願望》（繪本）、《澳門步行徑》（知識小書）等，現職澳門民政總署，從事文化範疇工作。

評審的話／

小野

大家都知道生命是有期限的，也接受愛情也可能有期限，但這些期限都不是人類可以預知或控制的。如果政府以人類的發展和有效珍惜生命為理由，實施物質和記憶都有保存期限，由記憶局來執行人類記憶的轉移，人類的世界會有什麼改變？於是，有了一股反對期限法的力量，政府盡全力撲滅這些異議分子。整個故事便藉由一種哲學式的辯證手法，展開了情節的鋪陳，雖然用的是未來和科幻的內涵，但是指涉人性和慾望，其實是具有極強烈的現實感，它其實批判的是現代的人類社會，當代政府和國家的功能的不彰和企圖管控一切的陰謀。

陳玉慧

《期限》是一典型類型故事，科幻功課做足，次文化題材處理有可觀之處。提出了Living Diaspora的主線，以記憶、時間和期限法來質疑當今制度的不人性，並隱喻今日社會處境。書寫人的異化，也提出異者與人之間，乃至人和人之間的疏離。科幻語言豐富，唯結構亦略顯渙散不集中。

蔡國榮

描寫人類社會從記憶到物質都有一定的歸零期限，一切都不需要累積，所以造就出絕對公平的社會，因此人性變得冷冽。如此設定，很具巧思，卻對政治的思想控制、社會的親情淡薄都諷刺得淋漓盡致。作者運用類似工程師寫技術操作手冊的語言寫作，雖然造成閱讀不順暢，卻也呼應著文本的玄妙題材與異趣風格。

鄭芬芬

科幻作品引人之處首重在其視覺效果，及意想之外的世界面貌與思維。《期限》是個思想有餘、視覺與人性略嫌不足之作，對話多過於情節，解釋背景強過於描寫事件，就小說文字的閱讀而言有驚人的辯證魅力，日後影像化若能注意加強記憶與人性之間的衝突力量，可使概念與劇情表現更加上乘。

駱以軍

當然讓人想到晚近譬如《攔截記憶碼》、《鐘點戰》這類將記憶、時間或靈魂感受，被絕對掌控壟斷於國家機器或超級資本托拉斯手中，因為記憶集體被洗去，所以也形成追尋存在之謎的推理。大量長篇幅的哲學論辯，在主角和不同人物間發生，這些論戰即使對立，或不同立足點，皆相當有深度，也反思了階級暴力、異端，何為「擁有主體記憶的我」，永恒或短暫，存在與時間……這些形上探問。然也因此削弱了，或者說，比重上顯得推動情節的結構略顯單薄了。

佳作

烏瑪

／高國書

一

「喵嗚嗚……」

嘖……。

「喵嗚……喵嗚嗚……」

我皺緊眉頭。

「喵嗚嗚……」

可惡，什麼聲音啊？再也忍不住，捲曲在自己麻木大腿前的我，掙扎開迷濛的雙眼；但並不是很確定自己究竟睜開眼了沒，因為視覺內完全是一片漆黑。

視線慢慢聚焦後，我終於知道那聲音的來源。灰澀月光下，眼前石椅上頭挺坐著隻雜毛貓，正對著夜幕……叫春。雖然知道看到了什麼，不過一時間我還是無法理解；不是無法理解貓為什麼要叫春，而是我為什麼會躺在水泥地上，和一隻叫春的貓半夜共處在一座涼亭下。

我用手肘吃力地撐坐起後，才發現後腦勺異常的疼痛。是睡在水泥地上的關係嗎？我揉了揉後腦袋瓜，指尖在髮間感覺到溼黏的不快感。疑惑地攤開手掌後，月色下暗紅的液體沾滿了指頭。

頭……受傷了？我扶著涼亭的石柱站起身子，在搖擺中試著取得平衡。

「到底怎麼回事啊……」我不禁納悶地脫口而出。

那隻貓瞥了我一眼，但沒打算回答的樣子，只是自顧自地叫春。

所幸我也沒有指望那隻貓能告訴我什麼。拖著步伐，我蹣跚地離開身處的涼亭。跨過一處草叢後，我見著一條石子路，兩邊雖設有幾座路燈，但一盞都沒亮著。從周遭的景色看來，這裡應該是座公園……。

再次摸向了後腦，悶痛依舊，不過似乎沒有再繼續流血，或是它早就凝固了好一陣子。但是目前的情況還是很不妙，外套內的口袋後空無一物，且在這大半夜地一人躺在公園內，頭部更不知道為什麼受了傷，得趕快找人求救才行。

沿著石子路走了一小段，不遠處有棟紅磚矮房靜悄悄地杵在那。它牆上鑲著的微弱日光燈，在此時比什麼都要明亮；外頭洗手台是水泥砌成的，一邊的水龍頭沒轉緊仍滴著水。是公廁吧……？我迫切走了過去，雖然還沒到得救了的程度，不過這是目前唯一的浮板。

扭開了水龍頭後，我搓洗起沾滿污血的手掌。很快地，暗紅色隨著水流退去，但底下露出的黑漬彷彿是長在皮膚上一般，任我再用力，也不像是一時半刻能洗去的。

突然，從廁所內轉出了一個人；一個悠哉的中年男子含著半根菸，邊拉著褲子拉鍊邊走了出來。視線對上的瞬間，我們對彼此的出現都有些詫異。他身上的素色短袖襯衫平凡無奇，不過頭上戴著的鴨舌帽，繡著某車隊的圖案和字樣，讓我很快地辨識出這人應該是位計程車司機。

「幫幫忙啊，能不能快載我去醫院！」太好了！得救了。我心裡這樣想著。

「啊？」他掛著菸屁股的嘴，含糊地發了聲。

「我頭不知怎麼受傷了，剛醒來才發現躺在那邊那個涼亭……」我指著走過來的方向解釋。

「這個，你看起來還好嘛？這裡蚊子是多了點我想……不過話說回來，你有錢可以付車資嗎？」毫不掩飾地，對方瞇著眼上下打量著我，完全不在意我感覺似的。

「唔，錢包好像是掉了還是沒帶出來……啊，或是你載我回家也可以！我回家就拿錢給你。」我想起剛空無一物的口袋。

他沒有回話，只是擰開了另一隻水龍頭沖了沖手。

這人是怎麼一回事？一副漠不關心的態度，他究竟是完全沒同理心，還是太過遲鈍沒察覺事情的嚴重性？見他遲遲沒答應，我不免上了點肝火。

「唉不好意思，你可能要找別人幫忙了，我現在下班了，不能載人了喔。」半晌後，他用褲子抹乾著手，終於又開了口。

「下班了？」

「是啊，那麼晚當然下班了啊，你看都已經半夜三點了。」他朝我晃了晃手臂上的腕錶，但我沒來得及能看清楚。

原來已經半夜三點了……那現在還沒回家的話，家人一定會很擔心地吧？不過……是誰會擔心呢，咦，我的家人……是指所謂的誰呢？我爸媽嗎？我老婆？瞬間，我發現思緒堵塞了起來。

事情比想像的更嚴重。我意識到，現在根本連自己叫什麼名字，住在哪裡都不記得了。

一不留神，不知道何時那位計程車司機已經成為幾公尺外的背影了，沒有打算繼續搭理我。

「等、等等啊！別走，我好像失去……」我跨了兩步追去，但記憶兩個字尚未來得及講出，就卡在喉嚨裡了。

另一頭的水槽牆上，掛著一面泛黃的鏡子。雖然光線不佳，不過經過它的同時，我掃見到了個垢面蓬頭的男人。他身著件脫毛褪色的運動衫，上頭的 PUMA 字樣只剩下 UMA 三個字母，而外頭罩著的綠色外套，活像是件發了霉的破棉被。

我用手摸去滿是參差鬍鬚的臉頰，見著鏡裡的人做著同樣的動作。

「我是……流浪漢？」緩緩地，我脫口而出。

二

這公園其實並不大，雖然我只是失神地踩著步，但沒一會兒就不知不覺走了出來，見到外頭兩旁商家林立的大街。深夜的大馬路上，大部分的店面都已經打烊了，除了其中一家不遠處的便利商店。

「叮咚。」脆耳的門鈴聲隨著我走進這家便利商店而響起，儘管我不知道自己走進去幹嘛。

「歡迎光臨……」戴著粗框眼鏡的年輕男店員，正好從手中手機銀幕上抬起頭，他詫異的神情，就像剛才碰到的那位計程車司機一樣。雖在櫃台後不發一語，但我能感覺到他一直刻意觀察著我。

我在飲料櫃前，本能地拿了瓶蜜豆奶，不過遲疑了會後，還是將它放了回去。

店內影印機旁有簡單的用餐區，我挑了其中一張高腳椅坐下，默默看著玻璃反射中的自己：雜亂的頭髮雖還稱不上是鳥窩的程度，不過油髮結塊的樣子像是剛被人倒了一碗湯麵在頭上似的。精實的臉龐或許只有四十歲出頭，但嘴邊雜亂的鬍鬚讓整個人顯得老了十歲。指縫內則滿是黑巴巴的污垢，和烏黑的手掌意外地速配。身上的衣服就不太需要感想……單純的是從垃圾內發現有什麼穿什麼式的風格。腳上的塑膠拖鞋倒是滿新的，只是一腳是藍色，一腳是紅色的。

認真端詳後，雖然很不願意承認，但我還是做出了結論。

「幹，我真的是流浪漢。」

我洩氣地趴在桌面上。說不出是為什麼，但我實在是很難接受這件事實……但也不需要理由吧，有人會對自己成為流浪漢這件事欣然接受嗎？我到底是做了什麼事，或是沒做什麼事，才變成流浪漢的呢？我試著去想起關於自己的一切，可是在記憶中毫無收穫，彷彿我的人生是從今晚才開始的。

「呃，歐吉桑……這裡不能睡覺喔。」似乎是猶豫了很久，那店員終於走了過來說道。

「……沒有啦，我只是在想事情。」我很快爬起，搔了搔頭。不過歐吉桑是在指我？

望著他，我猜想這男生應該是個上夜班打工的大學生。我在他這年紀時，是在做些什麼呢，也是讀書或是工作了嗎，不會已經是流浪漢了吧？他也看著我，但我相信他腦裡想的，不是到我這年紀時會不會變成流浪漢。

「那……你有想要買什麼東西嗎？」好像苦惱了很久後，店員再次開口。

那個，我好像失去記憶了……一度，我好想這樣講出來。可是知道這無所益處，他不可能幫得了我，只是徒然給對方帶來困擾而已。點了個頭後，我知趣地朝店外走去；以身為一個流浪漢說，我或許算是很善解人意的？

出門時，門鈴聲再次響起，不過那店員倒是很沉默。

隔壁店家的鐵門是拉下的，不過柱子邊擺了幾片折扁的紙箱。我走去坐下前，潛意識地拍了拍紙箱上地灰塵，儘管我的外套大衣看似比那紙板還髒。

倚著柱子坐在角落，我覺得舒服了很多，連頭上的傷痛都忘記了，像是有了家一樣。

三

「同學們，說說你們長大以後要做什麼職業。許孝仁，從你開始吧！」老師在講台上，讓大家輪流起身發言。

「我要做律師！」最前排矮個子的男生站起後，毫不猶豫地開口。

「為什麼呢？」老師微笑問道。

「因為當律師可以賺好多好多錢！」那男生一臉自信，好像已經賺到了那些錢似。

「好，坐下吧。那下一位，張雅婷。」

「嗯……我要做醫生。」我前頭的女生起立後回答。

「是因為想要救很多很多人嗎？」老師誘導式地詢問。

「因為我媽媽要我當的。」張雅婷臉紅地說，大概是不想說謊；周圍的同學跟著笑起，但是有一些人笑得很心虛，或許是他們有著相同的答案。

「好吧，那接下來……那個誰啊，你想要做什麼呢？」點到我時，老師一時忘了我的名字。

「我想要做警察。」不在意名字被忘記的我，起身回答。

「為什麼想做警察呢？」老師照例問了。

「因為我要把騙走我爸爸錢、害他自殺的壞人抓起來！」我挺著胸膛堅定說道。

同學們大家都看了過來，但是沒人發出聲音，就連老師也是。教室內一片寧靜，每個人就像背景似地圍繞著我，讓我有些喘不過氣來。漸漸地，那片死寂，轉變成了各種雜音。有喇叭聲、有汽機車聲，更有遠處傳來的喧囂聲。

猛然一張眼，我才發現……剛才是在作夢，一個好像是曾經發生過的夢。看來我不覺睡了好幾個小時，周遭皆是刺眼的陽光，好像世界突然運作了起來。

我仍靠坐在那柱子下，不過原本拉下鐵門的店家已經開始營業了，窗內擺設盡是大尺寸的 LED 電視，各自播著不同的展示影片和節目，原來身處的是一家電器量販店門口。

一男一女爭論的聲音，在此時也在耳邊慢慢清晰起來。

「……妳去啦。」

「喂！你男生耶，為什麼要我去？」

我望了過去，騎廊下一個渾圓的女生正放下右手沉甸甸的廣告旗幟，左手上仍扛著一支；後頭則跟著一個瘦巴巴的男生，不時地朝我這方向看。兩人都套著這家連鎖電器店的制服。

「妳比我壯啊，如果等一下他生氣搞不好會打人。」那男生一臉認真。

「你再不去趕，等一下店長出來看到你還不是一樣死。」女生瞇著眼睛微笑……不，說是冷笑比較恰當。

對話聽到這，我當然知道是怎一回事了。一個臭兮兮的流浪漢躺在門口旁，應該是妨礙他們店家做生意了吧？若說味道影響顧客上門的意願，我是可以理解的，但是說我搞不好會打人是怎麼一回事，難道我看起來很凶嗎……？

有些納悶，不過我還是撐腰起了身，在真正被趕前自個兒先走了。

四

雖是走著，但根本不知道該上哪裡去，只是漫無目的在街上走著。公車站牌下，站著數個上班族打扮的男男女女。其中一位提著公事包不停擦拭半禿額頭的中年男子，焦急地伸頸張望著：我猜想他肯定是上班遲到了，不過在公司的職位應該不高或經濟不充裕，否則應該直接搭計程車了吧？另一位穿著嶄新套裝的年輕女生，正合著眼嘴中念念有詞，應該是在練習等一會工作面試的對答……。

街上的每一個人，此時此刻都為了某個目的而存在……除了我。一般來說，流浪漢的日常作息該是怎樣的呢？喪失記憶的我，對這完全沒有概念。

突然，肚子「咕嚕」的一聲，讓我好像有了事情做。上一次吃飯不知道是什時候了？或許吃飽後，思緒會更清楚，能想起來昨天以前的事情……但就算想不起來，我也不想一直餓著肚子。總之，先找些東西吃吧？

不過該吃些什呢？好像我真的能選擇似地。經過油飯攤和麵包店時，我都忍不住駐足在門口張望著，不過一旦和店內員工的視線對上，我馬上就又想起了身無分文的自己，無奈地繼續往前走；只是越走，飢餓感就顯得越強烈。

如果我一開始就坐著不動的話，或許可以多等三、四個小時才感覺到餓呢？走了一大段路後，我不免開始埋怨自己。這樣走下去，真的能找到免費的東西吃嗎？比如說，湊巧有找到一家舉辦大胃王活動的日式蛋包飯店，只要能在半小時內吃完三客就不用付錢……這種機會應該是微乎其微吧？但如果坐在便利商店門口等，可能也可以碰到有人把剛買的肉包或大亨堡擱在別人機車墊上忘了拿走。不過不管選擇了哪個方式，都是一場賭注啊；若是賭輸了，我可能就倒在街頭，連回憶過往人生的這一段間奏都沒有就結束生命了。

唔……說到回憶，今天早上做的那一段夢，好像是真有過那回事呢？是國小時候的記憶嗎？但該死的，老師只記得許孝仁和張雅婷，卻忘記了我的名字，難道她不知道名字這件事現在對我非常重要嗎？有名字的話，我可能就能恢復記憶呢……從夢中的互動感覺起來，我和許孝仁或張雅婷好像都不是太要好，現在突然去打擾他們詢問我的身世，會不會太冒失呢？那麼我下次夢見到他們時，對他們好一點吧？譬如說替他們做值日生，或是送他們橡皮擦之類的，先打好關係再說……。

不知不覺，思路混亂的我已經累得靠在巷內的一根電線杆旁坐著，完全沒考慮到我根本不知道許孝仁或張雅婷住在哪裡，更別說這夢就算真是我國小的記憶，也大概是三十多年前的事情了。

「小皮蛋來吃飯嘍！」當我在思考要先去找許孝仁和張雅婷時，一道悅耳的女聲從旁傳來。跟著，腳邊的小水溝內，陸陸續續鑽出了四隻白顏色的小狗；在我意會過來前，一位穿著圍裙的年輕女生，已在電線杆旁放下手裡的小桶子和塑膠袋了。

那四隻小狗很快地圍過去，開心地各自將頭探進桶內。

「喔，不好意思……」因為剛被電線杆擋著，這位女生在準備蹲在小狗們旁前才發現到我的存在。她反射性地往後退了一小步，怯生生地望向我。

「妳在……餵狗？」看著那幾隻小圓屁股搖著尾巴，我問了女孩。

「嗯。」她點頭，手裡緊握著抓起的塑膠袋。塑膠袋內黃澄澄地裝得半滿，好像是食物。女孩大約是高中或剛上大學的年紀，很清秀的臉龐，後頭扎著束馬尾。

「那個，妳餵他們吃什麼？」

「就豆漿和吐司邊，店裡剩下的。我在巷口外的那家早餐店打工……」

「這樣啊……狗，吃吐司和豆漿嗎？」我木訥地迸出幾個字，不過心裡其實是在羨慕這幾隻狗正大快朵頤。牠們愉悅舔著豆漿的樣子，彷彿小桶內裝著的是名為滿足的食物。

「其實我也不確定耶，但看牠們媽媽都沒有回來，肚子一定會餓呀……不過我是有特地裝無糖的豆漿，因為小狗好像不能吃太甜的東西？」女孩歪著頭。或許是話題轉到了小狗身上，她顯得沒那麼害怕我了。

「那麼那個……吐司好像很香的樣子，可以分我一點嗎？」吞了口水後，我指了指她手上的塑膠袋，鼓起勇氣把心裡的話說出來。事到如今，我也顧不得對方的想法了。

「唉？這不是吐司啦，只是做三明治切下來的吐司邊……」她顯得為難。

被拒絕了嗎……我暗自嘆了口氣。從我有記憶以來，第一次乞討被拒絕了。女孩會覺得我是個沒尊嚴的乞丐嗎？不過要落魄到和流浪狗搶東西吃，也不能怪被人瞧不起了……。

「你等我一下喔。」打定什主意般，她突然轉身往巷口外小跑步了去。四隻狗都不約而同地抬起頭看去，和我一樣納悶。但沒一會兒，女孩又再次跑了回來，手上多了另一個紙袋。

「吐司邊你應該很難吃飽，吃這個好嗎？」她親切地遞到我面前。

我打開袋子，裡頭有一個包妥的三明治和密封的飲料杯。喔，這個……是……食物！是吃的！花了三秒的時間，我才反應過來。

「是豬肉蛋三明治和紅茶，可以嗎？」女孩見我呆若木雞的樣子，又再問了一次。

「但是……我沒有錢喔。」我壓抑住想馬上拆開三明治的欲望，雖然不認為女孩會指望從我這拿到錢，但還是想先確認她的用意。

「喔不用錢啦，每天下班老闆娘本來就都會讓我帶一份回去當午餐。」知道我的顧慮後，她笑了起來。

那給了我，妳不就沒有午餐吃了嗎？我沒有矯情地反問她這句話，因為手已經迫不及待地抓起三明治往嘴巴裡塞了。究竟餓了多久沒吃東西……失去記憶的我當然說不出個所以然，不過我能感到胃中對食物的吶喊，遠遠超過了想留給味蕾去品嚐滋味的念頭。

「裡面有吸管……」當我撕開飲料杯上的薄膜，把紅茶往嘴裡灌時，女孩嘗試提醒我，只是慢了半杯的時間。

見我囫圇吞的樣子，她只能苦笑，蹲下打開塑膠袋，拿出吐司邊開始餵起喝完豆漿的小狗們。女孩細心地，把每條吐司邊撕成兩塊，小口小口地輪流餵著依偎過去的四隻小狗。

這巷子其實不寬，我最早倒坐在電線杆旁時，地板是冷溼溼地，不記得有見到日光；但或許正值中午，耀眼的太陽筆直地照進了巷內，把女孩和那幾隻狗渲染成了溫暖的金黃色。我仍依坐在電線杆下，消化眼前的景象和剛發生的事。

直到女孩離開了許久，我才想到應該要道謝的事情。

五

我把吃完留下的紙袋折了兩翻，妥善地放進大衣口袋中。紙袋裡頭還有幾張面紙和一隻吸管，乍看都是毫無價值的雜物，不過卻是我目前所有的家當。我覺得身上有些東西總比什麼都沒有的好。

吃飽後的我走回大街上，記憶能不能恢復是一回事，但更憂慮以後是不是都得靠人施捨才有東西吃……經過一家運動服飾店整大片的玻璃牆時，我再次看到了自己的反射，不過由於光影的關係，我彷彿穿上的店內假人的POLO休閒裝。

「其實還滿帥的嘛……」並非老王賣瓜，我是出自內心地脫口而出。撇開身上的爛衣服和雜髮不看，若是梳洗後換上這套衣服，我好像也是能人模人樣的。若失去記憶醒來時我是這番打扮，我可能會猜想自己是個事業有成的公司董事，或是職業高爾夫球員之類的……。

但說到底，現在的我，不過只是看起來像是流浪漢而已不是嗎？我是不是很可能其實有正當的職業，有個家……甚至是有家人呢？雖然醒來後所有的證據都指向了我是個流浪漢，但內心深處，我從未真正接受這事實。

一定是有什麼地方搞錯了。

我不知道一般流浪漢是怎麼想的，不過我總覺得我不該是個流浪漢。從小……我應該也是和大家一樣用功讀書、當完兵找了個學以致用的工作，努力上班十幾年後，存錢買了房子，結了婚……生了幾個小孩。

究竟是發生了什麼事，讓我變成了現在這副模樣？

不知不覺，我又晃回了那家連鎖電子專賣店的門口，外頭沒見到早上那一男一女。由於想不到接下來該做些什麼，我索性在騎樓下找了個不擋人路的位置，坐下看起了櫥窗內的電視節目。

現在播送的是新聞節目，我本來期待能有好萊塢動作片之類的……但一方面我不好意思去借遙控器或要求轉台，一方面是正播報新聞的女主播還挺賞心悅目的；如果有結婚，我老婆應該就是這種類型的。

不過真的就只能用看的，因為隔了層厚玻璃聽不見任何聲音，也或許他們根本就調了靜音也說不定。新聞並沒有打上字幕，我只能從大標題和主播的口形來猜測新聞內容。第一則是昨天發生了銀行搶案，不過歹徒只朝天花板開了兩槍，完全沒有時間要求現金就逃逸了，警方目前密切調查中。第二則是有關民意代表的酒駕肇事……或是救駕造勢，我不太確定。因為他受訪時，舉手投足間都有一股了不起的氣勢。

後頭接著的是氣象報導……有道冷鋒面即將來襲，全台灣這幾天都能感到溼冷的天氣變化。看到這，我皺起了眉頭，這是唯一一則和我人身有貼切影響的新聞；我開始擔憂起今晚該在哪裡睡，不過最後女主播貼心地提醒我要多穿一件衣服，讓我稍微寬心了些。

六

冬天的白晝沒有持續太久，在下班人潮擠滿街道前，天色就已經換上夜幕了。電子專賣店內的電視在五點多時換了頻道，轉到了外國電影台，正開始播放《神鬼奇航》第二集，大概是夜班的店員不想看新聞。等頭髮留得再長一些，我可能會考慮留和影片中演海盜船長的男主角一樣的髮型……。

店家的廣告旗幟佔去了三分之一的騎廊，為了不妨礙行人，在電影看到一半時我就起身離開了。不知道為什麼，面對熱鬧漸起的市景，我有一種自己不屬於其中的自知。

在過街等紅綠燈時，我前頭有一對年輕情侶。注意到後頭的我後，兩人很有默契地拖起手。其實我也不是一定要過街，對面的店家在白天閒晃時就走過一圈了；只是若在馬路邊被看了一眼就要換個方向走，就未免太刻意了。

「等一下想要吃什麼？」突然想到似地，情侶中的男生開口。

「隨便呀。」女生回答地很甜美。

「自助餐好不好？」

「但是現在店裡一定都很擠，吃其他的吧？」

「那試試前面那家新開的牛肉麵？」

「唔……佳佳她們有去吃過，說肉很老耶。」

「還是我們上次吃的那家咖哩飯，妳說不錯吃的？」男方邊問，邊又望了我一眼。

「可是那家要走很遠耶？」

「那妳想要吃什麼？」

「就隨便啊。」她還是那樣隨和地回答。

聽著他們的對話，不管是吃自助餐、牛肉麵，還是咖哩飯，我都很有興趣，可惜沒有人詢問我的意見；明明中午才吃過三明治，但我現在還是感到飢腸轆轆，或許是身體自行決定需要更多熱量來度過漸寒的夜晚。

我盲目蹓躂了幾條街後，決定斷了找東西吃的念頭。畢竟如果每天都能照三餐吃飯，流浪漢應該會是不少人嚮往的職業才是……而且我也理解不可能像早先一樣，幸運碰見另一位在早餐店工作的人，在巷口餵貓狗的時好心地分給我晚餐；據我所知，早餐店只有白天有開。

幾番思考後，我回到了昨晚發現自己失憶的那座公園。

我對這公園沒有什麼特殊的情感，只是記得它小徑上有座飲水機。奢侈地暢飲一番後，我把自己灌飽了，但冰冷冷的腹脹感讓我有些後悔。灌飽和吃飽，原來完全是兩回事。

「啊……你沒死啊？」突然，當我用袖口擦去鼻涕時，背後有人對著我高聲說話。我吃驚轉身，發現是一個手持鐵夾，裂著嘴笑的男子。

「呵呵，我還以為你死了咧。」他笑憨憨地又補了一句，儘管感覺不到有什麼好笑的。

「你、你知道我發生什麼事了？快告訴我！你是誰?!」顧不得鼻水再次噴了出來，我瞪大眼珠激動地抓住他肩膀。

「你小力一點啦……跟你講就是了嘛。我的名字是阿喜，但是你可以叫我林國民。」雖被我突來抓住，他還是慢條斯理地自我介紹了；不過名字和綽號的順序好像講顛倒了。

仔細聽這男子口氣，我才察覺到他有些不對勁。大約是二十幾歲的高個頭，缺了顆門牙，不過笑容就像是嬰兒般燦爛；髮型是坑坑巴巴的三分頭，露出的頭皮有許多不規則的疤痕。

這傢伙，是智障？我慢慢鬆開他，一時感到呼吸紊亂。

「那……林國民，你知道我發生了什麼事嗎？」退一步後，我重新調節講話節奏。

「我知道啊，不過我覺得……你還是叫我阿喜好了。」

「好，阿喜！快告訴我你知道什麼？」我暗耐住性子地配合他，不知道平常的自己是不是那麼有耐心。

「阿喜知道你昨天在涼亭那邊被打了喔，他們好用力打你的頭，我還以為你被打死了咧。」

「他們？他們是誰？」

「我不知道他們的名字，沒有問過。」阿喜搖了搖頭。

「不是啦，不用知道名字。他們看起來像是什麼人，你會怎麼形容？」

「他們喔……看起來就很凶，好像跟阿喜差不多大，不過不是我朋友。每次來公園都會喝酒，我常常跟著他們後面撿啤酒罐……」阿喜說話的時候，我注意到他除了鐵夾子，另一手還拿了個黑色大塑膠袋。

「你知道他們為什麼要打我嗎？」

「不知道耶，但是有時候他們會丟我石頭，我也不知道為什麼……」

打我的人……是愛喝酒鬧事的不良少年之類的嗎？阿喜也被丟過石頭，這些人是不是單純的看流浪漢和智障不爽呢？我在心裡推測。

「對了，我被打之前，身上的衣服就是這樣子嗎？」瞬間一個念頭閃過。

「呃……我想一想喔。」阿喜盯著我，認真的回想。

抱著一絲希望，我期待阿喜說出否定的答案。因為搞不好我是個經過公園被搶劫的上班族，昏迷中被路過的流浪漢換了衣服。再怎麼運氣不佳，我都不認為我真是個流落街頭、終日乞食的人。

「啊，不一樣！」阿喜忽然大叫。

「真的？」我喜出望外，感到手腳都顫抖了起來。果然，我心中的想法是對的！在某處，我是有個溫暖的家的。只要能想起自己的身分，我就能重回家庭的懷抱……老婆正期盼地在門口等待我回去，還準備了熱騰騰的晚餐。泡個爽快的熱水澡後，兩人便能在舒適的大床上相擁而眠，然後隔天一齊帶著兒子和女兒，去吃那家牛肉麵……啊，還是吃咖哩飯好呢？

「你的外套，本來是打開的，沒有拉起來。」他繼續說道，指著我因為天涼而拉起拉鍊的綠色大衣。一句話，就讓我編織出的幸福瞬間幻滅了。

「……」

仍不想回到現實的我，面無表情地失焦在空白中。頭上樹幹間飛進了幾隻麻雀，在葉叢裡不再有動靜；彷彿牠們和人類有一樣的作息，也下了班回家休息。

「那你叫做什麼名字呢？」等了很久，阿喜見我沒接話，主動問了問題。

「……不知道。」我心灰意冷地聳了肩。

「哈哈，你怎麼會不知道？連阿喜都知道自己叫做阿喜了。」

「就說我不知道了！反正我是個流浪漢，知道了又怎樣，很重要嗎？」我把不甘接受命運的怒火，沒理由地一股腦發在阿喜身上。

「不要生氣嘛……不知道就不知道啊。」或許智力不及常人，不過他還是感覺到我的怒氣。見我仍不理睬，阿喜收斂起笑容，自討沒趣地低頭走了開。

「喔……如果你要找你的背包，他們把它丟進旁邊的池塘了。」走了兩步後，阿喜停下回頭說道。

「我的背包？」我一時沒反應過來。

「他們打了你以後看到你有背包，就在那邊翻……不過翻到一半，其中一人突然叫了，他們就很害怕，把背包朝池塘那邊丟過去，然後都跑掉了。阿喜也很害怕，也跟著跑掉……」

「害怕？你有聽到他叫了什麼嗎？」我疑惑地追問。

「嗯，那個人是叫說『幹，是警察』……」

幹，是警察……是警察？這句話，代表了什麼？

我重複念著這句話，想理解它的涵義。他們很害怕……就跑了？他們在袋子裡看到了什麼嗎？袋子會有什麼呢……應該就是我的隨身家當，和有證件的皮夾之類的……想到這，我差一點整個人跳了起來。

幹！難道說，我是警察?!

七

外套和紅藍拖鞋已擱在涼亭的石椅上，我邊把褲管捲起，邊打量要從何處下水。能讓昨晚偷襲我的那些人認出我是警察，背包裡想必有我的警證，甚至還有警槍……只要能找回背包，我就能回到原來的生活！

涼亭旁邊的池塘大約是一個網球場的大小，不過考慮到那幾個不良少年的臂力有限，背包落水的範圍不難推算出。現在的問題是夜色已黑，雖然不至於伸手不見五指，但是光用目測完全無法知道池塘的深度。

攀過池塘的圍欄後，我一手扶著欄杆，一腳探進了池塘裡測試深度。不過腳趾才剛掠過水面，就冷不防地縮了回來；池水冰冷的程度比我想像得要刺骨許多，剛脫掉外套時所感受到的寒意，和此時比根本是小巫見大巫。

咬緊牙根後，我再試了一次。當小腿肚沒入池中時，我瞬間感到血液往腦門衝的緊繃感，而接來的是幾乎會讓人失去意識的刺麻。如果現在能有面鏡子照，我大概能見到自己臉由通紅轉成慘綠的過程吧。

我忍住想罵髒話的衝動，繼續讓腿往下伸。很快地，膝蓋也沒入了湖內，跟著是大腿；攀住欄杆的手臂已完全伸直，但是腳指尖仍著不到地。湖底的深度或許有兩公尺也說不定……看樣子，在夜裡下水不是一件明智的決定。我暫時放棄打撈的念頭，拉起了溼透的下半身回到池岸邊。

或許等明早光線好一點時，再來試一次。除此之外，我還需要找些打撈的工具。

溼漉漉的外褲在寒風中讓人格外難受，我把已吃水的褲子和內褲一併脫下，穿回大衣外套，回涼亭內縮著膝蓋取暖。思索了一番，我決定今晚就在這過夜睡覺。一個考量是方便，不用隔天再來回奔波；另一個考量，則是我實在想不到其他更適合的地點。

側躺在硬邦邦的石椅上，粗糙的表面扎地頭皮很不舒適。氣溫驟降的夜裡，寒風肆無忌憚地猛灌進涼亭內；剛才被凍得冰冷的下半身，始終無法溫暖起來。

我把頭窩進手臂中，讓自己睡得安穩一些。明天上街時，是不是該撿些報紙來禦寒，還有幾張紙板來當床墊呢？啊……不，差一點忘了，我是個警察，之後就不用再當流浪漢了……。

再次想到自己的真實身分，像是喝了酒一般，我整個胸膛舒坦了開來。那麼早先夢到的夢，是真的發生過的回憶嗎？小時候家裡發生的不幸，讓我立志成為了警察？

瞇著眼睛時，我見到一個模糊的影子，輕盈地跳上我對面的另一張石椅。但沒去多管牠，因為我知道是前晚叫春的那隻貓，更何況牠今晚並沒有想叫春的意思。

或許是寒風，也或許是滿腦子的期待，整個晚上我都沒有辦法真正入眠。直到曙光探出天際，我才昏昏沉沉地見了周公。

八

「哈啾！」一個結實的噴嚏，把我自己給嚇醒了。

望見一個小女孩踩著三輪車騎過小徑，後頭跟著位老婦時，我一時間還很迷茫。是白天，但層層陰霾的天空沒透出任何陽光，像是清晨，也像是傍晚。

「啊……現在是幾點啊？」我橫躺在石椅上，自言自語。但不論是早上七點或是下午四點，好像都無所謂吧，反正……咦，我在幹嘛呀！

猛然想起昨晚的事，能證實我身分的背包還在一旁的池塘中，我趕緊爬起，穿好拖鞋。不過當我真正見到那池塘時，倒抽了一口氣。深綠色的池水，好比染了墨一樣，完全見不著底。好險昨晚打撈的想法即時煞車了，否則在這種冷天氣浸到那麼深的水裡，就算我會游泳，大概在起來換氣前就僵斃了。

果然還是需要工具，比如說長竹竿之類的……站在池塘邊打量時，我總覺得兩腿涼颼颼；低頭一看，才發現大外套雖然蓋到了膝蓋，自己下半身其實是光著的。昨晚脫下的外褲和內褲，仍在地板上溼答答地皺成一團。

反正還有長外套遮著，不知情的人只會覺得我穿著短褲吧？我這樣安慰自己。在石椅上把兩件褲子攤開晾妥後，我開始在公園內到處找尋適合的打撈工具。晃了好一陣子，雖然有見到幾隻掉落的樹枝，但不論是粗細或是長度，都和我所需要的相距甚遠。另外昨夜沒能縮進外套的雙腳似乎是有些凍傷了，腳背和腳趾間有好幾塊不規則的紅斑，泡過水的右腳尤其嚴重，在塑膠拖鞋裡奔走讓那撕痛感倍增。

我從外套內拿出一張餐巾紙撕成兩半，朝拖鞋內各塞了一張，使塑膠不會與皮膚直接摩擦。同時我也摸到了剩餘的那根吸管，心想若是能放大個幾十倍，就像根竹竿了……但真要找長竹竿的話，搭著鷹架的工地內或許會有。抱著這樣的想法，我改朝外面街頭走去；一邊走著，一邊回想昨天閒晃時是否有見到施工的地方。

路過昨天看新聞的電器專賣店時，電視上正播著好萊塢版的《無間道》。比起老外演的，我其實還是比較喜歡梁朝偉和劉德華對戲的香港原版……無論是張力或是兩人的演技都精采許多。不過我能記得這些細節，卻完全想不起自己的名字和身分，真是奇怪的一件事。

駐足時，我無意瞄到一段距離外的那家銀行，兩位身穿紫藍色制服的兩人正在巡邏箱前巡簽。是警察……喔喔喔，是跟我一樣的警察啊！發現同事就在附近，我興奮地馬上拔腿跑去求助。

「太好了，能碰到你們……」我趕到兩人面前，上氣不接下氣地打了招呼。

「怎麼了嗎？」其中比較年輕的一位警察，正把巡邏卡塞回箱內，狐疑地看過來。另一位和我差不多年紀的，原本正走向機車，也回頭關切了。

「是這樣子的，我知道這很詭異，但是其實我也是警察，不過證件什麼的都被人惡作劇丟進了水裡……可不可以麻煩兩位……或是找其他人支援也可以啦，帶些裝備和我去公園那邊的池塘打撈？」

兩位警察面面相覷，一時說不出話。

「你說你是警察，哪個分局的呢？」年輕那位遲疑後開了口，但表情很微妙。

「……我因為頭被攻擊，所以失去記憶了。」

「所以名字、身分字號、家裡住哪裡都忘了？」

「是啊，就說喪失記憶了啊！等一下……你不會不相信我吧？」我察覺到兩人的目光有異。

「呵呵，先別說名字什麼的，警察怎麼會穿成你這樣呢？哎，你裡頭有沒有穿褲子啊，不會這麼冷你就只穿這一件吧？」比較資深的那位員警擺明了一開始就懷疑我，同時打量著我大衣外露出的兩腿。

「這個，說來話長……但我真的是警察啊！你們不是這樣就要走了吧？」見兩人準備離去，我急了起來。

「好啦！你先回家穿個長褲啦，是警察的話，不能知法犯法吧？裸奔是犯法的喔。」兩名警察果然沒把我當一回事，把我打發後便跨上機車，頭也不回地上了路。

「……」看著兩人消失，我呆若木雞地站在原地。

他們真的就這樣子走了……還是會另外派人來支援我？啊，希望很渺茫吧……他們八成誤以為我是發神經的流浪漢；但話說過來，我看起來真是個流浪漢沒錯……雖然我知道自己是警察，不過他說的有道理，一個警察怎麼會穿成這樣呢……警察薪水再差，也不至於下班後是穿這樣回家吧？還是在這之前發生了什麼事？一連串的問題，在我腦中一一浮現。昨天發現自己是警察後，只顧著開心，竟然完全沒意會到這些疑點。

唔，還是……其實我是在出任務，為了長期埋伏不讓人起疑心，所以扮成了流浪漢……若是這樣，聽起來是個重要的案件，所以我或許不單是警察，更有可能是個刑警了？只是接下來，該怎做……。

困惑之餘，我突然察覺到身後傳來的陣陣暖意。銀行旁是一家精緻的咖啡館，咖啡豆烘焙的香味異常濃郁；由於店面是採半開放式，裡頭溢出的暖氣在兩邊走廊上都能感受到。

昨晚凍了整夜，那暖風像能把人融化般地滋潤。我不自覺走了過去，不過光著下半身子當然不好意思去人家店裡頭坐著，我只是站在外頭。咖啡館外騎廊上設有一張朝著店內地古典長木凳，但可惜地，已有一位年輕人持著外帶咖啡杯、翹著腿橫坐在那。

那年輕人戴著頂洋基隊棒球帽，掛著蓋住半邊臉的大框太陽眼鏡，在這絲毫沒有陽光的陰天中顯得很多餘。帽沿下的綠髮，讓我直覺他是個不正經的人。

「嘿，你剛才去和那兩傢伙說些什麼了，去要香菸嗎？」見我望著他，這年輕人伸了下巴突然對我說話，大概是好奇我怎會去和警察攀談。

假裝沒聽見，我把頭偏了另一邊，不想被他看笑話。

「幾天沒見，還是不愛講話呀？呵，隨便你啦，反正我要走了。」伸了個懶腰後，他把腿上的紅色筆記本拾起，拍拍屁股走了。

奇怪的人……見他離開，我毫不猶豫地在那張長木凳上坐下。不過，他說幾天沒見……難道是認識我？搞不好……他知道我的身分？

九

雖然馬上追了過去，但那年輕人早就消失在街頭中。前頭的十字路口外，又是另一個十字路口；要這樣找到他的可能性，實在是微乎其微。想到平白讓一個知道自己身分的機會錯失，我扼腕地想給自己一巴掌。

當豆大的雨點開始滴落在身上時，我才注意到天色不知不覺地黑了。一整天毫無收穫，更沒吃到任何東西，我的心情盪到了谷底。蕭冷的雨勢越下越大，在往回公園的路上，我在自助餐店外撿了一個小紙箱罩在頭上避雨。箱內有一股發了酵的醬味，但不想頭髮被淋溼的我沒有太挑剔。

等一下不知道會不會遇到阿喜，他家裡或許有能打撈的器具我能借用……。

回到公園時，我刻意找尋他的身影，但看樣子就算是他也知道雨天最好別出門。而雪上加霜的是，原本好端端晾在石椅上的長褲和內褲，在我進了涼亭內後發現兩者皆不見了蹤影。現在景氣有那麼差嗎……連流浪漢的髒褲子都有人要偷？冒著雨在周遭找了兩圈無所獲後，我才死了心。

情況好像越來越糟了。

儘管知道了自己是警察，卻不知道在出什麼任務，更沒有任何關於自己的記憶。若讓外人客觀地形容，我只是個連褲子都沒有的失憶流浪漢。

原希望是短暫的驟雨，但整個夜裡都沒有停過。唯一值得安慰的是，今晚睡覺多了層紙箱可以當枕頭。

十

隔日，雨仍是沒有停止跡象繼續地下。中間一度餓得受不了，我抱著期望，冒雨跑去了遇見餵狗女孩的那條巷子。不過應該是早過了她們的營業時間，就連早餐店的鐵門都是拉下的。

所幸，花了半天的時間，我在便利商店外的那具公共電話上，找到了一杯吃剩的關東煮。說是關東煮，其實裡頭也只有一顆咬過一半的丸子和半截菸蒂。我很想把餘下的湯汁也喝下，但泡在裡頭的香菸灰燼讓我不太能下嚥。

又是一天的過去；同樣地，直到睡覺前都沒見到阿喜。

雨終於停了，但是我竟然完全沒有下床的力氣。用手掌敷了額頭，我猜大概是這兩天淋到雨發燒了。飢寒交迫的我……是不是就要這樣結束了？

我感覺自己在黎明時有醒過一次，但很快又昏沉了過去。

當睜眼見到陽光時，我其實不是很確定自己是不是清醒的。儘管頭還是很脹，但兩腳已經能下地了。穿上拖鞋時，我想到昨晚好像曾夢到這雙藍紅拖鞋不見了，是那隻叫春貓偷的。

天氣暖了一些，我把外套拉鍊拉下一半，但仍是不能低於腰際……大概是養精蓄銳了一整天，溫度也回溫許多，到飲水機處喝了好幾口水後，我再次想起自己是警察，和要找回背包的事。

路經早餐店旁的巷子時，我特意看了一下，而且差一點沒歡呼出來，因為穿著圍裙的女孩，正蹲在那裡餵小狗。

「啊，那個……」我用力擠出笑容，朝她打了招呼。

「喔，是你呀，等我一下喔！」女孩沒等我說完，便跑回店裡，很快地提了個餐袋出來。我本來是想拿「好久不見啊」當作開場白的。

她從紙袋內拿出了同樣的豬肉蛋三明治，塞進我手裡；不過今天的飲料是豆漿，女孩插上了吸管後，才遞上。我靠著電線杆坐了下來，但隨後想起光溜溜的下半身，又趕快站起避免在她面前曝光。

「所以……妳每天都餵狗嗎？」咬了一大塊三明治後，我找了個話題避免尷尬。

「是啊，牠們媽媽生下牠們後就不知道去了哪裡，留了這四隻毛小孩在這……所以總得有人養牠們呀。」女孩怡然自得地回答，好像真養了四個孩子，不過若要再多養個流浪漢，不知道她會不會答應？

「不是有收容所什麼的嗎？」

「我知道，但送去那裡並沒有真正解決事情，只是讓居民眼不見為淨而已。收容所的狗狗能被認養的其實少之又少，大部分都還是逃不過安樂死。」她講到這裡，眼神顯得有些黯淡。

「嗯，但也無可奈何啊，總不能讓野狗滿街跑吧？」

「才不是無可奈何呢，牠們很多都是被人遺棄的狗狗生下來的，所以這些生命本來就是我們要負責任，不是嗎？只是大部分人都太自私……覺得這個世界是人類的，根本不管其他動物生存的權力。」

「喔……這個我是懂啦……」察覺開錯話題的我，有些支支吾吾地答不上來。

她癟了嘴，默默地撕起吐司邊餵小狗。

「喔，總之……謝謝妳的午餐，還有上次的份也是。」不想繼續惹女孩不開心，我很快地吞完三明治和飲料後，打算在離開前先道謝。

「不客氣。」她仍低著頭沒起身，但目光移到了我狀似滄桑的兩腳上。

「可以問你一件事嗎？若是不想說的話，也沒有關係……」正準備離去時，她突然叫住了我。

「……你是怎麼變成街友的啊？」女孩小聲問道。

「街友？喔這個嘛，雖然妳可能會不相信，但其實我是警察喔。」大概是有些自豪，我不自覺地插腰站了三七步。

「警察?!你說之前嗎……」她吃驚地低呼。

「不，不是之前，我現在還是警察，更有可能是個刑警。」

「真的嗎？可是你怎麼……」女孩講了一半，但不好意思繼續往下說。

「妳是說我怎麼會看起來像個流浪漢，而且還沒有穿褲……啊，哪不重要，我的意思是，為什麼會變成現在這樣，其實我也不知道……因為我前幾天失去記憶了，名字、服務單位、家裡住哪裡，全都不記得了……」

「失去記憶？」

「嗯，因為被壞人偷襲了。」我嚴肅地點頭，不方便透漏其實是被幾個小鬼敲了腦袋。

「這樣呀……」女孩抿著嘴，若有所思地。

不知道她會不會覺得我在唬她？手上沒有任何證據的我，也只能任由她去想了。不過到時候掌回身分且穿回警察制服之後，我一定要找時間去女孩上班的早餐店找她，讓她知道我沒有在說大話……。

「哎，泰勒你讓羅伯特吃一點嘛！你嘴巴裡的還沒吃完耶。」回過神來時，女孩發覺其中隻小狗已爬到另一隻的背上，貪心地想爭食她手裡捏著的吐司邊。

「嗯……妳叫牠什麼啊？蘿蔔？」

「不是啦，是羅伯特！你看牠特別瘦弱，是不是很像《暮光之城》裡的男主角？這一隻比較壯的，就很像裡頭的狼人呀，所以牠叫泰勒。頭上有戳毛的這一隻呢，是貝克漢，然後我腳邊這隻，是叫做阿旺……」喜孜孜地，女孩一一介紹圍著她身邊的小狗，一掃之前不愉快的表情，儘管我完全分不出裡這些狗長得有哪裡不一樣。

明明其他三隻都取了洋名，但最後一隻卻相當台味。女孩其實有繼續解釋阿旺的名字來由，只是我失了焦。

「牠們每一隻狗，都有名字啊。」感觸良多的我，想到自己好像連狗都不如。

「是呀，你覺得……」女孩愉快地本想再說些什麼，但隨即察覺到我惋嘆的語調。

名字這玩意，其實不代表什麼……拿眼前的例子來說，一個足球明星可以叫貝克漢，一隻狗也可以叫貝克漢，街口賣檳榔的阿秋若高興，她也可以改名叫貝克漢。但是……也不是說我愛鑽牛角尖，只是沒有名字的人，好像就少了那麼一點存在感。當女孩、阿喜或其他人在想到我時，會用什麼字眼呢？那個乞丐？那個流浪漢？還是乾脆和我夢裡的國小老師一樣，叫我那個誰啊……我苦澀地在腦中自嘲。

「不然，在你想起來以前，我先幫你取個名字可以嗎？」她突然提議。

「幫我取名？」我愣住。

「哈哈，也不是真的名字，算是綽號啦，叫『烏瑪』好不好？」

「烏瑪……為什麼叫烏瑪？」摸不著頭緒，但我想應該不是因為我和那一位明星長得很像。

「因為你衣服上繡的呀，UMA，念起來就是烏瑪嘛。」女孩指著我套衫上的英文字，那個少了個P的PUMA。

烏瑪……倒也是很貼切，這個身上唯一和我有關聯的名字。我摸了摸上衣，笑笑地對女孩點了頭。

「那烏瑪，希望你可以趕快恢復你的記憶。對了，我叫做小晴，中午有經過這裡的話，隨時來找我和這四個小皮蛋玩喔。」小晴發自內心的笑靨，給我了似曾相識的錯覺。
如果，我很早就結婚……有女兒的話，或許也和她一樣大了吧？

十一

人行道邊，發現了一根竹棍，感覺是支掉了頭的掃把，大概是失去用途後被人隨意丟在了路邊。我把它撿起來比劃後，發現這竹棍長度只到我的肚子。就算我趴在池塘邊，這桿子也應該很難觸到湖底……。幾個店面之外，傳來了咖啡豆的獨特香味，我想起那天遇見的神祕年輕人。若是能再碰見他，或許我就能知道自己的身分了……不過現在坐在那張古典長凳上的，是一個留著搖滾爆炸頭的外國人，身上掛滿了誇張的金飾。儘管說是外國人，但其實我也只是猜測；對方皮膚黝黑但輪廓並不像是美國黑人，或許更接近泰國或菲律賓人。對他的奇裝怪服，我忍不住多瞄了幾眼。但要說到怪異，我應該也沒有資格說別人。明明是個警察，卻穿得像個叫化子加變態。不過……總覺得哪裡怪啊，這外國人不但橫坐的姿勢就像那天那個年輕人一樣，就連手上，也捧著一本相同的紅色筆記本。

難不成……？一個念頭突然冒出。

我懷疑這外國人，和那傢伙根本是同一個人！只是換了打扮。

「Yo man! What's up?」注意到我快步走向他，那外國人比起拇指、食指和小指，對我打了招呼。

「你……是我前幾天碰到的那個人吧，戴著棒球帽的？」我謹慎地問道。

「You look 出來了呀，man ？」他嘻皮笑臉地，說著蹩腳的英文。

「你認識我的吧……你每天都坐在這？」我懷疑他與我偽裝成流浪漢的任務有關。他稍微收斂起笑容，挪了個位置，拍拍長凳示意我坐下。

「所以，你是一直坐在這等我嗎？」擱下竹棍後，我湊近他臉頰。

「噗，什麼等你？我根本不認識你啊，大哥！」他被這突忽其來的舉動嚇到，躲開了我的耳語。

「但是……那一天，你不是說了好幾天沒見……什麼的？」知道自己並沒有聽錯，但是見他閃躲的態度，我開始不確定起來。

「啊？好像是有這樣講過，不過是因為我每天來這，常看到你蹲在那發愣。這應該還說不上是認識吧！只是你今天怎麼有心情想和我說話了……之前無聊發悶時和你搭話，你都不理不睬，我還以為你是聾子咧。」

原來，是這樣……他只是常見到我，但其實並不認識？我見他說話的樣子，並不像在說謊。可是這樣一來，期待又落空了，我還以為他是和我任務有密切關係的角色，比如說是知道我身分的線人，或同樣是臥底的刑警……。

「不過，你說你每天都來這，而且今天還扮成外國人的樣子……是要做什麼？」我提問，總覺得事有蹊蹺，不是那麼單純。

「啊，你見過我那麼多次，怎麼到今天才突然想要問這個問題？總之……我是在工作啦。」

「工作？」

「是啊，你看……前面那台灰色的車子，今天有來。」他望了眼停在外頭馬路上的一台灰色箱型車，然後接著說道：「它來的時間大約都在下午一點到四點之間，不過日期就不一定。一開始打聽到，是它固定每個禮拜都會來一次，不過就我記錄的，根本一點規律都沒有，有時候禮拜四來，有時候禮拜一來，有時後又突然整個禮拜都沒來……」

我低頭看了他腿上那本攤開的紅色筆記本，上頭果然有頁月曆。好幾個日期有用紅筆圈了起來，並潦草地附註上時間；但另一頁則單純的是畫著布袋戲布偶之類的塗鴉……看來是他無聊時隨手畫的。

「你平常有在看布袋戲嗎？」他注意到我正看著那塗鴉。

「呃，沒有。」

「是喔……不過你看這個，很屌喔。」一臉神氣的嘴臉，他把拇指壓在頁緣上，讓筆記本的頁面快速的一面一面朝右翻頁。原來後頭的每一頁，他都畫了幾個布袋戲角色，當紙頁一連翻過時，就變成了連續的動畫，或飛或砍的煞有其事。

畫了這麼多……看樣子，他的工作真的很閒。

「是不是，屌吧？」見我沒反應，秀完作品後的他一副想聽到評價似地期待。

「等等，你先翻回第一頁。」

「喔，想要再看一次嗎？」

他原本想要再展示一次作品，不過我壓住了頁面阻止他。在月曆那頁，照順序圈起來的幾個日期分別是禮拜二、禮拜四、禮拜一、禮拜三、禮拜五……。

「這些日期，是有規律的啊。」看後我提醒了他。

「哪有？每個禮拜的日子都不一樣好不好。」他挑高了眉毛。

「你仔細看，其實就和你說的一樣，是每七天來一次。只是禮拜六和禮拜天會跳過，所以每週會往後加兩天……」

「靠，真的耶！」過了快一分鐘後，他終於理解喊了出來。

看樣子我幫了他一把……不過這到底是什麼工作？要紀錄這輛車來的日期，然後找到規律？我望回停在銀行門口的那輛箱型車。車的側身印著斗大的公司名稱。

台灣保全，這台……是運鈔車？

十二

牛肉麵店裡，我和這扮裝成黑人的傢伙面對而坐，剛找到的那根竹棍也被我帶進來。

「來，想吃多少都盡量吃吧，反正我請客！不夠就再加。」兩碗熱騰騰的牛肉麵端上我們各自面前後，他大方地拍了拍桌面。牆壁上的價目表旁，掛著「加麵加湯不加價」的醒目牌示。

「那……我就不客氣了。」自從有記憶以來，第一次有機會吃到熱食，我迫不及待地抓了筷子吃起麵，完全不在乎燙嘴。

今天，是最有收穫的一天……不是指牛肉麵，而是所有的線索都連串起來了。身為警察，我為什麼要裝扮成流浪漢、每天坐落在街頭，肯定是警局上層收到了線報，有人計畫要搶劫銀行。相信我的任務就是要在不被發覺的情況下，監視搶匪的行搶日期和一舉一動。

而來和他吃麵，當然不是因為我肚子餓了，而是我想要獲得更進一步的情報。

「靠，你真的只是一般的流浪漢嗎？腦袋那麼清楚。」喝了口湯後，他上下打量我。

「當然啊……我怎看，都只是一般的流浪漢吧？」我心虛地回答。

「唔，也是。我叫做吉米，你呢，你有名字吧？」他點頭，跟著又拉起了一串麵條。

「我叫……烏瑪。」我想起小晴替我取的名字。

「烏瑪？哈哈，什麼怪名字啊，還是你是原住民？」

我搖了搖頭，假裝專心吃麵，並不想被吉米摸透底。

「不過你今天，幹嘛扮成這樣？」我看了眼仍是美國搖滾黑人打扮的吉米。

「嘿嘿，扮得很像吧，我今天的角色是來自美國的搖滾作曲人，為了新的作品靈感，所以特別來到亞洲尋找題材，而選擇台灣作為第一站，是因為我的助理傑可以前交過一個台灣女朋友，所以幫我訂機票時潛意識地先挑了這……」吉米說著一連串自己胡亂設定的背景故事，好像很入戲。

「所以你這樣偽裝，是不想讓人知道有人每天固定都跑去銀行前觀察？」

「是啊，我還扮過為了太太到了六十歲還紅杏出牆，所以決定出家的老和尚、從香港來但車子不小心被拖吊的知名賽車手，還有因為聯誼對象太醜心情很差而蹺課的大學女生……和其他好幾個啦，我想應該有好幾次你看到我，都沒認出來吧？」吉米鬼賊地笑著，沒注意到原本嘴邊畫黑的皮膚早就因為吃麵白了整圈，爆炸頭假髮也歪了一邊。我想他之前的偽裝，應該是騙不太過人才是。

「Oh, Do you like?」牛肉麵店的老闆這時走了過來，熱情地問著吉米。

「Of course! Very good eat!」吉米又說起七零八落的英文，豎起拇指。牛肉店老闆見狀，開心地要店員拿手機替他和吉米合影。

好吧……或許他的偽裝還是能騙過一些人。我無言地在旁邊看著。

突然，我發現了吉米與我的共通點：兩人都是為了工作，扮演成另一個角色，只不過吉米樂在其中多了，即使說偽裝得破綻百出。平心而論，對於監視埋伏這任務，我認為裝扮成流浪漢是很好的選擇；只有你看人，沒有人看你，吉米的假身分相較之下實在是太高調了。如果我沒有因為失憶而幾乎真的變成流浪漢，這次的任務可能會是一個蠻有趣的經驗……。

「嗯……我只是猜猜啦，不過記錄運鈔車的時間表，是為了要打銀行的主意嗎？應該不會就你一個人吧？」等旁人散去時，我悄聲問了吉米。這個問題很敏感，不過也很難問得有技巧，因為連小學生都能簡單猜到。

「哈哈，這個……不能隨便透露啦。」吉米的嘴角僵了一下，似乎很驚訝我怎會猜中。如果我再追問下去，他應該會起疑心吧？畢竟一個連飯都吃不飽的流浪漢，沒有理由要去探聽這些消息。但今天他已經掌握了運鈔車時間表，或許很快就會下手了，若不能在之前獲取更多情報的話……。

「好啦，偷偷和你說一下，反正讓你知道應該也無所謂。我們其實喔……真的要準備搶銀行，屌吧？」左顧右盼後，在我猶豫開如何試探時，吉米壓低了身子主動自己說了。我不知道該歸功於我角色的成功扮演，或單純是對方的口風不牢……總之事情是有些進展了。

「所以有好幾個人嗎？」我趁勢問道。

「當然啊，我們有五個人，等等！一直問這些，你該不會是……」他突然警戒起。

我神經一繃，把筷子緩緩地放在碗上，左手則暗自摸去一旁的竹竿。做為準備要搶銀行的歹徒，吉米身上或許有帶槍也不一定，我得隨時準備做出反應。

「……你該不會是想加入我們吧？呵呵，但我想老大是不會答應的啦，每個人的工作早就都分配好了。」吉米意味深遠地一笑。

「啊，這樣啊……真是可惜。」我抹去頭上的冷汗。

「如果早一些的話，或許我還可以把我的工作分一些給你，反正你整天在那邊沒事……不過現在已經差不多啦。忙了那久，終於可以準備回去交差了，嘿。」想到工作完成，吉米愉快地又開始吃起牛肉麵。如果我剛才沒幫他找出運鈔車的時間規律，他們的搶劫計畫或許會延遲個一年半載也說不定……。

「嗯，你的工作還真是辛苦啊，那其他人都做些什麼？」

「是啊，老實說我也覺得我的工作是最辛苦的。老大當然是負責指派規劃，有些人就是打打電話套銀行內部消息，有些人……也不知道在幹些什麼，反正都在室內舒舒服服的，就只有我一個要每天跑外面，就連上次要去另一家銀行開槍，也要我去……」吉米一股腦地抱怨，像是已經被逮捕般地自白。

「你是說那個跑去銀行後，只開一槍就落跑的新聞？」我想起前幾天在電視上看到那則奇怪消息。

「是啊，很屌對不對，你平常也看新聞？」不以為意的吉米，打了一個嗝。

原來上次並不是烏龍搶案，那一槍和接下來的行搶計畫是有關係的……不過警局內已經知道這線報了嗎？是不是因為早已掌握所以才會派出我來埋伏？不過從時間點來推算，我應該已經臥底了好幾天……他們還不知道的可能性也是有的。

「烏瑪，你慢慢吃，我先去外面回個電話。」吉米一面抹嘴一面掏出手機，大搖大擺地走出了店外。

見他拿著的電話，我才想起已探聽到的消息，該如何回報給負責調查的單位呢？被丟進池塘的背包內，或許會有無線電或是專門聯絡的手機？只是泡水後還能用嗎……最糟的情況下，只要有警證，應該是能查到我的部門吧？不過若像《無間道》裡演的，只有直屬上司知道我埋伏身分的話，就會更複雜些……不過無論如何，我還是應該先把麵吃完……因為湯已經要冷了。

意猶未盡地吃完一碗牛肉麵後，我又加了兩次麵和一次湯，順便多點了一盤泡菜豆腐、涼拌茄子和兩顆滷蛋，反正吉米說了隨便我吃了……以流浪漢的身分來說，這應該算是滿漢全席了，滿足得讓我一度想打盹。

只是時間慢慢地過去，一個小時、兩個小時……店內的客人隨著牆上時鐘的提醒一位位離開。不知不覺，整個店內，只剩下仍等著吉米回來結帳的我。

不妙……不會是被耍了吧？他說要請我吃飯，其實只是要捉弄我。意識到這點時，牛肉麵店已經準備要關門了。

「喂，你身上有錢吧？我知道你是和那個外國人一起來吃的，不過他應該沒有要回來了吧？」身上掛著條毛巾的老闆，粗聲粗氣地來到我面前。

「這個……他是說要請我的……」口袋內一個銅板都沒有的我，彆扭地不知如何是好。

「馬的，一看你就知道要來白吃的！如果不是那個外國人，我才不會笨到讓你進來。」老闆冒著青筋怒瞪，早先的鄙夷相較下溫柔多了。

沒有膽量和他對視的我，只能窘在椅子上。

「看來只能叫警察了……」老闆無奈地搖搖頭，仍是忿忿不平。

「啊，對，其實我就是警察。」我眼神亮起。

「……你是警察？當我白痴啊你！」

「不，真的！我知道我看起來是怎麼樣……但是因為我是在辦案，所以裝成這……」我站起來，急著比手畫腳想把事情說清楚。

「嘿，不好意思，臨時被叫去跑腿……」此時，吉米的聲音，同時從後老闆身後響起。

「……」牛肉店老闆轉頭，和我一起望著走進店內的吉米，三個人間的氛圍像是閃雷劈過草原後的寧靜。吉米望了我這邊一眼，神情有明顯的奇妙變化，將手伸向鬆垮大衣後的皮帶間……糟，曝光了，應該更謹慎些的……我雙手微顫，但擱在桌腳邊的竹棍此時遙不可及。在吉米掏出槍之前，我能否先制服他呢……？

「我靠……你後來怎麼叫了那麼多小菜？」掏出後頭口袋內的皮夾後，吉米不甘地抽出一張五百元。

我原本靜止的心跳，像是落地的皮球一樣又彈了起來。

「喔，厲害，你中文講得不錯啊？」接過鈔票的老闆，像是還沒反應過來。

「Oh yeah！因為我 friend 的 girlfriend 是台灣人嘛！」吉米手一攤，又學起外國人的奇怪腔調。

十三

晚上回到涼亭，我打算再次摸黑嘗試打撈。但沾了一臉泥土趴在池塘邊努力了好一會後，仍如料想的，那根竹竿仍是太短，在池塘中只是無謂的攪拌，什麼都沒勾著。把竹竿擱回石椅邊時，更不小心把這幾天仰賴作枕頭的紙箱板淋溼得一塌糊塗，因為沒發現到空心的竿子裡吃了不少池水。不過這竿子仍是幫了我大忙，晚餐吃麵時在吉米前差一點露餡，心有餘悸的我一路上，便是靠它支撐因驚嚇而疲軟的雙腳回到公園的。

擔心紙板受潮發霉，我將它折回成了箱子擺在腳邊晾乾，不過硬邦邦的石椅今晚卻是意外的好睡，大概是難得吃飽喝足的緣故。

十四

「爹地，今天怎麼是你來接我呀？」手裡牽著的小女孩蹬著腳步，天真無暇地問了我。

「因為這陣子爹地手上案子太多，每次回家妳都睡著了。今天難得下午有假，當然趁這機會多陪妳啊。」我捏了她的小鼻子，一同離開幼稚園的大門口。

「我們今天有學土風舞，簡皓明拉我的手，可是他太矮，害我差一點跌倒。」小女孩似乎是在抱怨，但臉上仍是飛舞的神情。

「哈哈，這樣啊，簡皓明拉妳的手……嗯，妹妹妳可以答應爹地嗎？以後不要太早交男朋友喔，不然爹地會很寂寞的。」突然吃起五歲小朋友的醋，我也不知道自己是不是認真的。

「你才不會寂寞，你有媽咪！我現在才寂寞呢，大家都有寵物，我都沒有。」她指的大家，就她認識的其實也不過五隻手指頭數得出來。

「哎，沒辦法呀，妳媽怕狗……」

「不然叫媽咪生一個小弟弟陪我玩？」鬼靈精怪的她突發奇想。

「嗯，那妳以後要負責照顧他，上學也要背著他一起去喔。」我開玩笑逗著她。

「你讓我考慮一下，我說好了以後，你再問媽咪。」小女孩煞有其事地思考，夕陽斜下的餘暉把她臉龐照映得像個飽滿的小蘋果。

最後，兩人的步伐走進背景的最後，不過她小手的溫暖，揮之不去……。

十五

陽光很久沒有這樣溫柔地讓我張開雙眼，寫意地起身後，我看到了公園草地上幾個做著晨操的老人家。上一次有這樣睡飽的感覺，好像是很久以前的事了。

我想起昨晚的夢，不自覺地微笑起，但不論怎麼樣，卻都記不起她的面容。小女孩，是我的女兒吧？和之前的夢境一樣，有種植在心底頭的存在感，難道是記憶……一點一滴慢慢恢復了嗎？只是這夢，不知道是多久以前的事了？小女孩……我的女兒，現在不知道長多大了？失去記憶後我都沒給她們消息，她和妻子應該都很憂心吧。

得趕快回到原本的生活才行……。

打算彎腰把晾著的紙箱折平時，我發現箱子裡有團毛茸茸的玩意兒。納悶了一會，我才看出裡頭原來是那隻叫春貓，正捲成一圈舒服地在箱內打盹。

「喂，搞什麼，這我的盒子耶。」我拍了拍紙箱把牠叫醒。叫春貓懶散地看了我一眼，但似乎是沒有出來的意願，逼得我只好倒過箱子，牠才不情願地踩著步離開。抖著箱子想把裡頭的貓毛清乾淨時，我在不遠處見到了幾天沒見的阿喜，正翻掘著垃圾桶。

「喂，阿喜！你多久來公園一次啊？我找你好久了。」我小跑步了過去，和他招手，心想他家應該有更適合打撈的工具能借用。

阿喜翻過臉來時，我才發覺有些不對勁。他充滿血絲紅腫的雙眼，像是好幾天沒睡覺似的；上次見面時穿的衣著雖樸實卻還算有打理，但是今天就像是從泥巴堆滾出來一樣。如果我自己不是這樣穿的話，真想說他像個流浪漢。

「哎，你怎麼啦？」我上下打量，但看不出發生了什麼事。

「阿嬤沒有回來，阿嬤不要阿喜了……」阿喜咬著嘴唇努力忍著，淚珠卻控制不住地在眼眶裡打轉。

「你阿嬤去哪裡了，你家其他人咧？」

「阿喜家裡就只有阿嬤……昨天的昨天阿嬤出去就沒回家了。」他用衣袖擦了眼角，繼續塞了一個可樂罐進手裡的大塑膠袋，卻擠了兩個寶特瓶出來；那袋子早就已經被塞滿了。

「不要撿了啦，你袋子滿了啦！」不知道他家究竟發生了什麼事，我只能板著臉要他停下手。

「阿喜肚子餓了，阿嬤說要撿多一點瓶子，才有錢買東西吃……」

阿喜說昨天的昨天阿嬤就沒回家……那就是說再加今天，他已經三天沒吃東西了？我在心裡算著，沒想到會碰到有人比我還慘。

「先放下吧，跟著我，我帶你去吃東西。」口袋只剩一根吸管和半張面紙的我，這樣告訴了阿喜。

十六

離小晴餵狗的時間還很早，我領著阿喜到了她工作的早餐店外張望；路上已經沒有上學上班的人潮，不過店內仍坐著幾位悠哉看報的客人。

「烏瑪？」在櫃台的小晴很快就注意到站在走廊上的我們。

「不好意思，這個時候跑來，這個是阿喜……他已經三天沒吃東西了……可不可以……」我越講越臉紅。反正昨天吃很飽，本來是想大方地說「把我今天的份給他吃」，但隨後想到那三明治原本就是小晴自己的午餐。

好在小晴夠善解人意，沒等我講完，就合著掌請示了後頭的老闆娘。她老闆娘瞧了我和阿喜一眼，便點點頭，沒多說一句話。

「早上有客人落了兩盒外帶蛋餅沒拿，你們先拿去吧。」小晴來到外頭，將兩個紙盒和免洗筷遞給我們。

「謝謝姊姊！」阿喜接過後大力鞠了躬，儘管小晴的年紀明顯比他小。

「呃，不客氣……他是你朋友？」小晴轉問了我。

「算是吧……平常看阿喜在公園撿空罐，不過不是流浪漢，應該是有家的。照顧他的阿嬤不知道怎了，說她前天出去後就沒回家。」

「是喔……哎？」小晴突然想起什麼。

「？」

「我記得昨天收報紙的時候，好像有看到一則新聞……說是附近一個做資源回收的老婆婆在路上跌倒，被送去醫院了，但一直昏迷也沒有家人找她的樣子，會不會就是……」她看回了阿喜，欲言又止。

「這……有可能喔，妳知道是哪家醫院嗎？」

「不確定，但我想應該是離這裡最近的醫院，你要不要帶他去問一下？離這裡走路大概十分鐘就到了。」

阿喜好像還沒意識到我們談論的對象就是他阿嬤，只是期待地捧著蛋餅傻笑。我抓抓鬍子，本想點頭允諾，但是一來不熟悉她說的地點，一來更害怕就算找到醫院，護士見了我這模樣，不把我當一回事……。

「還是你們等我一起去？我再半小時就可以下班了。」小晴見我有難色，望了眼店內的掛鐘。

我很快接受了她的建議，不過怕我和阿喜兩人若在門口站著等，會給其他客人和她老闆娘帶來不好的觀感，讓小晴添麻煩，所以就先帶著阿喜到其他地方。

「我們在這裡吃嗎？」阿喜見我領他到了那家電器專賣店門口，疑惑問道。

「是啊，邊看電視邊吃嘛。不要客氣！坐。」先行在一排電視前坐下後，我拍了拍旁邊的地板。

「喔，真棒……阿喜家都沒有電視看。」蹲在我身旁，他對著眼前的大螢幕電視目不轉睛，儘管店家現在只是放著測試畫質用的展示片。

「這有什麼，反正以後你想看電視的時候，儘管來找我。」我不要臉地拍拍胸圃，把這裡當成了自己的家。

「還有，我現在有名字了喔，你以後可以叫我烏瑪。」拉開盒子上的黃色橡皮筋，我照例隨手把它收了起來。

「烏瑪？你不是說你沒有名字嗎？」

「哎呦，說來話長，就像你本來沒有東西吃，現在有東西吃啦。」本來只是懶得解釋，講出後才發覺自己說的話意外地有道理。蛋餅和名字，兩者都是小晴給的。

開了餐盒後，裡頭的蛋餅仍有餘溫。當我把免洗筷遞給阿喜時，才看見他的盒子裡早空了。

十七

「真不好意思，要妳帶我們去……妳等一下還要去學校上課嗎？」往醫院的途中，我問了小晴，因為總覺得她這個年紀的孩子都還在上學。如果白天打工，應該就是讀夜校或是都選修下午的課。

「呵，沒事啦，我現在沒有在讀書，晚一點才有要去大賣場上另一個班，而且本來就剛好順路。」小晴回頭看了阿喜，怕人沒跟上，但她多心了。後來才理解我們正帶他去找阿嬤的阿喜，整個人都精神得很，貼著小晴後頭寸步不離。

「哇，那麼年輕就那麼拚啊，兼兩份工？」我有些訝異。

「沒有那誇張啦，因為我弟還在讀書，所以不多增加一些收入不行啊。」

「那你爸媽咧？」才講出口，我就後悔了；因為若是這年紀就要分擔家計，家庭背景或許不會很適合當成閒聊話題。

「我家裡算是單親……但其實從小也不曾覺得有和其他人不同，只是爸爸去年突然生病，所以我才要先休學撐過這一陣子。之後等他康復了，我就會繼續讀書了。」小晴的表情看不出有任何負面情緒，腳步仍是一樣輕盈，讓我聯想到昨夜夢裡的小女孩，似乎整個世界的枷鎖都沉絆不了她們。

默默聽著，我識相地沒講出任何同情的話；雖然小晴和我非親非故，仍讓我有一種捨不得的感覺。如果我的女兒也過得那麼辛苦，我應該會非常痛心吧……。

抵達醫院後，小晴去了櫃台處詢問前幾天被送來老婦的事情，我與阿喜則站在大廳走廊上等待。其實身為一個成人也好，警察也好……在這個時候要靠一個小女生處理這些事，難免覺得自己不中用。

「太好了！真的是送到這裡。阿喜，真的是你阿嬤！在六樓一般病房，他們說有醒來過幾次，雖然還講不清楚住哪裡，但是一直說著要找孫子阿喜喔。」小晴握著雙拳，興奮地跑過來告訴我們這個消息。

「阿嬤！阿嬤！找到阿嬤了！」阿喜拉起我的手歡呼，把來往病人和護士的目光都吸引過來了。

「快，阿喜去看你阿嬤吧。」我替他感到開心，但並沒有跟隨他們前往電梯。

「烏瑪，你不一起上去嗎？」小晴停住腳步。

「唔……是啊，我還有些事情，麻煩妳帶阿喜上去了……」還沒想出理由前，我就不自主地拒絕了；或許是天生我就不習慣看到重逢的場景，對這有一種難以形容的排斥感。

不過說到事情，我還真的是有任務在身。一宗即將發生的犯罪，仍等著我去阻止。

十八

運勢好的時候，人生真的是能一帆風順啊……。

眼神閃耀的我，正站在一家民宅的後巷外。原打算是要前往銀行旁的那家咖啡館，朝吉米多套些他們行搶的計畫，不過在穿越這條巷子時，發現了一桿約莫有兩公尺以上的晾衣鋼管，就掛在這戶民房的屋簷下。

衣架是閒置的，完全沒有衣物懸掛在上頭。我只需要借用一會，打撈起我的背包後就馬上歸還，對這戶人家應該完全不造成影響吧？畢竟拿回了證件後，我才有辦法對警局證明我的身分和申請逮捕吉米那幫人的支援。

懸在屋簷下，那曬衣管就算是再高的人也勾不著。我小心翼翼地爬上擺在門口前的機車，抖著膝蓋試圖去把頭頂上的鋼管鬆開。只要一頭沒有了支撐，整隻桿子就會失去平衡滑了下來。雖然之後要裝回去，好像就不是那麼容易……不過總之，還是先專注眼前的事再說。

「變、變態呀！來人啊，有變態呀！」一聲劃破天際的女人尖叫，從這家民宅內傳出。

啊，有色情狂嗎?! 難道剛好闖進了這戶房子裡？我原本已搭上鋼管架的手縮了回來，身為人民保母，逮捕這現行犯還是我得先處理的。被路過的我碰到，這色狼還真是挑錯了時機……。

在我還沒來得及下機車前，左鄰右舍已跑出了幾位聽聞的民眾。

「快呀！快呀！叫警察啊！」民宅內的那位受害者，此時再次放聲尖叫。不過這一次，我瞧見了她的模樣；一名捲燙髮的中年婦女，正隔著她們家的鐵窗，惶恐指著屋外的我。

「不，我不是啊……她搞錯了……」發現事情不對勁後，我連忙朝著下頭的鄰居們解釋，不懂怎麼會遭到這樣的指控。充其量，我也應該是被誤認為小偷吧？

「死變態，給我下來！阿母，妳快去報警！」鄰居中一位較壯碩的男子，領著其他人包圍住了我。

「夭壽喔！偷內褲就算了，現在還大膽到獻寶！」見外頭有了靠山，民房內那位婦人此時也走了出來，一臉心有餘悸。

鐵青著臉，我低頭往下瞧，才意識到大衣的拉鍊，不知道什麼時候鬆開了……命運的輪盤，在最意想不到的時候，帶著不祥之兆轉動起來。

十九

「再問你一次，姓名、身分證字號，有家人嗎？」撲克臉的警察，提著筆桿等待我回答。

「我失去記憶了……而且聽我解釋啊，我其實是臥底刑警，只是為了調查一件搶案，所以才徵用她們家的曬衣桿……」雙手被上銬的我，從被帶回派出所開始，就不斷重複剛才的解釋；雖然我知道這對不知情的人來說，更像是鬼扯。

「學長，那歐巴桑說這陣子那附近的人都被他偷了內衣褲，然後今天更變本加厲了起來……」剛替自認是被害者的婦人做完筆錄的女警，走到了我們桌旁，從年紀看起來資歷還很淺。

「什麼被我？根本就不是我做的啊！」我激動地否認，手銬被搖得作響。

「唔……本來只想說你是餓昏頭了神智不清，不過看來是累犯，那就不能隨便處理了。」撲克臉的警察望著我思索。

「等一下，你們打算要怎處理啊？」驚恐的我慌了起來。

「光是公然猥褻，就可以關你一年喔。」年輕女警很快地回答道。

「一年？拜託你們先調查清楚，我還有任務在身啊！而且只要能找到認識我的警察，就可以證明我的身分啊！」

只是一切的解釋和懇求，都是徒勞無功。明明該是並肩作戰的執法同事，卻沒有人願意相信我的說詞；最後，我仍是被帶到派出所的地下室，獨自被關進了置留室。我不甘地握著鐵桿，卻毫無辦法。陰森的置留室內，除了個蹲式廁所，便是空無一物的寂靜。整個地下室內，只有我一個人；若是從樂觀的角度來看，可以說這一區的治安還算不錯。

與我同事的刑警和長官，那麼久沒聽到我的消息，會不會四處尋找我的蹤跡呢？即使仍抱著希望，會在聽到樓梯聲響時仰頸張望，但我明白根本不會有人來保釋我。不要說小晴或阿喜，就算是我的家人，也根本不知道我身在何方，發生了什麼事。

到了晚上，值勤的員警來給我送飯時，順便拿了件嶄新的深藍色褲子給我。我默默地穿上它，光溜溜的下身對褲子有股久違的感覺，也難怪我會被當成了曝露狂……。

置留室內沒有床鋪，不過仍比公園內的涼亭來得溫暖。我挨著牆角躺在地上，希望睡醒後情況會有轉機。

若是沒能來得及把他們搶劫銀行的計畫通報上去，我受的所有苦就白費了。

二十

被放出來，是五天後的事了。

他們找到了兩個認識我的警察。

「啊，是他沒錯，我們之前碰過他。」年輕的那位說。

「嗯，不過好像腦袋有問題，常在銀行附近遊蕩。」資歷較深的另一位附和。

但放我出去的原因，當然不是他們兩位，而是真正的內衣賊被抓到了。

步出派出所時，我再次被那位撲克臉員警告誡了一番，同時和那被拘留的內衣賊打了照面。害我背黑鍋的嫌犯，帶著眼鏡衣冠楚楚的，聽說是個研究生。若不是當場人贓俱獲，很難讓人相信他會做出這樣的行為。如果這案子在我手上，我大概也會毫不猶豫選擇逮捕穿著長大衣、裸著下體的怪異遊民吧……想到這，對被誤補的事就比較釋懷了。

回到街上，我快步朝被定為搶劫目標的銀行奔去。被耽誤了好幾天又在警局內一無所知的我，很擔憂搶案已經發生了。

所幸，銀行內仍是進進出出的人潮，如往常一樣忙碌，沒有出過事情的氣氛。銀行旁的咖啡館前，我注意到長凳上有位挺著肚子、打扮入時的孕婦，不停地往我這瞧。她張腿橫坐的姿勢，讓我想起了某人。

「喂，吉米，是你吧？」我靠了過去，不確定地問著。

「嘖，又被你發現啦，我今天的身分是發現老公包養小三、負氣離家的懷孕貴婦，因為低不下頭回娘家，所以只能無助的在這裡呆坐。」那孕婦摸著肚子，搖搖頭說道。他一臉的濃妝，還真讓人一眼認不出來。

「上半身是很成功啦，但下面就……」我在吉米旁邊坐了下來，指著他孕婦洋裝下露出的一雙毛腿。

「腳毛嗎？唉，我本來是有考慮過穿雙黑褲襪蓋住，但想說鬆緊帶束著肚子，對胎兒會不太好。」

我點頭認同，但隨即想到他肚子裡應該只是抱枕類的填充物。

「又好幾天沒碰到你，去哪了嗎？」吉米問後，打了個哈欠。

「我回去了老家一趟……倒是你，不是已經確定了運鈔車的班表了，還需要每天來監視嗎？」我當然不會講出被當成曝露狂被關的事，而且廣義地來說，警察局本也就算是自己的地盤。

「我們老大很謹慎啊，還是要我每天過來觀察，以免後天撲了空。」

後天就要動手搶銀行了?! 我心中一驚，但仍保持鎮定。

「啊，烏瑪，被你知道了……我老大說這事什麼人都不能講的。」吉米驚覺漏了口風。

「這個，被我知道了也不會怎樣，反正和我無關嘛。」我假裝毫不在乎，看過了另一邊去。

「不行，這樣太不保險了，如果你告密的話，我們的計畫就泡湯了……」他臉色一沉，似乎盤算著什麼。

難道吉米想要殺人滅口……但也是他自己主動說的啊，如果換了一般人，豈不是死得太無辜了……我注意到他不單純的神情。

「不如，打勾勾？說你一定保密。」深思後的吉米，伸出了小指。

「打勾勾？」

「嗯。」他是認真的。

於是，我也伸出了手指，配合著他說會保密，立了誓。一個蓬頭垢面的流浪漢，和一個穿著時髦的孕婦，在咖啡館前打勾勾，相信對路人來說是一幅很奇妙的景象。

二十一

在吉米警覺到不該多話後，我明白從他身上很難再打聽出更進一步的消息。行搶的時間就是後天下午，共犯約是五人，但是確切的搶劫計畫還是不明朗。他們之前派吉米去另一家銀行開槍虛晃一圈，肯定另有目的，應該不會是就一行人等運鈔車抵達後，拿著槍闖進銀行那樣直接。

想到下午才從派出所被放出來，若是現在就跑去告知他們會有搶案發生，那幾個不明事理的警察想必會認為我故意去鬧事吧……反正行搶是後天，還有時間去蒐集資料和調查。

回到公園時，我從兒童玩樂區的盪鞦韆旁撿了一份報紙，想翻翻看有沒有和搶劫計畫有關的不尋常新聞。不過直到天色黑得再也見不到字，仍是沒有新發現，除了另一波寒流即將來襲的預告，讓我掛在心上。我收起報紙夾在腋下帶走，想說真碰上冷天氣時，或許可以把它們揉成團塞進衣袖和褲管內保暖。

我突然覺得有些諷刺。雖然前幾天被關在派出所一心想要獲釋，但至少那幾天都三餐無虞有溫飽；現在有了自由，卻要有挨寒受凍的覺悟……。

「死智障！跑什麼跑？」不遠處的草地，傳來一陣叫囂聲。

我望去，見到幾名穿著制服的高中生，正在拉扯另一個高個頭男子手上的大垃圾袋。那塑膠袋經不起受力，很快地被撕破，裡頭的瓶罐散落一地。其中一個整髮金毛的學生，趁對方想撿起罐子時，朝他屁股補了一腳，使高個子應聲踉蹌仆倒。

啊，被欺負的那人……是阿喜?!凝神後，我趕緊跑上前。

「幹什麼！你們幾個，快給我住手！」我擋在阿喜身前，對著那群高中生叱喝，他們一共有七個人。

「烏瑪、烏瑪，他們就是把你背包丟掉的那些人！」見到我，阿喜又驚又喜。

啊……這幾個小鬼，就是偷襲害我失憶的不良少年？我一愣後，怒氣油然而生。原本想說他們人數眾多，還不知該怎麼處理，不過既然這群傢伙知道我的身分是警察，那麼一切就好辦了……。

「上次的帳還沒和你們算，全部和我回警局！」我目光掃過他們一圈，作勢要這群人識相。眼前的這幾個不良少年，瞬間啞口無聲。

但就當我正捲起袖子得意時，離我最近、叼著菸的其中一個學生，突然叫道：「警局？警你媽個頭啦！」

「可惡，我就是上次被你們打頭的那個警察！不記得了嗎？」我上前，貼著他的臉怒視。

「哈哈，白痴啊！被我們打傻了啊，死乞丐也變成智障了啦！」他放聲大笑，嘴裡的香菸還掉了出來，眾人又開始喧鬧起來。

「你們不是在我背包內看見了我的警察證件，發現襲警害怕逃跑了？」被羞辱的我，控制不住地扯起他的領子。

「放手啦你！袋子裡只有一堆破衣服、破相本好不好！要不是剛好看到警察走進來巡邏，我們早就多賞你幾腳把你踹死了！」矮我一個頭的他，仍毫無畏懼地耍狠。

這傢伙在講什麼啊……他的字句，突然像是外星語言，讓我一個字也聽不懂。

我是警察啊……而且還是臥底的刑警，扮成流浪漢是為了要偵查銀行搶案。案子結束後，我就要回家，我的老婆和女兒，還在等我啊……我緊縮的瞳孔，閃過了幕幕被表揚、被溫暖擁抱的未來景象；但這些畫面就像被飄雪慢慢掩蓋住一般，鮮麗的色彩退漸成只剩線條的素描，再變成了什麼都沒有的空白圖畫紙……。

腦後，突然一記沉悶的撞擊襲來。

「噗，又是頭，不會真把他打死吧？」被鬆開衣領的不良少年，對著我身後說道。

「反正是乞丐，不死也沒用啦。」我跪上草皮時，轉頭見到了聲音的主人。另一個不知何時摸到我後頭的高中生，搖著手中的機車大鎖。

軟趴趴地倒下時，我連那張畫紙單調的白，都見不著了。世界只剩一片黑暗。

二十二

「老公……難得回去，爸媽說好希望能留我們過夜喔。」老婆在副駕駛座上，幽幽說著。

「沒辦法呀，王太說王董剛下飛機，一定會跑去那女人家。今晚是蒐證的最好機會，這可是目前手上最大的案子。」老婆口中的爸媽是岳父母，因為我雙親都不在了。這個週末南下是為了參加她小表弟的婚宴，我明白她想留下來的心情。

半夜二點的公路上，天邊斜月是唯一的景色。要熬夜開回北部，原本也不在我的計畫內。

「而且我們要是一天不回去，巧比會想妹妹的，是吧？」我轉看向後照鏡，爭取女兒的認同。巧比是家裡養的貓，去年我送她的生日禮物。

「才不會，今天出門前，我有叫巧比乖乖看家了，牠會照顧自己的。」女兒很不給面子地站在她媽媽那一邊，因為能和那麼多親戚小朋友玩，她也很捨不得離開。

「哎，這樣啊……對了，晚餐時我有和妳妹聊到貓的事，她說如果沒有想讓巧比生的話，可以趁早結紮，妳覺得呢？」我問了老婆，想知道她的意見。

但一直沒有回話。並不是在生悶氣，而是她已經撐不住，靠著車窗睡著了。

「妹妹，想睡的話，妳也可以睡喔，等妳醒來就到家了。」見女兒倦睏的雙眼，我把音樂聲轉小。廣播中演唱的是一個剛出道的新人，叫做蕭敬騰。

「沒關係，我陪爹地聊天……」

望著她逞強的小臉蛋，我不自覺地回以微笑。只是婚禮從一大早忙到晚上，又接著連開了三個小時的夜車，還真是有些吃不消……還好上路前，我在便利商店有順便買了瓶提神飲料，就是想說這時可以派上用場。

看了眼前方都沒有其他車輛，我一手持著方向盤，另一手則探向老婆腳邊的塑膠袋。裡面有兩包零食餅乾，還有一瓶女兒想要的蜜豆奶，不過老婆怕她會想上廁所，所以遲遲沒讓她喝。

摸索了一會，始終沒找到我的提神飲料。正想說是不是結帳後忘了拿時，我在收音機下方的置杯架上看到了它，原來老婆早就貼心地先想到了。我扭開了瓶子，準備遞向嘴邊，不過剛回到公路上的視線，卻見到了預期外的畫面。

兩個斗大的車燈，朝著我們正前方奔馳而來；在對方發出鳴耳的喇叭聲同時，我急忙地將方向盤朝左打轉。只是在弄清楚究竟是對方衝錯了車道，還是我衝上了對方車道前，一切都太晚了……。

破裂成無數碎片的鋒刃玻璃，伴著扭曲過的金屬聲響，奪走了我的意識……和所有我所珍惜的一切。

二十三

「烏瑪……烏瑪？你不要死啊！」阿喜的聲音，和他硬拍在我臉頰上的力度，讓我再次張開了雙眼。我不知道暈過去了多久，周遭已不見那幾個兇惡的高中生了。

阿喜腳邊，站著那隻老是在附近蹓躂的叫春貓，正睜著圓亮的雙眼望著我。我掙扎爬起，摟過了那隻貓的身子，而牠絲毫沒閃躲。

我翻開牠雜毛下的脖頸，上頭繫了條項圈。項圈下，掛著個有張泛黃紙片的塑膠牌子；上頭稚嫩的筆跡，寫了「巧比」兩個大字。放下貓，我再也沒有力氣坐起，任由自己癱軟在草地上。

剛才見到的，都不是夢……我想起了，車禍後的我，獨自一人在醫院醒來。當詢問護士家人的去處時，只得到了同情的目光……。

雖然從小立志要當警察，但事與願違，我最後成為一家徵信社的雇員，專門接受婚外情的調查委託。事故發生之後，我完全喪失了生活的鬥志，並且丟去工作。無力繳交房租下，我無所謂地拎著本家庭相簿，和巧比開始過起了居無定所的生活……想到這，我啞聲哭了起來。

我的記憶，全都恢復了。我重拾起自己的身分，一個放棄人生的男人。

二十四

已經記不起阿喜是什麼時候離開的了，就連自己怎麼回到石椅上、睡了多久也不知道，涼亭內再次只剩下我和巧比。

「巧比，看樣子你活得比我還好呢……」我對著牠喃喃自語。

好不容易翻身坐起後，我見椅緣邊有一袋飯糰，飯粒已經變得脆硬了。咬開了一口，裡頭只有些許肉鬆，我猜想是阿喜從家裡帶給我的。如果有人能替他準備食物，那應該就代表他阿嬤已經康復出院了吧？

綿綿細雨下的公園，像似桃花源般的平寂，連往常嬉鬧的兒童與散步的老人家都不見蹤影。地面上唯一仍有的生氣，是池塘水面上隨雨散開的秀氣漣漪。雖然已經不再對繁忙世界有所追求，但想起沉沒在池底下的家人照片，還是難免有遺憾。

「噗，怎麼是你……」當我望著池水發呆時，一位提著透明雨傘的女生沿著欄杆走近，似乎對見到我很意外。我痴痴瞧了她一會兒，卻不記得認識這個人。她穿著件灰色毛料洋裝，頸上圍著圈大紅色圍巾，像是要去赴約。

「你那天露鳥被抓去警局，我們見過的啊。」見我遲遲沒想起，她主動提示。

「啊，是那天那個女警……妳怎麼在這？」她換下制服就像換個人似，我好不容易把兩者的形象重疊起。

「今天禮拜二我排休啊，本來朋友要介紹她同事給我認識，約了要吃午餐。但那男生好像知道我是今年警察杯柔道冠軍後，就放了我鴿子……哎唷，你問那麼多幹嘛啦！」

我哪有……但沒說出口，怕再次激怒她。

「對了，這兩天會變冷，你自己要注意一下喔。」踩著靴子準備離去時，那女警叮嚀了一句。

「等一下，今天下午會有銀行搶案喔，雖然妳可能不會相信我……」剛從她口中得知日期後，我想起吉米他們的行搶計畫，即使如今已經和我毫無瓜葛了。

「你是說你要去搶銀行？」

「不，不是我，是另外一組人，消息是我聽來的……就是公園走出去，兩條街外的那家銀行。」

「這……沒有人會把要搶銀行這件事和外人講吧？」她表露懷疑的態度。

怎麼會沒有，妳自己還不是把約會被放鴿子的事和我這外人說了……當然這句話，我仍只是識相地憋在嘴裡。

沒有再多加說服，我任由女警離開，因為就算阻止了搶案……我也沒辦法回到家人的身邊了。

二十五

我蹲在銀行門口，像是身後牆上的菸害防治宣導海報一般，完全被無視在川流不息的腳步聲中。並不是要當英雄，想單槍匹馬阻止搶案的發生。我只是找不到事情可做，好奇想知道這個事件會如何落幕。同我在電器店前看電影的道理一樣，而且還是超臨場感的前排座位……就是如此單純而已。

一對互相攙扶的年老夫婦，在步下銀行階梯前，擲了兩枚十元硬幣到了我的腳邊。一正一反，剛好是聖筊；但是他們沒有停下來看結果。當我猶豫是否該把錢撿起時，一位剛從櫃台內走出的女行員，開口交代了守在大門內的銀行警衛。

「襄理剛接到金管會的電話，說配合的演習要改到今天喔。」她說。

「這樣？之前的通知不是說下個月才輪我們？」警衛伸了伸僵硬的頸子。

「我也不知道，好像是說今天剛好有可以支援的警力，之後的日期都排滿了。你看，對街已經有兩個警察站在那邊等了。」女行員指向隔著馬路的那家店面，果然有兩名制服員警正在那待命。

已經有警察到了啊……剛好碰到他們防搶演習，吉米那夥人一定沒算到吧。看樣子，他們察覺到後應該會放棄，在警察的部署下行搶，不會是一件明智的事。

「各位客戶，稍後本行會有一場防搶演習，並不會耽誤您們的時間太久，過程約是十分鐘之內。屆時還請在場的各位不要驚慌，只要配合留在原地即可。同時，我們也對您的不便感到歉意……」銀行內的廣播，也在此時響起。

許多在等候服務的排隊名眾，大概是想到被這與自己無關的演習拖累行程，皆露出一副自嘆倒楣的表情。其中幾位，更擺明了不想參與，直接大步離開了銀行。

沒多久，那台運鈔保全車就像是算好般地，抵達了銀行前停妥。兩名各雙手持著厚重提袋的保全人員，在另一名壓後的保全警戒下，前後走進了銀行內。咖啡館前另一台停置已久的箱型車，此時側門突然拉開，衝下了三位戴著黑色滑雪頭罩的男子。

「趴下，搶劫演習！全部趴下！」一進銀行，帶頭的蒙面人立刻舉起手槍高喝。其他兩個扮演搶匪的則是持著散彈槍，壓制住了那三名錯愕的保全人員。相較之下，其他民眾和行員就顯得鎮定多了。

鑒於裡面會看得比較清楚，我不請自來地跟了進去，反正我自認不會打擾到任何人。

「呃……我腿不方便，可以站著就好嗎？」一位有點年紀的老者，舉起沒杵著拐杖的另一隻手發問。

「隨便你啦。」離他最近持著散彈槍的蒙面人，不耐煩地回答。其中一位保全趁他注意力被轉移，試圖反抗，但很快地就被另一頭的搶匪踩住了身體。

「不要亂動！」踩住人的蒙面男喊道。

「哎，演習而已，那麼認真幹嘛。」一趴在不遠處的銀行警衛，有些不以為然。

「但我們沒有被通知耶……」被踩住的保全就範，卻仍是狐疑。

「那個負責按鈴的人員，現在可以假裝按鈴了……不過不用真的壓下去。」最早進去的蒙面人來到櫃台，把手槍插進了腰帶。
「喔，好的……」面向他的一位男行員，諾諾地點頭。
一切看在眼裡的我，此時察覺有些蹊蹺。平常演習，不是力求逼真嗎？怎麼會由扮演搶匪的人大喊這是演習，而且還指示行員不用確實做出壓警鈴的動作？莫非，這是真的搶案？之前吉米去另一家銀行亮槍，就是知道新聞出來後，各家銀行會警惕地陸續安排防搶演習？
「老大，有條子來了！」原本守在對街的兩位警察，忽然慌忙地跑進了銀行。喊出聲的那位……不出我所料，正是穿著警察制服的吉米。
「鎮定點，什麼條子……你們就是條子。」櫃台那名匪徒走向他們，刻意壓低聲量。
「不是，我看到幾公尺外停了一台警車，有幾個條子正往這走來……」吉米上氣不接上氣的報告。
「嘖，怎麼搞的！巡邏箱不是才剛簽過嗎？」被稱為老大的搶匪不解。
會不會是剛才公園遇到的女警，聽進了我的話？
「怎麼回事？你們不會是真的在搶銀行吧？」原本趴著的銀行警衛聽聞，作勢要爬起。但是後頭猛一記槍托，讓他應聲倒地。原先淡定的民眾們見狀，紛紛不安起來，一位沉不住氣地的老婦更是顫抖著直哭喊：「死人了，打死人了啦……」
但我想那警衛只是暈了過去……畢竟有過兩次經驗，我的看法應該有些參考價值。
「安靜！全都趴下，不然我要開槍了！」銀行內不少人開始有逃跑的念頭，但都被持槍的歹徒懾住了。只是不論是民眾或是歹徒，兩方都陷入了心惶的情緒中。現場大概只有我，仍是置身事外的悠閒心態……。
「咦，烏瑪？」剛走進銀行內的小晴，眨著眼對我打了招呼，明顯沒察覺她的微笑，非常的不合時宜。

二十六

小晴意外出現，在我做出反應前，四名警察就隨後出現在銀行走廊外；不過原本要出門查看的搶匪快了一步，把仍在狀況外的小晴架到胸前，當成了擋箭牌。

「退後，不准進來！」一手勒在小晴脖上，一手舉著散彈槍的蒙面歹徒，朝外頭喝道。

「不妙，佩馨的情報是真的……真的有人搶銀行！快回報。」領頭的警察趕緊要身後的同僚撤退到牆壁後，我認出他是之前幫我做筆錄的那位撲克臉。

「小晴，妳怎麼會來這？」在她被架經我身邊時，我手足無措地問道

「我、我今天領薪水……想要匯錢給我弟弟……」她害怕地抓著匪徒的胳膀，露出求救的眼神。

「死乞丐！別礙事快走開！」見我接近，搶匪狠瞪了一眼。

我眼睜睜看著小晴被挾持，卻無計可施。

「老大，怎麼辦？」另一位持散彈槍的歹徒緊張問道。

「把地上錢袋拿起來就走，其他不管了……把那女生一起架上車當人質。看他們外面警察沒幾個，要火拼的話我們不會輸。」持手槍的那名歹徒，對其餘同夥發號指令。

「那個……監視器有拍到我和小山的臉了耶，是不是要先把影像紀錄銷毀？」穿著警察制服的吉米，顧忌望著櫃台後的攝影機。原定的行搶計畫，扮成警察的兩個歹徒，想必是沒有必要進銀行露臉。

「不要擔心，先離開再說，那個我之後會處理。」作為頭領的搶匪，冷靜答覆道。

聽見那首領這樣回應，我心中突然出現一股寒意。他之後會處理的，想必不是銀行內的影像紀錄……而是兩位被拍下面孔，會成為警方追查線索的同夥。如果對方是這樣心狠手辣的人，那麼若成功脫逃，不再需要人質的他會如何對付小晴呢？

想到這，我握緊了拳頭。

之前我從沒意識到，原來這個世界上還有自己想守護的對象。不再被任何人需要的我，無論如何，都想要保護這個努力生活、讓我看到社會還有溫暖的女孩……。

「等等，放開那個女生！」在歹徒一行人拎起地上的錢袋準備離開時，我鼓起勇氣厲聲喊道。趴在地板上的民眾皆倒抽一口氣，搶匪們更是懷疑自己聽錯了。

「若要抓人質，我比她更有價值……因為，我其實是警察！」我擋住大門。

「烏瑪……？」吉米一臉詫異，沒想到我會在這裡出現。

「老大，甏了這神經病？」其中一個蒙面男，扣住散彈槍板機。

「別理他，幹嘛浪費子彈。」領頭的歹徒瞪了他一眼。

「我……我是埋伏負責監控你們這群人的刑警！之前另一家故意引起注意的銀行槍擊也好，你們每天派人觀察這家銀行的運鈔時間也好，細節全部都被警方調查得一清二楚了！街頭和街尾我們早就派了霹靂小組封路，不過只要肯放了那女孩，我願意帶你們繞過警方的封鎖線！」我依著記憶恢復前的推論，大言不慚地希望對方信服。

「烏瑪，你竟然……虧我還……」吉米錯愕地不能自已，完全沒察覺這些情報都是自己無意透漏的。

「……」但沉著一張臉的帶頭搶匪，仍在推敲我話中的真假。

「啊，老大，他真的是警察！他穿的褲子……我在買制服時見過一模一樣的，是警察的公發長褲！」扮成警察的另一位歹徒，赫然發現。我低頭望著自己，才意識到原來之前被抓進派出所，他們給我的這條褲子是件警察制服褲；只是布質很刮腳……但或許就是這樣，所以才給了我。

「看樣子是真的，那就用你做人質！給我安分點！」歹徒首領信了我的胡謅，一手捉住我後領，一手用槍抵住我的頭。原本架住小晴的蒙面歹徒，則放開了她，換背起地上的錢袋。

沒想到說了那麼多次自己是警察，在這個節骨眼上，還真的有人相信了……看著小晴獲釋，我對她露出了個平靜的笑容。

「你們同事在我手上！敢阻擋我們，我就馬上轟掉他的腦袋！」歹徒首領推著我，跨出了銀行大門後，對柱子後的警察威脅道。後頭兩個持散彈槍的蒙面歹徒，則背著錢袋戒護。穿著警察制服卻沒有佩槍的另外兩人，也是緊跟在後。

「不要激動，冷靜下來！」四個警察中較年輕的那位，從柱子後探出了半個身子，激動大喝，不知是對歹徒還是自己喊話。其他三位則各自持槍在掩體後，或許正疑惑搶匪口中的同事在哪。

雙方緊繃的情勢間，我被他們押著朝側門仍敞開的箱型車移動。不過階梯下頭一個拿著手機的女生，只是顧著聊天擋在路中，沒察覺身後這群凶神惡煞的銀行搶匪。

「要不要命啊妳，走開！」勒住我後領的歹徒首領，把持槍的那手朝那女子推去。當我正覺得她穿著的灰色毛料洋裝眼熟時，那女生已瞬間轉身，接住對方持槍的衣袖，以迅雷不及掩耳的速度，把對方硬生生地重摔到馬路上，連氣都吭不出來。

是柔道中的大外割……我認出這女生，原來就是剛在公園碰上的那位休假女警。

其他持散彈槍的蒙面搶匪，原本正警戒地與後頭警察對峙，還沒來得及弄清楚怎麼回事時，其中一名已又被那女警用單臂過肩摔，四腳朝天地給扔了出去。只是當她踩穩腳步，要回頭對付最後一個武裝的蒙面人時，已來不及閃過對方瞄準的槍口。

見情況危急，我沒有多想，便整個人朝那名搶匪撞去……。

二十七

「警察偽裝立大功！阻止銀行搶案！」隔日的報紙頭版，印著這樣顯著的新聞標題。內容敘述一位警員如何保持耐性，等待最佳時機，一舉逮捕五位銀行搶匪的事蹟。

新聞內立功的警員……當然不是在說我，而是指那位柔道冠軍女警。

當天我撞翻了最後一個持槍歹徒後，原本僵持在旁的警察立刻上前逮捕了剩下的搶匪。雖然吉米也被送上了警車，但坐牢總比被他老大幹掉得要強上許多……。

當來到小晴餵狗的那條巷子，我見到那四隻小土狗一如往常地，依偎在她腳邊爭寵。不過我今天特地過來，並不是為了三明治和飲料。

「啊，你來了！昨天的事，都還沒來得及感謝你呢！」她發現了巷口旁的我。

「那沒什麼啦……但我今天來，是想說……其實我不是警察，只是個居無定所的流浪漢。」躊躇了一會後，我來到小晴面前。

兩人，或許就沉默了一俯仰之間，不過卻像是溺水般那樣難熬。我害怕見到她失落的神情。

「……我爸以前常說，你是怎麼樣的人，取決於你的行為，而不是身分。所以對我來說，我只知道你是那個有正義感、救了我一命的烏瑪。」拍拍手上的麵包屑後站起，她真誠的眼神中，沒有我預期見到的失望與輕視。

啊，被年紀不到我一半的小女孩給教訓了嗎……我莞爾，但一點難受的感覺都沒有。

「對了，我想要問你一件事喔，昨天早上我聽見老闆娘和一個常來的熟客聊天，提到他的工廠要找夜間警衛，可是徵了好久都沒找到人……所以想問一下，你會不會想去面試呢？薪水還不知道是多少，可是有包員工宿舍和伙食喔。」小晴探問。

「我不覺得，對方會僱用像我這樣的人說……」與社會脫勾了那麼久，我沒有信心自己能重回軌道。

「烏瑪，以能力來說的話，你一定是可以勝任的！」

「唉？可是我這樣邋遢……」

「如果不嫌棄，我明天拿一些我爸以前上班的舊衣服，讓你試穿好嗎？他的身材和你差不多，我想應該會合穿的。」知道我的顧慮後，她熱心地提出囊助。

「那些畢竟是妳爸的衣服，我想還是不太方便……小晴，妳不用太擔心我這邊，反正這麼多年活下來，我已經習慣了……」恢復記憶後，我才知道這陣子的生活離我最慘的經歷，還差得遠。

「對不起，我實在太自私了，不應該故意勉強你的……」小晴低頭，試圖掩藏她抹過的一絲遺憾。

「這怎麼叫自私呢？是我自己沒用啊。」我連忙安慰她。

「其實……雖然我一直告訴自己，爸爸的中風很快就會康復，但是心裡卻明白，就算之後他能下床，也很難完全恢復像以前那樣，每天提著公事包去上班……我只是想藉由你說服自己，只要肯認真、夠努力，每個人都能找回想要的幸福生活……」小晴酸著鼻頭，拭去滑下臉龐的淚痕。

我噤聲，沒意料到她樂天的外表下，是多麼需要這所謂的希望來支撐她持續的動力。相較她這樣努力的過日子，我繼續頹廢下去，似乎也說不過去了……再說，她讓我想起了自己的女兒。

「那個，我也不知道面試會不會成功……不過，我會加油試看看。」我靦腆地緩緩說道。

「真的?!」小晴驚喜的反應，就像是女兒生日那天接過巧比的表情一樣。

我認真點了頭，即使沒打勾勾，卻在心裡暗誓一定要做到。

二十八

小晴借了我三百塊，讓我去家庭理髮廳打理一下髮型和鬍子，我答應之後賺了錢後還她。不過手上好久沒握上鈔票，我捨不得一次花完，所以只是去了家十元商店，買了把一點都不名副其實的五十元剃刀。

入夜後，在廁所的那面泛黃鏡子前，我小心翼翼地用剃刀修短頭髮和刮淨鬍子。不過水龍頭下冰刺異常的水柱，明明是涼水，卻是那樣滾熱，灼得我後悔省下那些錢。整理儀容後，我沒有把日光停留在那曾經熟悉的乾淨臉孔上太久，因為我知道，自己究竟是什麼人。

搓著幾乎失去知覺的雙手走回涼亭時，池塘水面一張漂著的紙片讓我慢下了步伐。細看後，我立刻跨過了圍欄，伸手將離池邊不遠的它撈起；那是張皺巴巴的舊照片。照片裡有三個人，左邊是位氣質更勝電視主播的美麗女子，中間是捧著蛋糕與笑容的小女孩，右邊……則是當時仍穿著完整PJMA字樣運動衫的我。不知道是因為相簿受潮解體，還是連日下雨水位上漲的關係，這幅女兒四歲生日時所拍的全家福照，就這樣帶著已不復在的幸福回到了我手中。

用衣袖抹乾它後，我再次摸向她們的臉龐，就像當年一樣的滿足。

躺在涼亭石椅上，我在入睡前才將那感動放進外套口袋。今夜看起來會很冷，報紙說是這十年來罕見的寒流。

二十九

「妹妹，想睡的話，妳也可以睡喔，等妳醒來就到家了。」望著後視鏡中的女兒，我調低了車上廣播的音量，雖然我挺喜歡這歌手翻唱的〈新不了情〉。

「沒關係，我陪爹地聊天。」她邊講，邊撐起快闔閉的雙眼。

「好吧，那妹妹……妳長大以後想要做什麼呢？」我打趣地問了她。

「我長大了要當新娘。」她想起白天時見過的飄逸婚紗。

「新娘……哈哈，我問的不是這個意思啦，我是指職業。」

「職業？那爹地長大想做什麼？」

「爹地已經長大了啊，不過我以前是想要當警察，雖然沒有成真……不過有一次我讓壞人相信了我是警察，還救了一個女生喔。」我得意說道。

「救了一個女生，那爹地是英雄耶？」她讚嘆了起來。

「是啊，算是吧。」被女兒崇拜的我，心滿意足地投以微笑。

連夜趕路吹上的寒風，把車窗凍得連霧氣都被凝結了。見車上的老婆和女兒安祥入睡，我把暖氣開強，希望她們能舒適地一覺到家。只是握著方向盤的雙手，一點都沒能感受到暖風的憐惜，仍是僵得發痛。

我很擔心自己跟著睡著，一度想伸手去拿剛買的提神飲料……但最後，選擇了把注意力集中在前方，一心想把家人安全地送回家。

路程雖然漫長，不過我卻很樂在其中，享受著這樣一家人出遊後寧靜的溫馨畫面。終於，我們駕車安抵了家門口；老婆拿了鑰匙先去開門，我則輕輕抱起仍熟睡的女兒，準備一同回到溫暖的家裡。

終於……要回家了。

踏進家門前，我在凜風吹過的街角見到了一雙黃澄澄的貓眼，是巧比。

我輕喚，想讓牠跟過來。但巧比只是杵著不動。

「喵嗚嗚。」

牠仰頭叫起春，但明明就還是冬天。

高國書

得獎感言／

曾經看過一則貓牽著狗散步的影片，發笑完之後許久，我還是沒能分辨出那其中趣味的點，是因為貓牽著狗，還是狗被貓牽。所幸我不是個鑽牛角尖的人，沒能探究出那個道理，並沒有對我的人生造成阻礙。我還是照常的睡覺、吃飯、讀小說和看電影。

小說和電影的共同點，從我自己能解釋的，就是它們都是故事載體，本質還是故事的本身。但經由這次比賽，我發現到，若要把一個文字故事影像化，對創作者本身會有另一種樂趣；因為在寫作的過程中，會持續思考要如何給讀者看到故事，也需要反覆用讀者的角度，告訴自己看見了故事中的什麼。能在這個比賽中得獎，最要感謝的是評審們的肯定和鼓勵。而在寫作的過程，更享受到了新的創作體驗，那種……彷彿同時是貓也是狗的趣味。

作者簡介／

桃園中壢人，常被朋友說不知有漢，無論魏晉，因為喜歡埋在自己的世界裡讀小說和看電影。美國密西根州立大學畢業後，從事過電子業、貿易、軟體設計和幼教，和主業從未有關係的寫作則是一直以來的興趣。以創作本格推理作品為目標，但現階段只出版過愛情小說。

最喜歡的名言，是作家愛倫波書中的「晚上作夢，不如白天逐夢」。

評審的話／

小野

一個很平凡的人，在公園醒來之後完全忘了自己是誰？忘了自己的身分，沒有證件也沒有錢。他甚至不如一個流浪的街友，因為街友知道自己是如何成為街友的，至少還有各種悲歡離合的記憶。整篇小說就從這樣的狀態往下發展，他一路遇到的都是奇怪的人，但是也因為這樣的相遇，才讓他能有一絲絲線索，像拼圖一樣把空洞的自己慢慢拼回去。因為這些線索太微弱，他會拼錯，拼出另外一個人。這篇小說的電影感十足，文字敘述充滿了影像，像是經過剪接後的電影作品。

陳玉慧

《烏瑪》是一個失憶的主題，情節的處理還滿有趣，人物內心獨白略為多些，或者外在事件因此無法突顯其戲劇衝突性，戲劇張力因而略嫌不足。

蔡國榮

流浪漢被稱為「烏瑪」，原來他身上的套衫有UMA字樣，那是少了P的PUMA，其旨趣不言可喻。失憶題材固然通俗，確勝在能另闢蹊徑，描寫主人翁除了艱困的尋求溫飽之外，還急於探索自己是誰？主線充滿懸疑，戲劇張力十足。結局的翻轉是在情理之中，意料之外，堪稱設計精巧，而且甚具諷世意義。

鄭芬芬

在普遍均以對話或是人物的自白來演繹劇情的便宜行事之作下，《烏瑪》卻是令人慶幸以事件來推動故事發展、較為引人入勝的傑作。結構完整，敘事流暢，觀點不紊亂，主人翁成功發揮了引導觀眾觀察社會、也觀照其人生的角色作用，以懸疑起頭，以情感作結，很有大眾性。

駱以軍

讓人想起安部公房《燃燒的地圖》，失去記憶的男子，以流浪漢的「現在處境」，碎片拼圖，錯誤推理的逐一收集線索，在卡通化的這樣流浪漫遊中遭遇了某些性格鮮明的人物，結尾哀傷讓人不忍，是個會處理故事迴圈，編織的作者，惜文學性稍弱。

新人間叢書237

當年事——第四屆「BenQ華文世界電影小說獎」得獎作品集

作者——常凱、洪茲盈、張邇瀚、呂志鵬、高國書
主編——林芳如
編輯——謝翠鈺
校對——王怡之
企劃——林倩聿
封面設計——賴佳韋
內頁設計——呂瑋嘉
董事長
總經理——趙政岷
總編輯——余宜芳
出版者——時報文化出版企業股份有限公司
10803台北市和平西路三段二四〇號四樓
發行專線：(〇二)二三〇六六八四二
讀者服務專線：〇八〇〇二三一七〇五
(〇二)二三〇四七一〇三
讀者服務傳真：(〇二)二三〇四六八五八
郵撥：一九三四四七二四時報文化出版公司
信箱：台北郵政七九～九九信箱

時報悅讀網——http://www.readingtimes.com.tw
法律顧問——理律法律事務所
陳長文律師、李念祖律師
印刷——盈昌印刷有限公司
初版一刷——二〇一四年八月一日
定價——新台幣三八〇元

行政院新聞局局版北市業字第八〇號

ISBN 978-957-13-6026-3
Printed in Taiwan

國家圖書館出版品預行編目（CIP）資料

當年事——第四屆「BenQ華文世界電影小說獎」得獎作品集

常凱，洪茲盈，張邇瀚，呂志鵬，高國書作．—— 初版．——

臺北市：時報文化， 2014.08

面，　公分　—（新人間系列；237）

ISBN 978-957-13-6026-3（平裝）

857.61　　103013445